박희주 장편소설

대한 일본인
소다 가이치

차 례

프롤로그 ··· 5
1. 힘이 있어야 ·· 9
2. 오카야마에서 ···································· 26
3. 부둣가의 제왕, 그리고 불량 선생 ············ 54
4. 나가사키에서 홍콩으로 ························ 88
5. 열강들의 먹잇감, 타이완섬 ·················· 122
6. 조선의 현실 ······································ 145
7. 조선의 멸망과 일제 강점, 그리고 항일 ···· 188
8. 가마쿠라 보육원과 함께 ······················ 239
9. 원산, 그리고 일제의 항복 ···················· 318
10. 서울, 그리고 일본으로, 다시 서울 ········ 340
에필로그 ··· 357

프롤로그

　우연히 제목에 이끌려 유튜브 영상을 보게 되었다. 조선인보다 더 조선을 사랑했던 일본인, 소다 가이치란 인물의 영상이었다. 다 보고 난 그때 한줄기 빛살처럼 내게 꽂힌 의무감 같은 것, 소다 가이치를 주인공으로 한 소설을 써볼까?
　나는 원래 밑도 끝도 없는 반일 주의자이다. 일본이 삼십육 년간 우리나라를 강점했다는 사실에 반감이 일어서만은 아니었다. 아버지가 그 시기에 징용을 당해 규슈 탄광에서 죽을 고생을 했다는 피해의식도 아니었다. 일본이 그냥 싫었다. 유사 이래 침략만을 당했다는 잠재의식이 투영된 건지 모르겠다. 그래서인지 여기저기에 나오는 일본 열도 침몰설에 슬며시 미소를 지으며 고소해하고, 한일전 스포츠 중계를 봐도 무조건 한국을 응원했으며, 설령 일본과 다른 나라가 경기를 펼쳐도 가까운 나라 일본이 아닌, 나와는 아무런 관계도 없는 상대 국가가 이기기를 바랐다. 일본의 야구 영웅 오타니 쇼헤이가 미국 메이저리그에서 전설적인 활약을 펼쳐나갈 때는 은근히 부아가 치밀고 질투가 일렁이며 배가 아팠다. 그 큰 키에 잘생긴 얼굴은 내가 믿고 있던 일본인의 DNA가 아니었다. 혹시 한국인의 피를 이어받은 건 아닐까? 나의 기대대로 한국계라는, 그럴싸한 소문이 한동안 떠돌았지만, 아니었다. 뜬소문에 불과했다. 아쉬운 게 사실이었다. 내가 좀팽이라 그럴까?

한국이 마침내 1인당 국민소득에서 일본에 앞선다는 뉴스가 나왔을 때는 쾌재를 불렀다. 그럼 그렇지, 왜놈들이 아무리 날뛰어봐야 벼룩이지 별수 있어? 일제강점기 삼십육 년은 한민족 오천 년 역사에 아주 잠깐, 방심의 결과일 뿐이었잖은가. 왜구의 수많은 노략질이나 임진왜란 같은 전면적인 침공에도 우리는 끝내 이겨내지 않았던가. 임나일본부설은 섬나라를 벗어나고자 하는 저들이 벌인 꼼수의 몸부림이고, 역사의 조작이며 자격지심의 빌로이잖은가. 내가 소다 가이치를 주인공으로 한 소설화에 끌린 심사도 그가 대만에서 술에 취해 쓰러졌을 때, 생판 이름도 모르는 조선인에게 구함을 받았다는 내용 때문이었을지도 모른다. 근거도 뚜렷지 않은 우월의식 아니면 일본인과 같은 자격지심으로.

여하튼 나는 그때부터 소다 가이치에 관한 자료 수집에 들어갔다. 만만치 않았다. 서울의 양화진 선교사 묘역의 유일한 일본인으로서 그의 유해가 묻힌 곳을 둘러보고, 마지막 일 년을 보낸 영락보린원과 출생지인 일본의 혼슈섬 남쪽에 있는 야마구치현도 돌아봤다. 그가 처음으로 이역의 생활을 보낸 홍콩과 인생의 전환점이 된 대만에도 갔다가 왔다. 백 년도 더 지난, 그가 인생 초반기에 겪은 방랑이, 제국의 식민지 쟁탈전이 한창이던 격동의 국제정세 속 19세기 후반이었으니, 그의 흔적이 어찌 지금까지 남아있으랴마는 분위기라도 느끼고, 불안정하기만 했던 당시의 그는 어떤 심사였을까 짐작이나마 해보려고 갔던 것. 그러나 얻은 건 막연함뿐이었다.

묘비 옆면에는 주요한 시인의 시가 쓰여 있었다.

언 손 품어주고
쓰린 마음 만져주니
일생을 길다 말고
거룩한 길 걸었어라
고향이 따로 있던가
마음 둔 곳이어늘

  그의 생애를 탐사해 보니 그는 일본인이었으되 진정으로 조선인이 되고자 했다. 그래서 영원한 안식, 죽음도 일본이 아닌 조선, 한국 땅에서 맞이하고 싶었던 걸까.
  어느 정도 자료가 갖춰지자 초고를 쓸 요량으로 화면에 비친 그의 흑백사진을 물끄러미 쳐다봤다. 머리칼이 없는 이마와 하얀 수염 사이, 움푹 들어간 두 눈이 강렬하게 다가왔다. 왠지 쓸쓸함과 안타까움이 배어있는 그 눈은 무엇을 보는지, 뭘 열망하는지. 알 수 없었으나 찌르르한 느낌이 파고들었다. 그건 전율이었다. 한동안 그의 눈을 쳐다보던 몸이 떨려왔다. 잔잔한 떨림은 차츰 걷잡을 수 없는 흔들림으로 변했다. 내 의지가 아니었다. 왜 이러는가. 멈출 수가 없었다. 그는 나를 기다리며 이제껏 눈을 부릅뜬 채 직시하고 있었던가. 일본인으로서 조선에 들어와 살아야만 했던 이야기, 폭력이 지닌 비인간성, 생명의 가치, 인류의 양심에 소리치는 그의 진심이 전해지기를 기다리고 있었던가.
  나는 내가 아니었다. 내 영혼은 어느새 소다 가이치가 점령하고 있었다. 빙의였다. 기억은 시간이 지날수록 모호해진다는 성질을 갖는다는데… 꼬투리를 잡으려 굳이 애쓰지 마시라. 이것은 소설일 뿐이다. 재현되는 이야기가 완벽할 수는 없지 않을까. 아무리 귀신의 영역이라 해도 완전하지는 않을지니.

1
힘이 있어야

나는 고메이 천황이 갑자기 서거하고 그의 어린 아들 무쓰히토가 천황으로 즉위하던 무렵, 야마구치현 히라오초 소네 촌 스미다 마을에서 태어났다. 마을 주변에는 다부세강이 흐르고, 메이지 내각의 초대 총리를 지낸 이토 히로부미가 태어난 쓰가리 촌이 서북쪽 멀지 않은 곳에 있었다. 아버지는 조슈번의 하급 무사였으나 내가 아주 어렸을 때 폐번치현(廢藩置縣) 정책에 의해 변변찮은 특권마저 폐지되고 봉록까지 없어지는 통에 집안 살림은 매우 어려웠다. 조슈번이 야마구치현으로 재탄생한 것이다. 그것은 막부(幕府)의 몰락을 의미했으며 봉건제의 종말이었고, 신분제도 철폐, 삼권분립을 기초로 한 천황 중심의 지배체제가 확립된 유신(維新), 근대(近代)로의 출발이었다.

무사들은 하루아침에 직을 잃고 말았는데, 고위직에 있던 무사들이야 재산과 기반을 다져놓은 상태라 충격이 그리 크지 않고 상업 등 다른 길을 찾는 데 유리했으나, 하급 무사들은 교사직을 찾거나 서당을 여는 등 처음부터 하던 일과는 전혀 무관한 직종에서 다시 시작하는 일이 다반사였다. 더러는 여러 곳을 떠돌아다니는 낭인이 되기도 하고, 우리 아버지처럼 세상을 비판하여 술에 빠져들어 자신을 갉아먹는

폐인의 길을 걷기도 하였다.

천황의 죽음과 그 뒤로 이어진 번(藩)에 소속된 무사들의 몰락으로 항시 울분에 차 있었다고 생각되는 아버지는 내가 뛰어다니기 시작할 때부터 죽도를 주며 칼 쓰는 법을 가르쳐 주었다. 아버지가 내게 강조한 건 첫째도 힘, 둘째도 무조건 힘이었다.

"힘이 있어야 한다. 그래야 너를 지킬 뿐만 아니라 가족을 지키며 나라를 지킨다. 우리나라도 힘이 없어 미국에 굴복한 거고, 차례대로 외국에 대문을 열어줄 수밖에 없었던 거다."

미국에 굴복했다는 건 내가 태어나기 전, 미국의 무력에 의해 체결된 가나가와 조약의 불평등한 내용 때문이었다. 미국뿐이 아니었다. 뒤이어 영국과 러시아, 네덜란드도 마찬가지였다. 일본은 일방적으로 그들에게 밀렸다. 힘이 약하기 때문이었다. 그러나 유신을 통하여 힘을 구축한 일본은 올챙이 시절을 잊은 채 그들과 똑같이 아시아 여러 나라에 대해서는 강압적이고 침략적인 태도를 견지했으며, 대표적인 정한론(征韓論)이 설득력을 얻어 조선의 완전한 침탈을 도모했다.

뒷산의 넓은 대나무밭은 아버지가 누군가를 향해 칼을 휘두르며 울분을 터뜨리는 장소였고 한편으로는 내 놀이터이기도 했다. 아버지의 칼은 용서가 없었다. 아무리 굵은 대나무일지언정 단칼에 넘어졌다. 베어진 대나무는 숯을 만들거나 마르게 되면 땔감으로 사용했다.

열 살 무렵, 소학교를 다닐 때 가을이었을 거다. 나는 제 나이에 학교에 들어갔고 성적이 좋은 편이었다. 서구식 학제 도입으로 소학교라는 신식 교육기관이 생긴 지 오래되지 않아 학교에 들어가지 않은 아이들이 대다수인 상황에서, 입학을 주저하다 뒤늦게 합류하여 같은 학년이라 해도 나보다 서너 살이 많은 덩치가 큰 학생이 수두룩했고, 대여섯 살 많은 이도 몇이 있었다. 선생님은 걸핏하면 완력을 사용했다. 교실엔 여러 대의 대나무 매가 항상 준비되어 있었다. 나는 별로 맞지 않은 편이나 나이가 많은 학생들은 수시로 맞았다. 대나무 매로 점잖게 때릴 때는 손바닥이고, 화가 날 때면 얼굴만 빼놓고 등이나 엉덩이를 가리지 않았다.

쉬는 시간이었다. 옆 마을에 사는 무지로가 변소에서 나오는 내게 뚱딴지같은 말을 했다. 그는 나보다 세 살이 많았는데 평소에 별로 말을 섞지 않은 데다 언젠가 그가 준 과자를 고갤 저으며 받지 않은 적이 있었다. 그의 손톱에 때가 까맣게 끼었던 게 거슬렸던 것. 그 뒤로 그는 나를 고깝게 대했다. 그의 집은 대장간이었다. 대장장이는 아무리 신분이 철폐되었다고는 하나 뼛속까지 스며든 심정적 차별까지 없어진 건 아니었다. 오로지 칼만 만드는 장인과는 대접이 달랐다.

"야, 가이치. 내 심부름 하나 해라."

"심부름이라니?"

"저기 울타리 구멍을 통해 나가서 조금만 올라가면 다래가 있거든? 그걸 좀 따와라."

어처구니가 없었다. 곧 있으면 수업 시간이었다.

"그걸 왜 내가 따와?"

"이 조그만 게 따오라면 따올 것이지 무슨 말이 많아, 너 맞고 할래?"

곧 죽어도 난 무사의 아들이었다. 부당한 압력에 굴복하여 학교 규율에 어긋나는 울타리 개구멍을 드나들 순 없었다. 그를 무시하고 돌아서 교실로 향했다. 곧이어 욕지거리가 들림과 동시에 뒤통수가 얼얼하더니 내가 돌아설 틈도 없이 옆구리를 발길에 차여 그대로 고꾸라졌다. 더 어렸을 때 마을에서 또래들과 놀다가 싸움질이 몇 번 있었지만 그렇게 잘못한 것도 없이 맞아보긴 처음이었다. 아프다기보다 억울했다. 울음이 먼저 터졌다.

"이건 연습이야. 너 학교 제대로 다니려면 내 말 잘 듣는 게 좋을 거야."

그 말을 남기고 그는 교실로 달려갔다. 한참을 울던 나는 별수 없이 눈물을 닦고 뒤따라 들어갈 수밖에. 그게 끝이 아니었다. 수업이 끝나고 그날따라 혼자 집에 가는데 마을과 마을의 갈림길에 무지로가 기다리고 있었다. 또래인 가이슈와 함께. 우리 마을에도 무지로와 같은 또래들이 있었으나 그들은 우리가 어리다고 같이 어울려 다니지 않았다. 무지로가 나를 손가락으로 가리켰다.

"나키무시(울보), 아까는 연습이라고 했지?"

나는 서서 그를 노려봤다. 귀밑에 까만 점이 있었다. 그에게 변소 앞에서 맞은 후 나는 분통이 터져 수업도 제대로 들을 수 없었다. 이 억울함을 어떻게 푸나. 죽도(竹刀)만 있었다면 걸어 다니지도 못하게 패주고 싶었다. 아버지가 그토록 강조하던 힘이 절실했다.

"너 눈 안 풀어!"

그는 비실비실 웃으며 내게 다가왔다. 나는 얼음이 되어 있었다. 완력으로 그를 당할 순 없었다.

"너희 스미다 마을 새끼들 모두는 내 꼬붕이 되기로 했어. 소식 못 들었냐? 학교 잘 다니려면 너도 마찬가지야."

금시초문이었다. 설령 마을 동무인 타츠야나 소스케가 그렇다 해도 나는 아니었다. 그들도 힘이 약해 겉으로만 대들지 않을 뿐이었다. 날

보고 꼬붕을 하라니, 아무리 어렸어도 말도 안 되는 소리였다. 나는 아버지의 무사로서의 위세를 겨우 생각해냈다.
"너, 우리 아버지가 가만 안 둘 거야."
"크크크, 그 술주정뱅이? 슈헤이에게도 파락호라 놀림 받던데?"
슈헤이는 아버지가 주로 술을 마시는 시장을 싸돌아다니는 반미치광이였다. 술은 무사도의 퇴락을 더욱 부추기기만 했다. 그 말을 듣자 얼굴이 달아올라 아무 말도 못 했다.
"꿇어!"
무지로가 허리에 손을 올리곤 정색하며 눈을 부라렸다. 도대체 무슨 이유로 나를 못살게 구는가. 무릎을 꿇을 순 없었다. 아버지의 훈시가 귀에 윙윙거렸다. 사내가 다른 사람에게 무릎을 굽히려거든 차라리 혀를 빼물고 죽어라. 무릎을 꿇을 대상은 조상의 위패와 부모 그리고 스승 외에는 없다는 걸 명심하라. 혀를 깨물어 보았다. 아팠다. 쉽지 않은 일이었다.
"꿇어, 새끼야."
가이슈가 내 뒤로 돌아가 오금을 찼던가, 나는 엉덩방아를 찧고 말았다. 책 보따리가 날아갔다. 내가 그들에게 대항할 수 있는 건 하나도 없었다. 그렇지만 나는 굴하지 않았다. 벌떡 일어났다.
"할래, 말래?"
"못 해."
"로쿠데나시(이 형편 없는 놈)! 그렇다면 너 학교 다니기 싫다는 거겠지?"
곧장 주먹과 발길질이 이어졌다. 나는 그들의 폭행에 한껏 몸을 움츠렸다. 주로 무지로의 짓이었다. 나는 두들겨 맞으며 다짐했다. 두고 보자. 결코, 용서치 않으리라.

"너희 아버지에게 그대로 고자질해라. 제대로 칼을 갈아줬는데도 잘못 갈았다고 돈도 안 주면서 얼마나 행패를 부렸는지, 우리 아버지가 얼마나 억울해했는지 네가 알 게 뭐야."

그것이었구나. 무지로가 내게 행한 억지는. 내가 몰랐던 아버지의 행패. 나는 반항하지도 못했다. 나는 쓰러져 고스란히 맞았다. 그들도 지쳤는가.

"바카(바보, 멍청이). 이 자식 완전히 독종 아냐, 이래도 우리의 똘마니 안 할 거야?"

"후자케루나(헛소리 마)!"

나도 욕설을 내뱉으며 버텼다. 무지로의 발길질이 배에 가해졌다. 숨을 쉴 수 없을 정도였다. 그때 곰 이야기가 퍼뜩 떠올랐다. 쫓아오던 곰이 죽은 척, 꼼짝하지 않은 사람에겐 해코지하지 않고 그냥 갔다는. 나는 신음을 흘리며 그대로 뻗어버렸다. 맞아도 움직이질 않았다. 그게 효과가 있었나?

"쿠소(젠장)."

때리는 게 잠잠해졌다. 아예 겁먹은 것 같았다. 그들은 둘이 구시렁대더니 빠르게 발걸음 소리를 내며 멀어졌다. 나는 가까스로 일어나 책 보따리를 주워들고 절뚝거리며 집으로 향했다. 안 아픈 데가 없었다. 힘겹게 들어오는 나를 본 아버지는 그날따라 술을 안 마신, 말짱한 상태였다.

"가이치, 너 왜 그래?"

나는 말을 안 하려다가 할 수 없이 자초지종을 얘기했다.

"대장간 아들 무지로가 그랬다고?"

"네."

"그래서 고스란히 맞기만 했다?"

"네."

"네가 병신이냐? 아무리 그놈들이 너보다 덩치가 크다고 맞고만 있어?"

아버진 화를 벌컥 내며 방으로 들어갔다. 나는 아무런 말도 하지 못했다. 방에서 나온 아버지의 손엔 내 죽도가 들려 있었다. 내가 아주 어렸을 때 번에서 어렵게 구했다는 얘기를 들었던 물건이다. 대나무밭에서 아버지에게 검술을 배울 때 내가 애용하는 죽도.

"전쟁터에선 나이가 어리다고 봐주지 않는다. 힘이 없다고도 봐 주지 않는단 말이다. 만약 무지로가 적군이었다고 생각해 봐라. 네가 이렇게 살아서 돌아왔겠냐? 그리고 내일부턴 어떻게 할래? 계속 맞고만 다닐 거야? 어떻게 해서든지 너를 얕잡아보지 않게 수단과 방법을 가리지 말고 덤볐어야지. 집에 걸어올 힘은 아꼈다 뭐해?"

아버진 매사가 그런 식. 나는 도저히 무지로에겐 덤벼들 엄두가 나지 않았었다.

"왜 말이 없어!"

무슨 말을 할 수 있으랴.

"이 아버진 너를 그리 나약하게 키우고 싶지 않다. 사내자식이 어디서 맞고 다녀. 너 죽고 나 죽자는 식으로 덤벼도 부족할 판에. 너는 힘도 그렇지만 정신부터 지고 들어간 거야. 당장 엎드려뻗쳐!"

안팎으로 고난이었다. 그때 동생들이 마당으로 나와 울었다. 두 살터울의 동생들이었다. 나는 땅을 손으로 짚고 다리를 쭉 뻗었다. 아버진 동생들의 울부짖음에도 불구하고 나의 엉덩이를 무자비하게 죽도로 내리쳤다. 나는 세 대를 맞고 진짜로 뻗어버렸다.
"다음부터 이걸 가지고 학교에 다녀라. 맞고 다니려면 아예 학교에 다니지를 말든지. 또 그러거든 사정없이 휘둘러버려. 무지로뿐 아니라 누구라도 너를 얕보게 하지 마."
아버진 그 길로 집을 나섰다. 무지로네 대장간에 갔으리라. 그날 술에 취해 밤늦게 들어온 아버지는 무슨 일인지 나보다 더 형편없는 몰골로 돌아와 한동안 몸져누워 있어야 했다. 무슨 일이 있었는지 짐작이 갔다. 나약하기만 했던 내 탓이었다.

다음날부터 나는 아버지의 말대로 죽도를 가지고 학교에 갔다. 지니고만 있어도 든든했다. 평소에 나는 앞자리에, 무지로 패거리는 뒷자리에 앉는다. 그들은 어쩐 일인지 나를 보고도 외면했다. 나도 모른 척했다. 선생님이 조회 시간에 책상에 비스듬히 세워져 있는 죽도를 보고는 눈을 동그랗게 뜨며 물었다.
"소다 가이치, 웬 죽도냐?"
"저를 지키기 위해서입니다."
나는 일어서서 단호하게 말했다.
"누가 너를 못살게 하더냐?"
"그건 말씀드리지 않겠습니다."
"좋아, 죽도를 들고 교무실로 따라와라."
교실을 나가면서 힐끔 바라본 무지로는 나를 노려보고 있었다. 나도 지지 않았다.
"이제 내게 말해봐라. 누가 괴롭히더냐?"
선생님은 교무실에 들어가서 내가 다가가자 물었다.

"네. 나보다 나이가 많은 애입니다. 그러나 누군지는 말하지 않겠습니다."

아버지에겐 별수 없이 말했지만, 선생님에게까지 말한다는 건 비겁하다 생각되었다. 더 이상 누굴 통해 무지로를 혼내준다는 게 내키지 않았다. 죽이 되든 밥이 되든 내 일이었다. 무지로도 나를 괴롭히고자 한 이유가 있었지 않은가. 전과 다르게 전직 하급 무사와 대장장이는 다 같은 평민이었다. 그가 오야붕을 자처하게 된 연유도 홀대받던 대장장이의 아들로서 보상심리가 작용했는지도 모를 일이었다. 혼란기였다. 서구 문물이 유입되고 개화 바람이 불고, 사회체제가 바뀌고 신분제가 철폐되면서 서로가 눈치를 살피고 우왕좌왕했다. 그러나 오랜 세월 유지해 왔던 사회 구조적인 차별이 하루아침에 사라질 수는 없었다. 학교에서도 평등을 부르짖으나 신분에 따른 심정적 거리감은 있었다. 선생님도 그걸 인정하고 있었던 모양이다.

"폐도령(廢刀令)이 내린 걸 알고 있나?"

"모릅니다."

나는 정말 몰랐다. 메이지 정부가 사민평등을 내세우며 폐도령을 내리고 칼 찬 무사들을 때려잡는다는 사실을.

"아직 이런 시골까지 미치지는 않았으나 죽도도 마찬가지야. 그래, 마구잡이로 휘두르진 않겠지?"

"네."

"그러나 교실에서만큼은 안 된다. 교무실에 놓고 다녀. 등교할 때 여기에 놓고 집에 갈 때 갖고 가거라."

"알겠습니다."

그 선생님은 아버지와도 친분이 있었다. 그가 번의 막내 무사 출신이었기 때문이다. 나이가 있는 아버진 그러지 못했지만, 선생님은 재빨리 시대 조류에 편승해 교원양성소에 들어가 교원이 될 수 있었다.

죽도를 들고 학교에 왔다는 건 내 마음 자세까지 바꿔놓았다. 쉬는 시간에 뛰어놀거나 장난을 치던 행위를 나는 하지 않았다. 변소에 다녀오는 걸 제외하고는 묵묵히 제자리에 앉아 책을 들여다보았으니. 그게 바로 고집스러운 무사도가 아니었을까. 무지로는 물론이고 아이들도 곁에 오지 않았다.

마음을 단단히 먹은 하굣길의 마을 갈림길에서도 무지로는 볼 수 없었다. 내 오른쪽 어깨에는 죽도가 들려 있었다. 만약 오늘도 무지로가 핍박한다면 사생결단을 내리라. 이제껏 어설프게 배운 검도 실력이지만 그 하나쯤 상대할 자신은 있었다.

그때부터 나는 고향을 떠날 때까지 검술을 눈이 오나 비가 오나 하루 한 시간 이상은 대나무밭에서 수련을 제대로 했다. 아버지와 함께 할 때도 있었으나 나중엔 대부분 나 혼자 했다. 아버지가 강조했던 건 자세를 정확히, 눈을 밝게, 검 놀림을 바르게, 동작은 기민하게, 찌르고 베는 것은 정확히 하라 등이었지만 솔직히 그전까진 건성이었고 흉내에 불과했다. 검도만 한 게 아니었다. 아버진 무사 시절에 익힌 유술(유도)도 내게 전수해 줬다.

"느린 것이 부드러운 것이고, 부드러운 것은 빠른 것이다. 부드러움이 능히 거침을 이긴다는 걸 명심하라."

아버지의 심오한 말을 금방 이해하긴 어려웠다. 그걸 실전에 응용하고 몸에 배게 하는 건 더 어려운 일이었다. 유술은 상대를 타격하지 않고 넘어뜨리거나 움직이지 못하게 무력화시켜서 제압하는 무술의 일종이다. 즉 맨손과 맨발만 이용하여 상대를 내던지는 메치기 기술을 사용하거나, 상대의 상반신을 눌러 움직이지 못하게 하는 누르기, 목을 졸라 고통을 주는 조르기, 그리고 관절을 꺾어 고통을 주는 꺾기와 같은 굳히기 기술을 이용해서 제압하는 무술이다. 어떻게 잡느냐는 게 승리의 관건이랄 수 있었다. 역으로 상대에게 잡히지 않는 것도 중요했다. 만약에 부득이하게 잡혔다면 상대의 힘을 역이용하여 무력화시키는 기술도 필요했다. 나는 치열하게 연습했다. 아버진 내가 혼자서도 연습할 수 있게 돼지가죽을 구해 꿰맨 다음, 모래와 짚을 촘촘히 넣어 오뚝이처럼 어느 경우든 바로 설 수 있는 인형을 만들어 주었다. 나는 그걸로 하루에 백 번 이상 메치기 기술을 익혔고 오백 번 이상 죽도를 휘둘렀다. 내가 한학을 공부하려 고향을 떠날 때까지 돼지가죽은 꿰매고 또 꿰매 썼어도 해마다 새것으로 갈아야 했다. 유술은 검도보다도 장차 내게 유용하게 쓰여 목숨까지 구해주는 역할을 하게 된다.

며칠 후였다. 학교 쉬는 시간에 변소에서 오줌을 누는데 무지로와 같은 마을에 살며 그의 꼬붕이랄 수 있는 가오루가 옆에서 볼일을 보다가 말했다. 그는 나와 같은 나이. 겉으론 무지로를 좇는 것 같았으나 불만이 없지도 않았던 모양이다.

"가이치, 너희 아버지 괜찮냐?"

"왜 그러는데?"

"너희 아버지가 술 마시고 와서 무지로네 대장간을 다 부숴버렸잖아. 무지로네 아버지도 두들겨 패고. 그걸 보고 이웃들이 달려들어 말렸는데 오히려 다 죽여버리겠다고 난리를 쳐 두들겨 맞은 거야."

안 봐도 그 광경이 눈에 환히 그려졌다.

"그까짓 거, 우리 아버진 괜찮아."

나는 거짓말했다. 아버진 변소 가는 것조차 힘들었다.

"솔직히 너희 아버지 때문에 무지로가 너를 내버려두는 거야."

"왜? 우리 아버지가 무서워서?"

"그날 너희 아버지가 무지로 아버지에게 그러더라고. 너를 다시 한 번 괴롭히면 내 칼이 용서치 않을 거라고."

아버지가 칼을 모르는 사람에게 으름장이나 놓는, 그렇게 쩨쩨한 사람은 아니었다. 무사도의 몰락은 아버지를 피폐로 몰아갔다. 울분을 해소하는 방법으로 언젠가 다시 사용할지 모를 칼을 계속해서 수련하는 길을 선택했으나 그게 막연해지자 차츰 술에 빠져들었다. 허구한 날 술에 취해 마을에서 난동을 일삼다가 몰매를 맞는 일이 빈번해지고, 비틀거리는 몸짓으로 대나무밭에서 칼을 휘두르다가 얼굴에 상처를 입기도 했다. 그럴 때 단칼에 매끄럽게 베어지던 대나무는 한 번에 쓰러지지도 않았다.

무지로와의 관계는 그걸로 끝난 게 아니었다. 그도 죽도를 들고 학교에 나타나기 시작한 것이다. 참으로 엉뚱한 일이었다. 그의 아버지가 주로 농기구를 만드는 대장간에서 간혹 칼을 만들기는 했을망정 무지로가 휘두르는 건 감히 생각지도 못한 일이었다. 신분제의 철폐로 금기는 많이 사라졌지만 그렇다고 하루아침에 천민이 사족(士族)으로 대접받을 순 없었다. 어쩌면 아버지의 으름장 때문이었는지도 모를 일이었다. 그렇다고 나와 시비가 붙은 건 아니었다. 나를 향한, 어쩌면 우리 아버지를 향한 시위였으리라. 나도 칼을 쓸 수 있다는. 그는 여전히 대장 노릇을 하고 있었으나 나를 모르는 체했고 나도 별 관심을 두지 않았다. 그러나 긴장을 늦추진 않았다. 그를 따르는 똘마니들은 진심에서 우러나온 행동이 아니라 그의 완력을 두려워한 임시방편의 관계라는 게 맞는 말이었다. 그는 장차 나쁜 놈들을 때려잡는 경찰이 되리라고 큰소리를 치고 다녔다. 나쁜 놈? 누가 나쁜 놈인지 정녕 모른단 말인가.

소학교 졸업 무렵이었다. 나도 제법 키도 크고 체격이 다부져지고 있었다. 소가 닭 보듯 한 관계이던 무지로가 가오루를 통해 수업이 끝나자마자 쪽지를 보내왔다.
'묘지에서 기다린다.'
묘지라 하는 곳은 마을 갈림길을 끼고 도는 야산을 일컫는다. 길옆으로 오래된 묘지가 있어 날씨가 음산한 날엔 꺼림칙한 기분이 드는 곳이었다. 그 야산을 두고 왼쪽으로 가면 무지로네 마을이고 오른쪽 길은 우리 마을로 가게 돼 있다. 가오루는 무지로가 진즉부터 벼르고 있었다면서 조심하라는 말을 남겼다. 나도 언젠가는 학교를 졸업하기 전에 이렇게 될 날이 오리라고 예상은 했다. 그러나 옛날의 내가 아니었다. 예전처럼 일방적으로 당하지만은 않으리라. 평소에 같이 다니던 타츠야와 소스케를 찾아보았으나 웬일인지 보이지 않았다. 동생들은 일찍 집에 가고 난 뒤였다.
교무실에서 죽도를 찾아 학교를 나섰다. 서리가 내리는 늦은 가을, 논엔 군데군데 볏가리가 보였다. 산과 들녘의 나뭇잎은 상록수만 빼고는 낙엽이 되어갔다. 나는 아버지의 경제력으로는 중학교에 가지 못하리라는 걸 알았다. 아버지의 건강은 썩 좋지 못했다. 그런데도 술은 입에서 떠나지 않았다. 양만 줄었을 뿐. 요즘엔 검도 잡지 못했다.

"바카(바보)!"

갈림길 가까이 다가가자 묘지 비석 뒤에서 먼저 욕설이 튀어나오더니 여러 사람이 모습을 드러냈다. 무지로를 비롯하여 가이슈, 가오루와 학교에서 보이지 않던 우리 마을의 타츠야와 소스케까지. 묘지엔 풀이 무성했다. 무지로가 내 앞에 죽도를 들고 우뚝 섰다. 그는 여전히 나보다 키도 크고 덩치도 컸다.

"가이치, 나는 너희 아버지가 우리 대장간을 난장판으로 만들고 아버지를 윽박지를 때 기필코 나를 함부로 대하지 못하게 하리라 결심했었다. 그런데 이제 칼도 쥘 수 없을 정도라며? 안 됐구나. 그동안 너희 아버지가 무서워서 너를 건드리지 않는 게 아니었다. 네가 크기를 기다려 줬던 거지. 이제 졸업도 얼마 남지 않았는데 정식으로 붙어볼까?"

아버지의 일은 미안하긴 했다. 그러나 사과하긴 싫었다. 이건 무지로와 나의 일이었다. 먼저 폭력을 행사한 건 그였다. 나는 대답 대신 책 보따리를 옆으로 던져 놓고 대련 자세를 취했다. 호구가 있을 리 없었다. 죽도일망정 큰 부상의 위험이 있었다. 그렇다고 피할 수도 없었다. 다른 아이들은 긴장한 채 우릴 지켜보았다. 무지로도 나를 노려보며 자세를 취했다. 내가 보기에 그가 그동안 얼마나 수련을 했는지 몰라도 엉성했다.

"얍!"

기합과 함께 무지로가 먼저 일도양단의 기세로 죽도를 내 머리를 향해 내리쳤다. 그러나 너무 느렸다. 나는 맞받아치며 비스듬히 칼을 흘려보내고 자세가 흐트러진 무지로의 옆구리를 내리쳤다. 악, 하고 그가 비명을 지르며 마구잡이로 칼을 휘둘렀다. 허리를 숙여 간단히 피하고 횡으로 칼을 휘둘러 그의 살집 많은 엉덩이를 갈겼다. 그나마 내가 봐준 셈이었다. 그의 체면이 말이 아니었다.

"우물 안 개구리였구나. 그 실력으로 우리 아버진 고사하고 나도 못 이겨. 그만두자."

그의 눈에 살기가 일었다.

"죽여버리겠어."

현실을 파악 못 하는 무지로의 말을 듣자마자 나는 번개처럼 그의 양 허벅지를 번갈아 타격했다. 아프기만 하지 크게 다치지 않고 싸울 의욕을 사라지게 할 의도였다. 아니나 다를까, 그는 죽도를 놓치며 스르르 옆으로 쓰러졌다. 그의 검도 실력은 형편없었다. 제대로 배운 게 아니었다. 여기저기 동냥한 수준이고 몽둥이를 힘으로 휘두르는 짓거리에 불과했다. 나는 쓰러져 있는 그의 어깨를 갈겨버리려다 죽도를 옆으로 던져 놓고 지금까지 구경만 하던 아이들에게 비아냥거렸다.

"너희들 무지로와 실제로 싸워봤어? 이렇게 형편이 없는 작자가 너희들 오야붕이었구나. 너희들은 무지로의 허풍에 이제껏 속은 거야."

실력을 들킨 무지로가 창피했던지 튕기듯 일어나 나를 향해 돌진해 왔다. 그런 것쯤이야 충분히 예상한 일이었다. 아니 예상을 못 했어도 그 정도의 도발은 가볍게 방어할 수 있었다. 난 순간적으로 양손을 내밀어 그의 옷깃을 움켜잡고는 그가 달려오던 탄력과 내 등과 발을 이용해 백팔십 도를 틀어 그대로 꽂아버렸다. 그는 순간적으로 날아 공중에서 한 바퀴를 제대로 돌더니 땅바닥에 처박혔다. 머리부터 떨어지지 않은 게 다행이었다. 아버지에게 배운 유술의 업어치기였다. 그는 다시 일어났다. 투지와 맷집은 알아줘야 했다. 그러나 그의 눈은 이미 겁먹은 기색이 완연했다. 보는 눈들이 있어 이러지도 저러지도 못하는 초라한 발악에 불과했다. 나는 그를 봐줄 생각이 전혀 없었다. 다시는 시비 걸지 못하도록 혼쭐을 내줘야 했다. 곧바로 달려들어 팔을 잡아당기며 발목 위를 걷어차자 옆으로 힘도 없이 넘어져 엉덩방아를 찧어버렸다. 나는 그의 옆구리를 걷어차고는 목을 밟고 말했다.

"너의 힘은 아주 쓸모도 없는 거야. 너보다 힘이 약한 아이들한테나 통하는 허세일 뿐. 아이들 괴롭히는 게 그렇게 재밌더냐?"

나는 어른답게 충고했다. 그는 아무 말도 못 했다.

"도는 멋으로 들고 다니는 게 아니야. 넌 그럴 자격도 없어. 무사도를 욕보일 일 있어?"

나는 그의 죽도를 들고 비석에 다가가 내리쳤다. 몇 번 내려치니 매듭이 풀리고 잘게 부서졌다. 애당초 그럴 생각은 없었다. 그가 아버지를 비웃었던 게 잘못이었다. 나는 나이보다 크고 속이 꽉 찬 편이었다. 키가 아니라 아버지의 몰락을 지켜보면서 철이 들고 내면 의식이 커졌다는 말이다. 나는 '어른아이'였다. 내가 그럴싸한 말을 할 수 있게 된 건 죽을 각오로 명예와 의리를 지켜낸 무사들의 활약을 그린 시사신보의 소설 덕분이었다. 나는 그들이 되고자 했다. 폐도령이 내렸을망정 그들은 나의 꿈이었으니.

"언제든 다시 덤벼. 그때는 어디 하나쯤 부러져도 날 원망하지 마. 오늘은 정당한 대련이었어. 여기 증인들이 많네."

내가 목을 짓누른 발에 힘을 한번 주고는 돌아서 내 죽도와 책 보따리를 챙겨 아이들을 쓱 흘겨보곤 말했다.

"너희들은 사내자식들이 줏대도 없냐? 이런 자식을 따라다니려면 아예 떼어서 개한테나 줘버려."

확 돌아서 미련 두지 않고 걸음을 옮기자 뒤에서 후다닥 소리가 났다.

"가이치, 같이 가자."

타츠야와 소스케였다. 강자에게 약하고 약자에게 강한 인간의 속성을 그들이 그대로 보여줬다. 우린 마을을 향해 나란히 걸었다. 소스케가 입을 열었다.

"별것도 아닌 게 지금까지 까불었네. 우린 쟤네들이 자꾸만 가자고 해서 억지로 같이 있었어."

"괜찮아. 무지로는 더 이상 너희들을 괴롭히지 않을 거야."

다음날부터 나는 죽도를 들고 다니지 않았다. 맨몸으로도 웬만한 놈들로부터 나를 지킬 자신이 있었다. 이제껏 무지로의 눈치를 보던 타츠야와 소스케는 아침부터 우리 집 앞에서 기다리고 있다가 학교에 같이 갔으며 온종일 내 주변을 맴돌았다. 쓸쓸한 일이었다. 무지로는 학교에 나오지 않았다. 그날뿐 아니라 그 뒤로 그를 보지 못했다. 가오루의 말에 따르면 집에서 잘 나오지도 않더라고 했다.

2
오카야마에서

"빌어먹을 메이지(明治)!"

아버지는 자신의 몰락이 메이지 유신에 있다고 믿었다. 조슈번의 부활을 고대했을지도 모른다. 그러나 시대 상황은 아버지의 바람대로 이루어지지 않았다. 메이지 천황은 서구 문물에 완전히 매료되어 차곡차곡 구미 근대국가를 모델로 한 국가 개혁에 나서 야마구치현 출신의 이토 히로부미를 포함한 사절단을 구미에 파견하는 한편 군사력 강화에 치중하는 근대화의 길로 나아갔다.

이해할 수 없는 건 유신에 분노하던 아버지가 정작 그걸 세우는 데 막강한 영향을 미치고 막부 철폐와 구습 타파를 주장하며 개항과 개화를 부르짖던 후쿠자와 유키치가 창간한 시사신보를 구독하고 그의 저서 『서양사정』을 틈틈이 탐독한다는 사실이었다.

후쿠자와 유키치는 나카쓰번 소속의 하급 무사 가문 출신이었다. 나처럼 하급 무사 가문이라는 것, 그가 두 살 때 아버지를 잃은 불우한 유년기를 보냈다는 것, 외삼촌의 양자가 되어 형을 따라 한학에 매진하여 그중 춘추좌씨전은 통째로 암기하는 등 일찍이 학문에 재능을 드러냈다는 사실 등은 내 관심을 끌어당기기에 충분했다. 나는 그의 자

수성가한 이력에 더욱 친밀감을 느꼈으며 신문과 책을 통해 차츰 매료되어 갔다. 그는 막부의 견외사절단으로 프랑스, 영국, 독일, 아프리카 등지를 방문하고 귀국하여 메이지 천황의 입각 제의도 뿌리친 채 사람들에게 해외 견문을 알리는 한편, 학문 연구와 계몽사상 교육, 언론 활동에 주력한 이였다. 처음 그는 네덜란드어를 익혔고 나중엔 영어를 씹어먹었다. 외국어는 그의 시야를 넓히는 일등공신이었으니 그의 영향을 받은 내가 먼 훗날 어찌 외국어 공부를 안 할 수 있었으랴.

후쿠자와는 우리 아버지가 하급 무사의 쥐꼬리만 한 봉급과 특권에 안주하고 거기에 매몰되었던 점에 비해, 출신을 한탄하고 그러한 제도의 산실이었던 막부 사회와 신분제도를 원수로 여길 정도로 반감을 드러냈다. 따라서 그는 혁명을 원했다. 그 혁명의 선결 조건이 개화이고 서구사상과 문물의 도입이었다. 메이지 유신은 그의 종교나 다름없었다. 아버지가 왕년만 바라보고 있을 때 그는 앞을 바라보았다. 그건 천지 차이였다. 그러나 아버지도 어찌할 수 없는 개화의 물결에 무력감을 느끼고 절망하면서도 별수 없이 수용할 수밖에 없는 현실을 직시하고는 있었나 보다.

"가이치, 힘은 무력도 중요하지만, 이 세상에 대해 많이 아는 것, 지식에도 있다. 지식은 세상을 바꾸는 힘이다."

아버진 일찍이 내가 글자에 익숙해지자 후쿠자와가 발행하는 신문과 책을 보라 권했다. 그 신문과 책은 나에게 새로운 눈을 뜨게 했으며 아예 후쿠자와 신봉자로 이끌었다. 또한, 아버지는 소학교를 졸업하고 중학교에 갈 여력이 없어 어머니를 도와 텃밭 일을 거들던 내게 고향에서 꽤 떨어진 오카야마에 가서 한학(漢學)을 배우게 했다. 어떻게 보면 이율배반(二律背反)의 연속이고 어쩔 수 없는 선택이었는지 모른다. 보수적인 아버지가 후쿠자와를 권했다는 것, 그런데도 한학을 배우게 했다는 것, 거기에 내가 아버지와 후쿠자와를 동시에 좇았다는 것. 후쿠자와는 민중을 경멸하고 봉건제를 찬양하며 우민을 양산한다는 이유로 유교 사상을 극단적으로 싫어했는데 말이다.

오카야마에는 무사이자 유학자이기도 했던 아버지의 동료, 이노우에 쇼인이 서당(테라코야)을 열어 훈장을 하고 있었다. 나의 짐은 가벼웠다. 거기에 옷가지 몇 벌과 죽도와 후쿠자와의 책이 끼어있었다. 봄이 멀지 않은 시기였다. 나는 훈장의 집에서 기숙하며 서당의 잡일, 청소와 땔감, 숯을 만드는 걸 도왔다. 아버진 그런 얘길 하지 않았으나 집안 형편상 수업료를 내지 못한다는 걸 안 나의 눈치에 따른 처세였다. 훈장은 유학을 공부하긴 했으나 아버지와 달리 상당히 깨어있는 사람이었다. 남자아이뿐만 아니라 여자도 배워야 한다는 신념을 몸소 실전했다.

"시대를 탓하지 말고 무엇이든지 열심히 해라. 길은 열리게 돼 있다."

이노우에 훈장은 나를 보자 안쓰러운 표정으로 그렇게 말했다. 시대를 탓한다는 말은 아버지를 두고 한 말 같았다.

서당엔 나이가 천차만별이었다. 나보다 어린 학도부터 스무 살이 넘은 이들도 있었다. 소학교를 다니지 못한 아이들도 있었는데 그들은 히라가나와 가타카나, 산수 등을 배우고. 기본 문자를 익히면 그때부터 한자를 배워 삼자경, 실어경 등 교훈서를 배웠다. 훈장의 딸 외에도 여자들이 몇 있었다. 선생은 바로 훈장의 부인이었다. 그녀들은 읽기와 쓰기를 익히고 나면 예법, 바느질 등 장차 현모양처가 되기 위한 수업을 했다.

나는 중급반에 속했다. 한학의 기초부터 시작했다. 한문 문장의 기본 구조를 이해하고 경전을 어떻게 해석하며 그 원리를 이해하는 데 중점을 두며 나아갔다.

"말을 최대한 줄여라. 실속 없는 놈들이 말이 많은 법이다. 어설프게 알고서 말하는 것보다 침묵하는 게 아예 낫다. 모든 일에 부디 자중하라."

고향을 떠날 때 아버지가 당부한 말을 나는 신조로 삼았다. 그러다 보니 낯설기도 했거니와 다른 이들과 어울리는 일이 많지 않았.

여기서도 차별은 존재했다. 무지로가 힘을 이용하여 아이들을 조종했다면, 서당에서는 이미 폐족이 된 사족(士族)의 아들이 부(富)를 배경으로 안하무인이었다. 그의 부친이 번의 고위 무사였다나? 벌써 서당의 잡일이나 하는 날 우습게 보고 깔아뭉개려 하였다. 그의 이름은 상급반의 셋슈. 나보다 두 살이 많은 그는 무사 집안답게 검에 익숙한 모양이었다. 그를 따르는 이들도 여럿이었다. 아무래도 그의 코를 납작하게 만들어놔야 서당 생활이 편할 것 같았다.

그럴 기회는 의외로 빨리 찾아왔다. 숯가마에서 숯이 담긴 대바구니를 어깨에 메고 서당 골목 유자나무 밑을 지날 때 갑자기 짐이 누가 끌어당기는 듯 무거워졌다. 짐을 조심스럽게 내려놓으니 어디서 나타났는지 학도 여러 명이 키득거렸다.

"자코(조무래기), 너 신고식도 안 했잖아?"

양손을 허리에 얹은 셋슈였다. 그를 따르는 일당과 함께.

"그런 게 있나?"

나는 담담하게 말했다.

"그런 게 있나? 어쭈, 이게 뭘 믿고 개기려고 하는 거지? 인마, 외지에서 왔으면 당연히 신고해야지. 여기 신고식은 엉덩이로 자기 이름을 쓰는 거야."

같잖은 텃세였고 나를 우스운 꼴로 만들려는 수작이었다.

"못 하겠다면?"

"호오, 종놈 주제에 못 하겠다? 그렇다면 우리 모두에게 무릎 꿇고 앞으로 잘 부탁드립니다, 하고 절을 해. 그럼 그냥 넘어가 주지."

종놈 주제라니?

"그것도 못 하겠다면?"

일딩이 홍, 하고 비웃음을 날렸다.

"그럼 맞아야지."

놈이 느닷없이 내 뺨을 때렸다. 피할 새도 없었다. 얼얼했다. 그래, 오히려 잘되었다 싶었다. 내가 당했듯이 벼락처럼 그의 웃옷을 붙잡아 방어할 틈을 주지 않고 업어치기로 길 위에 메어꽂아버렸다. 큰 기술이었다. 모두 놀란 표정이 역력했다. 사람들이 수없이 밟고 다닌 길은 단단했다. 충격이 크리라, 몸도 마음도.

"너희들도 덤비려면 다 덤벼!"

나는 유술 자세를 취하며 모두에게 외쳤다. 아무도 움직이지 않았다. 나는 다시 한번 외쳤다.

"덤벼. 칼 가지고서 자신 있다면 얼마든지 상대해 주지."

아직도 무사들의 전설은 살아 있었고 기세는 여전한 시기였다. 그제야 셋슈가 일어나 어처구니가 없다는 표정을 지으며 자세를 취했다.

"키치가이(또라이), 아주 비겁한 놈이군."

"누가 비겁한지 모르겠네."

"한가락 재주를 믿고 까부는 모양인데."

"싸움을 말로 하나?"

나는 말싸움에서도 지지 않았다.

"좋다. 오늘은 맨손이니 이대로 하고 내일 죽도로 하자."

"얼마든지."

그는 다리를 약간 벌리고 무릎을 살짝 구부린 상태로 한 발을 내미는 자세를 취하더니 방어는 생각도 않고 내게 멧돼지처럼 달려들었다. 그럴 때 유용한 기술을 나는 아버지를 상대로 수도 없이 연마했었다. 그의 양팔 옷깃을 잡고 몸을 틀어 누우면서 그를 뒤로 넘겨버렸다. 구경꾼들이 탄복할 기술이었다. 나는 단번에 무릎의 탄력을 이용해 펄쩍 뛰어 일어났다. 그는 창피하게도 두 번째로 등을 땅에 대야 했다. 일어서는 얼굴이 시뻘게져 씩씩거렸다.

그는 서둘렀다. 어떻게든 내 팔을 붙잡으려 했다. 그도 어지간히 유술을 연마했던 모양이다. 나는 잡히는 척하다가 다시 한번 업어치기를 시도했다. 그러나 처음과 달리 쉽게 딸려 오지 않았다. 힘에서는 내가 그에 미치지 못했다. 나는 변칙을 생각해 냈다. 팔과 옷을 잡는 척하곤 다리를 걸음과 동시에 튀어 올라 머리로 가슴을 받아버렸다. 같이 넘어졌다. 내가 그의 몸 위에 올라탄 형세. 나는 그가 방어하기 전에 옆으로 돌아 발로 그의 몸을 감싸 누르고는 팔을 비틀어 팔목을 꺾은 뒤 잡아당겼다. 그가 비명을 질렀다. 일명 꺾기 기술로 순식간에 벌어진 일이었다. 이를 악물고 말했다.

"항복해!"

"악, 항복."

꼴에 손목이 부러지는 건 싫었던가, 바로 꼬리를 내렸다.

"내가 졌다. 그러나 이걸로 끝이 아니다. 검술도 해본 모양인데 내일 정식으로 붙어보자."

"난 호구는 없어. 그래도 좋다면?"

"좋아."

그래도 셋슈는 시원시원하고 남자다운 면이 있었다. 무사도의 오기인가? 일당은 멍한 표정이었다. 나는 내려놓은 숯 바구니를 들고 서당으로 천천히 향했다. 그 일당들에게 한 소리를 해주고 싶었지만, 패배를 솔직하게 인정한 셋슈 때문에 참았다.

나는 모처럼 죽도에 양초를 꼼꼼히 바르고 대련을 준비한 뒤 다음 날 뒷산 숯가마가 멀지 않은 산나무가 무성한 숲, 평평한 공지로 갔다. 내가 종종 숯을 굽기 위해 나무를 베던 곳이다. 간간이 보이는 벚나무엔 꽃망울이 맺혀 봄이 지척에 왔음을 알려 주었다.

셋슈는 먼저 와 있었다. 역시 일당들과 함께였다. 어쩌면 어제의 치욕을 씻고 자신의 위상을 제대로 보여주려는 심보일 수도 있었다. 그만큼 검술엔 자신이 있다는 발로일 수도 있고. 나는 죽도와 톱을 들고 왔다. 나름대로 생각이 있었다. 여기까지 왔으니 나무를 베어가려는. 톱을 한쪽에 던져 놓고 셋슈 앞에 서서 말했다.

"제의할 게 있어."

"뭐야?"

"네가 진다면 너희들 모두 나무를 베서 한 아름씩 숯가마에 갖다 놓은 거야."

"그렇게 될까? 어쨌든 좋아."

"하나 더. 이건 싸움이 아니야. 대련이야. 서로가 머리는 공격하지 않는 게 좋지 않겠어?"

"그것도 좋아. 조금 해보다 안 되겠다 싶으면 자존심 세우지 말고 바로 말해. 다치기 전에."

역시 셋슈는 시원시원했다. 아니면 진다는 생각을 전혀 하지 않았거나. 내가 자세를 잡자 그도 두 손으로 죽도를 잡고 앞으로 내밀었다. 검술은 순간적인 움직임으로 공격의 기회를 잡거나 상대의 공격에 대응한다. 셋슈가 먼저 움직였다. 그에 대응하여 나도 칼끝을 응시하고 미끄러지듯 발을 움직였다. 한동안 탐색이 이어지고 몇 번 죽도가 부딪쳤다. 셋슈는 무지로와는 달라도 한참 달랐다. 무사 집안답게 제대로 익힌 자세였다.

"얍!"

셋슈의 칼이 내 가슴을 찔러왔다. 빨랐다. 가까스로 막아내며 밀어냄과 동시에 어깨를 겨냥해 휘둘렀다. 속임수임을 셋슈가 어찌 알았으랴. 셋슈도 막아냈으나 나는 그 동작을 예측해 빠르게 칼을 회수하여 옆구리를 베어버렸다. 갈겼다고 해야 하나? 하여튼 내 예상이 적중했다. 진검이라면 배가 갈릴 공격이었다. 예측과 빠름은 검술의 핵심이다. 셋슈가 배를 움켜쥐고 허리를 꺾었다. 한참 후 그가 공격을 포기한 듯 왼손에 죽도를 든 채 말했다.

"어디서 배운 거니?"

"우리 아버지가 무사였어."

"너 엄청 세구나. 우리 아버지도 무사야. 나는 우리 삼촌에게 배웠다. 삼촌도 무사였고. 더 해봤자 뻔해. 내가 졌다. 앞으로 친하게 지내자."

그는 단 일 초식을 겨루어보고는 내 실력을 가늠하여 패배를 인정해버린 것이다. 그런데도 그는 비루해 보이지 않았다.

"약속대로 나무를 베자."

그는 일당들에게 그렇게 말하고 내게 어떤 나무를 베어야 하느냐고 물었다.

"따라와."

우리는 더 깊은 데로 들어갔다. 나는 벌목에도 원칙을 세웠다. 곧 죽을 것처럼 보이는 나무, 너무 촘촘하게 서 있는 나무 중 하나, 쓸모없는 가지 등을 베자는. 일당 여럿이서 번갈아 가며 톱질을 하니 일은 훨씬 쉬웠다. 그동안 셋슈는 이것저것을 내게 물었다. 어디 출신인지, 얼마 동안 수련했는지, 서당에 어떻게 오게 됐는지.

이 일이 있고 나서 나는 서당에서 함부로 건드릴 수 없는 존재가 되었다. 셋슈와는 친하게 되어 내가 서당에서 공부하는 몇 년 동안 여러 가지 도움을 받게 되었다. 시사신보를 다시 읽게 된 행운도 그 덕분이었다. 대신에 나는 그의 대련 상대가 되어주었다. 처음 대련했던 장소는 우리의 수련장이 되었다. 수련장은 풀 한 포기 나지 않을 만큼 매끈하게 변해갔다. 이노우에 훈장은 칼을 철저하게 버리고 서당에만 전념했다.

서당 생활이 몸에 익게 되자 나는 한학을 공부하는 틈틈이 후쿠자와 유키치를 탐구했다. 그의 책『서양사정』은 몇 번을 읽었는지 모른다. 유키치는 이 책에다 자신의 신념이 채 여물기 전 청년 시절에 사상으로나 문명적으로 월등하게 발전한 미국과 서양의 실제 모습을 소개하고, 직접 겪고 느낀 제 나름의 치열한 생각을 피력해 놓았다. 선진기술뿐 아니라 각 나라의 간략한 역사와 정치체제, 군대 수준. 재정 상태, 도서관과 각종 병원, 학교 시설에 관해서도 기술하고, 독립과 자유를 수시로 언급하여 일본이 앞으로 나아갈 길을 피력해 놓았다. 특히 개인의 자유와 권리는 서양에서 가장 중요하게 여기는 가치 중 하나로서 나와 같은 일본의 독자가 그 개념 자체에 익숙하지 않은 상태라 보고 그걸 설명하는데 상당 부분을 할애해 놓은 친절을 보였다.

나는 문장을 해석하는 데에 익숙해지자 논어, 맹자, 시경, 서경, 역경을 떼고 사기, 춘추좌씨전, 노자, 장자 등을 두루 섭렵했다. 특히 춘추좌씨전은 암기하려 애를 썼다. 그걸 통째로 외웠다는 후쿠자와를 닮고자 하는 노력의 일환이었다. 그의 청소년기를 읽은 나는 애잔한 마음을 금할 수 없었다. 나는 후쿠자와의 신봉자가 되어갔다.

후쿠자와는 고향 나카쓰에서 아무리 뛰어나도 하급(下級) 사족(士族)이라는 신분의 벽을 넘어설 수 없다고 한탄했다. 아이들의 놀이에도 상하 귀천의 구별이 있었으니, 생선 장수였던 그의 외삼촌이자 양아버지는 처지를 직시하고 영리한 후쿠자와를 승려로 키울까를 결심하기에 이르렀다. 하찮은 생선 가게 아들이 대종사가 되었다는 신화를 염두에 두고서. 중노릇을 시키는 한이 있더라도 세상에 이름을 남기도록 하겠다고 결심한 그 괴로운 속마음, 그 깊은 애정. 후쿠자와는 그것만 생각하며 봉건적 문벌 제도에 분노하는 동시에 돌아가신 아버지의 심정을 헤아리게 되어 혼자 울곤 했다. 그러나 후쿠자와는 외삼촌을 존경하면서도 승려가 되는 건 결사반대했다. 훗날 그는 말했다.

"주변에서 불평불만이 나오면 다 쓸데없는 짓이라 여겼다. 사람을 실력으로 평가하지 않고 문벌로 나누는 이상 희망은 없었다. 떠나지 않을 거면 불평도 하지 말라고 스스로 틈을 놓았다. 마침내 나가사키로 떠났다. 전통과 문벌이라는 악령을 스스로 묻어버리고 싶었다. 가슴에는 못다 이룬 아버지의 꿈을 품었으니, 그러지 않고서야 어찌 뒤돌아서 침을 뱉고는 바삐 달려갔겠는가."

나가사키. 일찌감치 개항한 나가사키. 꿈과 미래를 위해 나도 한참 후에 후쿠자와처럼 나가사키로 떠나게 되리라 믿었다.

후쿠자와는 나가사키로 건너가 처음으로 서양 글자인 난학(蘭學)을 접하고는 베개를 베고 잔 기억이 없을 정도로 열심히 공부했다고 한다. 이후 그는 영어의 필요성을 느껴 공부에 집중하여 나중엔 유창하게 회화를 하는 수준까지 이르게 되어 미국을 방문할 기회를 얻는다. 그의 서양 탐험이 시작된 것이다. 그것은 바로 자신 안에 잠재돼 있던 사상의 개벽(開闢)과 문명의 개안(開眼)을 뜻했다. 이어 프랑스, 이탈리아, 영국, 네덜란드, 독일, 러시아, 스페인, 포르투갈, 러시아 등을 두루 여행하고, 자신이 목격한 자동차, 기관차, 기계 등을 일본에 도입할 것을 적극적으로 주장하였다.

그 당시 일본의 인구는 3천여만 명. 외국물을 먹게 된 식자층은 3천여 명, 이들이 메이지 유신의 성공을 위해 분투하던 시절이었다. 나도 그 삼천여 명 중 한 명에 끼게 되기를 소망했다. 그러나 내일은 암담하기만 했다.

서당의 시간은 빠르게 흘렀다. 난 열여섯 살이 되었다. 덩치도 어느새 어른 못지않았다. 셋슈는 생각을 달리했는지 2년을 나와 보낸 후 집안이 개화로 전향했다며 중학교로 떠났고, 난 몇몇 나이가 많아 따로 어울리는 이들을 제외하고는 학도의 중심이 되어 있었다. 셋슈가 떠나며 일시 읽는 게 중단되었던 시사신보는 이노우에 훈장의 배려로 다시 읽게 되었다. 그만큼 훈장의 신임을 얻었다고나 할까. 난 모든 부문에서 월등한 편이었다. 초급반 생도들을 가르칠 정도로 한학의 성취는 일취월장했다. 내가 시작한 나무 베기와 숯 만들기는 어느새 학도들이 자연스럽게 받아들이는 일상이 되었고.

생활하는 데 여유가 생긴 나는 어느 날 따르는 학도 몇과 먹을거리를 싸 들고 두 시간을 넘게 부지런히 걸어 오카야마 성을 구경하러 갔다. 꽤 먼 거리였음에도 처음으로 가는 명소관광인지라 걸음이 가벼웠다. 거기엔 훈장의 딸 레이코와 그녀의 단짝 미나미가 따라붙었다. 활달한 레이코는 나와 같은 또래로 기모노를 입은 모습은 이름처럼 예뻤다. 처음에 봤을 때는 내 처지가 처지인지라 먼 산 쳐다보듯 했으나 나중엔 스스럼없어졌다. 아직도 남녀유별이 심하던 시기였지만 레이코는 여권신장에 맞춰 고루한 관념을 뛰어넘은 듯 행동했다.

성 안팎을 다 구경하고 강가에서 싸 온 주먹밥을 먹은 뒤 가까이에 있는 고라쿠엔에서 성을 다시 봤을 때, 아사히 강 건너 야트막한 언덕 위에 수목 사이로 우뚝 솟은 천수각의 모습은 내가 이제껏 본 건축물 중 최고라 할 수 있었다. 장엄한 모습이었다. 오카야마 성은 검은색 외관으로 인해 까마귀 성으로 불리는데 멀지 않은 곳에 자리한 하리마의 히메지 성은 온통 흰색이어서 백로 성으로 불린다고 했다. 검정과 하양의 대비, 그래서 두 성을 우성(友城)이라나?

고라쿠엔(後楽園)은 다이묘 정원으로 이바라키에 있는 가이라쿠엔(偕楽園), 가나자와의 겐로쿠엔(兼六園)과 나란히 일본의 3대 정원이라 일컫는다. 각양각색의 나무와 수로와 연못은 아름답게 가꾸어졌고 별세계에 온 느낌이었다. 온종일 감상한다 해도 싫증이 나지 않을 것 같았다. 그 넓은 정원 모두 번주를 위해 조성했다 하니 백성의 고혈을 짜낸 그 힘의 막강함을 느낄 수 있었다. 나는 자신이 왜소하게 느껴졌다. 내일은 막연하고 어떤 길을 걸어야 할지 감도 오지 않았다.

성과 정원 주변에는 먹을거리를 파는 노점상들이 많았다. 주변을 살피던 레이코가 갑자기 나섰다.

"잠깐만 기다려."

정원을 나와 우린 모치를 파는 곳 앞에서 걸음을 멈추었다. 레이코가 슬며시 웃으며 노점에 들러 떡을 사 모두에게 돌렸다. 돌아갈 때 행여나 배고플까 우려한 그녀의 깜찍한 배려였다. 내겐 돈이 없었다. 그걸 먹고 오던 길을 되돌아가면 해 질 녘에야 서당에 도착할 것 같았다. 떡의 모양이나 맛이 집에서 어쩌다 먹게 되는 것과는 확실히 차원이 달랐다.

그때 주변을 어슬렁거리던 패거리 중 커다란 부채를 든 놈이 다가와 레이코에게 손을 내밀었다. 무례하게도 자기도 달라는 짓거리였다. 한쪽 볼에 흉터가 길게 나 있었다. 부채를 들고 다닐 시기는 아니었다.

"왜 그래요?"

레이코가 무안스러운지 옆으로 가려고 하는데 패거리가 우르르 달려들어 억지를 썼다.

"어이, 아가씨, 너희만 입이야? 우리도 입 있어."

"왜 이러는 거요?"

내가 나설 수밖에. 그들이 나를 같잖다는 듯 쳐다봤다. 부채가 눈을 위아래로 치켜뜨며 말했다.

"이 똘마니 새끼가, 넌 뭔데 끼어들어!"

"일행이오."

"일행? 이것들은 어디서 온 촌닭들이야."

관광지 주변에는 꼭 이런 양아치(데키야)들이 있다는 얘길 들었다. 나와 같이 온 학도들은 패거리의 등장에 두려워하는 기색이 역력했다. 엮이지 않으려면 빨리 그곳을 벗어나는 게 좋을 듯싶었다.

"상관하지 말고 가자."

난 레이코와 미나미를 감싸며 어서 가자는 손짓을 했다. 부채가 또 나섰다. 이놈이 패거리의 오야붕인가?

"누구 맘대로 가겠다는 거야. 어이, 아가씨, 우리도 배고파. 떡 안 사주면 여기서 못 벗어날 줄 알아."

그들 패거리는 다섯이었다. 그들은 흥미진진한 표정으로 부채와 나를 번갈아 살폈다. 레이코가 내게 다가와 작은 소리로 말했다.

"가이치, 그냥 사주고 가자."

"안 돼!"

나는 단호하게 거절했다. 그 소리는 다 들을 수 있을 만치 컸다. 그러자 부채를 흔들며 놈이 발작했다. 느닷없이 내 어깨에 부채가 떨어졌다.

"이 새끼가 죽으려고 환장했구먼."

맞아보니 부채가 예사 물건이 아니었다. 생나무로 맞은 것처럼 어깨가 뻐근했다. 그 소란에 레이코와 미나미가 우리 일행 곁으로 물러날 수 있었다. 나는 주변을 살폈다. 부채에 대응할 만한 게 없나. 없었다. 아무래도 부챗살이 쇠로 만들어진 모양이었다. 상대를 공격할 무기로도 쓸 수 있는. 폐도령(廢刀令)에 대처한 눈속임이었다.

난 맞은 어깨를 주무르며 놈을 제압할 방법을 생각했다. 놈은 의기양양했다. 이럴 땐 근접전이 효과가 있겠다. 바로 방심한 놈의 부채를 든 팔을 붙들어 잡고 끌어당기며 등을 대고는 다리를 이용해 업어치기로 꽂아버렸다.

놈에게 맞고 바로 놈을 눕혀버리고. 그건 순식간에 벌어진 일이었다. 그러자 눈을 휘둥그레 뜬 패거리들이 날 에워쌌다. 그중 한 놈이 어디론가 달려가는 게 보였다. 부채가 인상을 쓰며 일어났다. 불시에 당한 그의 얼굴에서 독기가 풀풀 배어 나왔다.

"죽여버리겠어."

우리 일행은 저만치 떨어져 어찌할 바를 모르고. 주변에 사람들이 모여들었다. 부채는 선뜻 달려들지 않았다. 사라졌던 한 놈이 몽둥이를 들고 나타나선 패거리들에게 골고루 나눠줬다. 가까운 곳에 숨겨놨나 보다. 몽둥이는 대나무였다. 데키야가 분명했다. 부채가 선뜻 달려들지 않았던 게 이것 때문이었구나. 일은 벌어지고 있었다. 몽둥이를 들자 패거리들은 여유만만했다. 어찌해야 하나. 도망갈 수도 없고.

"이게 어디라고 깝쳐."

부채가 느물느물 웃었다. 난 다섯 명을 죽 훑어보며 누가 가장 약해 보이나 살폈다. 뒤쪽 뚱뚱한 놈이었다. 난 한 대 맞을 각오를 하고는 빙글 돌아 뒤에 있는 놈의 팔을 손칼로 후려쳤다. 방심했던가, 놈이 몽둥이를 떨어뜨렸다. 그걸 잽싸게 주웠다. 내 손에 칼이 주어진 셈이었다. 여러 명이어도 해볼 만하다는 생각이 들었다.

"이것 봐라! 인정사정 볼 것 없이 쳐버려."

부채가 소리쳤다. 난 등에 두 대를 맞으면서 달려드는 두 놈을 갈겼다. 옆구리와 허벅지. 나도 사정을 봐주지 않았다. 놈들은 바로 쓰러졌다. 웬일인지 놈들도 내 머리만은 때리지 않았다. 극단적인 상황만은 피하려는 게 분명했다. 돌아서 부채가 내지르는 몽둥이를 막고 그 기세로 옆에 놈을 후려갈겼다. 이제 부채만 남았다. 그가 어쩔 줄 모르고 허둥대던 뚱뚱한 놈에게 소리쳤다.

"오야붕에게 빨리 연락해."

역시 부채는 만만치 않았다. 한 손엔 몽둥이, 다른 한 손에 부채. 놈은 내 칼을 효과적으로 막아냈다. 발도 민첩했다. 검술을 익힌 게 분명했다. 어깨와 등이 계속해서 욱신거렸다. 시간 끌어 좋을 게 없었다. 누가 더 오게 된다면 불리하게 될 건 자명했다. 놈은 섣불리 공격하지 않았다. 빈틈을 찾아보기 힘들었다.
"레이코, 먼저 가!"
나는 일행이 들으라고 소리쳤다. 일행만 없다면 어떻게든 빠져나갈 수 있으리라 봤다. 그러나 패거리 중 둘이 그쪽으로 가는 게 아닌가. 손발이 척척 맞았다. 진퇴양난이었다. 나는 변칙을 이용하기로 맘먹고 몽둥이를 위에서 내려치고는 놈이 막아내자 바로 옆으로 휘둘러 정신을 흐트러지게 한 다음 무지막지하게 슬라이딩하여 다리를 걸었다. 놈이 벌러덩 넘어졌다. 난 잽싸게 일어났다. 나는 넘어진 놈을 협박해 흥정할 생각이었다. 제발 우릴 고이 보내주라고. 그러나 그 꿈은 곧바로 산산이 깨지고 말았다.
내가 막 넘어진 놈에게 겁을 주기 위해 머리에 몽둥이를 들이밀려고 할 때 머리를 빡빡 민 대머리가 나타나 발길로 내 손목을 후려쳤다. 난 그렇게 빠른 발길질을 본 적이 없었다. 아니 발길질이 그토록 빠르다는 걸 생각지도 못했다. 칼보다 빠른 발길질이라니. 몽둥이가 날아가고, 연이어 난 자세가 무너진 상태에서 대머리에게 붙잡혀 패대기를 당했다. 내가 부채를 업어치기로 꽂아버린 것처럼.
"이 새끼가 겁대가리를 완전히 상실한 놈이고만. 여기가 어디라고 설쳐대는 거야."
난 가까스로 일어났으나 바로 대머리의 발길에 가슴이 차여 또 쓰러지고 말았다. 대머리는 내가 형편없이 쓰러지자 부채마저 가만두지 않았다. 뺨을 때리고 멱살을 잡아 내가 했던 것처럼 패대기를 쳤다.

"이런 놈 하나 처치하지 못하다니, 창피하지도 않냐?"

고수였다. 그때부터 난 걸레가 되도록 두들겨 맞고 정신을 잃었다. 내가 깨어났을 때는 해가 넘어갈 무렵. 우리 일행도 무사하지 못했다. 모두가 실컷 맞고 있는 돈 다 뺏기고. 레이코와 미나미는 훌쩍이고 있었다.

난 걸음을 걷지 못했다. 두 명이 양쪽에서 부축해야 겨우 걸을 수 있었다.

'난 우물 안 개구리였구나.'

일개 양아치에 불과한 놈에게 이렇게 처참하게 당하다니. 속수무책이나 다름없었던 패배. 부족했다. 세상은 넓고 실력 있는 사람은 넘쳐나는구나. 아버지가 그토록 강조했던 힘이 그동안에 연마한 수준이면 충분하지 않을까, 생각했었다. 오만이었다. 난 유술이면 유술, 검술이면 검술만 생각했다. 칼을 휘두를 때는 칼만 써야 한다는 고정관념에 사로잡혀 있었다는 말이다. 칼을 쓰면서 다른 기술을 쓴다는 건 비겁한 짓이라 여겼던 것. 그게 문제였다, 대련이 아닌 싸움은 어떻게 하든, 수단과 방법을 총동원하여 이겨야 했다. 전쟁이라면 상대에게 진다는 건, 곧 죽는다는 걸 의미한다. 대머리는 내게 새로운 눈을 뜨게 했다. 발차기였다. 미처 생각지도 못한 무술. 난 그렇게 처절하게 깨달으며 서당이 있는 마을에 도착하기까지 갈 때보다 두 배는 더 걸려서 한밤중에 도착했다. 그리고 닷새 동안 누워 지내야만 했다.

"레이코에게 들었다, 왜 이렇게 됐는지를. 와신상담(臥薪嘗膽)과 절치부심(切齒腐心), 이 두 개의 고사를 곱씹어 보아라."

이노우에 훈장은 만신창이가 되어 누워있는 나를 보며 그 말만을 남겼다. 십팔사략(十八史略)과 사기(史記)에 나오는, 나도 아는 고사였다. 이 고사를 처음 접했을 때는 머리로만 새겨둔 건성이었다. 이제 별다른 이유도 없이, 상대가 억지로 만든 시비 끝에 이어진 어처구니없는 행패에 직접 깨지고 보니 그 의미가 새롭게 다가왔다. 앞으로도 이런 일은 언제든 닥칠 수 있으리라. 답은?

'이 빚은 언제든 기필코 갚고야 말리라.'

나는 사지가 욱신거리고 움직임이 힘들 때마다 다짐했다. 대머리와 부채의 얼굴을 떠올리고는. 찢어 죽여도 시원치 않을 종자들.

레이코는 수시로 드나들며 나를 간호했다. 전에도 느꼈지만 내게 관심이 있다는 걸 느낄 수 있었다. 자유연애 풍조가 싹이 틀 때였다. 그러나 나는 아직 여자에게 신경을 쓰고 싶지 않았다. 나 하나 건사할 힘마저 갖추려면 멀었는데….

그 일이 있고, 셋슈가 간 뒤 방치해둔 잡풀로 무성한 수련장을 정비했다. 풀이 무릎에 닿을 만큼 검술과 유술을 등한시한 셈이었다. 나 혼자 하는 수련이 아니었다. 오카야마 성에 같이 갔던 학도 둘, 류토와 히로시가 합류했다. 그들도 어렴풋이나마 무술의 필요성을 절감한 셈이었다. 그들의 사부는 바로 나였다.

나의 생활은 서당 아니면 수련장이었다. 양아치에게 당한 패배가 한이 되어서 이를 악물었다. 힘이 없으면 앞으로도 굴욕적인 삶을 살게 되리라. 검술과 유술에 연연할 필요가 없다고 생각하여 주먹을 단련하고 발차기를 집중적으로 연마했다. 번개처럼 빨랐던 대머리의 발차기를 상기하면서.

"일신 독립해야 일국 독립한다."

비록 만나보지는 못했지만, 그 당시 내 정신적 지주였던 후쿠자와 선생(난 이때부터 후쿠자와에게 선생이라는 말을 꼭 붙였다)의 말을 벽에 붙여놓고 매일매일 되새겼다. 개인부터 정신적으로나 사상적으로 독립하고, 가족과 사회로부터 독립하여 완전한 인격체로 살아가야 함을 역설한 말이었다. 내가 독립하기 위해서는 첫째로 갖춰야 할 게 바로 힘이었다. 어떠한 상황에서도 나 하나쯤 충분히 지켜낼 실력과 함께 다방면의 지식을 섭취하는 것이었다. 당시 일본 정부도 서양의 압박에 굴복해 버린 에도막부(江戶幕府) 말기의 전철을 밟지 않으려 부국강병에 온 힘을 기울였다.

후쿠자와 선생은 유신에 적극적이었으면서도 새로운 정부에 참여하지 않고 무수한 저술과 강연을 통해 입헌군주제와 개인의 자유, 권리 보장, 사회 개혁, 언어 개혁, 의무교육, 여성 권리에 관한 주장을 펼치고 다녔다.

"하늘은 사람 위에 사람을 만들지 않고, 사람 아래 사람을 만들지 않았다."

그의 사상의 백미라 할 이 말은 내 머릿속에 콕 들어와 박혔다.

1884년도 다 저물어갈 때였다. 제일 가까운 이웃 나라 조선에 관한 소식은 시사신보를 통해 어느 정도 알 수 있었는데 후쿠자와 선생이 지원한 조선의 개화파가 일으킨 혁명(갑신정변)이 실패했다는 뉴스가 전해졌다. 이전의 조선은 일본의 메이지 유신 직전의 상황과 흡사한 상태였다. 즉 일본이 1859년 미국의 무력에 굴복하여 맺은 수호통상조약으로 요코하마가 개항했듯이, 조선은 1876년 일본의 무력에 의해 강화도조약이 체결되어 제물포가 개항하고 이후 부산과 원산도 뒤를 따른 형편이었다. 그러나 명성황후를 위주로 한 집권 세력이 청나라에 의존하여 노골적인 간섭을 받고 있어 일본의 생각대로 움직여주지 않았다. 이에 후쿠자와 선생의 영향을 받아 제자나 다름없었던 개혁파 김옥균, 박영효, 유길준, 서재필 등이 주축이 되어 정변을 일으켜 성공하는 듯했으나 곧바로 청나라 군대가 궁궐에 진입하여 진압함으로써 삼일 천하로 끝나고 말았던 것. 정변의 주축들 일부는 당시에 척살되고 김옥균을 비롯한 일부는 가까스로 제물포항을 거쳐 일본에 망명한 상태였다.

후쿠자와 유키치 선생은 이전에는 일본이 선도적으로 주변국의 개화와 개혁을 지원해야 함을 역설했다.

"조선은 미개하므로 이를 유인하고 끌어줘야 하며, 그 인민은 완고하고 고리타분하므로 무력을 사용해서라도 그 진보를 도와야 한다."

그는 갑신정변이 터지자 일본 민병대라도 지원하자고 조정에 건의했지만, 대신들의 반대가 심해 무산되었다.

자신의 사상을 조선에 심으려 했던, 서양에 대항하여 아시아 3국인 중국, 조선, 일본이 개혁의 길로 함께 가길 원했던 후쿠자와 선생의 실망은 이만저만이 아니었다. 오죽하면 개화파 인사들에 대한 혹독한 형벌과 연좌제를 보고 몹시 비분강개하여 식음을 다 전폐하였을까. 그는 아까운 인재들을 잃었다며 대성통곡하기도 하였으니. 그는 이어 조선독립당의 처형이라는 글을 발표하는 한편 조선의 야만적인 형벌을 비인도적이라며 맹렬하게 규탄하였다.

> 조선 인민을 위하여 조선 왕국의 멸망을 기원한다. 인민의 생명도, 재산도 지켜주지 못하고, 독립 국가의 자존심도 없는 그런 나라는 오히려 망해 버리는 것만이 인민을 구제하는 길이다.

그는 또 중국과 조선 등 이웃 나라의 개혁 실패를 보고 시사신보에

탈아론(脫亞論)을 발표했다. 이미 일본은 타의든 자의든 문명화를 받아들여 아시아에서 새로운 축을 마련했다고 본 것이다.

> 서양문명의 유입은 막을 방도가 없다. 근대화를 거부하는 중국과 조선은 서양이 압박하는 가운데 독립을 유지할 방법이 없을 것이다. 일본은 이러한 이웃과 헤어져 서양 열강처럼 그들을 대하자. 우리는 마음속에서부터 아시아의 나쁜 친구를 사절해야 한다.

탈아론에 이어 후쿠자와 선생은 급기야 갑신정변의 실패에 사무쳤는지 고개를 들다 사그라진 정한론(征韓論)을 지지하게 된다. 그의 신봉자가 된 나는 그의 분노와 강변에 심정적으로 동조했다. 따라서 별로 관심을 두지 않았던 조선과 정한론을 공부하기 시작했다.

정한론은 한반도를 정벌하여 일본의 국력을 배가시키자는 주장이다. 이 정한론은 1500년 전, 4~6세기경에 일본의 야마토 정권이 한반도 남부의 임나(가야) 지역에 통치 기구 임나일본부를 세워 지배하였다는 학설에 기원한다. 《일본서기》에 의하면 신공 황후가 369년 가야 지방을 점령해 임나일본부를 두고 실질적인 통치를 하다가 562년 신라에 멸망했다고 쓰여 있다. 정한론의 근거를 고토(古土) 회복에 두었던 것. 정한론 주창자였던 요시다 쇼인은 서양 세력이 일본을 넘보지 못하게 필리핀부터 시베리아에 이르는 지역을 미리 장악해 두어야 한다면서 특히 조선은 과거 일본의 속국이었기에 일본의 품으로 복속시키는 게 마땅한 처사라 했다. 그는 또 조선이 일본에 파견한 통신사도 조공 사절이라 했으나 나중에 내가 알게 된 사실은 일본이 선진문물을 도입하기 위해 조선 조정에 수차례 부탁한 결과였다. 임나일본부설이나 통신사의 조공 사절론은 일본의 입맛에 맞게 조작한, 유치한 국뽕이었던 것이다.

　이후 우리 선조들은 섬을 벗어나 끊임없이 한반도, 더 나아가 만주를 거쳐 대륙으로의 진출을 꿈꿔왔다. 그걸 실현하고자 했던 도요토미 히데요시는 예부터 중화는 우리나라를 여러 번 침략했으나 우리나라가 외국을 정벌한 일은 신공 황후가 서쪽 삼한을 정벌한 이래 천 년간 없었다며 명나라를 칠 테니 길을 열어달라는 명분을 내세워 분로쿠의 역(임진왜란)과 케이초의 역(정유재란)을 일으키며 7년 동안 조선에 군대를 출정시켜 초반에 연전연승했으나 후반엔 명장 이순신에게 연전연패하며 물러나야 했다.

　또한 막부(幕府) 당시, 하야시 슌사이는 한반도가 일본의 신화에서 나오는 신인 스사노오노미코토가 경영했던 곳이라 단정하고 이 신이 삼한의 조상이라 주장하기도 하였는데 메이지 유신으로 나름 부국강병의 성과에 자신감이 생긴 인사들이 닭 쫓던 개 지붕 쳐다보기는 싫은 데다 다른 열강에 매력 있는 먹잇감을 뺏길까 봐 정한론을 앞다투어 내세우고 있었다.

　이런 판에 조선의 정세는 집적대고 흔드는 열강의 틈바구니에서 저희끼리 치고받고, 어디로 가야 할지 어떻게 해야 할지도 모르는 혼란한 상황 그 자체였다. 원래 조선 왕조는 병자호란 이래 사대교린이라는 테두리 안에서 쇄국을 고수해 왔다. 더군다나 홍선대원군이 어린 왕을 대신하여 섭정하면서 권력을 장악하여 국정 전반에 걸쳐 과감한 개혁을 단행하였으나, 외교적인 면에서 청나라를 제하고는 척양척왜를 주장하며 쇄국을 계속 유지하였다. 이러한 홍선대원군의 완강한 자세로 구미 열강은 몇 번 건드려보다 통상 시도를 포기할 수밖에 없었고, 결국엔 일본 정한론자들의 야망만 불러일으켰다. 그러나 쇄국으로 일관하던 조선 정부는 고종이 친정을 하게 되어 1876년 일본의 군사력에 굴복하여 조약을 체결하면서 쇄국의 빗장을 풀더니, 이어서 1882년 미국과도 통상조약을 맺게 된 형편이었다.

그러나 순탄한 앞날이 아니었다. 흥선대원군이 몰락하고 일본과 조약이 체결되자 개화파와 수구파가 격렬하게 대립하였고, 신식 군대와 비교해서 완연한 홀대에 불만을 품은 구식군대가 일으킨 임오군란과 개화파의 갑신정변으로 인하여 조선은 더욱 혼란한 상황으로 빠져들고 있었다.

나는 그만 서당을 벗어날 시기라 생각했다. 열여덟 살, 거기까지였다. 그 시대 한학은 환영받지 못하는 고루한 학문이라는 분위기가 팽배했다. 후쿠자와 선생이 소년기에 그랬던 것처럼 이노우에 훈장에게서도 더 이상 배울 것이 없었다. 서당을 떠나리라. 그러나 내 성격상 벼르고 별렀던 빚은 갚아야 했다. 고라쿠엔 앞에서 무참하게 패배한 지 2년이 지났다. 이대로 떠난다면 나는 내게 비겁한 놈이 되리라.

아사히 강가에 벚꽃이 흐드러지게 피는 시기였다. 류토와 히로시도 함께였다. 그 둘은 그 전에 오카야마 성에 함께 갔던 동문이었다. 무술이라고는 전혀 모르던 참이라 내가 당할 때 힘 한 번 쓰지 못했다는 자괴감에 수련장에 합류했던 친구들. 법 없이도 살 이들이 불량한 무력에 치를 떨고, 그 무력에 대항하고자 떳떳한 무력을 익히려 한 것이다. 류토 집안은 대대로 나무통을 만들고, 히로시네는 농사를 지었다. 무력과는 거리가 먼 집안이었다. 류토는 나와 나이가 같았고 히로시는 한 살 어렸다.

둘은 신세계를 접한다는 듯 참으로 열심이었다. 내가 가르칠 수 있는 건 검술과 유술. 죽도는 비싸 대나무로 대신했다. 그들이 더 열심인 건 무기가 있어야 하는 검술보다 맨몸으로 하는 유술이었다. 유술은 당장 마을에 얼쩡거리는 불량배들을 혼내주거나 사소한 시비가 몸싸움으로 번질 때, 유용하게 써먹고 큰소리칠 수 있는 기술이었다. 나는 원래 아무도 모르게 혼자 갈까 하다가 털어놓았었다. 둘은 펄쩍 뛰었다.

"우린 그놈들에게만 빚이 있는 게 아니야. 너에게도 빚이 있어."

우린 팔 길이만 한 대나무를 각기 챙겨 소매에 감추고 길을 떠났다. 산과 들은 여전히 겨울 색을 지니고 있지만, 코로 들어오는 기운이 달랐다. 차지 않고 들쩍지근했다. 고라쿠엔이 멀리 보일 때 류토가 중얼거렸다.

"그놈들이 아직도 거기에 있으려나?"

경찰 제도가 안정되어 치안이 어느 정도 자릴 잡아가고 있을 때였다. 불량배가 설 자리가 그만큼 사라지고 있다는 말이다.

"놈들이 그대로 있거나 말거나, 어쨌든 가보는 거야."

만약에 없다면 찾을 생각까진 없었다. 정원 가까이 가니 벚꽃이 바람에 휘날려 눈처럼 내렸다. 노점상은 더 불어난 듯 보였다. 겨우내 움츠렸던 사람들이 벚꽃을 구경하고 봄을 만끽하려 붐볐다. 대나무로 만든 소품과 화과자, 센베이 점을 지나 예전에 모치를 팔던 곳까지 느릿느릿 걸었다. 놈들이 보이지 않았다. 이리저리 둘러봤다. 얼마간 떨어진 공터에 사람들이 빙 둘러 뭔가를 구경하는 게 보였다. 가보니 중앙에서 중년 남자가 팽이로 묘기를 부리고 있었다. 양손과 머리에 팽이가 빙글빙글 돌았다. 신기한 듯 바라보는 사람들 가운데 부채가 섞여 입을 멍하니 벌린 채 묘기를 바라보고 있었다.

그쪽으로 가며 사람들이 없는 적당한 장소를 물색했다. 저 멀리 노점상이 없는 데다 삼나무 몇 그루가 서 있는 게 보였다. 바로 옆이 강가였다. 류토와 히로시도 나를 따랐다. 나는 부채 뒤로 가 슬며시 등을 건드렸다. 그가 돌아봤다.

"뭐야, 이 새끼가?"

그는 대뜸 욕설부터 내뱉었다.

"나 좀 보자."

부채는 처음에 날 알아보지 못한 모양으로 어리둥절한 표정이었다가 내가 따라오라는 손짓을 하자 픽 하고 웃더니 따라왔다. 여진히 부채를 들었다. 몇 걸음 걸은 뒤 멈춰서서 놈에게 말했다.

"내가 누군지 알겠지?"

"오라, 몇 년 전에 겁대가리 없이 달려들던 그놈이네."

"너희 오야붕에게 연락해. 저기 삼나무 밑에서 기다린다고."

놈은 우릴 둘러보더니 부리나케 몸을 틀어 어디론가 달려갔다. 우리는 삼나무 밑으로 갔다. 삼나무에서 더 내려가면 강가였다. 강 중앙으로만 물이 흐르고 가장자리는 마른풀에 섞여 이제 파릇파릇한 새싹이 돋아나고 있었다. 둘에게 말했다.

"너희는 섣불리 달려들지 마."

"몇이나 오려나?"

류토가 긴장한 듯 물었다.

"모르지. 패거리로 몰려오겠지."

"그걸 너 혼자 어떻게?"

"나도 생각이 있어."

나는 오야붕과 일대일로 붙을 생각이었다. 내가 여러 명 앞에서 둘만 붙기를 제의한다면 놈은 체면을 생각해서라도 응할 것이다. 우린 소매 속에 숨겨온 대나무를 꺼냈다. 오카야마성과 고라쿠엔이 양쪽에 있었다. 나는 수없이 주군을 위해 쓰러져간 무사들을 생각했다. 무사도는 목숨을 거는 정신이고, 이기지 못하면 죽는 게 당연했다.

'나는 무사다!'

나의 주군은 나 자신이었다.

얼마 안 되어 놈들이 몽둥이를 들고 나타났다. 여섯이었다. 예전과 똑같은 패거리였다. 악성 종기와 같은 종자들. 대머리는 여전히 머리를 빡빡 민 상태. 숫자로만 본다면 이 대 일. 우리가 불리했다. 내가 대머리를 보고 말했다.

"제안 하나 합시다."

"뭐야, 인마."

"둘이서 결판을 냅시다."

"키시마(너 이 자식), 놀고 있네. 누구 맘대로?"

놈이 비실비실 웃으며 부채에게 눈을 돌려 말했다.

"옛날에 깨졌지? 기회를 한번 주지. 내가 보는 데서 저놈을 박살 내 버려."

"넵!"

놈은 부채를 쥔 손을 다른 손으로 감싸며 허리를 숙여 복종했다. 옛날 주군에 충성을 다 바친 무사처럼 깍듯했다. 그는 대머리의 충실한 무사였다. 놈이 나를 향해 자세를 잡았다. 꿩 대신 닭이라. 내 기대완 다르지만 사양할 필요를 느끼지 않았다. 숫자를 하나 줄이는 것이다. 단 한 수로 놈을 제압해야만 한다. 대나무를 휘둘렀다. 검과 검의 부딪침. 검을 대신한 부채는 역시 단단했다. 내 대나무가 몸서리를 쳤다. 놈이 비릿한 웃음을 흘리며 대나무쯤이야 쪼개버릴 기세로 팔을 높이 들었을 때 내 오른 발차기가 어느새 얼굴에 작렬했다. 무방비로 쓰러지려는 찰나, 놈의 가슴에 있는 급소를 내 왼손 주먹이 정확히 꽂혔다.

"악!"

비명이 터졌다. 한동안 숨도 쉬지 못하리라. 나는 옛날, 처참하게 당했던 내가 아니었다. 대머리를 바라봤다. 눈이 휘둥그레졌다. 그는 몽둥이를 들지 않고 왔었다. 맨손으로도 날 이길 자신이 있다는 시위였다.

난 류토에게 대나무를 던졌다. 그러자마자 대머리가 날아와 그의 특기인 발차기를 날렸다. 난 그 순간을 숱하게 상상하며 대비해왔다. 발이 날아오는 게 보였다. 예전엔 워낙 빨라 보이지 않았었다. 피했다. 공격이 실패했을 때 자세는 저절로 흐트러지기 마련. 기회였다. 옆구리를 노리고 돌려찼다. 충격이 대단했을 테지만 놈은 쓰러지지 않았다. 옆구리를 움켜쥔 놈의 표정이 일그러졌다. 벼락같이 달려들어 팔을 붙들어 그대로 메쳤다. 땅바닥에 메쳐진 놈이 순간적으로 옆으로 굴러 일어났다. 몰아붙일 때 더 확실하게 몰아붙이자는 심산으로 슬라이딩하여 발목을 후려갈겼다. 안 되겠는가, 대머리가 넘어지며 패거리들에게 소리쳤다.

"뭐해 새끼들아, 보고만 있을 거야? 한꺼번에 달려들어."

그때를 기다렸던가, 류토와 히로시가 쉽게 달려들지 못하고 주춤하던 패거리를 상대했다. 나는 넘어진 대머리의 배와 옆구리를 연거푸 차버렸다. 일어나지 못하게, 기세를 완전히 잠재우려, 옛날에 내가 맞았던 만큼 되돌려줘야 했다. 발길과 대나무가 춤을 췄다. 나머지 놈들은 우리의 상대가 되지 못했다. 부채와 대머리만 믿고 설쳐대던 똘마니들이었으니. 한마디로 아사히 강가는 매타작 마당이 되었다.

그로써 빚을 갚았다. 돌아오는 우리의 발걸음은 가벼웠다. 류토와 히로시는 신이 났다. 자신들도 모르게 싸움꾼으로 재탄생한 것이었으니.

며칠 후 나는 보따리를 쌌다. 그리고 훈장에게 말했다.

"떠나겠습니다."

"이 말을 할 때가 쉬이 오리니, 그리 생각했다. 솔직히 더 가르칠 것도 없다. 내가 무슨 수로 너를 말리겠냐. 고통 없이는 성취도 없다는 게 내가 살아오면서 터득한 진리이니라. 너의 집념이면 무슨 일이든지 못 할 게 없으리라."

"훈장님의 가르침 평생 잊지 않겠습니다."

"다시 올 일이 있겠느냐?"

그 말의 함의를 나는 눈치챘다. 레이코 때문이었다. 난 우리 아버지와 훈장 간에 편지가 오고 갔다는 사실을 알고 있었다. 사돈을 맺자는 얘기였다. 레이코가 맘에 들지 않은 건 아니었지만 나의 일신 독립은 아직 멀었다고 생각했다. 섣불리 결혼한다면 나나 레이코에겐 불행한 일일지니.

"없으리라 봅니다."

"네 맘이 그렇다면 어쩔 수 없지. 부디 뜻을 이루기 바란다."

밖을 나와보니 레이코가 어쩔 줄 몰라 했다. 난 아무 말도 하지 못했다. 나는 그 순간 박절한 이기주의자였다. 그동안 정이 든 류토와 히로시는 내가 떠날 걸 이미 알고 있었다.

그렇게 서당을 떠나왔다.

3
부둣가의 제왕, 그리고 불량 선생

집에 돌아오니 아버진 건강이 악화하여 술마저 마실 수 없는, 겨우 지팡이를 짚고 가까운 데나 마실 다니는 상태였고, 모든 살림은 어머니의 몫이었다. 폐번치현이 아버지를 잡아버린 셈이었다. 어머니는 농사보다 옷감 염색에 더 관심을 쏟았다. 염색이 아버지의 무능한 경제를 대체하는 셈이었고 그 덕분에 내가 오카야마로 떠날 때보다 살림은 더 나아진 듯했다. 나와 두 살 차이인 동생은 의사가 되겠다는 꿈으로 한방의학(漢方醫學)을 공부하고, 둘째 동생은 중학생이었다. 소학교 동문이었던 타츠야와 소스케는 가업인 농사를 짓고 있었다.

집에 돌아와 내가 하는 일이라곤 어머니를 잠깐씩 돕는 일과 책을 보거나 다부세 강 하구, 바닷가를 거니는 게 전부였다. 나는 장차 후쿠자와 유키치 선생처럼 되고자 해외로 나갈 꿈에 젖어 그 방법을 고민하고 있었다. 하여 영어 독본을 구해 공부하면서 머지않아 나가사키로 가리라 결심했다. 나가사키는 에도 시대부터 외국과 공식적인 교역이 이루어져 외국인 거류지가 생겼기에 그들을 접할 기회가 많으리라 생각한 것이다.

그날도 바닷가에 앉아 하염없이 바다를 바라보고 있었다. 작은 고깃배가 석양에 물든 파도에 출렁이고 바닷새는 하늘을 날다가 뱃전에 사뿐히 날아들곤 했다.

"이게 누구야?"

뒤쪽에서 들리는 소리에 고개를 돌렸더니 전혀 생각지도 않았던 가오루였다. 같은 마을에 사는 죄로 어쩔 수 없이 무지로의 똘마니 노릇을 하던 친구. 머리를 짧게 깎아 곱상한 그는 단정한 옷차림이었다. 소학교를 졸업한 이후 처음으로 만나는 셈이었다. 나는 벌떡 일어났다.

"반갑다, 가오루."

"가이치, 오카야마로 갔다고 들었는데?"

"그래, 이제 돌아왔어. 너는 어떻게 지냈어?"

"아, 난 소네 촌 사무소에서 일해. 서기로."

"그렇구나, 잘 되었네."

"우리 여기서 이럴 게 아니라 술집에 가서 얘기하자."

가오루는 내 소매를 끌었다. 술을 마시자는 말이 쉽게 나오는 걸 보니 꽤 즐기는 듯했다. 주변에는 선술집이 몇 군데 있었다. 난 그때까지 아버지에게 질려서인지 술을 금기시하는 경향이 있었다. 마시자는 사람도 없었거니와 우연이라도 마실 기회조차 없었다.

"가이치, 이제 뭘 할 거야?"

"난 나가사키로 갈 거야."

난 결정된 듯 말했다. 아니 난 꼭 나가사키에 가야만 했다.

"거기 가서 뭘 할 건데?"

"영어를 배워서 외국으로 갈 거야. 내가 없는 동안 네가 촌의 일을 보니까 우리 집 좀 잘 부탁해. 거기서 일을 한다니까 안심이 된다."

"그래 신경 쓸 테니 걱정하지 마."

우린 가장 가까운 선술집으로 갔다. 가까이 가자 생선 굽는 냄새가 나고 연기가 자욱이 문틈으로 새어 나왔다. 우리가 들어가자 주인이 가오루에게 반갑게 아는 척을 했다. 자주 오는 덴가?

"나카노 서기님, 어서 오세요."

가오루의 성이 나카노였다. 그는 웃음을 지어 보이곤 나무 탁자에 앉아 술 한 되와 꼬치구이를 주문했다. 주위에는 차림으로 봐서 어부인 듯한 사람들이 큰소리를 내며 술을 마시고 있었다. 이미 꽤 많이 마셨는지 혀 꼬부라진 목소리였다. 말하는 내용으로 봐서 이부가 분명했다. 그들도 가오루에게 손을 들어 아는 척을 했다. 술이 나오자 가오루가 사기잔에 술을 따랐다. 꼬치엔 이름을 알 수 없는 작은 물고기가 여러 마리 꿰어져 구워서 나왔다.

"나가사키에 아는 사람 있어?"

"없다."

"무작정 가는 거야?"

"가보면 무슨 수가 생기겠지."

그랬다. 나는 나가사키에 아무런 연줄이 없었다. 후쿠자와 선생이 내 나이에 나가사키에서 그때까지 최고로 알았던 난학(蘭學)을 공부하다 나중에 영어까지 공부하며 꿈을 펼쳤다니 나도 그의 행적을 따라가려는 것이었다. 그는 나가사키에서 처음으로 서양 글자를 접했다고 하였다.

가오루를 따라 술을 들이켰다. 첫맛은 코가 찡하면서 시큼했다. 반을 마시고 잔을 내려놨다. 꼬치도 먹었다. 왜 술에 안주가 필요한지 알겠다. 술맛을 돋게 하는 별미였다.

"이곳에서도 나가사키에 간 사람들이 몇 사람 있어. 광산에서 광부 일을 한다고 하던데. 부두에서 짐을 나른다는 사람도 있고."
"그래?"
새로운 정보였다. 나라고 못 할 게 없었다.
"가서 그거라도 해야지."
"그러지 말고 서기 시험을 보는 게 어때? 내가 해보니 할 만하다."
"서기를 깔봐서가 아니라 더 넓은 세상을 보고 싶어서 그래."
"완전히 결심이 섰구나."
가오루가 마시고 나도 마시고. 술이 맛있다는 느낌은 들지 않았다. 조금 있으니 얼굴이 화끈거렸다. 이런 술을 아버진 왜 그리 마셔댔을까. 알 수 없었다. 한 잔이 들어가고 두 잔이 들어가 알딸딸 해지자 그 옛날 무지로가 생각났다. 3학년 때 된통 당하고 졸업 무렵 혼을 내주기 전까지 비록 별일은 없었지만 그를 얼마나 주시하고 경계했던가.
"무지로는 잘 있냐?"
"오사카로 떠났어. 경찰이 되겠다고 항상 그랬잖아."
"경찰이 된 건 아니고?"
"아직 아니니까 고향에 안 왔지. 됐으면 뻐기려고 분명히 왔을 건데."
별맛이 없던 술이 이상하게 당겼다. 가오루는 생김새보다는 술이 셌다.
"네가 옛날에 무지로를 꼼짝 못 하게 했을 때 난 속으로 얼마나 고소했는지 몰라. 난 그 애한테 숱하게 당했거든. 비위 맞추려고 떡도 많이 주고. 지금 생각하면 웃기는 일이지."
술이 떨어지자 한 되를 더 시켰다. 해가 지고 있었다. 가오루는 가이슈에 관한 얘기도 했다. 무지로가 내게 깨지고 난 뒤 그는 가이슈마

57

저 외면하는 외톨이가 됐다고. 밑천이 드러나 버린 것이다. 가이슈는 어렸을 때부터 바다를 좋아해 히카리에서 큰 고깃배를 타고 있단다.

옆자리가 소란스러워졌다. 아까부터 데쿠(등신), 로쿠데나시(형편없는 놈), 마누케(얼빠진 놈)우세로(꺼져라), 쿠타바레(뒈져라)와 같은 욕설이 튀어나오더니 결국 술잔이 바닥에 내팽개쳐졌다. 우린 그들이 그러든 말든 신경 쓰지 않고 지난날을 되새기며 술잔을 기울였다. 그러나 두 사람이 일어나 먹살을 잡고 드잡이질하더니 끝내 주먹이 오고 갔다. 가오루가 그걸 보고 일어나 둘 사이에 끼어 뜯어말렸다. 주인도 튀어나오고. 나는 가만히 앉아 지켜보았다. 가오루는 계속해서 소리를 질렀다.

"이게 뭡니까. 제발 그만둬요."

탁자가 넘어지고 그릇이 깨졌다. 그러자 옆에서 술을 마시던 치들이 덩달아 술잔을 내던지며 으르릉거리자, 나머지도 모두 일어났다. 파도에 목숨을 걸고 뱃일하는, 거친 사람들이었다. 그사이 드잡이질하던, 머리를 수건으로 동여맨 치가 주먹을 애꿎은 가오루에게 날렸다. 가오루가 제대로 맞았는지 얼굴을 감싸며 주저앉았다.

안 되겠다. 내가 일어섰다. 나는 술기운이었는지 그들이 우습게 보였다. 그대로 달려가 가오루를 때린 놈부터 업어치기로 바닥에 내동댕이쳤다. 다른 한 놈은 일부러 바닥에 누운 놈 위에 메쳐버렸다. 그들에게 위압감을 주기엔 큰 기술이 필요했다. 번개가 치고 천둥이 울릴 때까지의 정적이 술집에 흘렀다. 날벼락이리라. 그들은 바로 일어나질 못했다. 나는 팔을 허리에 걸친 채 주변을 쏘아봤다.

"왜 말리는 사람을 치고 그래. 자신 있으면 누구든 나와!"

아무도 없었다. 모두 쥐 죽은 듯 조용했다. 그런데, 그런데… 내가 흔들렸다. 이게 취해서 그런가? 똑바로 서 있을 수가 없었다. 부리나케 우리가 앉았던 자리로 왔다. 처음으로 마신 술에 제대로 취한 것이다. 그리고 보니 멀리 있는 사물이 어룽거리는 기분이었다. 그때 가오루가 자신을 때린 치에게 다가갔다.

"술을 똥구멍으로 처먹은 거야. 오늘은 이대로 넘어가지만 앞으로 또 이러면 가만두지 않을 거요. 저 사람은 내 친구요."

가오루는 나를 가리키더니 의기양양한 모습으로 눈을 부라리곤 쓰러진 탁자와 깨진 그릇들을 손가락으로 지적하며 한마디를 더 던졌다.

"당신들이 어지럽힌 것들이니 다 깨끗이 치우시오."

가오루가 앞자리로 왔다. 술이 많이 남았다. 나는 하나도 취하지 않은 것 같은데 몸은 그렇지 않았다. 놈들 일행 중 한 명이 탁자를 세우고 깨진 그릇들을 치우는 게 보였다. 그걸 보고 가오루가 슬며시 웃었다.

"네가 없었으면 말리지도 않았다. 술이나 마시자."

나 믿고 그랬다는 소리였다. 나는 그만 마셔야 하나, 잠깐 고민했지만 어디 한번 제대로 취해보자는 심산으로 꺾어 마시던 잔을 단번에 비웠다. 두 되째를 다 마셨을 때 가오루의 혀도 꼬부라졌다. 사방이 어두워졌다. 집에 가야 한다는 건 마음뿐, 나는 가오루가 한 되를 더 시켜도 말리지 않았다.

"너희 집에 곤란한 일이 있으면 언제든 찾아와. 하급 촌 서기로 있지만, 곧 죽어도 끝발은 조금 있으니까."

"그래. 고맙다. 네가 있어 든든하다."

아니, 그 짧은 문장에도 내 발음이 꼬였다. 술 취한다는 게 이런 것이구나. 술 마시던 치들이 일부는 사라지고 일부는 잠잠히 마셨다. 힘이 비슷할 땐 서로 이기려 시끄럽더니만 내 우월한 무력에는 찍소리도 못 하고 얌전했다.
 가오루와 난 되지도 않은 소리를 지껄이며 시시덕거리다 마지막 한 방울까지 마저 마신 뒤 어깨동무하고 선술집을 나와 서로 갈림길에서 또 만나자고 몇 번을 다짐하고는 헤어졌다.
 "가이치, 넌 내 영원한 친구야."
 가오루의 말이 우스웠다. 내가 약해빠졌어도 그렇게 말했을까?
 길은 어두웠다. 바닷가에서 마을까진 꽤 멀었다. 발이 자꾸 꼬이고 몸을 가누기 힘들었다. 구역질도 치밀었다. 집이 천 리 같았다. 난 길 옆에 앉았다. 겨울을 지나 말라붙은 풀밭이었다. 도저히 못 갈 것 같았다. 앉으니 저절로 몸이 넘어졌다. 봄바람이라지만 차가웠다. 하늘엔 별, 무수한 별이 박혀 빛났으나 어룽어룽 보였다. 나의 앞날은 어떻게 펼쳐질 것인가. 나도 모르게 잠이 들었다.
 으슬으슬 추워 잠이 깼다. 얼마나 한뎃잠을 잤는지 모른다. 등이 아팠다. 처음엔 여기가 어딘가, 그랬다. 머리가 쪼개질 듯 아팠다.
 "빌어먹을!"
 나는 처음으로 마신 술에 형편없이 지고 말았다. 내가 부끄럽고 한심하게 느껴졌다. 내 한 몸도 추스르지 못하는데… 다신 마시지 말아야지. 술이 요물이었구나. 일어나 걸었다. 그제야 똑바로 걸어졌다. 집에 와선 발소리도 죽여가며 내 방으로 스며 들어갔다. 그다음 날 아침에는 일찍 일어나지도 못했다. 머리는 계속 아프고 속이 메슥거렸다.
 평소 하지 않던 나의 행동에 가까스로 일어나 점심을 먹을 때 어머니가 의아해하며 물었다.
 "어제 술 마셨니?"

"네."

거짓말을 할 수가 없었다. 내가 어렸을 때부터 아버지의 술에 학을 뗀 어머니. 아무 말도 없이 한숨을 길게 내쉬고는 나갔다. 그 속을 어찌 헤아리지 못하랴.

"다음엔 안 마실게요."

어머니가 듣든지 말든지 나는 그렇게 약속했다. 어머니뿐 아니라 나 자신에게도 해당하는 말이었다. 아버지에게도 한 소리를 들었다. 어머니에게 들었던 모양이다.

"가이치, 내 동료들이 번을 그만두고 다른 일을 찾았지만, 아버진 그러지 못했다. 다 술 때문이었어. 네 어미를 고생시킨 범인이 술이었단 말이다. 세상일이 제대로 안 풀린다고 술, 화가 난다고 술, 심지어 몸이 안 좋다고 술을 찾았어. 나중에 술 앞에선 내가 나를 통제하지 못하게 된 거야. 이 나이에 이런 꼴이 된 것도 술 아니면 설명이 안 되잖아. 네 인생 네가 사는 거지만 거기에서 술만은 없이 살았으면 하는 게 이 아비의 바람이다."

"알겠어요, 아버지."

아버지와도 약속했다. 그러나 나는 며칠 못 가 그 약속을 어기고 말았다. 별로 하는 일도 없었거니와 책을 읽다가 지루해지면 바닷가를 거니는데, 가오루가 퇴근 후나 쉬는 날이면 타츠야와 소스케까지 불러 나를 술집으로 끌고 갔다. 다짐은 희미해지고, 마실 수밖에. 물론 처음에는 사양했으나 딱 한 잔만이라는 친구들의 권유가 한 잔이 열 잔이 되고 스무 잔이 되는, 약속을 허무하게 깨버리는 계기가 되었다. 한 집에서만 마시지도 않았다. 발동이 걸린 친구들은 바닷가 술집을 전부 순례하다시피 했으니.

술은 중독성이 강하다. 마시면 마실수록 양도 늘고 세진다. 나는 어느새 친구 중 가장 술을 잘 마시는 축에 들었다. 처음에는 친구들이 날 불러내었지만, 며칠이 지나면 이놈들이 오지 않나 은근히 기다리기도 했고, 나중엔 스스로 찾아 나서기도 하였다.

그렇게 시작한 술이었다. 내 젊은 날의 방황과 겹쳐 떨어지래야 떨어질 수 없는 관계. 으레 술자리는 시끄럽기 마련. 술을 마시다 시비가 벌어지는 일도 잦았다. 우리를 아는 이들은 나에 대한 소문이 나서 그런지 내가 나타나면 시끄럽게 굴다가도 슬금슬금 눈치를 보며 조용해졌다. 그러나 바닷가 특성상 외지인도 많고 설령 내 소문을 들었어도 힘자랑하려는 이들로 인해 다툼이 끊이지 않았다. 그때마다 나는 해결사를 자임했다. 술 마시고 행패 부리는 치들의 버릇을 고쳐준다는 명분이었다. 그러다 보니 은근히 우릴 함부로 건드렸다간 혼난다는 인식을 심어주기 위한 친구들의 부추김도 없지 않았다. 그때까지는 누굴 다치게 한다거나 며칠 드러누울 정도로 타격을 입히는 짓 따위는 하지 않았다.

이런 생활이 몇 달 계속되자 소문이 고약하게 났다. 내가 키치구(鬼畜: 사람이 아닐 정도로 잔인한)라는 욕설을 별명으로 듣게 된 것이다. 왜 싸우게 됐는지, 그들이 왜 당하게 됐는지 그 이유까지 소문이 날 리 없었다. 나는 떳떳하다 해도 싸움에 끼어든 것과 폭력을 사용하여 해결을 본 것이 사실이니 소문은 나쁜 쪽으로만 났다.

바닷가를 쭉 따라가다 보면 불교 사찰인 쿄소지가 나오고 더 내려가면 우타가코지마 신사 옆 고분(古墳)이 나오는데, 결정적인 사건은 그곳에서 벌어졌다. 나와 친구들이 대낮부터 자주 가는 술집에서 술을 마시다가 맛있는 안주를 얻어오자는 소스케의 제안으로 엉겁결에 신사까지 걸어가게 되었고 내친걸음에 고분까지 들르게 되었다. 어부 일을 하는 소스케의 지인이 신사 근처에 살며 주로 참치를 잡는다고 하여 갔더니만 바다에서 아직 돌아오지 않아 허탕을 친 셈이 되고 말았다.

고분군은 언뜻 보면 평범한 둔덕이라 할 정도로 잡풀이 무성하여 관리가 안 된 상태였다. 가오루는 겉만 보고 그냥 돌아가자 했지만, 가까이 있어도 다시 올 기회가 쉽지 않아 나는 더 깊숙이 들어갔다. 그때 고분 뒤쪽에서 기합 소리가 연이어 들렸다. 그러자 타츠야가 오면서 주운 참나무 가지로 옆에 있던 육박나무 밑둥치를 별생각 없이 기합을 넣어 갈겼다. 육박나무가 몸서리를 쳤다. 타츠야는 참나무를 고분 뒤, 소리가 나는 쪽을 향해 던졌다. 그런데.

"뭐야!"

고분 뒤에서 유카타를 입은 여럿이 모습을 드러내며 우릴 쳐다봤다. 손에는 모두 죽도를 들었다. 수련하고 있었나? 아무리 무사 제도가 폐지되었다고는 하나 힘을 중시하는 문화까지 사라진 건 아니었다. 아직도 시골에선 폐도령이 무색한 형편이었다. 나는 낌새가 이상하여 손을 휘저으며 말했다.

"아무것도 아니오."

그들이 고분을 우르르 내려왔다. 처음 보는 얼굴들이었다. 한 사람이 타츠야가 던진 참나무를 들고 있었다. 옆구리에는 일본도까지 착용했다. 다섯 명은 나보다 어리거나 같은 또래로 보였고 일본도를 찬 사람만 이십 대 후반으로 보였다. 그 일본도가 고개를 갸웃거리더니 참나무를 내밀며 말했다.

"이걸 누가 던졌나?"

"모르고 그랬습니다."

내가 나섰다. 친구들은 겁먹은 듯 슬금슬금 뒤로 빠졌다.

"이 새끼들 이상한데?"

나는 그자가 대뜸 욕설을 내뱉자 기분이 확 상했으나 꾹 참았다.

"사범님 아무래도 나카노 도장 놈들 같은데요?"

제일 어려 보이는 놈이 끼어들었다.

"우린 나카노 도장이 어디 있는 줄도 모릅니다."

나는 최대한 정중하게 말했다. 그러나 그는 아니었다.

"너희들은 우릴 도발했어."

"지금 뭐 하자는 거요? 보자 보자 하니까 우릴 완전 똥파리로 아네."

가오루가 앞으로 나서며 비위를 건드렸다. 그는 이번에도 나를 믿고 있었다. 우린 나 빼고는 모두 무술에 문외한이었다. 내가 가오루를 뒤로 잡아당겼다.

"모르고 그랬다니까요. 던진 건 미안합니다. 우린 저기 소네 촌 살아요. 이곳에 그냥 구경 왔을 뿐입니다."

나는 웃으며 참나무를 달라며 손을 내밀었다.

"오냐, 가져가라."

하는 말과 함께 참나무가 내 어깨에 떨어졌다. 갑자기 당한 일이라 피할 새도 없었다. 엄청난 통증이 느껴졌다. 나는 순간적으로 참나무를 낚아챘다. 나는 물러서서 참나무로 자세를 잡았다. 생각했던 것보다 생나무라 묵직했다. 괜한 트집을 잡는 짓이 그냥 갈 놈들이 아니었다.

"칼 있다고 위세 떠는 거야?"

가오루가 발끈하자 놈들도 자세를 잡았다. 나는 친구들을 향해 손을 내저으며 제지했다. 나는 일본도를 째려보며 말했다.

"가타부타 얘기도 들어보지 않고 폭력을 써요?"

"그래서 어쩔 건데?"

"완전 막무가내네. 무사도는 엿 바꿔 먹은 모양이군."

"무사도 좋아하시네. 애들아, 연습이라 생각하고 살살 때려라."

일본도가 비웃으며 일행에게 해결하라는 손짓을 했다.

"좋아. 후회는 아무리 빨라도 늦다는 명언을 아예 모르시는구먼. 너희들은 저만치 가서 보고만 있어."

나는 친구들에게 말하곤 놈들을 훑어봤다. 일본도는 한 발 뒤로 물러서서 지켜보고 있었다. 분명 날 얕잡아본 짓이었다. 놈들이 날 몰랐을 때는 속전속결이 효과적일 수 있었다. 난 그들 중에 가장 자세가 좋은, 가운데 놈을 노리곤 참나무를 휘둘러 양쪽에 허수를 날린 뒤 곧바로 짓쳐들어가 죽도를 막아내곤 지팡이를 지렛대 삼아 붕 떠서 턱주가리를 발차기로 날려버렸다. 놈이 쓰러지는 걸 볼 새도 없이 몸을 돌려 참나무를 적절히 이용함과 동시에 발차기로 나머지 놈들의 급소만 골라 연타를 내질렀다. 차례대로 쓰러졌다. 순식간이었다. 사실 식은 죽 먹기였다. 놈들의 죽도는 내 몸 어디 하나 건드리지도 못했다. 자세만 그럴싸하지 별 볼일도 없는 놈들이었다. 거기에다 내가 발차기의 달인인 줄 꿈에도 몰랐으리라.

일본도가 그런 상황은 예상하지 못한 듯 얼굴이 일그러지며 일본도를 치켜들었다.

"건방진 놈, 이 칼은 용서가 없다. 죽을 줄 알아."

"그래? 그럼 죽어봐야지. 야 너희들 이놈들 잡고 있어."

난 쓰러진 놈들이 일어나 일본도를 도울 것을 대비해 친구들에게 소리치고 한쪽으로 일본도를 유인했다. 죽도 대신 진검과 겨뤄보긴 처음이었다. 참나무가 칼에 견뎌주길 바랐다. 아니 맞부딪칠 게 아니라 피하는 게 상책이었다. 참나무가 견뎌주지 못하고 피하지 못한다면 팔이 잘려 나가거나 심하면 중상, 더 심하면 죽음이었다.

"검을 익혔나?"

"익혔다."

"스승은?"

"우리 아버지다."

"진짜 죽을 수도 있다."

"놀고 있네. 각오했으니 걱정하지 마셔."

나는 고라쿠엔의 대머리가 한 말을 똑같이 했다. 친구들은 놈들의 죽도를 뺏어 들고 나를 주시했다.

"부끄럽지 않나, 진검을 들게? 지금이 에도 시대인 줄 알아? 저놈들 당하는 거 보니 겁먹었나 보군. 이 막대기도 용서할 줄을 몰라. 죽지는 않겠지. 그러나 한동안 못 일어날 거야."

나는 말에서도 지고 싶지 않았다. 놈의 얼굴이 더 일그러졌다. 놈이 칼을 높이 쳐들었다. 순간 나는 막을까, 피할까 고민했으나 참나무를 믿기로 했다.

"얍!"

역시 참나무는 단단했다. 내가 비스듬히 막은 탓도 있지만, 칼이 지팡이를 싹둑 잘라내지 못하고 베어진 만큼 옆으로 갈라졌다. 그게 기회였다. 칼이 옆으로 흐르는 찰나 지팡이를 밀어 칼을 비켜내고 불알을 차버렸다. 진검 앞에 이것저것 가릴 처지가 아니었다. 내가 비겁하다면 진검을 든 놈은 더 비겁했다. 내가 발차기를 수련한 건 역시 신의

한 수였다. 불알도 급소다. 그 고통은 잠깐의 시간 동안 숨이 쉬어지지 않을 정도. 놈이 어쩔 수 없이 허리를 꺾자 참나무가 놈의 등에 떨어졌다. 한 대, 두 대, 세 대, 네 대, 다섯 대. 있는 힘껏 내려쳤으니, 놈이 앞으로 푹 고꾸라질 수밖에.

"와!"

친구들이 죽도를 높이 쳐들며 환호성을 질렀다. 환호성은 곧 매타작으로 이어졌다. 놈들은 자신들의 죽도로 두들겨 맞는, 어처구니없는 일이 벌어졌다.

"하룻강아지 범 무서운 줄도 모르는 놈들. 소다 가이치를 뭘로 보고."

가오루의 신나는 비아냥이 친구들의 기분을 대변했다. 소다 가이치, 내 이름의 발설. 이 일로 난 인근에서 싸움의 명수로 악명이 더욱 자자하게 되었다. 친구들은 싸움은 못 하지만 때리는 데는 소질이 있었다. 비명이 연이어 터졌다. 나도 살인 무기를 들고 설친 일본도가 괘씸하여 얼굴을 한 대 차준 뒤 참나무로 엉덩이와 종아리를 몇 대씩 더 갈겼다. 며칠간 걸어 다니지도 못하게.

가오루는 한 놈을 윽박질러 그들이 베푸의 니시무라 도장에서 배를 타고 왔다는 걸 알아냈다. 베푸는 다부세강이 갈라놓은 강 하구, 바다 건너에 있는 곳이다. 소네와 베푸는 그로 인해 왕래가 잦지 않았다. 니시무라는 일본도를 찬 사범이란 사람의 성이었다.

"이놈들은 칼을 잡을 자격도 없는 놈들이야. 무사도를 욕보일 놈들이지. 그러니 들고 있는 죽도를 전부 부숴버려."

나는 친구들에게 말하고 땅바닥에 내팽개친 일본도를 집어 주변에 있던 큼지막한 돌에 날이 뭉개지도록 몇 번이나 내리쳤다. 놈을 참나무로 때려잡을 때처럼 짜릿했다. 친구들도 나를 따라 죽도를 모두 쪼개버렸다. 소다 가이치라는 임자를 잘못 만난, 일진이 사나운 놈들의 불운이었다.

나는 솔직히 서양 문화에 자꾸만 밀리는 무사도, 그 정신의 사라짐을 아쉬워하는 편이었다. 무사도는 서양의 신사도(gentlemanship)에 버금가는 일본의 정신문화라 여겨 길이 이어졌으면 하는 생각을 가졌다. 신사도는 중세의 기사도가 근대에 들어와 신사도로 부활한 것이었다. 낡았다고 모두 버려야 할 유산만은 아니잖은가. 놈들처럼 칼을 들고 무사를 어설프게 흉내 내는 치들도 경멸했다.

우리는 허탕 쳤던 가오루의 지인 집에 다시 들러 마침 잡아 온 참치 중 적당한 걸 골라 어깨에 메고 보무도 당당히 왔던 길을 되돌아 선술집에 들렀다. 친구들은 오면서 한껏 신이 나 입에 침이 마르도록 싸웠던 모습을 재현하며 나를 추켜세웠다.

"넌 싸움의 귀재야."

"그 자식이 칼을 뺏을 땐 마음이 조마조마해서 오줌까지 지렸어."

"난 다섯 놈을 순식간에 해치울 때 움직임을 보지도 못했어. 얼마나 빨랐는지."

"한마디로 눈 깜짝할 사이에 해치워버린 거야."

"이제 그놈들 이쪽으로 오줌도 누고 싶지 않을걸."

술집 주인은 참치를 회로 떠 우리에게 넘겨줬다. 회는 우리가 먹고 남을 만큼 양이 많았다. 맛도 기가 막혔다. 자연히 다른 날보다 술이 더 잘 들어갈 수밖에 없었다. 먹고 마시고. 그로 인해 우린 모두 술집에서 뻗어버렸다. 술에 장사 없었다.

술로 보내는 세월, 어머니의 한숨은 더 길어졌다. 나도 그런 생활이 옳지만은 않다고 생각은 하고 있었다. 그러나 뾰족한 수가 없었고 일단은 친구들과 어울리는 게 재미가 있었다. 힘을 힘으로 누르는 맛도 짜릿했다. 가오루에겐 무작정 나가사키에 가겠다고 큰소리쳤으나 그럴 수는 없었다. 돈도 없는 데다, 아는 사람 하나 없이 가는 거야 못 갈 것도 없지만, 마냥 미루고만 있었다. 후쿠자와 선생은 거처할 미쓰나가지라는 절이라도 준비됐었잖은가.

그런 어느 날 야마다라는 서양 복장을 한 이가 날 찾아왔다. 서른이 될까 말까 한데 생판 모르는 이였다.

"나하고 도장을 함께 할 생각이 없습니까?"

꿈에서도 생각지 못한 제안이었다. 분명 나에 대한 소문을 듣고 뒷조사를 했던 모양이다. 무술은 물론 한학을 공부한 것까지 소상히 알고 있었다.

"도장이라니요?"

"무도만 가르칠 게 아니라 한학도 가르치는 것이오. 사숙(私塾)의 의미를 가미하자는 거지요."

"난 아직 나이도 어리고 누굴 가르칠 수준이 아닙니다. 앞으로도 배울 게 너무 많은 사람입니다. 그리고 유가 사상이 무시되고 있는 이때 누가 한학을 배우려 하겠습니까."

"겸손하시네요. 한학이라고 무조건 배척하면 안 되지요. 소다 씨는 무술만 가르쳐도 됩니다. 신학문은 내가 가르치겠습니다. 나는 쇼카손주쿠에서 공부했지요."

쇼카손주쿠라면 요시다 쇼인이 부흥시킨 사숙이다. 그는 존왕(尊王)과 막부(幕府) 타도를 외치다가 젊은 나이에 처형당했으나 후쿠자와 선생과 함께 메이지유신의 정신적 지도자로 대접받고 있었다. 나도 그의 『유수록』이란 책을 정한론(征韓論)을 공부하다가 읽었다. 그는 그 책에서 일군만민론(一君萬民論), 정한론, 대동아공영론(大東亞共榮論)을 주창해 훗날 일본의 제국주의 팽창에 큰 영향을 끼쳤다. 일국만민론은 세상은 천황이 지배하고 그 백성들, 즉 만민은 평등하다는 사상으로 당시 천황은 상징적이고 실권이 없는 허수아비에 불과했던 체재에서는 상상도 못 할 급진적인 사상이었다. 실권은 에도 막부의 쇼군에 있었다. 나중에 알게 되었지만, 쇼카손주쿠 학당을 통해 그가 배출한 제자들인 이토 히로부미를 비롯하여 소네 아라스케, 데라우치 마사다케, 가쓰라 다로, 미우라 고로 등은 일본과 조선에 엄청난 영향을 끼친, 나와 무관하지 않을 인물들이었다. 그중에서 일본의 초대 총리대신을 지내고 조선의 초대 통감까지 지낸 이토 히로부미는 만민론의 최대 수혜자로 출신 성분이 낮은 계층이었는데 요시다 쇼인은 차별을 두지 않고 그를 거두어 가르쳤다.

"뜻은 고맙지만 사양하겠습니다."

나는 친구들과 어울리는 생활을 청산할 기회라 여겨 솔깃한 면도 없지 않았으나 거절했다. 나는 꿈의 도시, 나가사키로 가야만 했다. 야마다는 계속해서 나를 설득하려 했다. 나는 굽히지 않았다. 그러던 어느 날 어머니가 불렀다.

"가이치, 무슨 생각인 거니?"

"실망하셨지요? 조금만 기다리세요. 더 공부할 계획을 세우고 있어요."

"현명한 사람은 허송세월을 가장 한탄한다고 했다. 꼭 키치쿠란 소리를 듣고 살아야겠니?"

"그런 소리를 듣고도 좋아?"

그 흉측한 별명을 들은 모양이었다. 얼마나 속이 상했을까. 난 말을 잃었다.

"진즉부터 생각했다. 교원양성소라고 들어봤니?"

"들어본 것 같긴 한데… 왜요?"

"거길 나오면 소학교 선생 자격이 된다더구나. 거길 들어가거라."

전혀 생각지도 못한 일이었다. 허랑방탕하며 세월을 보내는 나를 본 어머니가 오죽하면 그럴까, 안 한다고 할 수가 없었다.

"알았어요."

야마다의 제안과 어머니의 권유는 차원이 달랐다. 야마다는 나로 인해 이익을 보자는 심보였으나 어머니는 내가 잘되었으면 하는 소망을 담은 것이었다.

교원양성소는 현청이 있는 야마구치 시내에 있었다. 그곳에 다니면서 나가사키에 가는 방도를 알아봐도 괜찮다는 생각이 들었다. 그러나 마땅히 있을 곳이 없었다. 어머니가 권유할 정도면 생각해둔 곳이 있겠지만, 나는 성인이었다. 어머니의 도움을 받고 싶지가 않았다. 스스로 해결하고 싶었다. 친구들에겐 얘기해야 했다. 가오루를 먼저 만났다.

"가오루, 나 곧 야마구치에 가야돼."

"나가사키가 아니고?"

"어머니께서 소학교 교사라도 하라고 해서. 그래서 말인데 너 그곳에 아는 사람 있어? 일하면서 교원양성소 다니게."

"네가 언제 떠나도 떠날 거라는 생각은 했지만 간다니까 아쉽다."

가오루는 한참을 생각하더니 입을 열었다.

"그렇다면 내가 편지를 써줄 테니 현청에 한번 찾아가 봐라. 거기에 이곳 서기로 있다가 간 사람이 있거든."

"그래?"

하늘이 무너져도 솟아날 구멍은 있다더니, 그 짝이었다. 사실 가오루에겐 아무 기대도 하지 않고 물어본 말이었는데.

다음날 가오루는 타츠야와 소스케까지 불러 요란한 환송회를 열어주었다. 물론 편지도 써오고.

"가이치 네가 가면 우린 어쩌지?"

술자리가 무르익자, 소스케가 엄살을 부렸다.

"어쩌긴?"

"우리한테 당한 놈들이 네가 없으면 만만히 볼 거 아냐."

"곧 올 건데 뭘."

"교육 끝나면 어디로 갈 건데?"

타츠야가 물었다.

"이곳으로 와야지. 우리가 다니던 학교로."

"그래, 여기로 와라. 여기서 우리도 장가가고 애들 낳아 죽을 때까지 살자."

가오루의 말에 모두가 이구동성으로 맞장구를 쳤다. 그러나 나는 자신 없었다.

겨울을 지난 어느 날, 난 교원양성소 개학에 맞춰 가오루에게 학비에 들어갈 돈을 빌려 짐을 챙겨서 고향을 출발했다. 오카야마로 떠났던 어린 시절과는 달리 큰 걱정은 없었다. 무슨 일이 닥치든 헤쳐 나갈 자신이 있었다.

먼 옛날 교토를 모방하여 만들었다는 야마구치 시가지엔 이치노사카가와 강이 흐르고 있었다. 교토의 가모가와 강에 비견된다나. 강을 따라 쭉 올라가다 좌측으로 현청이 있었다. 현청 서기로 근무한다는 마츠모토 씨는 가오루의 편지를 읽더니 조심스럽게 물었다.

"여러모로 상당한 실력자인데 정말 아무 데라도 상관이 없소?"

"먹고 재워주기만 하면 됩니다. 단 편지에 쓰여 있는 대로 교원양성소에 다녀야 하니 그 시간은 좀 배려를 해주면 좋겠습니다."

"그럼 나와 퇴근하고 같이 갑시다."

난 두 시간을 주변에서 기다렸다. 그와 같이 간 곳은 현청에서 그리 멀지 않은 루리코지 절. 절 우측에는 서일본 제일의 영화를 누리던 무로마치 시대에 건립되었다는 오층탑이 아름다운 위용을 드러내고 있었다. 오카야마성이나 고라쿠엔도 일본인으로서 자랑스러웠지만 루리코지의 오층탑도 그에 못지않았다. 하긴 일본 3대 명탑에 꼽힌다니 말해 무엇하랴.

마츠모토 씨는 주지 스님을 만나 대화를 잠시 하더니 나를 소개해주었다. 주름 가득한 얼굴에 눈썹이 긴 날카로운 인상인데 스님이라니, 오래 기억에 남을 얼굴이었다.

"마츠모토 서기한테 얘기는 들었네. 지금 나이가?"

"열아홉입니다."

"새벽 네 시에 일어날 수 있겠나?"

"산사의 규칙에 따르겠습니다."

"저기 오층탑이 워낙 유명하다 보니 사람들이 많이 와. 그중엔 못된 놈들도 더러 있고. 무슨 말인 줄 알겠나?"

오카야마성과 고라쿠엔 정원 앞에서 설치는 양아치들과 비슷한 모양이었다. 질서를 잡아달라는 얘기였다. 나의 주특기이잖은가.

"네."

"딱 두 가지만 해주면 돼. 청소하고 사람들이 일으키는 말썽의 소지를 없애는 것."

"잘 알겠습니다."

더 이상 말이 필요 없었다. 나의 처소는 절 입구를 지나 좌측 바로 옆, 수백 년은 됨직한 소나무 뒤에 있는 요사채였다. 조그마한 연못과 잘 다듬은 수목들, 절은 한마디로 오밀조밀하니 아주 예뻤다.

다음날 교원양성소에 들러 바로 등록하고 야마구치 시에서 생활이 시작되었다. 처음 며칠은 새벽 네 시에 일어나는 일이 고역이었다. 그러나 차츰 익숙해졌다. 청소는 날이 밝으면 끝났다. 사실 청소할 것도 그리 많지 않았다. 되도록 새벽 예불에 참석하려고도 노력했다. 교원양성소에 가지 않은 시간이면 수시로 절 안팎을 이상이 없는지 살폈다.

메이지 시기 초기의 교육은 문부성 저작 교과서의 기본적 성격이 계몽주의에 있었다. 그러나 메이지 천황의 명의로 발표된 교학 성지 이후 인의 충효의 전통적 유교주의를 바탕으로 하는 덕성 교육을 강조하는 내용으로 구성되어 그 구현에 방점을 두었다. 교학의 핵심은 인의 충효를 분명히 하고 지식 재능과 기예를 연마해 인간의 도리를 다하는 것이었다.

학제 서문에는 학문하는 목적이 개인의 입신출세에 의한 풍요로운 삶을 살아가는 데에 있으며, 그것을 위해 지식을 습득하고 그것을 배울 수 있는 곳이 학교라고 정의했다. 대단히 실용적이며 자유주의적인 근대 실학 교육사상과 공리주의에 입각한 교육 이념의 설정이라고 말할 수 있었다. 따라서 개인의 입신, 치산, 창업의 근본이 되는 학력을 키우는 것이 진정한 교육이며, 학문은 입신을 위한 실학이어야 함을 강조했다.

이 학제 서문은 사민평등, 계몽주의, 지식주의, 권학주의라는 실용성과 공리성에 기초한 국민개학과 교육의 기회균등을 이상으로 삼았으며, 특히 국민개학이라는 부분에서 종래의 학문은 주로 사인(士人) 이상이 하는 거라 여겼는데, 여기에서는 사람은 배우지 않을 수 없는 존재라며 화족(華族), 사족(士族:상급 무사), 졸족(卒族:하급 무사), 농민, 기능인, 상인 그리고 부녀자 구별 없이 배울 기회를 줘야 한다고 명시되어 있다. 또 고등 학문은 그 사람의 재능에 맡기고, 아동들은 남녀 구별하지 말고 소학교에 다닐 수 있게 해야 한다며 초등교육을 중시하고 학문의 기회균등과 차별을 없앤 국민개학 사상이 돋보였다. 또 마지막 부분에서는 학비를 관에 의존하여 관급이 지급되지 않으면 배우지 않겠다는 주장은 종래 관습의 폐해라며, 이후 이들 폐해를 고쳐 일반 인민이 분기하여 반드시 학문에 종사하도록 할 것이라 정의했다. 이것은 교육비를 스스로가 부담하라는 뜻으로 당시 사람들이 전국 각지에서 새로운 학제에 반대하여 소학교에 불을 지르거나 교사를 습격하는 등의 행동에 나선 데에는 이와 같은 교육비 부담도 한몫했다는 걸 알 수 있었다.

사실 서양 복장을 한 소학교 교사는 주민들에게 전통의 고수에서 얻을 수 있는 안정감을 해치는 이질적인 서양문명의 전도사로 비쳤으며, 여기에서 오는 불안감이 새로운 학제에 대한 반발로 이어진 것이었다.

소학교 교과목은 국어는 물론이고 사략과 만국사략, 산수, 지리 등이었다. 사략의 내용은 일본, 중국, 서양 순서로 초보적인 역사 지식을 넓히는 데 있었다. 사략 중 황국은 신대(神代)로부터 인대(人代)로의 전환을 강조하는 것으로, 인대의 시작은 신무천황이었다. 곧 황국은 천황가의 역사였다. 즉 근대 소학교 일본 역사 교과서의 출발점이 신의 세계에서 시작한 천황의 역사였다는 점을 강조하라는 것이 교원양성소의 교육 방침이었다. 만국사략은 일본의 역사만이 아니라 동양과 서양의 역사에도 시야를 넓혀 세계의 역사적 발전과 그 방향을 배운다는 의도로 기술되었다.

메이지 시기 역사교육도 메이지 천황이 문부성에 지시를 내린 교학성지가 직접 영향을 미쳤다. 역사교육의 목적은 첫 번째가 국체의 대요를 알리는 것이고, 두 번째가 국민의 지조를 기르는 것으로 규정되었다. 존왕과 애국의 정신을 형성하기 위해 국체 관념의 내용을 교육하여 국민적 도의심을 육성하려는 의도였다.

나는 교사가 되기 위한 기본 지식과 여러 소양을 배웠다. 어려운 것은 없었다. 이미 알고 있는 것들도 많았다. 제일 관심이 가는 분야는 만국의 지리와 역사였고 앞선 서양 문물이었다. 그래서 별다른 사고나 말썽 없이 야마쿠치 생활은 무난하게 이어진 편이었다.

역시 이곳에도 사람이 많이 드나드는 곳이어서 노점상이나 선술집이 있고 불로소득을 노리는 양아치도 활개를 쳤다. 다만 오카야마처럼 조직적이진 않았다. 나는 그들을 초기에, 하나하나, 다신 끽소리 못하게, 숨 돌릴 여유나 변명할 기회도 주지 않고 야무지게 제압해버렸다. 나중엔 얼씬도 하지 않았다. 역시 힘이 주는 효과였다. 주지 스님의 의도가 여기에 있었으리라. 재밌는 일은 선술집에서 이미 고향에서 술맛을 알아버린 내게 술을 준다는 것이었다. 그것도 공짜로. 누이 좋고 매부 좋은 일이라 생각했다. 많이 마시지는 않았다. 대부분 사케를 마셨는데 큰 잔으로 한 잔이면 족했다. 그러니 즐긴 셈이다. 그 짓도 양아치와 별반 다르지 않은 행태라고 한다면 할 말은 없었다.
 가을 초입, 양성소 교육이 끝날즈음이었다. 주지 스님을 오층탑 앞에서 만났다.
 "소다 관리가 여기 있었구만."
 그는 날 관리인이라 불렀다. 날 찾아다녔던 모양이다. 나는 빗자루를 세우고 꾸벅 허리를 숙여 인사했다. 비의 자루는 한번 재미를 본 참나무로 대나무를 뽑아버리고 박아두어 여차하면 요긴하게 쓸 요량이었다.
 "얼마 안 남았지?"
 "네."
 "교육이 끝나면 어디로 갈 텐가?"
 "고향으로 갈 겁니다."
 "소학교 어린 학생들을 가르치는 게 체질이 맞을까?"
 무술을 염두에 두고 한 말이었다.
 "아직은 모르지요."
 "이건 어떤가, 이 절에 계속 있는 게. 월급도 교사 못지않게 주겠네."
 난 마츠모토 씨에게 들었다. 절 주변이 조용해지자, 시주가 늘었다는 걸. 그건 관광객이 늘고 노점상이나 점포들의 수입이 좋아졌다는 걸 의미했다. 노점이나 점포는 보호비나 자릿세 명목으로 양아치들에게 뜯긴 것도 없어지고.
 "고향에 약속한 게 있습니다. 꼭 돌아가겠다고요."
 난 친구들과 지나치며 한 말을 약속으로 둔갑시켰다. 절 생활은 무료했다. 나를 발전시킬 만한 게 없었다. 교사가 되기 위한 고육지책일 뿐이었다. 나에게 교사직은 임시방편이었다. 어머니도 나의 허랑방탕한 모습을 보기 싫어한 하나의 방책이었으리라.

"아쉽네. 자네로 인해 조용해졌는데."

나중에 선술집 주인에게 들은 얘기로는 그전에 살인 사건까지 일어났다고 했다. 불상이나 탑 모양 등을 나무로 만들어 팔던 이가 자릿세를 내지 않고 버티다가 두들겨 맞았는데 시름시름 앓다가 죽어버렸다고. 분명 양아치들의 소행으로 죽은 게 분명한데도 사건은 흐지부지되고 말았으니. 막부 시대에도 흔치 않은 일이었다. 더군다나 절 앞에서 그런 일이 벌어졌으니, 인심이 뒤숭숭하고 절 입장도 난감해졌다. 소문은 악성으로 돌기 마련. 당연히 관광객의 발길이 뜸해지고. 내가 절에서 지낼 수 있었던 이유였다. 가오루의 편지 내용 중 천하무적이라는 문구도 결정적인 역할을 했을 거고.

오층탑에 버금갈 만큼 키가 큰 삼나무 잎이 누렇게 물들 무렵 나는 소네 촌으로 돌아가 소학교 교사가 되었다. 교사가 모자라던 시대였다. 주지 스님은 적지 않은 여비까지 주었다. 할 일 없으면 언제든 들르라는 말도 빼놓지 않았다. 할 일 없으면? 앞으로 그럴 일은 없으리라.

난 그때까지 입었던 유카타를 벗었다. 내가 다닐 때와 별반 다르지 않은 학교에서 교사 중 내가 제일 나이가 적었다. 뿌듯해하는 어머니의 모습은 오래도록 기억에 남았다.

친구들은 나를 반겼다. 특히 가오루는 촌 사무소 앞 선술집에서 서로 업무가 끝난 후 술 마시는 걸 좋아했다. 어머니도 적당히 마시는 술에는 눈 감아 줬다. 교사 체면에 시도 때도 없이 마실 수는 없었다.

　난 아이들을 엄하게 지도했다. 소학교 시절 매를 자주 들었던 선생님과 그러지 않았던 선생님을 봐서 그런지도 몰랐다. 아이들은 매 앞에서 말을 잘 들었다. 매는 일종의 힘이었다. 경험상 힘을 못 되게 사용하는 아이는 없는지도 유심히 살폈다.

　교장은 운동장에서 전체 조회를 할 때마다 강조하는 게 있었다. 천황의 말을 차려자세로 최대한 예의를 갖춰 그대로 읽는 것이었다.

　"짐(朕)이 생각하니 우리 황조황종(皇祖皇宗)이 나라를 세움이 유구하고 덕을 베풂이 심후하다. 우리 신민이 지극한 충과 효로써 억조창생의 마음을 하나로 하여 대대손손 그 아름다움을 다하게 하는 것, 이것이 우리 국체의 정화이고 교육의 연원이 실로 여기에 있다. 그대들 신민은 부모에게 효도하고 형제간 우애하며, 부부가 서로 화목하고, 붕우 간에 서로 신뢰하며 공경하고, 박애를 여러 사람에게 끼치며, 학문을 닦고 기능을 익힘으로써 지능을 계발하고, 덕성을 성취해 나아가 공익을 널따랗게 펼치고 세상의 의무를 넓히며, 언제나 국헌을 존중하고 국법을 따라야 하며, 일단 위급한 일이 생길 경우엔 의용(義勇)을 다 해 공을 위해 봉사함으로써 천양무궁의 황은에 부익(扶翼) 해야 한다. 이렇게 한다면 그대들은 짐의 충량한 신민이 될 수 있을 뿐만 아니라 그대들 선조의 유풍을 현창하기에 족할 것이다. 이러한 도는 실로 우리 황조황종의 유훈으로 자손과 신민이 함께 준수해야 할 것들이다. 이것을 고금을 통하여 어긋나게 해서는 안 될 것이다. 이를 중외에 베풂에 있어 도리에 어긋남이 있어서는 안 될 것이다. 짐은 그대들 신민과 더불어 권권복응하며 널리 미치게 하고, 그 덕을 함께 공유할 것을 바라마지않는다."

교장의 그러한 웅변은 천황폐하 만세의 또 다른 버전이었다.

역사교육은 인물 중심으로 이루어졌다. 아동에게 친근감을 주려고 유년 시절의 이야기나 인물의 에피소드 등을 교과서는 주로 다뤘다. 예를 들어 메이지 천황 항목에서는 어린 시절을 다음과 같이 서술했다.

'메이지 천황은 고메이(효명) 천황의 두 번째 황자로 1852년 태어나셔 영명하고 의지가 굳세었습니다. 어린 시절 부친 천황을 따라 황궁 문 앞에서 번병의 훈련을 관람하셨을 때, 대포와 소총 소리가 요란하여 마치 천둥과 벼락이 한꺼번에 떨어지는 것 같아 사람들은 몸을 떨며 두려워했습니다. 그러나 천황은 언제나처럼 얼굴색 하나 변하지 않고 자연스럽고 열심히 병사들의 운동을 보셨다고 합니다.'

반신반인半神半人). 모두가 천황을 위하는 길이었다. 나는 그러한 교육이 제대로 된 것인지 판단하지 못했다. 교사들은 문부성이 시키니 어쩔 수 없이 따라 하는 꼭두각시 그 이상도 이하도 아니었다. 그러니 답답하고 무료할 뿐이었다. 이건 내가 갈 길이 아니잖은가. 마음은 콩밭에 있는데 어찌 하는 일에 최선을 다할 수 있으랴. 어렴풋이 그런 나에게 반발감도 일었다. 바보같이! 하는 일도 별로 없었다. 수업이 많지 않았고 방학도 길었다. 남는 시간엔 내일을 위하여 영어를 공부했으나 진도가 잘 나가지 않았다. 한마디로 교사 생활은 신명이 나지 않았다.

짧은 교사 생활 중 다른 것은 별로 기억이 안 나고 별로 기억하고 싶지도 않지만 타가히로라는 아이는 뚜렷이 기억한다. 그 아이는 코하루란 여동생을 데리고 학교에 다녔다. 내가 가르치는 반은 아니었으나 그 애가 동생을 챙기는 게 여간 대견해 보이지 않았다. 코하루가 운동장에서 뛰어놀 때도 그 애의 눈은 항상 동생을 주시하고 있는 걸 나는 여러 번 목격했다. 그러던 아이들이 한동안 보이지 않았다. 처음엔 하루 이틀 결석하는 거야 다반사니 그러는가 보다 생각했으나 며칠 계속 보이지 않자 궁금했다. 담임도 왜 결석하는 줄 알지 못했다. 어디에 살며 가정형편은 어떤지 묻고 싶었으나 주제넘은 것 같아 그만두었다. 정말로 무슨 일이 있나? 아이들을 수소문해 불교사찰인 교렌지 밑에 살고 있다는 걸 알아내 찾아갔다. 집은 허름했다.

"타가히로 있나?"

불러도 아무 대답이 없었다. 가을이 지났는데도 지붕을 덮고 있는 억새는 곳곳이 주저앉아 갈아야 할 시기가 지난 듯했다. 대나무를 엮어 만든 울타리도 낡아 구멍이 숭숭 뚫리고 기울어진 곳이 군데군데 보였다. 한참을 서성이고 있으니 마른 장작을 다발로 묶은 짐을 들고 타가히로가 집으로 들어섰다. 그 뒤에 코하루가 보였다.

"소다 선생님!"

"나무하러 갔었구나."

타가히로는 나뭇짐을 헛간에 내려놓고 가까이 왔다. 코하루는 부끄러운지 한사코 오빠 뒤에 숨으려 했다. 사는 게 어렵구나. 내가 물었다.

"왜 학교에 안 나오는 거니?"

"수업료를 내지 못해 나가지 못했어요."

타가히로의 목소리는 기어들었다.

"왜 담임 선생님이 뭐라 하더냐?"

"네."

"아버지 어머니는?"

"아버지는 돌아가셨고 어머니는 아파요."

아버진 어부였는데 풍랑을 만나 2년 전에 바다에서 돌아오지 못했단다. 그런 데다 어머니가 아프다? 역시 불행은 혼자 오지 않는구나. 친구까지 동반해서 오기 마련이라는 말이 떠올랐다. 집안 꼴이 이해되었다. 타가히로의 나이는 열한 살, 코하루는 여덟 살이었다.

"어머니는 어디 계시니?"

"안에 누워 계실 거예요."

아무리 불러도 인기척이 없더니만 아파서 그랬구나. 나는 타가히로를 따라 집 안으로 들어갔다. 집안이라고 바깥과 별 차이가 없이 냉랭했다. 타가히로가 서둘러 이로리(화로)의 재를 뒤적여 불기를 확인하더니 마른나무를 가져다 불을 살렸다. 연기는 많이 나지 않았다. 더 안으로 들어가니 다다미 위에 어머니가 누워있었다.

"어머니, 선생님 오셨어요."

타가히로가 가까이 다가가도 아무런 반응이 없었다. 내가 이상하여 쭈그려 앉아 살폈더니 이미 세상을 떠난 뒤였다. 난감했다. 하지만 내가 이 집에 오게 된 날 죽었다는 건 어떤 섭리만 같았다. 나마저 없었다면 이 아이들이 얼마나 놀랐을 것이며 장례를 어떻게 치를 수 있을지, 생각만 해도 아찔했다. 뒤돌아보니 타가히로는 죽음을 알았는지 울먹였다.

"타가히로, 선생님 말 잘 들어라."

고개를 끄덕였다.

"어머니는 이미 돌아가셨다. 이건 우리로선 어쩔 수 없는 일이야. 우선 너희 친척들에게 알리거라. 선생님도 도울 테니."

나는 그 집을 나와 서둘러 촌 사무소의 가오루에게 갔다. 그런 일에 도움을 청할 사람은 그밖에 없었다. 그는 내 말을 듣자, 빈민을 위한 제도가 있다며 일을 일사천리로 진행했다. 가까운 교렌지의 도움도 청했다. 나는 장례 기간 타가히로의 집을 떠나지 않고 가오루를 도왔다.

장례가 끝나고 나는 교장에게 부탁하여 타가히로의 수업료를 면제하고 학교의 사환으로 일하며 공부하게 해달라 통사정하여 승낙을 받아냈다. 나중에 알게 된 사실은 타가히로의 어머니가 아프기 시작한 건 한 달 전부터였다고. 돈이 없어 치료도 받지 못하고 죽기 사흘 전부터는 물도 넘기지 못했단다. 그날은 화로에 피울 나무도 떨어져 타가히로가 산에 갔었다고.

나는 이제 고아가 된 그 아이들을 위하여 쌀을 들여와 주고 어머니에게 부탁하여 부식도 갖다주었다. 타츠야와 소스케에겐 지붕의 억새를 교체하고 울타리도 손봐주기를 요청했다. 가오루는 빈민 구제 제도를 활용해 계속 돌봐줄 방도를 찾기까지 했다. 끼니는 거의 어머니가 드러누울 때부터 타가히로가 해 먹다시피 했기에 그건 안심이 됐다.

반년이 넘어가자, 술자리는 이제 친구들과 어울리기보다 선생들과 더 잦았다. 술에 취하면 선생이나 뱃사람이나 개가 되는 건 마찬가지였다. 특히 사사키 선생은 술버릇이 아주 고약했다. 그도 하급 무사 막내쯤 되는 출신으로 나와 똑같이 교원양성소를 거친 선생이었다. 우리 아버지보다는 후배였다. 어쩌면 그도 메이지 유신의 희생양이라고 할 수 있었다. 나와는 나이가 이십 년 차이가 났다. 그날도 서너 명이 학교에서 멀지 않은 술집에서 어울리게 됐다. 그는 술만 마시면 안하무인, 그래서 대부분 그와 어울리는 걸 꺼리는 편이었다.

"어이 소다, 어른이 술 마시는 데 버릇없이 팔짱이라니?"

맞은편에 앉은 사사키 선생이 불쑥 날 손가락으로 가리키며 시비를 걸었다. 내가 아무리 나이가 어리다고 하지만, 소다 선생까진 바라지도 않았다. 소다 군도 아니고 그냥 소다였다. 선생들 모두가 선배인지라 술자리에서 난 별로 말하지 않고 주로 듣는 쪽이라 팔을 양 소매 속에 넣고 있었다. 나는 시빗거리가 된 팔을 내려놓았다.

"죄송합니다."

"학생들을 때려잡는다며? 저런 태도니 어련할까."

시비였다. 그는 나보다 더 엄하게 학생들을 다루었다. 반감이 일었다.

"괜히 그러겠습니까?"

"괜히? 건방지게 어디서 말대답이야?"

그가 벌떡 일어났다. 그러자 옆에 있던 타카하시 선생이 진정하라며 주저앉히려 했으나 사사키는 팔을 내뻗어 거부하고 내 옆으로 왔다.

"내가 그러지 않아도 이 자식 올 때부터 별로 맘에 안 들었어. 어린놈이 거만스럽기 짝이 없잖아."

그가 내 멱살을 잡아 앞으로 끌었다. 무사들은 대부분 무술과 유학을 병행하여 익혔다. 유학이 그나마 그를 교원양성소로 이끌어 오늘날 선생으로서 밥벌이하도록 했겠지만, 무술은 써먹을 기회가 없어 그런지 종종 주변을 괴롭게 만들었다. 그러나 그는 내가 부둣가의 제왕으로 군림한 사실을 전혀 모르고 다른 선생들과 마찬가지인 샌님으로 만만히 봤던 모양이다. 그가 멱살을 잡은 손에 힘을 줘 메치려 했으나 내가 쉽게 당할 사람이 아니었다. 역으로 그의 팔을 잡아 되치기로 바닥에 꽂아버렸다. 힘으로 누르려는 자 더 강한 힘으로 제압하는 게 내 철칙이었으니.

사사키 선생은 쉽게 일어나지 못했다. 다른 선생들의 부축을 받아 일어나긴 했으나 이후 허리가 불편한지 줄곧 손바닥을 대고 걸어야 했다. 그는 그 뒤로는 나를 피했다. 얼굴을 마주쳐도 표정은 항상 씁쓰름했다. 그래도 그의 술버릇은 고쳐지지 않았다. 나와 다신 그런 자리가 마련되지 않았지만, 그가 나와 함께 하는 걸 피했는지는 몰라도 다른 선생들의 전언에 의하면 나를 비난하는 게 더 늘었다는 말만 무성했다.

그 사건이 있고 난 후 나는 싸움 잘하는 불량 선생으로 낙인찍혀버렸다. 소문의 진원지가 사사키라는 건 명약관화한 일이었다. 그런 일이 딱 한 번 일어났다면 억울할 수도 있으나 다른 선생들과 술자리에서 몇 번 더 일어났고, 학생들도 목격했기에 싸움 귀신이란 별명까지 듣게 되었다. 그 전부터 난 무서운 선생으로 악명이 자자했다. 그러나 난 신경 쓰지 않았다. 곧 선생 일을 그만두게 될 거란 느낌이 들었기에.

그해 말 결국 나는 소학교 교사를 사퇴했다. 가을에 우연히 보게 된 나가사키의 광부 모집 광고를 보고서 그나마 학기 말까지 기다렸던 것.

난 그 겨울에 영어 공부에 매진했다. 부수적으로 중국어도 공부했다. 어차피 일본이 한자문화권인지라 한자를 많이 사용하여 아무래도 중국어가 쉬울 것 같았기에. 나가사키는 국제도시다. 외국인을 만났을 때 제일 많이 사용하게 될 언어를 영어로 봤기 때문이었다.
"소다 선생님!"
공부에 여념이 없던 어느 날 밖에서 찾는 소리가 들렸다. 요 며칠 사이 눈이 많이 내려 처마에선 쉴 새 없이 눈 녹은 물이 흘러내렸다. 나가 보니 뜻밖에도 타가히로가 손에 토끼를 들고 있었다. 그는 주변의 우려가 무색하게 학교 사환으로 일하면서 공부도 열심히 하고 여동생을 잘 보살폈다. 근본이 아주 착한 아이였다.
"타가히로, 네가 웬일이냐?"
"선생님께 이거 드리려고 가지고 왔어요."
"이걸 어떻게 잡았어?"
"눈이 와서 오보시산에 올무를 놨었어요. 가오루 서기님이랑 드세요."
"우린 안 먹어도 되는데, 이거 팔지 그랬어?"
"아니에요. 선생님과 서기님이 정말 고마워서……."
기특한 놈. 타가히로는 토끼만 건네고 바로 돌아갔다. 나는 토끼를 타츠야와 소스케에게 손질을 맡기고 가오루를 불러 함께 술을 마셨다. 그렇지 않아도 나가사키로 떠나기 전 언제 만날지 모를 친구들과 술자리를 한번 가질 계획이었는데 타가히로 덕분에 빨리 가질 수 있었다.
나가사키로 떠나기 전 나는 동생들을 불렀다. 첫째 동생은 의사가 되는 길을 걷고 있었다.
"난 고향에서 아니 이 일본에서 살지 못할 거란 예감이 든다. 나도 이 예감이 틀리기를 바란다. 하지만 맞기도 바란다. 내가 간절히 원하는 삶은 하고 싶은 일을 하며 사는 소다 가이치다. 누가 내 인생을 대신해 줄 수 없잖아? 주어진 환경에서 대충 만족하며 살긴 싫다. 내가 앞으로 무슨 일을 하며 살게 될지 아직은 모르지만, 그게 설령 실패할지라도 도전도 안 해보고 이곳에서 주저앉아 후회하며 사는 삶이 싫다는 거다. 너희에게 아버지 어머니, 이 집을 부탁하마. 그래도 너희 둘이 있어 얼마나 다행인지 몰라. 그렇다고 너희더러 도전하지 말라는 건 아니다. 너희도 너희의 삶을 살아. 내가 나가사키에 가는 건 거기를 더 넓은 세상으로 나아가기 위한 교두보로 삼으려는 거다. 물론 어려운 줄 알아. 각오하고 가는 거야."

말을 하다 보니 비장한 기분이 들었다. 동생들은 아무 말 없이 내 말을 들으며 눈을 빛냈다. 그 눈이 나를 안심시켰다. 그렇게 나는 고향을 떠났다. 내 나이 스물한 살이었다.

4
나가사키에서 홍콩으로

　나가사키는 쇄국정책을 고수하던 에도 시대에도 일본에서 유일하게 서양과 중국과의 교역이 공식적으로 이루어진 국제적인 항구 도시이다. 따라서 일본에서 서양 문물이 가장 먼저 유입된 곳으로 이른 시기부터 상공업이 자연스레 발달했다.
　나는 먼저 숙소부터 정했다. 나가사키에 온 목적을 달성하기 위하여 외국인들이 많이 산다는 오란다자카 끝부분 비탈진 곳에 있는 어부의 허름한 가옥 한 칸을 빌렸다. 다다미 3장 정도의 작은 방이었다. 방은 퀴퀴한 냄새가 났다.
　오란다자카는 네덜란드 언덕이라고도 불리는데 일본의 건축물과는 다른 직선적이고 위압적인 서양식 건물이 많았다. 며칠 동안은 시내를 구경하느라 여기저기 돌아다녔다. 나가사키는 역시 서양 문물을 일찍 접해서인지 시골인 소네 촌은 물론이고 야마구치시와도 다른 이국적인 분위기를 풍겼다. 바닷가에 인접한 거대한 굴뚝이 있는 조선소도 밖에서 구경했다. 이 지역은 기독교의 전파가 일찍이 이루어져 숙소에서 멀지 않은 곳에 자리 잡은 오우라 성당은 이제까지 보지 못한, 전혀 다른 독특한 양식의 건물로 창을 장식한 각양각색의 스테인

드글라스는 난생처음 보는 것이었다. 정면의 지붕 밑 십자가 아래에 천주당(天主堂)이란 글씨가 선명했다.

　시내를 다니며 이상하게 가슴이 저몄던 곳은 니시자카 언덕에 있는 순교 성지였다. 왜 그랬는지 영문은 알 수 없었다. 그 언덕은 도요토미 히데요시 시기, 일본 최초의 천주교 탄압 때 선교사와 스물여섯 명의 일본인 신자가 순교한 곳이었다. 그 신자들은 그곳이 예수가 죽은 골고다 언덕과 비슷하다고 하여 그곳에서 죽기를 원했다고.

　나중에 안 사실은 그들 스물여섯 명의 성인은 교토, 오사카, 사카이 시내를 끌려다니다 이곳까지 오게 된 처지였다고. 그들이 처형당한 후 이백육십여 년이 흐른 후 1865년 우라카미 지역에 잠복해 있던 기독교인들이 프랑스인 신부를 찾아와 물었다.

　"성모님은 어디에 계십니까?"

　잠복이 끝난 역사적인 순간이었다. 이런 긴 세월이면 무엇이든 사라지기 마련인데 이들 잠복 교인, 카쿠레 키리시탄은 하느님을 향한 믿음이 사라지지 않았던 것. 그들은 이웃과 관헌의 감시를 피하느라 은밀하게 신앙생활을 계속했다고. 기독교에 대한 막부의 탄압은 참으로 집요했으니. 관헌이 성화를 조롱하고 짓밟으며 암암리에 교인의 눈빛을 살펴도 동요하지 않았단다. 오죽이나 감시가 심했으면 성모마리아의 모습까지 변조하며 믿음을 유지했을까. 언뜻 보면 불상이 분명한데, 자세히 살펴보면 가슴에 십자가 무늬가 있는 것이다. 이런 성상은 성모상을 위장했다고 하여 마리아 관음이라 부르고 있었다. 심지어 삼존불 형식의 성상이 발견된 적도 있고. 당시 일본에서 원래 모양대로 성모상을 모셨다가는 '내가 키리시탄(크리스챤)이오'라고 자백하는 꼴이라 바로 참형을 당할 수 있었기 때문이다.

또 하나 인상이 깊은 곳이 데지마였다. 에도 막부는 기독교의 포교를 막기 위해 시내에 흩어져 살던 포르투갈인들을 격리하기 위해 바다 위에 인공섬을 조성했는데 그게 바로 데지마다. 그곳이 바로 쇄국 일본의 숨구멍 구실을 했었다니…. 데지마와 본토 간의 출입은 애당초 작은 돌다리 하나뿐이었다고. 그러나 지금은 넓은 다리가 놓여 있고 자유롭게 드나들었다.

신 앞에 모든 인간은 평등하다는 기독교 교리는 막부에 대한 도전이자 위협이었고, 봉건적인 신분제의 억압에 신음했던 서민들에겐 그야말로 새로운 세상을 염원하는, 천지개벽의 사상이나 다름없었을 것이다. 이미 17세기 중반에 신도 수가 70만을 넘어섰으니 엄청난 세력이 아닐 수 없었다. 아니나 다를까. 그것은 곧 민중 반란으로 이어져 막부엔 심각한 위협으로 다가왔고, 그런 사태의 재발을 막기 위해 전도의 목적이 더 컸던 포르투갈과 스페인 사람들은 추방되고 나중엔 일본과 독점무역을 하게 된 네덜란드 상인들과 동인도회사 상관(商館)만 데지마에 남게 되었다고. 그들은 전도가 목적이 아니라 상호 간의 이익이 우선이기 때문이었다.

데지마의 모양은 부채꼴로 축구장 두 개보다 조금 큰 정도였다. 네덜란드 상선이 입항하면 북적거렸겠지만, 평소에는 스무 명 정도 거주했단다. 우스운 얘기가 허가받지 않은 일본인은 데지마에 출입할 수 없었으나 유곽의 창녀는 출입해서 성관계를 맺어도 처벌받지 않았단다.

일주일쯤 시내를 쏘다니다가 필요한 서류를 들고 미쓰비시 탄광 사무소에 갔다. 광부는 수시로 모집 중이었다. 탄광은 다카시마와 나카

노시마, 하시마섬에 있었다. 담당자의 말을 들으니 광부 대부분은 섬 안의 숙소에서 지내고 극히 일부만이 피곤함을 감내하고 항구에서 배로 출퇴근하고 있었다. 일만 하고 돈을 벌 목적이었다면 나도 섬 안의 숙소를 택하겠지만 그게 아니잖은가. 담당자는 늙수그레한 사람이었다. 내가 물었다.

"꼭 숙소에서 지내야 합니까?"

"그게 서로 편하지. 배로 다니려면 두 시간을 허비해야 하니까. 일도 힘든데 피곤하잖아."

"그렇다면 다른 일을 알아봐야겠습니다."

나는 제출한 서류를 돌려받았다. 사무실을 막 나서려 할 때 발걸음을 멈추게 하는 소리가 들려왔다.

"소다 씨, 잠깐만."

뒤를 돌아보니 다가오라는 손짓을 했다. 의아하여 다가갔다.

"배 타고 출퇴근은 할 수 있겠소?"

"그렇지 않으면 다른 일거리를 알아보려고요."

"힘들 텐데?"

"그래도 해야지요."

그는 손을 내밀어 다시 서류를 달라고 했다. 그러고선 임금은 얼마며 출퇴근 시간과 방법 등을 자세히 설명해 줬다. 나중에 안 사실이지만 광부가 많이 모자라던 시기인지라 단 한 사람이라도 아쉬웠으리라.

석탄산업은 일본 제국주의 근대화에 한 축을 담당하였고, 1875년부터 나가사키 앞바다 섬에서 양질의 석탄이 본격적으로 채굴되었다.

나는 첫날 새벽에 나가사키 항구에서 탄광 전용 작은 배를 타고 첫 출근을 했다. 같이 일하게 될 조를 소개받고 작업복과 안전모, 안전등,

장화 등 장비를 받아 막장으로 향했다. 수직으로 내려가는 갱도는 내려가는 데만 한참이 걸려서야 수평갱도에 도착했다. 우리 조는 막장에서 캐낸 석탄을 삽으로 운반차에 싣는 작업이었다.

나는 사실 육체노동이라곤 별로 해본 일이 없었다. 유술이나 검술 같은 운동과 막장에서 하는 노동은 차원이 달랐다. 힘들었다. 광부 시절 초기 나는 이 일을 꼭 해야만 하나 회의하며 당장 때려치우고 싶은 충동을 하루에도 수도 없이 느꼈다. 일을 끝내고 목욕할 때면 탄가루가 시커멓게 흘러내렸고 목구멍이 칼칼하여 기침하게 되면 가래에도 섞여 나왔다.

새벽에 나갔다가 밤에 들어오는 일이 계속됐다. 모든 광부가 숙소에서 도시락을 챙겨왔다. 새벽 항구에는 간단히 먹을 수 있는 요깃거리를 파는 장사치들이 있었다. 난 배 안에서 아침을 먹고 나머진 점심으로 막장에서 먹었다. 그러는 동안 휴일이면 다른 일을 알아보는 것도 멈추지 않았다. 막장 일이 그만큼 힘들었기 때문에. 그러나 광부만큼 임금을 주는 곳도 없었고, 임금이 적어도 만족하며 감내할 만한 일도 있지 않았다.

일을 끝내고 항구에서 내려 파김치가 된 몸으로 어두운 오란다자카의 오르막길을 걸을 땐 무료했던 교사 생활이 그리워지기도 했다. 외국어를 배운다는 것도 요원하게 느껴졌다. 내가 고대했던 나가사키는 환상에 불과했던 걸까. 나는 이 생활을 얼마나 견뎌낼까?

그날도 퇴근길에 프랑스 영사관 바로 옆 선술집 오란도(蘭國)의 불빛이 내 신세처럼 처연하게 느껴져 들어갈까 말까 망설이다가는 들어갔다. 이전에도 피곤한 김에 술 생각이 간절할 때면 간판을 보고 몇 번이나 주저하던 곳이었다. 그러니 술집은 나가사키에 와서 처음이었다. 안으로 들어가니 야마구치시나 소네의 술집과는 분위기가 완전 딴판이었다. 기다란 탁자 너머 벽에는 수많은 종류의 술병이 진열돼 있고 나를 맞은 사람도 고대하던 서양인 여자였다. 그러나 막상 앞에 대하고 보니 말문이 탁 막혔다. 나의 그런 심사와는 다르게 그녀가 서툰 발음의 일본말로 미소를 지으며 말을 걸어왔다.

"어서 오십시오."

"네덜란드에서 오셨나요?"

나는 난국이란 간판이 네덜란드를 지칭하기에 그렇게 물었다.

"맞아요."

"여기선 무슨 술을 파나요?"

"맥주도 있고, 진도 있어요."

나는 많이 들어본 맥주를 시켰다. 로얄 더치라는 상표가 붙어 있었다. 맛이 일본 술과는 달랐다. 쓴맛이 별로 거부감이 일지 않았고 알코올 도수가 그리 높지 않게 느껴졌다. 한 잔을 다 마신 사이 손님들이 그녀를 마담 로렌이라고 부르는 걸 알았다. 주방과 홀을 드나드는 키가 훌쩍 큰 남자가 있었는데 그녀의 남편이었고 이름은 코엔이었다. 그는 조끼에 나비넥타이를 맨 차림이었다.

그들은 칠 년 전에 일본에 왔다고 했다. 홀엔 서양인 몇몇이 둥근 탁자를 가운데 놓고 술을 마시며 얘기를 나누기에 여념이 없었다. 내게 들려오는 소리는 영어인지 네덜란드 말인지 알 수가 없었다. 저 말들을 알아들어야 할 텐데…….

나는 그 뒤로 그 술집을 자주 드나들었다. 나중엔 게네바르라는 상표가 붙은 진 맛도 알게 돼 맥주 두 병에 진 두 잔이면 얼큰하니 기분도 좋았다. 진은 알코올 도수가 40도라 소다수를 타서 마셨다. 로렌과 코엔과도 스스럼없어졌다. 나처럼 혼자 오는 일본인은 거의 없다며 내가 들어가면 미스터 소다를 외치며 반겼다. 그들은 독일어와 영어도 능통했다. 손님은 네덜란드인, 프랑스인, 미국인, 독일인, 노르웨이인, 중국인 등 다양했다. 난국으로 인하여 나의 나가사키 생활이 비로소 의미를 찾은 듯 보였다.

다카시마의 광부들 숙소 부근에도 술집은 있었다. 광부 생활을 오래 한 이들은 가족을 먹여 살릴 최소한의 벌이를 위해 두더지처럼 막장에서 하루를 사는 자신들을 막장 인생이라고 불렀다. 자신의 인생에서 희망이 보이지 않는 걸 느끼기 때문일지도 모른다. 다른 일보다 임금은 조금 많지만 그만큼 위험이 항시 뒤따르기 때문이었다. 지열이 30도가 넘고 높은 습도 속에서 운반작업을 하거나, 양질의 석탄을 위해 선별을 하거나, 직접 곡괭이를 들어 탄을 캐거나 힘들지 않은 일이 없었다. 그 피로와 스트레스를 일과 후 한 잔 술로 씻어내는 거야말로 광부에겐 일상이고 유일한 즐거움이었다.

오늘은 무사할까, 목숨을 담보로 갱도에 들어서는데 목숨을 잃거나 장애를 안게 되는 사고는 연이어 터지게 마련이었다. 갱도가 바다 밑이라 항상 침수를 걱정해야 했고, 심각한 사고를 당하지 않았다 할지라도 폐 깊숙이 탄가루가 쌓여 목숨을 줄여가는 신호, 기침 환자도 다반사로 늘어났다. 일을 오래 한 광부들은 이런저런 병을 달고 살았다. 기침병은 기본이고 가래엔 으레 탄가루가 섞여 나왔다. 아무리 마스크를 쓰고 작업한다 한들 탄가루 가득한 막장에서 숨을 들이마시니 폐가 온전할 리 있겠는가. 그 탄가루를 씻겨내는 데에 돼지고기가 그만이라 하여 퇴근 후엔 으레 술과 함께 먹어대지만, 효과가 있는지는 의문이었다. 환자는 계속 생겨났고 숨이 차 작업하는데 지장이 오면 그 광부는 오래지 않아 탄광을 떠났다. 회복할 수 있는 질환이 아니었다. 누구를 원망할 겨를도 없이 죽음은 얼마 안 되어 찾아왔을 거고. 오래 할 일이 아니었다. 나는 기회만 노렸다.

그 기회는 내가 탄광 일에 이력이 붙고 오란도에서 영어나 독일어가 조금은 귀에 들어올 때쯤 마담 로렌의 입에서 나왔다. 한쪽에선 영어를 쓰는 일행과 중국어를 쓰는 패거리가 술을 마시고 있었다. 패거리라 한 이유는 그들이 불량해 보였기 때문이다. 나는 그때 중국의 정세는 익히 알고 있었지만, 중국말은 알아들을 수 없었기에 더 시끄럽게만 들렸다.

"소다 씨, 배 탈 거야?"

"무슨 배를?"

"노르웨이 상선에서 선원을 구한다는데?"

"그래요?"

그동안 나는 오란도에 거의 매일 드나들며 로렌과 코엔 부부와의 대화를 통해 영어와 독일어를 익히는 일에 주력했다. 그들은 원하든 원하지 않든 간에 나의 외국어 과외 선생 노릇을 하게 된 셈이다. 그래서 고마움의 보답으로 쉬는 날이면 술집의 허드렛일을 거들었다. 나의 엉큼한 내심을 읽은 그들도 기꺼이 도우려 애썼다. 비록 혀가 짧은 말이지만 서서히 귀가 열리기 시작했다. 그느러라 내 월급의 반이 술값으로 들어갔다. 그들은 내가 외국으로 나갈 기회를 잡으려 한다는 것도 잘 알았다. 후쿠자와 선생은 이곳 나가사키에서 베개를 베고 잠을 잔 기억이 없을 정도로 열심히 공부했다고 하지만 나는 외국어를 익힐 요량으로 열심히 술을 마시고 로렌과 코엔을 대할 땐 간과 쓸개를 빼놓았다. 그러길 몇 년이었나? 나는 나가사키 광부 생활도 끝나감을 어렴풋이 예감했다.

"좀 있다가 올 거야."

"무슨 일 할 거라고는 얘기 안 해요?"

"내가 알 게 뭐야. 오면 물어봐. 할 맘은 있고?"

"그럼요."

그때 영어로 좀 조용히 하라는 소리가 뒤에서 들려 돌아보니 그곳에 자주 들르는 영국인이 좌석에서 일어나 다섯 명의 중국인을 쳐다보고 있었다. 그러자 중국인 모두가 일어나 삿대질하며 뭐라 소리쳤다. 그 기세에 영국인이 주눅이 들었는지 양 손바닥을 펴 보이며 맥없이 자리로 돌아가 주저앉았다. 내 상식으로는 그쯤이면 소란은 멈춰야 했다. 그런데 아니었다. 중국인 한 명이 무슨 억하심정인지 영국인들 자리로 가 계속 무슨 말을 퍼부어대자 두 사람이 말하는 영어가 동시에 들려왔다.

"잉글랜드."

중국인이 영국인 둘에게 어느 나라 사람이냐고 물었던가 보다. 잉글랜드라는 소리에 나머지 중국인들이 더 발작했다. 처음 일어났던 영국인이 중국인들 반응에 가만히 앉아 있다가 안 되겠는지 다시 일어서려는 순간 주먹이 날아갔다.

"으악!"

영국인의 비명이 터졌다. 하긴 중국의 영국에 대한 감정이 좋을 리 없었다. 아편전쟁으로 인하여 중화사상에 젖어 살던 중국인은 개망신을 당했으니 영국이란 소리만 들어도 이가 갈릴 판이었다.

중국은 아편을 예로부터 성욕을 일으키는 미약(媚藥)으로 사용했고, 회춘에 탁월한 효과가 있다고 여겨 황실과 귀족 등 상류층에서는 크게 유행하여 부의 상징처럼 애용했다. 그러다가 16세기에 담배가 보급되고 거의 1세기 만에 무엇을 피우는 문화가 일반화가 되자 선망의 대상이었던 아편까지 퍼져나가기 시작했다. 소비가 늘면 당연히 공급도 늘기 마련이고 가격이 낮아지게 돼 있다. 그때까지 차(茶) 수입으로 중국과 무역 적자가 심했던 영국은 값싼 인도산 아편을 중국에 풀었다. 그 이익은 자그마치 천 배였다. 청나라의 아편 가격은 폭락했고 특권처럼 여겨졌던 아편은 최하층까지 손을 대면서 사회 기반이 무너지기 시작했다. 이에 청나라 황제 도광제는 상인들로부터 아편을 압수해 전부 폐기하고 문제 해결을 위해 영국 상인들에게 아편 무역을 중단할 것과 밀매를 하면 자산을 몰수하고 사형시키겠다는 선언과 함께 영국 빅토리아 여왕에게 편지를 보내 아편 무역에서 손을 떼도록 호소하기에 이르렀다. 도광제는 아편으로 인해 두 아들을 잃는 아픔을 겪은 직접 피해당사자이기도 했다.

청나라의 처사에 영국은 가만있지 않았다. 청나라 군대의 형편없는 무기 수준과 실상을 파악한 뒤 전쟁을 일으켜 연전연승했다. 청나라 장군은 영국의 눈부신 군사 기술을 한낱 술법으로 여긴 나머지 부녀자의 소변을 모으고 호랑이 날과 시에 태어난 장수를 모았지만 그게 무슨 소용이 있었으랴. 청나라 수준이 딱 그 정도였다. 무참하게 깨져놓고는 오히려 이겼다고 거짓 보고나 하고. 상황은 더욱 악화할 수밖에. 영국군은 광동성을 초토화하고 양쯔강으로 북상하여 상하이와 난징의 핵심 기지인 진강까지 함락시켰다.

이런 풍전등화의 상황에서 맺게 된 조약이 난징조약이었다. 그 주요 내용은 홍콩을 영국에 할양하고 광저우, 상하이 등 다섯 개 항(港)을 개방하여 영사(領事)를 설치하며, 전쟁배상금으로 1,200만 달러와, 몰수당한 아편의 보상금으로 600만 달러를 지급하는 조건이었다.

그것이 1차 아편전쟁이었다. 그러나 확실한 전쟁의 과실을 챙겼음에도 영국은 만족하지 못했다. 여전히 중국에 대한 수출품으로 아편에 의존했으나 중국이 자체 생산을 늘리고 차의 영국에 대한 수출량이 꾸준히 증가함에 따라 무역 적자가 다시 심화하자 생트집을 잡아 2차 아편전쟁을 일으키는데, 이번에는 프랑스와 미국, 러시아까지 참전하게 되었다. 그때 중국은 설상가상으로 태평천국의 난이 일어나 열강에 적극적으로 대응할 수 있는 상태가 아니어서 텐진이 함락되자 조약을 다시 맺게 되었다. 내용은 아편 무역을 합법화하고 전쟁배상금을 지급하며 베이징에 외교관을 상주시키고 기독교를 공인한다는 것이었다.

텐진조약이 체결되었으나 영국군과 프랑스군은 이번에도 청나라의 후속 조치가 미흡하다는 핑계로 계속 진격하여 베이징 근처까지 이르렀다. 함풍제와 신하들은 별수 없이 열하로 피신했다. 영국군과 프랑스군은 이어서 베이징을 점령하고, 청나라 황제의 별궁인 원명원을 약탈하였다. 청나라로선 그만한 치욕이 없었다. 원명원은 황제에게 바친 진상품을 보관하는 보물창고로 건물까지 불태워졌으니. 결국, 청나라는 영국, 프랑스, 러시아와 베이징 조약을 맺었다. 텐진조약에 더하여, 개항 도시를 늘리고 전쟁배상금도 더 늘어났으며 영국에 홍콩을 할양한다는 걸 명문화했다. 더 나아가 러시아에는 멀쩡한 연해주를 빼앗겼다. 아편전쟁으로 얻은 청나라의 유일한 소득이라고 해봐야 태평천국의 난을 진압한 것에 불과했으니, 잃은 것은 엄청나게 많고 얻은 것은 하나도 없는 것이나 마찬가지였다.

　아편전쟁으로 인하여 중국은 예로부터 세계의 중심이고 가장 발전한 민족이라는 우월성을 자랑해 왔건만 그런 자존심은 완전히 구겨지게 되고 아무짝에도 쓸모없는 종이호랑이라는 게 만천하에 드러나 버린 꼴이었다. 개인도 그렇지만 국가 간에도 힘의 우열이 얼마나 중요한지, 아편전쟁을 통하여 나는 알 수 있었다. 아편전쟁은 중국인에게 치욕이었으니 영국에 어찌 호의적일 수 있으랴. 중국인은 주먹 한 방에 영국인이 쩔쩔매자 통쾌했는지 한 대 더 가격했다.
　"악!"
　영국인은 얼굴을 감싸 쥐었다. 코엔이 달려가고 내가 튕기듯 일어나 그곳으로 가며 상황을 주시했다. 얼굴을 정통으로 맞은 영국인의 감싼 손가락 사이로 피가 흘렀다. 코피가 터진 모양이었다. 코엔이 주먹을 날린 중국인을 더 이상 때리지 못하게 뒤에서 껴안았다.
　"왜들 이러세요!"
　"바이꾸이(白鬼, 흰둥이), 영국놈들은 씨를 말려버려야 해."
　중국인은 욕설과 함께 일본말도 튀어나왔다. 한 사람을 말리자, 나머지 네 명이 영국인 두 명을 에워쌌다.
　"흰둥이 새끼들이 일본도 말아먹으려고 여기서 설치는 것 아냐?"
　의자에 앉아 있던 또 다른 영국인은 중국인들의 압박에 고개를 흔들며 손만 내저었다. 내가 중국인들 사이를 비집고 들어가 말했다.
　"그만하시지."
　"르번구이쯔(日本鬼子), 다치기 싫으면 멀찌감치 꺼져 있어."
　한 중국인이 일본말을 내뱉으며 내 가슴을 밀쳤다. 기세가 오른 다른 중국인은 영국인의 멱살을 잡고는 흔들었다. 난 밀친 중국인에게 다시 다가갔다. 그리고 조용히 말했다.

"좋게 말할 때 그만하라고."

내 말에 놈이 눈을 동그랗게 뜨더니만 입을 삐죽이며 나를 향해 주먹을 뻗었다. 난 그걸 기다렸는지도 모른다. 뻗은 팔을 붙잡아 비틀면서 탁자 위에 몸뚱이를 메쳐버렸다. 탁자와 함께 몸뚱이가 바닥으로 형편없이 굴렀다. 그 꼴을 본 나머지 모두가 내게 달려들었다. 오랜만이었다. 내 발차기가 춤을 췄다. 관자놀이와 명치 같은 급소로만 발이 꽂혔다. 그때 영국인에게 주먹을 날리던 놈의 손이 번쩍이는 게 보였다. 비수였다. 다급하다 싶으면 무기에 의존하는 게 불량배들의 심리. 놈들은 선원이나 일반 상인이 아니었다. 칼을 본 로렌의 비명이 들렸다. 이건 전쟁이었다. 놈들을 무찌르지 못하면 내가 심하게 다치거나 죽는 전쟁. 영국인들은 멀리 피한 상태였고 코엔마저 그들 옆으로 물러나 있었다. 난장판이 된 홀엔 나와 중국인들뿐, 지켜야 할 사람이 없다는 게 오히려 홀가분하게 느껴졌다.

비수가 다가왔다. 그때 마침 옆에 달려드는 놈이 있었다. 진짜 싸움꾼은 그때그때의 상황을 적절히 활용할 줄 아는 게 진짜 선수. 놈이 달려드는 반동을 이용하여 순간적으로 자세를 낮춰 발을 걸었다. 그리고 넘어지려는 찰나 옆구리를 발로 차버렸다. 자연스럽게 놈이 비수를 꺼내든 놈에게 몸이 쏠려 시야를 가릴 때 나는 탁자를 짚고는 번개처럼 날아서 비수의 턱주가리를 날려버렸다. 놈이 비명을 지르며 뒤로 나가떨어졌다.

놈만 비수를 가지고 있는 게 아니었다. 쓰러졌던 놈 중에 급소를 비켜났나 싶은 두 놈이 일어나 똑같은 크기의 비수를 꺼내 들었다. 그때

마침 쇠로 만든 집게가 벽에 세워져 있는 게 내 눈에 띄었다. 잽싸게 집었다. 아쉬우나마 죽도가 되고 칼이 되었다. 내게 무기가 있다는 건 무적을 뜻했다. 비수를 믿고 마구잡이로 휘두르는 치들은 내 상대가 안 된다는 말이다. 비록 몰락했지만, 난 무사의 후예였다. 현란한 나의 칼춤에 현혹된 놈들은 금방 빈틈을 보였고 그 틈을 노린 발차기에 속속 무너져갔다.

"브라보!"

마지막 놈을 처치했을 때 박수가 터졌다. 관중은 코엔과 영국인 둘, 그리고 로렌이었다. 그리고 또 한 명 있었다. 언제 왔는지 모를 서양인이었다. 나중에 알고 보니 노르웨이인 오스카였다. 상선의 선원을 구한다고 했다는 이.

나는 가지가지 자세로 널브러진 중국인들의 칼을 뺏어 주방 쪽으로 던져버린 후 다가갔다.

"술값은 계산하고 빨리 꺼지시지."

놈들은 쉽게 일어나지 못하고 뭉그적거리다 서로 부축하여 일어나 계산하고 떠났다. 떠나면서 곧 죽어도 한마디는 지껄였다.

"르번구이쯔, 이대로 안 넘어간다. 두고 보자."

그에 코엔이 웃으며 한마디 던졌다.

"두고 보자는 놈치고 싱겁지 않은 놈 없더라."

남은 사람들은 엉망이 된 홀을 정리하고 새로 술자리를 마련했다. 영국인도 끼고 노르웨이인도 끼었다. 코엔이 모두를 내게 소개했다. 로렌이 먼저 잔을 높이며 나를 향해 놀랍다는 말을 건넸다.

"미스터 소다, 그 정도로 굉장한 사람인 줄 몰랐어!"

뒤따라 이구동성으로 나를 추켜세웠다. 영국인이 영어로 우려를 나타냈다.

"아무래도 그자들이 중국 깡패 조직인 삼합회 놈들인 것 같습니다. 이 가게에 놈들이 언제 들이닥쳐 해코지할지 모르겠네요."

"그건 걱정하지 말아요. 우리가 그런 놈들이 무서웠다면 진작에 이 가게 때려치웠을 거요. 내일 당장 경찰에 연락해서 다신 집적대지 못하게 할 거요."

나도 그게 걱정이었는데 안심이었다. 코엔이 잘 아는 경찰 간부가 차이나타운의 조직 우두머리를 잘 안다고 했다. 하긴 그런 쪽에 줄이 없으면 이역만리에서 술장사하기 어려울 게 뻔했다. 오스카는 코엔이 내가 바로 선원으로 갈 사람이라 하자 아주 좋다며 엄지를 치켜들었다. 아무리 토막에 불과하지만, 영어를 배워두었던 게 얼마나 다행인가. 오스카의 말을 들으니 초보라도 어려운 일은 없었다. 상선에 적정 선원이 있어야 하는데 보충한다는 것. 주 기항지는 중국이 영국에게 빼앗긴 홍콩이었다.

나는 바로 다음 날부터 출항 준비에 들어갔다. 탄광에도 일을 그만둔다는 걸 통보하고 조원들과도 작별을 고했다. 동생에게도 편지를 써 알렸다. 일본을 떠난다. 내 나이 스물다섯이었다.

석탄을 원료로 하는 증기기관에 의해 움직이는 배는 언뜻 봐서도 엄청나게 컸다. 오슬로 해운 소속인 배의 이름은 바르호. 바르는 북유럽의 신화에 나오는 약속의 신을 말한다고. 이름에 걸맞게 화물을 운반하는 배였다. 바이킹의 나라 노르웨이는 일찍이 항해술에 일가견이 있는 나라로 알려졌다. 오스카는 그 배의 선장이었다. 배의 규모에 비해 선원은 많지 않았다. 홍콩에서 화물을 싣고 나가사키에 입항하여 화물을 내리고는 조선소에서 수리하고 다른 화물을 싣는 동안 여러 정보도 들을 겸 올란도에 들른 참이었다. 나가사키에선 타이완섬에 들렀다가 홍콩에 닿는다고 했다.

오스카는 나를 갑판장에게 소개한 후에는 얼굴 보기가 힘들었다. 갑판장은 갑판 일에 익숙해질 때까지 조리장의 보조나 하라며 나를 다시 조리장에게 일임했다. 조리장은 자신을 보조하는 일이 초보 선원이 하는 일 중에 가장 좋은 보직일 거라 했다. 운항하는 동안 내가 할 일은 누구나 할 수 있는 음식 재료를 다듬고 설거지하는 게 거의 전부였다. 조리장은 삼십 대 후반으로 홍콩의 음식점에서 일하다 배를 탔단다. 도박을 좋아해 돈이 모이지 않아 배를 타는 비상 수단을 썼다고.

선원들의 일상은 고된 생활의 연속이라고 봐야 했다. 매일같이 날씨에 신경 써야 하고 폭우나 거센 풍랑을 만나면 위험하기에 정신을 바짝 차려야 했다. 혹여라도 비바람이 치는 밤에 바다에라도 빠지면 그걸로 끝이었다.

간부 선원인 선장이나 기관장, 항해사는 모두 노르웨이인이었고 갑판장 이하 선원들은 주로 중국인이지만 일본인도 한 명 있었다. 그는 기관실 화부였다. 그도 나와 같이 별다른 기술이 없어 아무나 할 수 있는 일을 하는 축에 속했다. 선장은 선박의 안전 운항과 인명, 화물의 보호 관리와 선내 제반 업무를 총괄하는 배의 최고 지휘 통솔권자였다. 그러니까 아무리 오란도에서 안면을 트고 술을 마셨다 할지라도 이제 막 선원 일을 시작한 나와는 배에서의 위치가 하늘과 땅 차이만큼이나 컸다.

나는 처음 며칠간은 멀미로 이루 말할 수 없이 고생했다. 먹은 것도 없는데 토하기를 몇 번이나 했는지 모른다. 얼마나 지독했으면 토하고 또 토하다 똥물까지 게워 냈을 때 바다에 뛰어들고 싶은 충동을 느꼈을까. 차라리 죽어버리고 싶은 심경이었으니. 조리장이 상비약이라며 소나무 속껍질 말린 걸 씹어보라 줬으나 소용없었다. 멀미는 내겐 천재지변이나 한 가지였다. 인력으로 어떻게 할 수 없는, 시간이 감에 따라 고통을 이겨내고 자연스럽게 배의 흔들림에 익숙해지는 수밖에 도리가 없는, 속수무책의 재난이었다.

배를 며칠 타보니 여자들이 배를 타는 것을 불길하게 여겨 선원이 되지 못한 이유를 알 만했다. 이는 고립된 배 안에서 성욕을 주체 못 하는 선원들로 인하여 불상사가 나는 걸 원천적으로 봉쇄하려는 목적이 아니었나 싶었다. 조리장의 말에 따르면 예나 지금이나 제대로 된 직업을 찾지 못하고 이리저리 방황하다 에라 모르겠다, 배나 타자는 사람들이 선원이 되는 일이 많아서 갈데없는 유랑민이나 뒷골목 출신들의 비중이 상당하단다. 모두가 한 성질 하는 사람들인 것이다. 조리장은 재미있고 거기에 맞게 말이 많은 이였다. 영어와 중국어가 뒤섞여 프라이팬을 손으로 잡고 흔들어댈 때도 그 속도에 맞춰 입을 쉬지 않았다.

배와 여자는 서로가 터부시하는 경향이 있으면서도 배를 지칭할 때 그녀(She)를 뜻하는 여성 인칭대명사를 사용하는 경우가 흥미로웠다. 그게 배를 여성처럼 섬세하고 조심스럽게 다루어야 한다는 의미라나? 선박은 계속하여 불순물을 제거하고 페인트 작업으로 미관을 유지하며 보수를 끊임없이 하게 되는데 이런 점이 여성의 화장하는 습관과 똑 닮았단다. 여성이 화장을 정성껏 잘해야만 바람과 햇빛으로부터 피부를 보호하고 자신의 아름다움을 유지하듯이, 배도 선체에 끊임없이 녹이 생겨 그걸 방지하고자 보수를 계속함으로써 수명을 오래 유지하기 때문이다. 또 여성과 배는 똑같이 몸매를 중요시한다는 것. 여성의 아름답고 균형적인 몸매가 미의 척도가 되듯이 배도 선체의 곡선에 따라 성능과 미관이 다르게 되는데, 빠른 속력을 요구하는 배의 외형은 이십 대 아가씨처럼 날렵하며, 속도보다는 많은 양의 짐을 수송하기 위한 운반선의 외형은 풍만한 아줌마의 몸매를 닮았다는 것. 또 하나 선박과 여성을 이끌어가는 주체가 남성이라는 데도 있었다. 여성의 동반자도 남성이고 선박의 운항자도 주로 남자여서 생긴 속설이 아닐까 싶었다.

바르호는 용선이었다. 화물선은 크게 정기선(Liner)과 용선(Tramp)으로 구분되는데 정기선은 말 그대로 항로에 딱 맞춰서 정시에 도착하고 정시에 출발하는 배이다. 용선은 화주와 선주의 계약에 따라 필요할 때마다 항로를 정해서 가는 배를 뜻했다. 그래서 바르호는 화물량에 따라 중간 기항지로 타이완의 몇몇 항구도 들렀다.

바르호는 타이완의 다가우(후에 가오슝으로 개칭) 항에 잠시 머물렀다가 다시 항해를 계속하여 홍콩항에 도착했다. 홍콩은 지리적 이점으로 중국을 포함해 세계 각지의 무역상에게 교차로 역할을 하게 되어 이미 아시아에서 가장 번성한 항구로 정평이 나 있었다. 날씨는 일본보다 남쪽이라 기온이 높고 습도 역시 높았다. 홍콩은 향(香)을 실어 나르는 항구(港)를 뜻한다고. 중국말의 방언이라는 광둥어가 통용되긴 하나 영국의 식민지가 된 운명으로 영어가 대세였다. 식민지가 된 지 오십여 년이 지났기에 광둥어를 쓰면 촌놈 취급을 받는다고 했다.

가족이 있는 선원들은 하역 작업이 끝나기가 무섭게 휴가를 받아 집으로 돌아가기 바빴고 나머지는 홍콩의 유흥가를 찾아 떠났다. 나는 선원들과 아직은 임의롭지 못해 첫날 혼자 시내를 구경하다 술을 마시고 저녁에는 선원들의 숙소로 돌아와 잤다. 내게 술은 이제 빼놓을 수 없는 음식 이상이 되었나 보다. 광부 생활을 하면서 주량도 더 늘고 습관화된 것 같았다.

빅토리아항은 홍콩 항구의 이름으로 가우룽 반도와 홍콩섬 사이에 있다. 수심이 깊어 세계 삼대 천연항 중 하나로 꼽힌다나? 영국이 이곳을 노린 이유였다. 그 이전에는 야생동물이 배회하던 초라한 어촌에 불과했다고. 실감이 나지 않지만 남중국 호랑이가 신계 지역에 출몰해 사람을 죽이기까지 했단다. 초창기 정착민은 객가인(Hakka People)이라 불리는 사람들이었고 도시 곳곳에 그 흔적이 남아있다고 했다.

나는 수리와 선적이 이루어지는 동안 선원들에게 주어지는 자유시간을 이용하여 시내를 부지런히 돌아다녔다. 시내 한복판에 있는 고딕 양식의 성 요한 성당과 영국군 병영인 머리하우스, 해양경찰 본부인 헤리티지 등을 구경했다. 헤리티지에는 시그널 타워가 서 있었는데 지붕 위에 달린 커다란 타임볼이 오르락내리락하며 시민이나 해상의 배들에 시간을 알리는 역할을 한다고 했다.

사흘째 되는 날 오후엔 선장 오스카가 중국인 한 사람을 데리고 숙소로 찾아왔다. 아침에 관리인으로부터 얘기를 들은 터였다.

"소다 씨, 어째 홍콩은 구경할 만하오?"

"일본과는 다른 게 많더군요."

"그렇지요? 나가사키와는 딴판일 겁니다. 내일부터는 이 사람을 따라서 일을 하시오. 내가 사무실에 얘기했어요. 세상을 경험하기엔 배를 타는 것보다 창고 근무가 더 나을 거요. 더군다나 이곳에도 주먹이 존재하는 세계요. 소다 씨가 적임자라는 생각이 들었어요."

오스카는 나의 짧은 영어 실력을 배려하여 짧게 짧게 끊어서 얘기했다. 그는 로렌이나 코엔에게 내가 외국물 먹기를 바란다는 얘기를 들은 듯했다. 그런데 주먹이 존재한다니?

"할 일은 이 친구가 가르쳐 줄 거요."

그 중국인은 궈(郭) 씨였다. 나이는 삼십 대 초반으로 후덕한 인상이었다. 그날 이후로 난 궈 씨와 홍콩 생활 동안 단짝이 되었다. 오스카는 우리 둘을 데리고 저녁과 술을 마실 겸 음식점으로 갔다.

"소다 씨, 여기는 광둥요리와 영국식 음식을 동시에 맛볼 수 있어요. 그동안 음식이 안 맞았을 건데 차찬텡이 맞을지 모르겠네."

차찬텡은 이곳처럼 밥과 빵을 동시에 먹을 수 있는 음식점을 뜻했다.

"아닙니다. 배에서도 내 입맛에 맞게 먹었습니다."

아닌 게 아니라 조리장이 해준 음식이 내 입에는 맞지 않아 내가 먹을 것은 직접 해 먹는 게 많았다. 나는 밥에 해물 요리를 시켰다. 오스카는 빵과 감자를, 궈 씨는 면 종류를 주문하고 포도주도 시켰다.

주문한 음식이 나오자 오스카는 주머니에서 조그마한 캔을 꺼냈다. 뚜껑을 따자 고약한 냄새가 났다. 송어를 발효한 라크피스크라는 노르웨이 음식이었다. 오스카는 그걸 빵과 감자에 발라 먹었다. 그가 물었다.

"소다 씨는 고향에 사랑하는 사람 있겠지요?"

"없습니다."

"나이가?"

"스물다섯입니다."

그는 이해하기 어렵다는 표정을 지었다. 이야기하다 보니 그는 노르웨이에 가족이 있다는 데도 홍콩에 현지처가 있는 집이 있었다.

"여기에서 오래 살려면 빨리 여자를 만나야겠네?"

그 말을 듣고 나는 일신 독립에 관해 얘기했다. 그러자 그는 답답하다는 표정을 지었다.

"참 어렵게 사네. 그러다가 평생 홀아비로 살지도 몰라."

"무책임하게 살기는 싫습니다."

이러저러한 얘기로 그날 우리 세 사람은 만취했다.

오슬로 해운의 창고는 다섯 동이었다. 궈 씨의 말에 따라 내가 창고에서 처음으로 한 일은 작은 배나 육지에서 우마차로 실어 온 화물을 나라나 도시별로 창고에 분류하여 놓았다가 배의 출항에 맞춰 선적하는 것이었다. 창고엔 짐을 들고나는 일꾼이 여러 명이었다. 그들은 하루하루 품삯을 받아 일하고, 나는 그래도 정직원이었다.

항구엔 우리 회사만 있는 게 아니어서 화물을 확보하는 과정에 경쟁이 치열했다. 그제야 오스카가 말한 주먹이 존재한다는 말이 실감 났다. 궈 씨는 창고의 책임자였다. 그는 영어가 나만큼이나 서툴러 우리는 통하지 않으면 손짓과 발짓을 모두 사용했다.

창고 일이 익숙해질 무렵 궈 씨가 날 데리고 항구에서 조금 떨어진 사거리로 나갔다. 각지에서 항구로 들어오는 우마차가 밀집한 곳이었다. 거기에서 어느 회사에 짐을 맡길지 결정된 듯 보였다. 우리 회사에서도 오슬로 해운이라는 팻말을 든 이가 있었다. 그는 우마차가 나타나면 곧바로 달려가 팻말을 흔들며 고객 유치 작전에 돌입했다. 그만이 아니었다. 다른 회사 팻말을 든 이들도 나타나 똑같은 짓을 되풀이했다. 우마차 꾼은 단골이 있으면 본체만체하고 지나갔으나 어떤 이들은 관심을 보였다. 거기까진 별문제가 없었다. 한 덩치가 나타나 우리 회사를 광고하는 이를 못 나가게 하는 일이 벌어지자, 궈 씨가 내 팔을 건드렸다. 이것이었다. 내가 나설 수밖에. 덩치는 나보다 머리 하나는 더 컸다.

"왜 오슬로 해운을 못 나가게 하는 거야."

영어로 말했더니 바로 중국 욕설이 튀어나왔다.

"처지 바단(불알 뜯는 개소리)!"

덩치의 표정과 억양만 보고도 욕설이란 걸 알았다. 덩치는 뭐라 뭐라 계속 지껄이더니 꺼지라며 손을 내저었다. 사거리에 모인 사람들이 우릴 주시했다. 내가 물러서면 우리 팻말을 든 이는 설 자리를 잃으리라. 나는 인상을 쓰며 덩치의 위아래를 흘겨보며 엉겨 붙었다.

"이건 완전히 돼지구먼."

그러자 덩치가 어이가 없는 듯 멱살을 잡으려 손을 뻗는 순간, 팔을 잡아 업어치기로 길바닥에 메쳐버렸다. 그럴 때 팔의 움직임도 중요하지만, 등과 다리를 어떻게 활용하느냐에 달려 있다. 덩치답게 바닥에 떨어지는 모습도 가관이었다. 나는 덩치의 가슴에 발을 올리고 말했다. 모두가 들으라고.

"여긴 선의로 경쟁하는 곳이다. 누구도 막을 수 없어!"

그대로 누워 눈만 끔벅거리던 덩치에게 발을 내려놓으며 경고했다.

"한 번만 더 이런 짓 하면 죽을 줄 알아."

한 사람만 빼고 팻말을 든 모든 이들이 함성을 질렀다. 그들은 그동안 한 회사에 고용된 덩치란 놈에게 꽤 시달림을 받은 듯했다. 나는 손을 뻗어 덩치를 일으켜줬다. 그러나 오만상을 짓던 덩치는 엉겁결에 당한 게 억울했던지 일어나자마자 돌아서는 날 붙잡으려 했다. 싸움의 귀신이 달리 귀신이란 소리를 듣는 게 아니었다. 옆으로 한 발 비켜 발차기로 면상을 갈겨버렸다. 덩치가 손으로 얼굴을 감싸는 사이 모두가 보란 듯이 다시 한번 업어치기로 바닥에 패대기쳤다. 업어치기 같은 큰 기술을 사용한 건 시각 효과를 노린 모두를 향한 시위였다.

창고로 돌아오면서 궈 씨는 진작부터 덩치가 큰 골치였단다. 내가 오란도에서 중국인들을 가볍게 해치운 걸 오스카가 귀띔하며 사거리 문제를 해결하라 했다고. 애초엔 팻말 부대도 없었단다. 경쟁이 치열해지면서 하나둘 등장하기 시작하더니 너도나도 들게 되고 급기야 덩치까지 고용하는 회사가 생겼다고.

사람이 사는 곳 어디나 힘이 통용되지 않은 분야가 없는 듯했다. 개인이든 국가든 회사든 힘을 기르는 이유였다. 경쟁이 문제였다. 어떻게든 상대보다 돈을 더 벌어보려는, 상대를 눌러 이익을 더 취하려는 경쟁.

덩치가 그런 수모를 당하고 가만있을까? 난 목선을 만드는 작은 조선소에 들러 폐기물 가운데 단단한 나무를 골라 손에 맞게 다듬어 창고 한쪽에 세워두고 가죽 신발을 준비해 뒀다. 신발은 시내에 나가 사 온 것으로 발바닥이 생고무로 만들어져 아주 단단했다. 그것들을 쓰든 안 쓰든 준비해서 손해 볼 일도 없잖은가. 아니나 다를까, 이틀이 지난 후 덩치를 비롯해 세 명이 쳐들어왔다. 역시 봉을 든 놈이 있고 한 놈은 쌍절곤을 들었다. 덩치는 장작개비나 다름없는 몽둥이를 들었다.

나는 놈들이 보일 때 미리 신발을 꿰찬 뒤 궈 씨에게는 나서지 말라 하곤 목도를 들고는 창고 앞에 섰다. 난 손에 휘두를 것만 있으면 무서울 게 없었다. 놈들이 가까이 오자 비웃음을 흘리며 말했다.
"맨손으로는 안 되겠던가 보지?"
덩치가 뭐라 지껄이며 가운데 서고 봉과 쌍절곤을 든 놈이 양옆에서 자세를 잡았다.
"혼자서도 안 되겠고?"
"시끄럽다!"
"떨거지들은 어디서 데리고 온 거야?"
"너는 오늘 죽었어."
"그래? 죽어 보지 뭐."
놈들이 작정했는지 움직였다. 이럴 땐 한꺼번에 달려들지 못하도록 넓게 퍼져 싸우는 게 상책. 먼저 봉이 맹렬하게 회전하며 내 기를 죽이려 했으나 어림없었다. 목도로 맞받아치며 봉이 멈추자 내 발이 머릴 향해 날랐다. 발끝에 정통으로 맞은 느낌이 오자마자 쌍절곤이 어깨에 떨어졌다. 다행히 비켜 맞았으나 아프긴 되게 아팠다. 놈이 팔을 들기 전에 목도로 팔뚝을 내리쳤다. 내 아픔과는 비교할 수 없으리라. 놈이 곤을 떨어뜨리고 주저앉으려 할 때 가슴을 걷어찼다. 덩치는 감히 달려들 생각을 못 하고 움찔대며 입만 벌리고 있었다. 겁먹었군. 그렇다면… 봉과 쌍절곤을 든 놈들을 목도로 등을 몇 대씩 후려갈기고는 덩치 앞으로 갔다.
"너도 덤벼!"
덩치가 장작개비를 땅으로 떨어뜨리고 양손을 내저었다. 벌써 싸울 의욕이 잃었는가, 졌다는 표시였다. 이제까지 커다란 덩치로 한몫을 보며 밀어붙인 셈이었다. 목도로 어깨를 토닥이며 말했다.
"다시 또 올 거야?"

덩치는 고개를 세차게 흔들었다.

"저기 사거리에 나가서 행패 부릴 거야?"

"노, 노, 노."

"여기서 빨리 꺼져. 너희 회사에 가서도 말해. 이런 짓 또 하면 그땐 진검으로 다스릴 거라고."

"예스, 예스, 예스."

진짜로 겁이 많은 놈이었다.

그날 귀 씨는 내게 골칫거리를 해결해줬다는 명목으로 코가 비틀어지도록 술을 대접했다. 그 술집이 비어홀인 독향(獨香)이었다. 독일과 홍콩의 첫 글자를 땄다는 상호. 손님이 거의 외국인만 드나드는 나가사키의 오란도를 닮아 난 홍콩을 떠날 때까지 단골로 드나들었다.

나의 일상은 오전에 화물을 받거나 싣고 점심을 먹은 뒤 사거리와 부두를 순찰하고는 창고로 돌아오는 식이었다. 사거리나 부두에선 나를 보면 우리 회사는 물론이고 다른 회사 팻말 꾼들도 깍듯이 인사를 했다. 진심에서 우러나온 인사가 아니라 힘에 대한 순종이었으리라. 덕분에 우마차 꾼의 입맛대로 자유롭게 운송회사를 고르는 질서가 잡혀가고 있었다. 그러다 보니 오슬로 해운을 찾는 고객이 많아져 회사에서 나의 위상은 저절로 높아졌다. 그렇지만 크고 작은 사건은 끊임없이 일어나는 게 항구의 생리. 그걸 맞닥뜨려서는 타협할 건 타협하고 힘으로 해결할 건 해결하며 시간은 흘렀다.

그날도 사거리를 돌아보고 부두로 가려던 참이었다. 어느 음식점 앞에 허름한 입성의 아이가 쪼그려 앉아 고개를 무릎 사이에 묻고 있는 게 보였다. 그 아이를 보자 타가히로와 코하루 생각이 났다. 잘 지내고 있는지…. 왠지 그냥 지나칠 수가 없었다.
"왜 이러고 있니?"
아이는 움직이지 않았다. 그냥 갈까 하다가 다시 물었다.
"애야."
비로소 얼굴을 든 아이를 보고 난 깜짝 놀랐다. 혼혈이었다. 아홉 살이나 되었을까. 아이는 나를 쳐다보고는 눈길을 돌리고 한 손을 배에 갖다 댔다. 배가 고픈 모양.
"배고프구나."
나는 아이를 일으켜 음식점 안으로 들어갔다. 아이는 순순히 나를 따랐다. 만두와 국수를 파는 곳이었다. 뜻밖에도 주인아줌마가 아이를 아는 듯했다. 따뜻한 국수를 한 그릇 시키고는 아이가 먹을 때 주방으로 가 아줌마에게 아이의 사정을 물었다. 백인 선원과 중국 여자와의 사이에 태어난 아이였다. 어느 나라 사람인지도 모르는 아이 아빠는 돌아오지 않고 엄마는 본가에 아이를 맡기고 어리론가 돈 벌러 떠났다고. 모르긴 해도 마카오로 갔을 거라나. 그동안 아이를 돌보던 할머니가 죽고 홀로 남은 아이는 엄마를 기다리며 거지처럼 살고 있다고. 가끔 음식을 주긴 하지만 마냥 줄 수는 없다고.
어디나 어렵게 사는 사람은 있기 마련이다. 어른이라면 무슨 일이든 하면서 헤쳐나갈 테지만, 아이라면 다르다. 이웃의 동정도 한계가 있다. 나라에서 보살피는 제도가 있다면 얼마나 좋을까, 그러나 미미한 실정이었다. 아이는 배고픔을 견디다 못해 훔칠 수도 있고 나쁜 유혹에 쉽게 넘어가리라.
나는 아이가 음식을 다 먹자, 더 이상 생각하고 자시고 할 것도 없이 데리고 창고로 돌아와 궈 씨에게 인계했다.

"불쌍한 아이요. 심부름이나 청소나 뭐든 시킵시다."

그 아이의 이름이 융안(永桉)이었다. 궈 씨는 흔쾌히 허락했다. 융안은 그 후로 눈치 빠르게 아홉 살 이상의 몫을 해냈다. 우리 숙소에서 지내도 된다고 했으나 엄마를 기다려야 한다며 잠만은 집으로 가서 잤다.

세월이 쏜살같이 흘러가던 참에 정말 큰 사건, 일본과 청나라의 전쟁 소식이 들려왔다. 나는 그사이 영어가 많이 늘었고 독일어도 홍콩에 처음 왔을 때의 영어 실력만큼은 되었다. 중국어는 덤이라고 할까. 독향과 궈 씨 덕분이었다.

청나라와 일본의 전쟁은 조선을 둘러싼 두 나라의 주도권 다툼이 원인이었다. 실마리는 일본이 일부러 제공한 측면이 있다. 조선의 서해안에 자리한 풍도에 주둔하고 있던 청나라군을 일본군이 기습한 것이다. 이 전투는 곧 육지로 이어져 곧 풍도와 가까운 성환에서 벌어졌고 그곳에서 패한 청나라군은 평양으로 철수하여 전열을 가다듬었으나 그곳에서마저 패배하기에 이른다. 육상에서 승리한 일본군은 파죽지세로 만주의 뤼순과 웨이하이를 함락시켰으며 압록강 해전에서도 청나라군은 지리멸렬하여 패배를 당하고 만다.

내용을 들여다보면 청나라는 더 처참했다. 웨이하이 전투에서 일본군 29명이 전사한 데 비해 청나라 군사는 약 4천 명이나 죽어버린 일방적 전투였으며, 해전의 결과는 청이 자랑하던 북양함대의 궤멸이었다. 더불어 일본군은 타이완 부근의 펑후 제도에 무혈입성하는 성과를 올렸다. 이로써 일본은 숙원이던 중원을 넘보기 위한 발판을 만주에 마련함과 동시에 동중국해까지 장악하게 되었다. 나는 일본군의 대승 소식이 들려올 때마다 일본인의 한 사람으로서 기뻤다. 이러다 대륙은 물론이고 이곳 홍콩까지 점령하기를 바랐다. 여기에 숟가락을 들고 후쿠자와 유키치 선생이 등장할 줄이야.

선생은 일본군이 연전연승하자 만주의 동삼성(東三省)을 점령하여 아예 일본의 수중에 넣고, 북경까지 진격하여 보물, 고서적, 귀한 유물을 약탈하라는 내용의 글을 연일 시사신보에 발표한 것이다. 이 글을 처음 읽었을 때는 후쿠자와를 존경하던 마당에 무조건 동조하는 마음이 생겼다. 지킬 힘이 없다면 빼앗기는 건 당연한 일이 아니겠는가. 진 자와 이긴 자의 극명한 차이를 누가 뭐라 할 것인가. 그런 승자의 특권마저 없다면 누가 전쟁에서 기를 쓰고 이기려 하겠는가 말이다. 그러나 그 글은 내 머릿속에서 쉬이 떠나지 않고 계속해서 확신과 의문을 왔다 갔다 하며 꿈틀거렸다. 강자가 약자에게 과연 그리해야 하는가. 상대방의 약점을 노려 내 이익을 취한다는 게 정당한 짓일까. 보물이나 고서적 그리고 진귀한 유물은 그 나라의 정신이고 유산일진대 강제로 뺏어 내 것으로 만들다니? 그렇다고 그게 진정으로 내 것이 되나? 어찌하여 배려하고 베풀 생각은 못 하나. 일본의 지성이라는 사람이, 일본이 나아갈 길을 제시한다는 사람이 오히려 야만인이나 할 짓을 부추겨? 나는 그때부터 후쿠자와 선생을 의심하기 시작했다. 아, 내 속에 꿈틀거리던 야만도 일말의 양심에 허를 찔려 밀리고 있었.

전쟁의 결과, 일본과 청나라 사이에는 시모노세키 조약이 체결되어 청나라는 조선에 대한 종주권을 잃었고, 그 자리를 일본이 차지하며 주도권을 쥐게 되었으며, 타이완과 펑후 제도에 대한 지배권까지 획득하여 동아시아의 새로운 강자로 떠오르게 되었다. 타이완에는 실효 지배를 위한 총독부가 설치되고.

청나라는 아편전쟁에서 서구에 일방적으로 패배한 이후 나름대로 군사력을 강화하는 등 와신상담하였으나 서양도 아닌 이웃 나라 일본에까지 패배를 당하자 다시 한번 종이호랑이임이 입증되었고, 중화사상은 치명타를 입게 되었다.

"빌어먹을 위정자들!"

내 입에서 저절로 욕설이 튀어나왔다. 청나라는 위에서부터 아래 하급 관리까지 속속들이 썩었기 때문이라 나는 믿었다. 그 많은 인구를 가지고도 열 배나 적은 일본에 진다는 건 도저히 이해되지 않았다. 그 결과 죽어나는 건 백성들일 게 뻔했다. 청나라도 혁명이 필요했다. 부국강병을 위해 양무운동을 펼쳤지만 제 잇속 채우기 바쁜 썩은 관리들 가지고는 어떤 효과도 기대할 수 없었다. 새 술은 새 부대에 담아야 했다.

어쨌든 타이완이 일본의 수중에 들어왔다. 바르호를 타고 지나왔던 타이완, 일본과 같은 한계를 가진 섬나라. 홍콩 생활의 타성에 젖어가는 내가 홍콩 말고 다른 데가 없나 하고 눈을 돌릴 때였다. 호랑이를 잡으려면 호랑이굴에 들어가야 하는 게 맞는 논리라면, 이왕 해외를 떠돌 거라면 서구 쪽이 좋을 텐데, 하며 내 인생에 역마살이 끼었는지 엉덩이가 들썩이기 시작할 무렵이었다. 나는 타이완의 역사를 처음엔 건성으로 넘기다가 한때 네덜란드가 섬을 지배했다는 데에 흥미를 느껴 자세히 들여다봤다. 알고 보니 청나라가 지배하기 전에는 원주민과 한족의 조합인 다두왕국과 동녕왕국이 중부에 존재하고, 네덜란드가 남부를, 스페인이 북부를 지배하여 치열한 힘의 우열을 겨뤘던 섬이었다.

네덜란드인들은 17세기에 타이완 남부에서 사탕수수를 재배해 이득을 얻었으며, 부족한 노동력을 보충하기 위해 명나라 푸젠성에서 한족을 이주시켰다. 스페인 제국 역시 타이완 북부에 당도하여 요새를 구축하고 그 지역을 지배했다. 당시 견원지간이었던 두 나라가 지구 반대편 타이완에서 아옹다옹 세력을 다투다 마침내 네덜란드가 스페인을 몰아냈다.

이후 네덜란드 동인도 회사의 군대가 타이완 북부의 원주민을 공격해 성공한 후 남쪽으로 진격하여 다두왕국을 공격하여 속국으로 만들었다. 속국 백성의 운명이야 너무 뻔한 것, 힘이 없는 원주민과 한족은 노예 상태로 전락하고 말았다.

그 당시 중원에서는 청나라의 공격으로 명이 몰락하자 정성공(국성야Koxinga)이 청에 대항하였고, 한때 명나라의 고도 난징(南京)까지 진격하여 포위하는 등 잘 나가다가 결국 청군에 패하여 푸젠성 해안가의 진먼(金門)섬으로 밀려나 명나라 부흥을 위한 근거지를 마련하기 위한 거점으로 네덜란드가 지배하던 타이완을 노려 원주민, 한족과 동맹을 맺고 대만 남서부를 차지해 동녕왕국을 세웠다. 이때 포로로 잡은 수백 명의 네덜란드 남성을 고문, 학살하고 여성들은 노예로 삼았다. 이때 정성공 자신은 전직 네덜란드 관료였던 선교사를 참수하고 그의 딸인 백인 소녀를 첩으로 삼기도 했으니.

정성공은 동녕왕국을 세우면서 청나라와는 다른 독립적인 사회 제도를 구축하고 이를 통해 원주민들에게 유교 문화를 전파함으로써 비로소 타이완이 세상에 모습을 드러내게 되었다. 이후 정성공이 사망하자 그의 자손들이 통치하면서 계속하여 청나라에 반기를 들어 잦은 전투를 벌였다. 그러나 17세기 말 청나라와 벌어진 평후해전(澎湖海

戰)에서 괴멸적인 타격을 입어 더 이상 저항할 수 있는 동력을 상실하고 결국 항복하면서 종말을 고하게 되었다. 이후 본격적으로 한족들이 이주하여 살기 시작하고 저항하는 토착민들은 산으로 쫓겨나 고산족이라고 불리게 되었고, 평지의 나머지 원주민들은 일부를 제외하고는 한족에 동화되었다.

이제 200여 년의 청나라 지배에 있었던 타이완인들의 운명은 일본인의 손에 놓이게 되었다. 나도 일본인이지만 그들이 불쌍해 보였다. 힘이 없다는 이유로 이리 휘둘리고 저리 휘둘릴 수밖에 없었던 처지에서 앞으로는 또 어떻게 될까. 후쿠자와 선생의 논리대로라면 당연한 처사일진대 나는 그들이 불쌍해 보였다. 일본은 왜 일본 열도로만 안주하지 못하는가. 나는 후쿠자와의 세계를 떠나고 있었다.

어느 날이었다. 독향에서 술을 마시고 있는데 평소 안면은 있으나 대화는 나누지 않았던 영국인이 술잔을 들고 내게 다가왔다. 그는 내가 일본인이라는 걸 알고 축하한다며 말을 걸어왔다.

"뭘 축하한다는 거지요?"

나는 퉁명스럽게 내뱉었고 그는 의아한 표정을 지으며 내 옆으로 왔다.

"일본의 승리를 말이오."

"나는 별로 기쁘지 않소이다. 이빨 빠진 종이호랑이가 걱정될 뿐이오. 아니 중국이 어떻게 되든지 상관할 바 아니나 죄 없는 백성들이 걱정이오."

"그래요?"

"썩어빠진 중국은 천지가 뒤집힐 정도의 혁명이 필요합니다. 그게 수억의 중국인을 살리는 길이오."

혁명이라는 말을 들은 그는 부쩍 내게 관심을 보이며 속내를 드러냈다.

"혹시 쑨원(孫文)을 아시오?"

"물론 이름은 많이 들어봤지요."

"내가 의학원에서 그를 가르친 사람이오."

쑨원은 의사였다. 그런데도 본업보다 중국이 제대로 되는 길을 모색하는 일에 더 힘을 쏟았다. 그 영국인은 본명인지는 알 수 없으나 제임스라는 이로 쑨원이 비록 제자이지만 깨어있는 중국인이라며 존경하는 듯했다. 그는 쑨원이 중국 민족의 위기를 타개하기 위해 하와이에서 만들었다는 흥중회(興中會)를 소개하며 홍콩에도 지부가 있으니 내게 가입을 권유했다. 나 같은 일본인이 합류한다면 힘이 배가 될 거라며. 흥중회의 목적은 중원을 점거한 만주족과 청국을 멸하고, 멸한 결과로 중원을 회복하며, 회복한 결과로 중원에 민주적인 국가를 수립한다는 것이었다.

우린 그날 꽤 많은 대화를 나눴다. 나는 후쿠자와 유키치와는 다른 쑨원에 호기심이 일었다. 쑨원은 어려서부터 민중의 열렬한 환영을 받았던 태평천국의 홍수전을 꿈꿨다고 했다. 태평천국은 한때 장강 이남을 장악했었다. 그러나 난 남의 나라 일에 직접 개입하고 싶지는 않았다. 아니 개입할 만큼 내가 대단한 인물이 못 된다고 생각했다. 나를 더 쓸만한 나로 만들 방법은 없을까?

얼마 후 독항의 늙은 주인 길베르트 바우만에게 물었다. 그는 독일과 홍콩 간 상선의 선원 생활을 하다 홍콩이 좋아 눌러앉았다는 이였다.

"유럽으로 갈 방법이 없을까요?"

"왜 없어. 배만 타면 갈 수 있지."

"그게 아니고 가서 일할 방법 말이오."

"무슨 일?"

"아무 일이나."

"내가 알기로 동양인이 유럽에서 일하는 경우는 보지 못했거든. 튀르크족은 간혹 있더구먼. 우리 독일에도."

"그렇군요."

"굳이 유럽으로 갈 이유가 있나?"

"더 넓은 세상 구경을 하고 싶어서지요."

"홍콩 온 지 몇 년 됐지?"

"삼 년이 넘었어요. 차츰 무료해지네요."

"무료하다고? 재미 볼 거라면 마카오도 있잖은가? 오가기 쉽고. 여기하곤 또 달라. 포르투갈 사람들이 만든 항구잖아. 자네 같은 젊은 사람에게는 마카오가 제격일 텐데? 도박하기 좋고 매춘부도 우글거리고."

내가 젊어서 재미를 찾는 줄 알았나 보다. 그런 재미라면 홍콩에서도 얼마든지 즐길 수 있었다. 나는 술 빼놓고는 도박이나 여자엔 별로 관심을 두지 않았다, 더군다나 매춘부를 찾고 싶은 생각은 없었다. 스물일곱이 되도록 총각이란 게 믿기지 않겠지만. 바우만 씨는 맥주에다 진을 타 주며 내게 내밀었다. 맥주만 마시기엔 나는 이미 술이 센 주당이 된 상태라 맥주에 진을 꼭 타야만 술 마시는 기분이 들었다.

"타이완은 어떤가?"

바우만 씨가 타이완이란 말을 들먹이자, 호기심이 반짝 일었다.

"거기에서 내가 할 만한 일이 있을까요?"

"자네가 영어도 그렇고 독일어를 좀 할 줄 알잖아."

"중국어도 알아들을 만해요."

"그러니까 말일세. 타이완에 갈 맘은 있고?"

난 타이완인들을 불쌍하게 여기고 있었다. 내가 거기 가서 무슨 도움이 되랴마는 일본이 지배하는 타이완의 현실을 보고는 싶었다.

"그럼요."

"공장인데 통역이 필요할 거야. 몇 달 전에 얘기를 들었는데 누굴 채용했을지도 몰라. 그랬다면 다른 일도 있을 거니까 가볼 테면 가봐."

그는 바로 가오슝에 있는 공장에 근무한다는 독일인 귄터 슈미트에게 즉석에서 편지를 써 건넸다.

"언제 갈 텐가?"

"마음 바뀌기 전에 바로 갈 겁니다."

"단골이 떨어져 서운하지만 자네 앞날이 더 중요하지."

"고맙습니다."

이렇게 대만으로 가게 될 줄이야. 나가사키에서 배를 타게 된 일도 우연이었고, 홍콩에서 타이완으로 옮겨가게 된 것도 우연이었다. 내가 술을 안 마시는 샌님이었다면 불가능한 일이어서 나는 술에 고마움을 느낄 정도였다. 귀 씨에게는 그동안 베풀어준 호의에 감사하며 술잔을 기울였다. 융안은 내가 걱정할 필요가 없을 정도로 잘 지내고 있었다.

5
열강들의 먹잇감, 타이완섬

독일계 공장은 다가우(打狗) 해변에 있었다. 17세기 초반에 네덜란드인들이 요새를 건설했으나 원주민과 한족 동맹에 패하여 쫓겨난 곳으로 개항은 17세기 말이었다. 그러고 보니 네덜란드는 나라가 조그마하긴 해도 지구촌 여기저기 손을 안 뻗친 데가 없는 듯했다. 바다에 익숙한 탓이리라. 회사 이름은 동양방적. 공장 입구에 사무실이 있었다. 귄터 슈미트는 공장장이었다.

"통역을 구하신다고 바우만 씨에게 들었습니다."

"그럼, 홍콩에서 왔소?"

"네."

"중국인?"

"아닙니다. 일본인이오."

내가 일본인이라 하자 그는 반색했다. 일본이 강국으로 올라섰음을 느낄 수 있었다. 더군다나 슈미트 씨는 내가 영어는 물론이고 독일어와 중국어로도 대화가 어느 정도 가능하단 걸 알고 무척이나 반겼다.

그는 공장의 실태와 내가 할 일에 관해 말해줬다. 방직공장이라는 것, 원사는 독일 본사에서 공급하고 거대 중국 시장을 겨냥해 세워졌다며 일본과도 거래한다는 것, 거래 상인과 통역할 일이 없을 땐 재고 관리를 하면 된다는 것 등. 숙소도 정해줬다. 그전 통역이 살았다는 민가였다. 공장에서 별로 멀지 않은 서우산 아래 강과 가까운 곳이었다. 앞에 있었던 통역원이 갑자기 그만두곤 그때그때 통역할 사람을 구하느라 애를 먹었다며 오래 근무했으면 좋겠다고 말했다.

타이완 생활을 하면서 나의 독일어는 더 깊어졌다. 애를 먹었던 건 상하이 등 중국의 다른 지역에서 오는 상인들과 대화였다. 홍콩이나 광저우와는 말 자체가 달랐다. 그런 경우 필담이 효과를 발휘했다.

공장 직원들은 주로 한족이거나 숙번(熟蕃)이 대부분이었다. 숙번은 한족에 동화가 조금은 이루어진 원주민을 일컫는 말이었다. 그들은 원래 타이완의 서부 지역인 평지에 살았다고. 그 시절에도 평야 지대에 동화가 덜 되고 원주민의 정체성을 지키며 살아가는 집단이 있다고 했다. 동화되지 않고 외지에서 온 사람들에 쫓겨 동부의 산악 지역이나 섬에서 사는 사람들은 생번(生蕃)이라 불렀다. 숙번은 동화되었다고는 하나 한족과 똑같은 일을 하는데도 임금 등에서 엄연히 차별이 존재했다. 객이 주인 행세하는 격이니 눈살 찌푸려지는 일이었.

이곳에서도 여지없이 앞선 문명은 힘으로 작용하여 억압과 착취를 동반했다. 이곳 원주민은 중국 남부에서 건너왔으리라 추측하는데 언어도 달랐다. 일본이 설립한 총독부는 인구조사를 하면서 효과적인 통치를 위해 그랬는지는 몰라도 호적에까지 숙번이나 생번을 기재하여 차별했다.

일과가 끝나면 나는 홍콩과 마찬가지로 으레 술집에 들렀다. 어쩔 땐 슈미트 씨와 함께 거래 상인들과 동행하기도 하고 그러지 않을 땐 혼자 갔다. 술을 마시지 않으면 잠이 오지 않으니, 음주는 내게 습관이 되었다. 국제 무역이 활발하게 이루어지는 그곳에도 외국인이 자주 드나드는 술집이 몇 군데 있었다.

내가 타이완에 건너와 생활에 익숙해지던 그해 시월, 충격적인 소식이 전해졌다. 그때 공장에는 몇 개의 신문이 배달되었다. 그 신문 모두에는 조선의 왕비(후에 명성황후로 추대됨)가 살해당했다는 소식을 톱으로 다루었다. 범인은 조선 주재 일본 공사인 미우라 고로를 중심으로 한 일본군과 낭인이라고 했다. 그들이 궁궐에 침입하여 왕비를 포함한 궁중 인사들을 무참히 살해해 버렸다는데 주모자로서 공사인 미우라가 나와 같은 야마구치현 출신이라 나는 더 놀랐다. 그는 조슈 3존이라 불리는 이토 히로부미, 야마가타 아리토모, 이노우에 가오루의 명성엔 미치지 못하지만, 어린 우리가 선망의 눈으로 바라보던 꿈을 키우는 존재였기 때문이었다.

청나라와 전쟁의 승리로 조선에서 주도권을 쥔 일본은 조선과 청나라 사이에 맺은 무역 협정을 파기하게 만들고 바라마지않던 친일 내각을 구성하는 데 성공하였다. 그런데 호사다마랄까, 시모노세키 조약으로 요동 반도와 타이완섬 할양, 전쟁배상금을 받아내게 된 일본은 러시아가 독일과 프랑스를 끌어들여 대륙 진출의 교두보로 삼으려 했던 랴오둥반도를 다시 청나라에 반환할 것을 요구하자 어쩔 수 없이 응해 체면을 구기게 되었다. 그런 데다 수족처럼 주무를 것 같았던 조선 왕(고종)과 왕비가 러시아와 우호적인 외교를 은밀하게 해오며 일본을 견제하려 하기 시작했다. 특히 인아거일(引俄拒日), 러시아를 가까이하고 일본을 멀리한다는 노선을 적극적으로 추진하며 친일 내각을 축출하고 상당수 관료가 쫓겨나게 되어 그 자리를 친러 성향의 인사들이 차지하자, 그 배후의 인물이 막강한 영향력을 행사하던 왕비라 판단하여 그대로 두고 볼 수 없었던 모양이다. 재주는 일본이 부리고 이익은 러시아가 취하는 결과였기 때문이다. 급기야 미우라로 하여 왕비를 살해함으로써 국면 전환을 꾀하려 한 만행을 저지르고 만 것이다. 시신은 기름을 끼얹어 불태웠다고.

조선은 이제 개화를 시작하려는 걸음마 단계였다. 그런 어린아이를 잡아먹지 못해 여러 제국이 눈독을 들이고 달려들었다. 나는 치를 떨었다. 나의 조국 일본이 이 정도로 잔인할 줄이야. 이런 식이라면 앞으로 어디까지 나아갈지 심히 걱정되었다. 몇 년 후 알게 된 얘기로는 작전명이 여우 사냥이었다고. 동원된 낭인들은 주로 몰락한 사무라이 출신이었고. 살해 기획자들은 그걸 숨기고 조선 내부의 분쟁에 의한 결과로 만들려는 속셈에서 해산될 예정이었던 조선인 훈련대 대대장 세 명까지 끌어들였다.

결국, 왕비 살해를 조선 내부의 권력 투쟁으로 속이려 했던 일본은 서양의 선교사 등 수많은 목격자가 나타나 상황이 불리해지자 미우라 등 사건 가담자들을 히로시마 감옥에 잡아넣고 재판에 넘겼으나 일본 법정은 증거가 불충분하다며 전원 석방이라는 판결을 내렸다. 석방된 이들은 오히려 애국자로 칭송받았고 이후에 출세 가도를 달리며 승승장구했는데, 혹자는 이를 보더라도 왕비 살해의 배후에 일본 정부가 있었음을 알 수 있다고 했다.

나는 그날 조선 왕비 살해 소식을 신문에서 보고 일할 마음이 들지 않아 적당한 핑계를 대고는 공장을 나와 해변을 거닐었다. 있을 수 없는 만행이 내 민족 일본인에 의해 저질러졌다. 무슨 이득을 보려고 그런 짓을 벌였을까. 개화와 서구 문명을 앞서 받아들인 일본이 제일 먼저 한 일이 이웃 나라를 괴롭히는 거라고? 뭐가 잘못돼도 한참이나 잘못되어가고 있다는 게 내 심정이었다. 답답했다. 나는 어찌해야 하는가. 이대로 계속 해외로 떠돌아야 하는가. 내 맘은 갈피를 잡지 못하고 착잡했다. 선술집 비슷한 간이주점에 앉아 원주민들이 즐겨 마신다는 샤오미주를 마셨다. 별로 독하지도 않고 달콤하여 목을 넘어가는 게 정말 부드러웠다.

항구에는 크고 작은 배들이 짐과 사람을 싣고 들어오거나 바다로 나가는 모습이 보였다. 저 멀리서 몇 사람이 실랑이를 벌이는 게 보였다. 한쪽은 안 가려 하고 다른 쪽은 끌고 가려 했다.

"또 지랄이네."

술집 여주인이 그 모습을 힐끗 바라보며 혼잣말을 내뱉었다. 말투로 봐서 주인은 한족인 듯했다.

"왜요?"

"빤하지요. 싫다는 일 시켜놓고 도망치니까 잡으러 왔겠지요."

"싫다는 일이라니요?"

"아주 솔깃하게 구슬려 데려와서는 하는 일이 말과 다르니 누가 하겠어요, 더군다나 생번이."

나는 생번이라는 말에 부쩍 관심이 갔다.

"생번이 왜 여길 와서?"

"많이들 그래요. 섬에서 속아서 오는 거지요."

다가우 앞바다에는 류추(琉球)라는 생번이 사는 섬이 있다. 류추는 번지(蕃地)에 속했다. 번지는 오랑캐의 땅이라는 말이었다.

실랑이하던 사람들은 한쪽이 다른 쪽을 일방적으로 두들겨 패고 있었다. 안 되겠다. 나는 돈을 탁자에 놓고는 달려 나갔다. 맞고 있는 사람은 두 사람이었다. 끌고 가려는 사람은 세 명.

"그만하시오."

내가 발길질하는 사람 앞을 막아서자, 그는 눈을 부라리며 말했다.

"당신 뭐야."

그 짧은 말에도 발음이 이상했다. 일본 사람 같았다. 일본말로 말했다.

"이 벌건 대낮에 사람을 패다니. 이 사람들이 무슨 잘못이라도 저질렀소?"

"당신이 나설 일이 아니오. 이놈들은 일하다가 도망친 놈들이오."

내가 일본말을 하자 그는 눈빛을 누그러뜨리며 일본말로 대꾸했다.

"하기 싫은 일을 억지로 시킨 것은 아니오?"

"같은 일본인으로서 충고하는데 봉변당하기 싫으면 남의 일에 끼어들지 마시오."

봉변? 같잖았다. 이런 일을 한두 번 겪은 게 아니잖은가.

"순진한 원주민들 데려와서 하기 싫다면 돌려보내야 하지 않소."

"우린 계약했을 뿐이오."

"속여서? 일본 망신 좀 그만 시키시지?"

내 말에 일본인이 발끈한 표정을 지었다.

"개소리 때려치워라."

그때 일본인의 표정을 본 다른 사람이 나서 욕설을 내게 퍼부었다. 중국말이었다. 그들이 나를 무시하고 다짜고짜 두 명을 끌고 가려 했다. 내가 그쯤에서 그만둘 사람인가. 앞을 막아섰다.

"이 두 사람은 곱게 놔두고 그만 가서 그대들 볼일이나 보시지."

"정 이러면 일본인이라 해도 별수 없지. 이자를 혼 좀 내주쇼."

앞의 말은 일본어로 내게 해당하는 말이었고, 뒤에 말은 중국어로 일행에게 하는 말이었다. 말로서 안 된다면 바라던 바였다. 한 놈이 내게 다가와 가슴을 밀쳤다. 뒤로 물러나며 순간적으로 발을 뺄자마자 걸어 밀쳤더니 그대로 넘어갔다. 또 한 놈이 달려들었다. 이런 놈들 제압하기는 식은 죽 먹기였다. 발차기로 면상을 후려갈겼다. 놈이 '악!' 소리를 내며 주저앉았다.

"이런 개자식들, 어디 할 짓이 없어 순진한 원주민들 등쳐먹는 짓거리를 하고 있어!"

내 호통에 기가 죽은 일본인만 남았다. 놀란 표정이 뚜렷한 그를 보며 말했다.

"그냥 가라 했을 텐데?"

그는 주뼛거리며 어쩔 줄 몰라 했다.

"난 동양방적에 근무하는 소다 가이치라는 사람이오. 내가 참견한 게 잘못되었다면 찾아오시오."

혼쭐이 덜 났나, 둘이 또 달려들었다. 더 센 발차기 연타가 터졌다. 놈들이 고꾸라졌다. 충격이 컸으리라. 상대도 안 되는 놈들이었다. 일본인을 향해 소리쳤다.

"이래도 안 갈 거요!"

겁을 먹은 그들은 바로 떠났다. 내 힘에 굴복하여, 도저히 나를 당해 낼 수 없어서. 이런 기분이 얼마 만인가. 무지로가 첫 번째 희생타였지. 오카야마의 양아치들이 내 힘에 무너져 내렸고, 니시무라 도장의 사범과 똘마니들도 죽을 쒔지. 칼을 들고 설쳤던 오란도의 중국인들도 혼쭐을 내줬고. 비겁한 자들이나 야비한 자들이나 남을 등쳐먹는 자들이나 내 유술과 검술 그리고 발차기 기술에 번번이 나가떨어졌다.

억울한 사람이나 힘이 약한 사람이나 그들을 도울 수 있다는 것에 보람과 희열을 느끼고 사는 맛을 즐겼다. 그러나 힘으로 제압한 뒤끝이 깨끗하지만은 않았다. 후련한 기분은 잠시였고 찝찝함은 오래 남았다.

난 어리둥절한 표정인 생번 두 사람에게 말했다.

"어디서 왔소?"

그들은 내 말을, 중국어를 잘 알아듣지 못했다. 구경하던 사람 중 한 사람이 말했다.

"류추에서 왔을 거요."

"그럼 배를 타야겠군. 어서 빨리 가시오. 섬에 가서는 사람들에게 전하시오. 더 이상 속지 말라고."

난 그들이 알아듣든 못 알아듣든 그렇게 말하고 선술집으로 돌아왔다. 뒤돌아보니 그들은 어디론가 사라져 보이질 않았다.

"분명히 건설 현장이나 광산에서 도망쳐 온 사람들일 거요."

술집 주인은 내가 하는 모습을 보았는지 엄지를 세우고는 술을 내오며 확신하듯 말했다. 일본은 항만을 넓히는 공사나 제방을 쌓는 토목공사를 비롯해 여기저기 산을 파헤쳐 금이나 은, 철, 석탄 등 자원을 찾는 일에 혈안이 돼 있었다. 자연스럽게 살던 원주민들이 낯설고 힘들며 거기에다 억압적인 분위기인 곳에서 적응할 리 만무했다.

"저런 일이 많은가요?"

"허구한 날 저래요."

일본은 타이완섬을 점령하고는 개발이랍시고 벌이는 일이 많았다. 그래서 일본인을 중간관리자로 하여 현지인을 인력으로 활용하는데 불평등 고용이 많다는 소문이 자자했다. 그러니 원주민인들 오죽하랴. 한마디로 착취였다.

다음날 그 일본인하고 헌병 경찰인 순사가 회사로 날 찾아왔다. 그날은 마침 홍콩에서 영국 상인이 찾아와 상담하던 터라 그들은 한쪽 구석에서 한참 기다려야만 했다. 나는 그들을 엿 먹이려 다른 날보다 더 큰 소리로 얘기하며 상담을 더 오래 끌었다. 물론 영어였다. 거래가 성공적으로 이루어지고, 슈미트 씨와 함께 점심을 먹으러 가자는 걸 잠시 기다리라 하고는 모두가 지켜보는 가운데 그들에게 눈을 돌려 내 쪽으로 오라하고 자리에 앉혔다. 그자들은 처음 올 때 기세와는 딴판으로 기가 많이 죽어 있었다. 내가 물었다.

"영어, 아니면 중국어, 그것도 아니라면 일본어?"

"소다 씨가 이 사람에게 행패를 부렸습니까?"

순사가 물었다. 일본말이었다.

"행패라고요? 이자들이 원주민을 때리길래 말린 것뿐이오."

"넘어뜨리고 발로 찼잖아요?"

일본인이 항의했다.

"원주민들이 싫다는데 때리면서 강제로 데려가려 한 건 누구요? 당신 분명히 그 중국인들에게 날 혼내주라 했지요? 난 당신들의 폭력에 맞서 날 방어했을 뿐이오. 그리고 어제 당신 원주민들과 계약했다고 그랬지요? 순사님 그 계약서 봤습니까? 잡아가야 할 사람은 바로 이자요. 원주민을 꼬드겨 데려와서 제대로 대접이나 해주며 일 시키는 거요? 우리 일본인이 현지 인심을 얻지 못하고 욕먹게 되는 건 바로 이런 사람들 때문이란 걸 순사 나리께선 아시길 바랍니다."

"당신 계약서나 쓰고 일을 시키는 거요?"

순사가 도리어 일본인에게 묻자, 그는 당황한 모양이었다.

"우린 인력만 대줄 뿐입니다."

"아깐 일하다 도망쳤다면서?"

"도망친 게 분명하니까요."

"당신 그러고 보니 길거리 지나다니다가 어수룩한 사람들 마구잡이로 잡아 현장에 공급하는 것 아냐? 특히 생번들."

공수(攻守)가 뒤바뀌었다.

"아닙니다."

"가만히 보니 조사받아야 할 사람은 당신이잖아. 안 되겠어. 서에 같이 가자고."

순사는 일본인을 재촉하면서 내게 죄송하다는 말을 몇 번이나 하며 고개를 조아렸다. 세상사가 다 이랬다. 그 일본인보다 내가 더 힘이 있어 보였을까, 아니면 내가 하는 일이 일본에 더 바람직하다고 여겼을까. 순사는 옆에서 내가 하는 일을 지켜보면서 나와 엮여봤자 좋을 게 없다고 판단한 것 같았다. 그러나 내가 일본인이었기 망정이지 대부분의 일본군 소속인 헌병 경찰은 분쟁이 발생했을 경우, 현지인보다 일본인 편을 들었다. 일본인의 잘못이 명확한 일에도.

며칠 후 그 순사를 통해 알게 된 바로는 그 일본인은 건설 현장이나 광산에 인력을 공급하는 인간 사냥꾼이란 걸 알게 되었다. 그 대상이 주로 힘이 없는 원주민이란 사실이 안타까웠다.

그게 계기가 되었을까. 난 공장 생활이 몸에 익고 되풀이되는 일상이 무료해질 무렵 무작정 안내인도 없이 다가우 북동쪽 지역에 있는 산지로 갔다. 원주민인 루카이(魯凱, Rukai)족을 만나려는 속셈을 지닌 등반이었다. 그들의 사는 모습을 보고 싶었다. 정보라고는 산지에 가면 그들이 산다는 게 전부였으니 무모하다고나 할까.

　무성한 산림 지역에 들어서는, 사람이 다닌 흔적을 찾아 외길만 따라 걸었다. 등에 멘 가방에는 안주 될 만한 건어물과 술 몇 병이 들어 있었다. 아무리 가도 마을은 고사하고 사람조차 만날 수 없었다. 나는 타이완의 밀림을 얕봤다는 느낌을 지울 수 없었다. 하여 되돌아갈 마음이 없지 않았으나 조금만 더 가보자며 산을 오르고 내려가기를 반복하다 보니 어느덧 어둠이 깔리기 시작했다. 분명히 사람이 다닌 흔적이 있는데도 민가가 없다니 귀신이 곡할 노릇이었다. 많이도 걸었고 지치기도 했다. 모르긴 해도 해발 천 미터쯤 되리라. 곳곳에서 새와 산짐승의 소리가 들렸다. 막막했다. 큰 나무 밑에 앉아 술병 마개를 따고 그대로 마셨다.

　천지사방을 분간하기 어려운 어둠이 밀려오는데 빗방울이 떨어졌다. 엎친 데 덮친 격이었다. 이럴 줄 알았으면 미리 나뭇잎으로 하늘을 가리고 내 한 몸 누울 공간을 마련했을 텐데, 내려갈 수도, 올라갈 수도 없는 진퇴양난의 처지였다. 곧 빗방울은 굵어져 온몸이 젖어버렸다. 할 수 있는 일이라곤 술 마시는 것뿐. 상상해 보시라, 밀림 속에 웅크려 비를 맞으며 술을 마시고 있는 모습을. 내가 얼마나 나약하고 작은 존재인지를. 타이완이 아무리 날씨가 따뜻하다 한들 높은 산이라 추웠다. 할 수 있는 일이 없었다. 오들오들 떨면서 밤을 뜬눈으로 지새울 수밖에는. 비는 이내 그쳤으나 온몸이 젖었으니 떨리는 몸을 주체할 수가 없었다. 정신까지 몽롱해졌다. 다 마셔버린 술 탓이 아니었다. 대책 없는 한기 때문이었다.

　어둠이 채 가시기 전 나는 나뭇잎 사이로 저 멀리서 피어오르는 연기를 보았다. 안개가 아니었다. 민가이리라. 살았다는 기분이 들었다.

가까스로 일어나 연기 나는 쪽을 향해 어정어정 걸었다. 조금 가니 능선에 민가가 몇 채 보였다. 어제 어찌하여 조금만 더 가지 않았던고. 민가를 눈앞에 두고 그 고생하다니.

어떻게 걸었는지 모른다. 나무와 돌을 얇게 잘라 겹겹이 쌓아 벽을 만든 독특한 집이 나왔다. 지붕은 짚과 같은 종류의 풀이었다. 그 옆집도 마찬가지 형태. 나는 어떤가, 물에 빠진 생쥐 꼴을 보니 가관이었다. 집과 집 사잇길에 거친 베로 만든 검정 치마를 입고 하얀 벨트를 맨 남자가 한 명 걸어왔다. 그에게 중국어로 말했다.

"너무 추워요."

그는 알아듣지 못했다. 내가 손을 흔들고 어깨를 움츠리며 춥다는 표정을 짓자, 그가 웃으며 따라오라 했다. 내가 "루카이?" 하고 묻자 그는 고개를 끄덕였다.

"싸바오(沙巴吾)."

나는 연신 그 말만 되풀이했다. 루카이족을 알려 준 이가 그들을 만나면 써먹으라며 가르친 말이다. 고맙다는 뜻의 루카이 말이라고. 그는 나를 어느 한 집의 부엌인 듯한 공간으로 데려갔다. 음식을 장만하려는지 오목한 곳에 불길이 타오르고 있었다. 걸어오느라 어느 정도 추위는 가셨으나 옷이 문제였다. 불 앞에 주저앉아 있자 노곤하니 잠이 쏟아졌다. 언제 방으로 옮겨갔는지도 몰랐다.

나는 그 집에서 종일토록 잠을 자고 하루를 더 보내고 돌아왔다. 그들은 주로 남자는 수렵을 하고 여자는 채집 활동을 했다. 농사도 지었다. 인상 깊었던 건 젤리 같은 아이위라는 음식으로 입에 넣기 전 쌀로 만든 술의 향기가 코끝을 은은하게 자극했다. 나뭇잎으로 감싼 떡과 밥이며 호박, 고구마도 담백하니 입맛에 참 잘 맞았다. 사람들이 정이 있었고 마을 분위기는 평화로웠다. 그들은 문명을 원치 않았다. 원치 않는 문명을 주입하려는 건 착취의 다른 이름일 뿐이었다. 미개? 그들이 사는 모습에서 미개와 문명을 선택하라면 나는 미개에 머물고 말리라. 그들을 도와주는 건 되도록 방문도 자제하는 게 낫다 싶었다.

타이완에 온 지 사 년째 되던 해였다. 일상이 달라진 건 없었다. 서로 간에 말이 통하게 하고, 재고를 생산자들이 알 수 있도록 관리하고, 저녁이면 술 마시고. 이게 내가 바라던 생활일까? 한 살 두 살 나이를 먹어감에 따라 이룬 것도 없는 상태로 주어진 일상에 안주하며 산다는 게 차츰 마음에 들지 않게 되었다. 이건 아니지 않은가. 불만이 쌓여감에 따라 느느니 술이었다. 탈출구는 없을까. 일본으로 돌아갈까?

그날도 거래 상인과 저녁 식사와 함께 거나하게 마시고 헤어진 상태에서 또다시 단골 술집에 들어가 백주를 들이켰다. 평소에는 잘 마시지 않던 술이었다. 무슨 생각이었는지… 어지간히 마셔서는 잠이 잘 오지 않아서였는지도 모른다. 술에 취해 세상모르고 잠에 빠져들기를 원했는지도 모르고. 당시엔 새로 입맛들인 샤오미주를 주로 마셨는데 그날은 백주도 마셨다. 술에 젖은 입인데도 백주를 들이킬 때부터 코를 자극하더니 태울 듯 강렬한 느낌에 목젖이 따가울 정도였다. 독했다. 백주를 좋아하는 사람들은 독하긴 하지만 깔끔한 뒷맛으로 인해 다른 술은 쳐다보지도 않는다고 하는데.

아무튼, 다른 날보다 이 술 저 술을 많이 마셨다. 술집에서 나와 숙소를 향해 어두운 길거리를 비틀비틀 걸었던 것까지는 기억했다. 인사불성이었을 터. 깨어 보니 낯선 방이었다. 이게 어찌 된 일인가. 아무리 기억을 더듬어봐도 왜 여기에 와있는지 아무것도 생각나는 게 없다. 일어나려 하니 도저히 몸이 말을 듣지 않았다. 에라 모르겠다, 될 대로 되라지. 다시 잤다. 누가 잠깐 깨웠던 것 같은데 비몽사몽이었 다. 계속해서 잤다. 얼마나 잤는지… 문을 두드리는 소리가 났다.

"누구세요?"

"아 깨났구먼, 젊은이."

말이 들리며 문을 연 이는 늙수그레한 노인이었다. 힘들게 몸을 일으켜 물었다.

"여기가 어디입니까?"

"여관이지."

"제 발로 찾아왔습니까?"

"혼자 어떻게 와? 누구인가 자넬 업고 왔지. 길바닥에 쓰러져 있었다면서."

"쓰러져 있었다고요?"

"그래. 좋은 사람 만난 거야. 지나가던 사람이라는데 누가 그러겠어. 생판 모르는 사람이라고 하더구먼."

어렴풋이 백주를 마셨던 게 생각났다. 그 독한 술이 나를 잡아버렸 구나.

"술을 어제 과하게 마신 것 같습니다. 그 사람이 누군 줄 모르십니까?"

"술에 장사 없는 법이여. 아까 먹은 약도 그 사람이 사다 준 게야. 숙박비까지 내주고 가던데?"

그러고 보니 베개 옆에 약봉지가 있었다. 비몽사몽간에 일어났던 게 노인이 약을 먹이느라 그랬구나.

"그 사람이 누군 줄 모르시냐고요?"

"혼자 말할 때는 조선말을 쓰던데… 내가 알아듣지는 못해도 그 말이 조선말인 줄은 알지."

조선말이라고? 그렇다면 조선 사람이었단 말인가.

"아무런 말도 없이 갔습니까?"

"별말은 없고 잘 부탁한다고 하며 가더라고. 그게 바로 정(情)이지. 사람 사이에 흐르는 정인 게야, 인정(人情)."

머릿속이 하얘진 기분이었다. 나는 그때까지 살아오면서 조선 사람을 단 한 명도 만나지 못했다. 스쳐 지나간 기억조차 없었다. 조선에 관한 얘기는 귀가 따갑도록 들었지만 대부분 부정적인 얘기들뿐이었다. 조선을 하루빨리 개화시키려 한 갑신정변을 일으킨 인사들은 물론이고, 그 가족까지 무자비하게 처단한 야만의 족속쯤으로. 왕비 하나 지킬 줄 모르는 무력한 민족으로. 한때는 정한론에 쏠린 적도 있었다. 그런데 아무 이해관계도 없는, 술에 취해 널브러진 나 같은 사람에게 조선 사람이 이런 친절을 베풀다니. 하얘진 머릿속에 노인이 말한 인정이라는 말이 빼곡히 채워지고 있었다.

"밥 가져다줄 테니 먹게나. 뭐라도 먹어야 빨리 몸을 추스르지. 어제 그 사람이 여기로 데려오지 않고 그냥 내버려뒀다면 길바닥에서 죽었을지도 모르네."

"어르신, 본의 아니게 폐를 끼치게 됐습니다."

죽었을지도 모른다는 말이 머릿속에서 떠나지 않았다. 술로 인해 해외를 오게 됐다고 좋아했더니만 이놈의 술로 인해 노상(路上) 객사(客死)할 뻔하지 않았는가. 이게 무슨 꼴이란 말인가. 조선, 조선이라. 조선인이 날 구하다니? 흰옷을 즐겨 입는다는 사람들. 그 마음마저 순백을 닮았다는 말인가. 순백은 모든 색을 포용한다. 역으로 쉽게 더럽

혀질 수도 있다. 우리 일본 사람은 조선의 왕비를 무자비하게 죽였는데, 이름도 모르는 조선인이 일본 사람인 나를 살렸으니. 내가 일본인이란 걸 모르고 그랬을까? 일본인이란 걸 알았다면 그냥 지나쳤을까? 그게 무슨 상관이랴. 한 인간이 다른 인간을 살렸을 뿐인걸.

그건 감동이었다. 인간이 다른 인간에게 감동을 줄 수 있는 것이 물리적인 힘이나 무력이 아니었구나. 베풀고 도와주는 데 있었구나. 상대가 어려울 때 도와주는 자세야말로 인간의 마땅한 도리이고 역사를 지탱해 온 진정한 힘이었구나. 그것이 인정이었어. 무력으로 눌러서는 일시적으로 굴복시킬 수는 있겠지만, 바로 증오와 보복을 불러와 또 다른 무력을 키우기 마련이고. 그러니 국모를 잃은 조선 사람들은 얼마나 일본 사람을 미워할까.

이제 나는 일본을 버린다. 타이완과 오키나와를 먹어 치우고는 이제 조선을 강탈하려 하며 중국을 송두리째 뒤흔들어 놓은 무력 우선주의 일본을 버린다. 어제부로 소다 가이치란 일본인은 죽었다. 새로 태어난 소다 가이치로서 새로운 삶, 인정으로 무장하고 감동을 일으키는 인생을 살아야겠다. 나를 살린 조선인, 한 사람을 알면 백 사람을 알고 조선인 전체를 짐작할 수 있다. 인정이 흐르는 민족, 사방에서 한입에 집어삼키려 날카로운 이빨을 감추고 달려드는 만만한 먹잇감이 된 그의 위태로운 조국, 조선을 위해 살아갈 것이다. 그러려면 답은 정해졌다. 조선으로 가야지.

나는 다음날 바로 공장에 다른 통역원을 구했으면, 하고 통보했다. 무책임하게 떠나기는 싫었다. 그러는 동안 조선어를 배울 방법이 없을까, 여러모로 알아보았다.

그런데…….

그런데 말이다. 운명은 나를 전혀 다른 방향으로 이끌었다. 조선이 아닌 중국으로. 조선어를 배우려 열심인 판에 전혀 뜻밖인 한 통의 편지를 받았다. 보낸 이는 제임스 캔틀리였다. 광저우에 가서 쑨원(孫文)을 만나보라는. 비상한 상황에 있는 쑨원에게 나 같은 인물이 필요하다는 간곡한 편지였다. 쑨원은 메이지 유신에 성공한 일본에 많은 호감을 보인다고도 했다. 발신지는 영국. 내가 홍콩을 떠난 것처럼, 그도 영국으로 돌아갔었나 보다. 편지는 홍콩의 독향으로 온 것을 바우만 씨가 다시 타이완으로 보내온 것. 제임스는 쑨원이 홍콩의학원에서 공부할 때의 스승. 그와는 일본과 청나라의 전쟁이 끝난 직후 독향에서 만나 얘기를 나눈 사이였다.

19세기에서 20세기로 바뀌고 어렵게 도착한 편지였다. 광저우는 홍콩에서 그리 멀지 않았다. 홍콩에 있을 때 들은 쑨원과 요즘에 듣는 그의 소식은 명성만큼 많이 달라져 있었다. 홍콩에서 제임스에게 홍중회 가입 권유를 받고, 내가 할 일이 아니다 싶어 타이완으로 떠나왔으나 쑨원은 광저우에서 무장봉기를 계획했었다. 그러나 내부자의 밀고로 무산되어 신변의 위협을 느껴 일본으로 망명했었다는 내용도 들어 있었다. 그가 일본에서 영국을 들렀다가 다시 중국에 돌아와 활동을 시작했다는 것.

당시 중국 본토는 부청멸양(扶淸滅洋: 청을 돕고 서양을 멸하는)을 구호로 내건 의화단 운동으로 어수선한 분위기였다. 의화단은 철도, 교회, 전선 등 외래적인 모든 것을 파괴하고 기독교도를 학살하기도 했다. 알려진 바로는 의화단과 그들을 따르는 민중들의 외부 세력에 대한 분노가 얼마나 극심했던지 서양인 남녀를 발가벗겨서 남성의 성기를 자르거나 여성의 음부를 짓뭉개는 좌용(銼舂), 타는 불 속에 넣어 익혀서 먹을 정도로 굽는 소마(燒磨), 물에 넣고 삶아서 썰어 먹는 포팽(炮烹) 같은 짓을 저질렀으며, 그 외에도 사람을 산 채로 묻어 죽이고(活埋), 팔과 다리의 각을 뜨고(支解), 칼이나 작두로 머리나 허리를 통째로 싹둑 자르는(腰殺) 등의 감히 상상조차 하기 힘든 만행을 저지른다는 소문이 무성했다. 소문이 사실이라면 서로 간에 믿지 못하고 인성이 바닥 난, 인정이 말라비틀어진 상태이기 때문이라 생각했다.

이렇게 혼란한 상태에 빠진 중국을 구하겠다고 나선 쑨원을 한번 만나보는 것도 괜찮다는 생각이 들었다. 하여 다가우항에서 배를 타고 광저우로 갔다. 편지에 적힌 주소를 따라 찾아가는 일은 어렵지 않았다. 고옥에 여러 사람이 있었는데 신문에서 본 얼굴인지라 바로 알아볼 수 있었다. 그는 나보다 한 살이 많았다.

"영국에 있는 제임스 씨가 찾아보라 해서 왔습니다. 나는 소다 가이치라는 일본 사람입니다."

"아, 소다 씨. 일전에 영국에 갔을 때 그에게 얘길 들었어요. 잘 오셨습니다."

그는 날 서재로 안내했다. 그는 중국을 개조하기 위해서는 혁명밖에는 없으며 일본의 응원이 필요하다고 얘기를 했다. 혁명, 내 생각과 일치했다. 그는 양무운동을 언급하며 그와 같은 어설픈 개혁으로는 중국을 개조하기 어렵다, 더군다나 기득권을 쥐고 있는 세력이 워낙 방대하고 광범위해 바닥 민중이 일어나 일시에 쓸어버리는 태풍과 같은 혁명이 아니고선 성공하기 어렵다는 얘기를 누누이 강조했다.

"얼마 후면 이곳에서도 봉기가 시작될 겁니다. 이미 결사대도 조직

되어 있고 각국에 나가 있는 우리 동포들의 적극적인 협조도 받고 있습니다."

그는 하와이를 비롯하여 동남아, 미국 등지의 화교들과도 긴밀하게 연락망이 구축되어 있다며 그들의 도움이 많다는 얘기도 했다.

"소다 씨가 일본을 맡아주면 금상첨화겠습니다."

"일본을 맡다니요?"

"메이지 유신에 선구자적 역할을 한 일본의 선각자들에게 나의 의지를 알려주시오. 내가 일본에 있을 때도 여러 사람을 만나 대화를 나눴지만, 일본인인 소다 씨가 그리해주면 나의 혁명에 대한 지지가 더 확실해질 것이라 믿습니다."

나는 후쿠자와 유키치의 세계에서 벗어난 사람이었다. 다른 지도자라고 별다를 것도 없이 거기에서 거기라 생각했다. 일본의 이익이 우선이고 그 기저에는 대륙 침략의 야욕이 도사리고 있는 게 뻔했다. 나는 확답을 주지 않았다. 그가 내게 삼민주의를 말할 땐 눈에 열기로 가득 찼다.

"청의 황실은 만주 오랑캐일 뿐이오. 대륙의 주류가 아니란 말이오. 그래서 나는 멸만흥한(滅滿興漢)에 입각한 민족주의와 수천 년에 걸쳐 내려온 군주 전제 정치의 변혁을 목표로 한 민권주의, 그리고 사회 경제의 조직 개혁을 지향하는 민생주의를 혁명 이념으로 삼고 있소."

나는 쑨원의 모든 권력이 백성에게서 나온다는 뜻의 민권주의와 경제적인 불평등을 없애겠다는 뜻인 민생주의에는 공감했으나 민족주의를 실천하는 방향에서 반발감이 일었다. 그의 생각대로라면 한족 우선주의 아닌가. 한족만이 선택된 민족인가? 중국에는 수많은 소수민족이 있었다. 그들은 뭐란 말인가. 타이완에도 네덜란드와 스페인의 원주민 착취가 있었고, 더불어 한족의 유입으로 원주민은 산지로 쫓겨나지 않았는가 말이다. 기대에 어긋났다.

광저우에 머물며 고민하는 사이 구름처럼 민중이 일어나리라, 열변을 토하던 쑨원이 사라졌다. 무슨 일이 벌어졌는가. 고옥에서 안면이 있던 사람이 내가 머물던 숙소에 다급히 나타나 한마디를 던지고 그도 황급히 사라져 버렸다.

"발각되었소. 빨리 몸을 피하시오."

또다시 밀고자가 생겨버린 것인가? 미완의 혁명, 언젠가는, 어떻게든 이루어지긴 하리라. 나는 서둘러 패잔병의 심정이 되어 홍콩으로 피했다가 타이완으로 돌아올 수밖에 없었다. 조선에 앞서 중국 민중을 위해 쑨원과 함께 뭔가 해볼 수도 있지 않을까 하는 기대는 수포가 돼버렸다. 그건 조선으로 향하려던 결심마저 다시 생각하도록 만들었다.

내가 조선에 가서 나에 대한 확신도 없이 무엇을 할 것인가. 조선어도 걸음마 단계였다. 가진 돈도 별로 없었다. 의욕만 가지고서 내가 조선 사회에 베풀 일이 뭐가 있을까, 회의적이었다.

이때부터 난 조선에 가긴 갈 것이라 다짐하면서 준비한답시고 무익하고도 무해한 몇 년을 타이완 산악 지역 원주민을 찾아다니며 허송세월했다. 그들에게 나는 이방인이자 경계해야 할 외부인에 불과했다. 내 인생의 공백기로 보였다. 그러나 신비한 체험을 겪기도 했으니.

타이완 남부 파이완족(排灣)을 만나러 갔을 때였다. 그들의 신화에 따르면 조상이 다우산 위의 파이완이라는 곳에서 살았는데 그곳에 천국이 있다는 것. 그러니 그들은 자신들을 천국에서 온 사람들이라 믿었다. 재밌는 것은 천국이라면 착한 사람들이 살았다는 의미도 포함 됐을진대, 그 후손이라는 파이완족이 다른 원주민을 사냥했다는 걸 자랑처럼 얘기했다. 전사들이 사람 사냥을 마치고 신나게 돌아오면 여자들은 광장에 모여 영웅들을 환영하고 승리의 노래를 불렀다고. 적들의 머리는 돌기둥 위에 걸렸고 그 앞에는 술과 제물이 놓여 제의가 시작되면서 주술사가 죽은 자들의 영혼을 위로했단다.

사람이 사람을 사냥해서 죽여놓고 영혼을 위로했다? 내 잣대로는 엉터리였다. 내 잣대가 그들에게는 이상하게 보일 테지. 사람 사냥이 위대한 관습쯤으로 굳어졌을 테니. 하긴 그들은 주술사를 통해 위로라도 해주었지, 그들을 미개하다고 업신여기며 자신들은 문명인이라고 떠들어대는 일본과 중국, 서구 열강은 어떠한가. 힘을 과시하려는 전쟁이라는 이름의 인간 사냥을 허구한 날 벌이지 않던가 말이다.

파이완족을 원주민이라 무시해서는 안 될 것이 토가토크라는 족장은 여러 집단으로 분열돼 있던 부족을 규합하여 미국 해병대를 당당하게 무찔렀다는 사실이 엄연한 역사로 존재하고 있었으니.

그들과 이틀을 보내고 내린 결론은 원주민들을 더 이상 찾아다니는 게 부질없는 짓이라 여겨졌다. 동정도 원하지 않을 터. 난 구경꾼 그 이상도 이하도 아니었다. 그들은 그들대로 외부에서 간섭만 하지 않으면 만족한 삶을 영위하고 있지 않은가. 구경조차 간섭의 일환이 아닐까. 구경하는 눈은 그들보다 우위에 있다고 여기는 눈이 아니고 무엇이랴.

마을을 떠나오며 족장 집에 걸어놓은 사냥감의 해골이 어른거려 그 영혼은 과연 안식을 얻었을까, 회의하며 무심코 걷다가 어느 순간 길을 잃었다. 해골의 임자인 귀신의 장난이었을까. 한참을 헤매다가 어스름에 일찌감치 포기하고 밀림에서 밤을 보내고 있을 때였다. 루카이족을 만나기 전처럼 비는 오지 않았지만, 이번엔 벌레와 악전고투를 벌여야 했다. 그래도 날이 밝으면 길을 찾기로 하고 미리 잠자리를 준비했기에 비를 고스란히 맞았던 밤보다는 훨씬 낫지 않으냐, 자위하며 나뭇잎을 휘둘러 벌레를 쫓으며 누워 한밤중에 떠오른 달을 바라보는데 문득 머리끝이 솟구쳤다. 갑자기 앞이 환해지며 십자가 형상이 이글거리며 다가오는 것이었다. 이게 도대체 무슨 조화란 말인가. 윗몸을 일으켜 눈을 비벼 다시 봐도 십자가였다. 기독교의 상징인 십자가. 예수가 짊어졌다는 십자가가 분명했다. 어느 순간 형상이 내 눈앞에 딱 멈추며 어디선가 소리가 들려왔다.

"주저하지 마라."

연거푸 세 번 그렇게 들려오더니

"칼은 구원이 되지 못하고 죄를 부르나니."

이 소리도 연달아 세 번 들렸다. 다음은

"가난한 자에게 베풀어라, 너를 바쳐서."

그 말을 끝으로 밀림 전체가 조용해지며 전구에 전기가 나가듯 십자가가 사라지고 하늘에는 이지러진 달만 외로이 떠 있었다. 환상이 아니었다. 아니 생생한 환상이었다. 나는 분명히 들었고 보았다. 나를 향한 계시 같았다. '주저하지 마라. 칼은 구원이 되지 못하고 죄를 부르나니, 가난한 자에게 베풀어라, 너를 바쳐서'라는 말을 밤새 되뇌며 보내고 하늘이 환해질 무렵 그곳을 벗어나니 의외로 길은 가까이에 있었다. 마음도 환해졌다. 잠을 한숨 자지 못했어도 몸이 가벼웠다. 가슴속에서는 뜨거운 기운이 솟구쳤다. 이게 바로 파스칼적인 체험인가? 삼십 대의 파스칼이 한밤중에 신의 존재를 느끼고 환희의 체험을 하고는 불의 밤이라고 했다는.

  그 세 가지 말은 화두가 되어 뇌리에서 잠시도 떠나지 않았다. 몇 날 며칠 고심하다 나는 나름의 답을 찾았다. 조선으로 가는 데 주저하지 마라. 칼은 구원이 되지 못하고… 이 말이 고심의 태풍이었다. 바로 태풍의 눈이었다. 남을 힘으로 굴복시키고도 찜찜함이 남았던 이유였다. 나의 힘은 상대를 쓰러트리긴 했지만, 감동을 주지는 못했다. 그들은 마음속에 어디 두고 보자, 라는 독기를 품었으리라. 독기는 복수의 칼이 될 게 뻔하고, 복수는 또 다른 복수를 불러오고… 수레바퀴처럼 돌게 돼 있다. 그래, 다시는 내가 힘이라 믿었던 무력을 쓰지 말자. 무력에 의존한 거야말로 어리석은 짓이로구나. 조선에 가거들랑 가난한 자와 약한 자를 위해 봉사하는 삶을 살자는 답이었다. 환상 속에서 들려오던 말, 죄나 구원이라는 단어는 내가 즐겨 쓰는 말이 아니었다. 기독교도의 용어였다.

  나는 그 계시에 순종하는 마음으로 더 이상 망설이지 않고 조선으로 향했다.

6
조선의 현실

일본과 러시아의 전쟁이 터졌다.

전쟁의 패배로 청나라는 일본에 막대한 전쟁배상금을 지급하고 영토까지 할양하는 수모를 당했는데 그중 만주를 노리던 러시아가 랴오둥반도가 넘어가는 걸 한사코 반대했다. 즉 부동항으로 반도 끝자락에 자리한 천혜의 군항인 뤼순을 일본이 차지하자, 일본의 세력 확대를 탐탁지 않게 여기던 러시아가 독일과 프랑스를 끌어들여 랴오둥을 청나라에 반환하도록 압박을 가한 것이다. 일본은 삼국의 압력을 당해낼 수 없어 돌려줄 수밖에. 일단 일본의 대륙 진출에 제동이 걸린 것이다.

조선은 왕조 체제를 해체하고 새롭게 황제국을 선포하며 국호를 대한(大韓)으로 고쳤다. 중국에 대한 오랜 사대 외교에서 벗어나 완전한 자주독립국으로서 근대 주권 국가를 지향하면서 부국강병 정책을 추진하였으나 그걸 순순히 놔둘 열강들이 아니었다. 그게 일본과 러시아의 전쟁 원인 중 하나였다.

비록 전체적인 전력은 러시아가 일본보다 훨씬 강력했으나 극동까지 군대를 보내 전쟁을 벌이기엔 어려움이 많았던 반면에, 일본은 전장에서 매우 가까운 거리에 있어 중립을 선언한 대한제국에 군대를 상륙시키고 요충지를 선점하여 유리한 위치에 있었다. 거기에다 무력시위로 의정서를 체결함으로써 대한제국을 세력권에 넣었다는 걸 대내외에 공식적으로 천명하게 이르렀다. 그런 과정에서 전시 동원체제의 확립과 만주 지역에 대한 대러시아 첩보망을 갖춰놓은 상태였는지라, 러시아가 전쟁 준비가 안 되었음을 간파하여 자신만만하게 1904년 2월에 전쟁을 개시했다.

당시 러시아군은 시베리아 횡단철도가 아직 완성되지 않은 상태라 만주 일대에 기본적으로 존재하던 병력을 운용하여 유럽에 주둔 중인 병력을 수송하기 위한 시간을 번다는 전략을 세우고 있었다. 그러나….

지독한 뤼순 공방전 이후 펑톈 회전의 패배로 패색이 짙어지던 러시아는 쓰시마 해전에서 최후의 결전을 벌였으나 발트 함대가 일본 연합함대에 전멸하고, 승리는 일본에 돌아갔다. 결국, 미국의 중재로 일본과 러시아는 포츠머스 조약을 맺으며 전쟁을 끝냈다.

열강인 러시아에 승리하면서 일본은 다른 열강들로부터 그들과 동등하다는 평가를 받게 되었고, 한반도에 대한 실질적인 종주권을 인정받았다. 이는 나중에 대동아 공영권으로 이어지는 계기가 되었다. 일본이 아시아의 대표로 서양에 크게 한 방 먹였으니, 아시아 각국은 일본을 도와서 함께 싸워야 한다는 얘기였다.

일본은 만주에서 계속되던 전투에서 승기를 잡자, 대한제국의 주권을 완전히 빼앗기 위해 열강으로부터의 동의를 얻기 시작했다. 1905년 7월 27일 미국과 카츠라-태프트 밀약을 맺어 미국의 필리핀 지배를 허용하는 대신 일본이 대한제국을 지배할 것을 약속하였으며, 영국과 동맹을 통해 인도를 공격하지 않는다는 조건으로 전에 약속하였던 대한제국의 독립을 보장한다는 조항을 없애 일본의 지배를 동의받았다. 그리고 러시아와 전쟁을 끝내면서 맺은 포츠머스 조약을 통해 대한제국 지배의 걸림돌이었던 러시아를 한반도에서 완전히 배제하는 데도 성공하였다. 결국, 1894년 청일전쟁으로부터 이어진 일본의 조선반도 진출 프로젝트는 마무리 단계, 도장 찍을 일만 남은 상황에 이르렀던 것.

일본은 숨돌릴 사이도 없이 조선을 압박했다. 다음은 내가 나중에 보게 된 늑약의 체결과 이후의 과정으로 일본이 조선을 복속시키려 얼마나 혈안이 돼 있었는지를 잘 보여주고 있다.

1905년 11월 일본은 추밀원장이던 이토 히로부미를 고종 위문 특파대사 자격으로 파견하여 대한제국의 외교권을 박탈하고 일본이 행사하는 내용의 조약 체결에 나섰다. 서울에 도착한 이토 히로부미는 고종을 알현하여 동양 평화를 위해서 일본대사의 지휘를 받으라는 천황의 친서를 전달하지만, 고종은 거절했다. 그로부터 5일 후, 다시 고종을 알현하여 조약안을 보여주면서 체결을 강요했지만 역시 거부되었다. 고종을 설득하는 데 실패한 이토는 자신이 머물던 손탁호텔로 내각 대신들을 불러들여 회유하였으나 그들도 거부하고 돌아갔다.

이토는 순순히 말로 해서는 힘들다고 판단하여 서울에 주둔하던 일본군을 동원해 경운궁 주변에 배치하여 강압적인 분위기를 조성해 대한제국 측을 압박했다. 그리고 주한일본공사관으로 대신들을 불러들여 조약 체결을 강요했다. 이토는 세 시간에 걸쳐 협박과 회유를 병행했으나 대신들이 거절하자 일본 헌병의 감시하에 경운궁으로 가 회의를 이어갔다. 회의 중 자신의 의도대로 일이 풀리지 않자, 이토는 다시 고종에게 결심을 받아내기 위해 알현을 청했지만, 고종은 거절하고 자리를 피했다. 계속된 회의에서 일본 공사 하야시가 대신들을 협박했으나 찬성하는 이 한 명 없이 부결되고 도리어 일본 측 요구를 거절한다는 합의를 보고 말았다. 그러자 일본은 경운궁 내부에 일본군을 진입시켜 건물 구석구석에 배치하였다. 또 외부에 대기 중인 일본군으로 하여 포를 경운궁으로 조준시키도록 지시했다. 그런 뒤 이토는 주둔 중인 일본군 사령관 하세가와를 대동하고 군인을 회의장 안까지 진입시킨 뒤 자신이 각료회의를 주재했다. 그리고 고종이 각료회의의 결정을 따르겠다고 말했다며 대신들의 의견을 물어보기 시작했다.

참정대신 한규설과 탁지부대신 민영기, 법부대신 이하영은 끝까지 반대했다. 그러나 일본의 강압이 계속되는 가운데 학부대신 이완용이 처음으로 찬성의 뜻을 밝혔다. 매국의 첫걸음이었다. 이완용은 대세 상 일본의 요구는 부득이하다, 국력이 약한 우리가 요구를 거절할 수 없으니 원만히 타협하는 한편 대한제국의 지위를 보전하는 게 좋을 듯하다며 찬성하자, 내부대신 이지용과 군부대신 이근택도 여기에 동조했다. 이 같은 상황을 참지 못한 한규설이 회의장을 뛰쳐나가 고종에게 보고하려 했으나 일본군에 의해 감금되었다. 세 시간이 지나도록 한규설이 돌아오지 않자, 각료들은 그가 죽은 줄로 판단하고 자신들조차 생명의 위협을 느꼈다. 날을 넘겨 그동안 반대하던 농상공부대신 권중현이 조약문 수정을 전제로 찬성하고, 외부대신 박제순은 황제의 명령이라면 어쩔 수 없다는 책임 회피성 발언을 하면서 찬성하여 다섯 명으로 과반수를 넘겼다. 마침내 조약 날인이 이루어질 수 있게 된 것. 그래서 여기에 찬성한 이지용, 박제순, 이근택, 이완용, 권중현 등 나라를 팔아먹은, 만고의 역적이라는 오명, 을사오적으로 불리게 되었다.

이 조약의 주요 내용은 조선의 외교권 박탈이었다. 그런데 국새와 외부대신의 도장이 있어야 할 조약 날인에 외부대신 박제순의 도장만 찍혔다. 조약이 얼마나 참담하게 맺어졌는지 이후엔 늑약으로 이름마저 바뀌었다.

이런 늑약의 사실이 전국에 알려지자 제일 먼저 유림이 격노하여 격렬하게 맞섰다. 최익현은 즉각 상소를 올려 황제인 고종에게 자금성 함락 이후 명나라 마지막 황제 숭정제가 자결한 사실을 비유하며 만사가 여의치 못하면 순국할 각오도 없냐며 질타했고, 이완용을 비롯한 을사오적을 모조리 죽일 것을 청했으며, 고종이 인준한 바 없으니 원천 무효임을 강조하며 늑약을 백지화할 것을 주장했다.

이 조약으로 시종부 무관장 민영환은 분개하여 자결했다. 그의 유언은 비감했다.

> 한번 죽어 황제의 은혜에 보답하고 이천만 동포에게 사죄하려 한다. 나는 죽지만 죽지 않고 구천에서도 기필코 여러분을 도울 것이니 바라건대 우리 동포들은 더욱더 분발하여 힘쓰고 뜻을 굳게 갖고 학문에 진력하며 마음을 합하고 힘을 다해 우리의 자주독립을 회복한다면 지하에서나마 나는 기뻐할 것이다.

갑신정변으로 처형된 홍영식의 형인 홍만식도 독약을 먹고 목숨을 끊어 항거했다. 주야를 가리지 않고 대신들은 상소를 올렸으나 현실적인 성과를 기대하기란 처음부터 불가능했다. 전 참판 민종식이 일으킨 의병은 홍주성(홍성)을 점령하고 열흘이나 버티면서 격렬히 저항했고, 그 외에 의병이 전국에서 일어나서 항거했다. 장지연은 황성신문에 시일야방성대곡(오늘 목을 놓아 통곡하노라)이라는 글을 발표하였고, 그는 이후 대명률에 따라 태형을 선고받았다. 그러나 그런 명문을 써서 비분을 드러냈던 그도 몇 년 후 변절하여 조선총독부 기관지인 매일신보의 주필로서 친일 성향의 글들을 게재했으니. 일부는 변절한 이유를 두고 국가가 망해가는데 탄식하여도 그런 마음을 알아주는 사람들은 없고 오히려 처벌만 하니 자포자기의 심정으로 그랬다고 했을 지경이니.

이런 여러 정황으로 볼 때 이미 비실비실하고 위태위태하던 대한제국에 결정타를 날린 사건은 바로 이 늑약의 체결이라고 할 수 있겠다. 외교권 상실이 어떤 의미를 지니는지 따져 볼 때 이 늑약이 체결된 순간 대한제국은 사실상 망한 거나 다름없었다. 아니, 이미 의정서를 체결할 당시 망한 거고, 러일전쟁과 포츠머스 조약 이후 을사늑약은 확인 사살이나 다름없었다.

그 많은 불평등조약 중에서도 을사늑약이 제일 파란이 많았던 이유는, 이것이 통과됨으로써 일본이 한국통감부를 통해 외교권뿐만 아니라 모든 부문에서 간섭과 압력을 행사했기 때문에 대한제국은 사실상 일본 속국이나 다름없는 신세가 되었다는 사실이다. 이 늑약으로 인해 나라가 망한 셈이었다.

초대 조선 통감은 이 늑약의 주역인 이토 히로부미. 이후 그는 통감에서 물러나 일본 추밀원 의장이 되었다가 1909년 10월 26일 안중근 의사에 의해 중국 하얼빈역에서 죽음을 맞이했다. 결국, 1년 후 조선은 경술국치로 이어지면서 통감부는 조선총독부로 확대 개편되어 1945년 8.15 광복 때까지 일본이 통치했다. 이 조약이 발표되었을 때 사람들이 얼마나 충격을 받았는가는 '을씨년스럽다'라는 말에서 찾아볼 수 있는데 '을씨년'이 '을사년'에서 온 말이기 때문이다.

바람 앞에 언제 꺼질지 모르는 촛불 신세가 된 조선, 아니 대한제국에 나는 마침내 들어왔다. 그러나 열강을 흉내 낸 대한제국보다 오백 년의 역사를 지닌 조선이라는 국호를 나는 더 좋아했다. 조선은 사실상 일본의 지배 아래 놓인 처량한 신세였다. 아직 완전하지 못하고 어수룩한 조선말, 내가 무엇을 할 수 있을까.

나는 타이완에서 배를 타고 인천을 거쳐 서울에 도착했다. 내가 서울이라 한 이유는 한성이나 한양, 경성보다 훨씬 조선다운 이름이라 여겨졌기 때문이다. 인천에서 서울까진 철도를 이용했다. 일본에서도 타보지 못한 기차를 조선에 와 타보는 셈이었다. 기차에서 만나는 사람마다 흰옷이었다. 여자는 뒷머리에 쪽을 지어 비녀를 꽂고 저고리에 치마를 입었으며, 남자는 갓을 머리에 쓰고 두루마기를 걸쳤는데 그 안에는 저고리에 펑퍼짐한 바지 차림이었다. 처녀와 총각은 길게 머리를 땋았다. 심지어 아이들도. 십 년 전에 단발령이 내려졌다는데 머리를 자른 이를 보는 게 쉽지 않았다. 서양 복식을 한 이도 드물었다.

일본과는 확실히 달랐다. 일본은 조선보다 20여 년이 앞서 단발령이 내려졌는데 천황이 솔선수범하여 깎았다는 소식에 별다른 저항 없이 일본식 상투인 존마게를 없앴다. 일본의 전례에 따라 조선도 일단 왕과 세자가 먼저 자르고 뒤따라 대신들도 상투를 잘랐다. 이후 긴 머리보다는 단정하고 짧은 머리가 위생적이며 일상에서 작업 효율을 높여 준다고 선전하면서 전 국민에게 머리를 깎을 것을 요구했으나 먹혀

들지 않았다. 유교의 가르침 중 하나인 '신체발부 수지부모 불감훼상 효지시야(身體髮膚受之父母 不敢毀傷 孝之始也)' 즉 '사람의 신체와 털과 살은 부모에게서 받은 것이므로 감히 손상하지 않는 것이 효의 시작이다.'라는 가르침과 정면으로 배치되어 손발을 자를지언정 머리카락은 자를 수 없다며 유생들은 물론이고 일반 민중마저 크게 반발했다고.

이게 조선이었다. 나라님이야 어찌하든 맹목적으로 추종하지 않고 내 신조에 따라 움직이는 민족. 창밖으로 보이는 풍경마저 일본과는 달랐다. 특히 집 모양이 일본은 직선적이나 조선의 마을 집들의 모습은 대부분이 곡선이었다. 초가집들은 옹기종기 모여 푸근한 인상이었고 간혹 지붕에 기와를 얹은 집조차 직선인 듯 곡선이었다. 이게 민족성을 나타내는 것일까. 모내기를 끝낸 논에는 벼가 잔물결을 이루며 푸르렀다. 지게에 꼴을 지고 허리를 수그린 채 소를 몰고 가는 농군의 모습은 참으로 한가로웠다. 왜 그런지 모든 풍경이 정겹게 느껴졌다. 그런데 그런 피상적인 풍경이 빈부격차와 가난의 속살을 감추고 있었다는 사실을 아는 데는 오래 걸리지 않았다.

서울은 큰 도시였다. 서울에서 가장 먼저 찾아간 곳은 일본인 교회였다. 우선 조선의 현실을 알아야 할 필요성을 느꼈기 때문이었다. 내가 그때 만난 사람이 기하라 목사였다. 그의 말을 들어보니 그즈음 조선에서는 배일사상이 몹시 팽배한 상태였다. 타이완에서 한족과 타이완 원주민이 얼마나 일본 군인들 때문에 고생하는지 잘 알고 있던 나로서는 조선인도 크게 다를 바 없다는 걸 느낄 수 있었다. 담대해야 한다고 수없이 되뇌었다. 나를 위하는 일이 아니라 조선을 위해 할 수 있는 일이 뭐가 있을까, 나 자신이 무엇을 해야겠다는 야심은 버렸다. 교회 일을 도우며 지내기를 몇 달, 사실 그때까지도 성경을 읽는다거나 믿음에는 별 관심이 없었다. 그러다가 마침 황성기독교청년회(YMCA)에서 일어 교사를 모집한다는 얘기를 들었다. 내가 가장 잘할 수 있는 게 언어가 아닌가, 하여 바로 찾아갔다. 신통하게도 언어를 익히는 데 남다른 재주가 있다고 자신하던 나였다. 일본어야 당연히 잘하고 영어와 독일어, 중국어까지 회화가 가능하니 고급 학문은 차치하고 초보 수준을 가르치는 일이라면 자신 있었다. 사전 정보에 의하면 황성기독교청년회는 몇 년 전에 서울에서 창설된 기독교 청년단체로서 선교에도 중점을 두지만, 교육과 계몽 그리고 운동의 보급에 목적을 두고 있다니. 교사가 필요 없다면 건물 청소라도 마다하지 않으리라.

  나는 종로에 있는 유니온 회관을 찾았다. 그곳에 황성기독교청년회가 있었다. 나를 맞이한 이는 미국인 헐버트(Homer Bezaleel Hulbert). 나중에 알게 된 사실로 그는 나보다 네 살이 많았고 감리교회 선교사로서 사학자였으며 7개 국어를 구사하는 언어학자이고, 영어를 가르쳤던 교육자, 독립신문 발행을 도운 언론인, 황국기독교청년회의 초대 회장, 조선어와 한글에 매료되어 그 보급에 앞장선 한글학자이기도 하였다. 또한, 고종을 도와 대한제국 말기 국권 수호를 적극적으로 도왔으며 나중에 조선이 일본에 합방된 뒤에는 조선의 독립운동을 지원한 독립운동가였다. 따라서 그는 조선에 누구보다도 없어서는 안 될 외국인 중 한 사람이었다. 그의 책상 뒤에는 조선을 상징하는 태극기와 미국기가 교차하여 있고 벽에는 나무로 된 십자가가 걸려 있었다. 십자가가 예사로 보이지 않았다. 안락의자에 앉아 그는 영어로 물었다.

  "일본 사람이라고?"

"그렇습니다."

"어쩐 일로 오셨나요?"

"제가 할 일이 없을까 하고요. 무엇이든 돕고 싶습니다. 저는 영어와 독일어 중국어를 할 줄 압니다. 물론 일본어도요."

나도 영어로 말했다. 그가 금방 태도를 바꿔 무슨 일을 해왔냐고 문길래 그동안의 이력을 간략히 얘기했더니 다시 물었다. 이번엔 조선어였다. 조선인을 상대하니 조선어쯤 할 줄 알아야 한다는 의미 아니겠는가.

"기독교 신자이신가요?"

"아닙니다만 신비한 체험을 했습니다. 계시 같은."

나는 타이완에서 있었던 조선인의 도움과 원주민을 만나러 산악 지역을 헤맨 일, 그리고 십자가와 조우, 누군가의 음성을 들었던 일에 대해 조선어로 얘기했다.

"그래서 주저하지 않고 조선에 왔고, 칼은 구원이 되지 못하고 죄만 부를 거라는 소명으로 온몸을 바쳐 가난한 자에게 베풀기 위해 오셨다?"

"그렇습니다."

"조선인이 일본에 대한 감정이 좋지 않다는 건 알지요?"

"잘 압니다. 그 모든 걸 감수하려 합니다."

"그렇다면, 환영합니다. 마침 일본어 교사가 필요했습니다."

그는 내게 악수를 청했다. 따뜻한 손이었다.

그날 밤 식사를 마련한 자리에서 그는 내게 자신과 함께 기독교청년회 창설을 주도했던 질레트(Philip L. Gillett)와 중추원 1등 의관과 내각총무국장 등을 역임하고 청년회 교육부장을 맡은 이상재, 무교회주의 신앙을 조선에 도입한 김정식, 통역관인 여병현, 일본과 미국에 유학하고 돌아온 윤치호 등 청년회와 관계된 기독교인을 소개해 줬다 (그들이 어떤 인물이란 걸 세세하게 알게 된 건 나중이었다). 그들은 내가 일본인이라는 헐버트의 말에 모두가 처음엔 색안경을 끼고 바라보는 눈치였으나 나의 각오를 듣고 안심한다는 듯 미소를 지었다. 그것만 봐도 일본에 대한 적개심을 느낄 수 있었다. 질레트만 빼고는 모두 나보다 연상으로 보였다. 조선은 그렇지 않아도 어른에 대한 예의가 엄청 깍듯하다는 얘기를 들었었다. 내 옆에는 좌중에서 가장 연상인 흰 두루마기 차림의 이상재가 앉았는데 그는 오십 대 중반으로 수염을 기른 중후한 인상이어서 말 붙이기가 조심스러워 술이 고플 지경이었다. 술의 힘이나 빌려볼 심산이었던 것. 그래서 용기를 내었다.

"선생님, 조선에서는 식사할 때 술을 안 마십니까?"

"허허, 술 한 잔 마시고 싶은가 보군."

"네."

"그럼 마셔야지. 아직 조선에 와서 술맛을 못 보았는가?"

"소주는 마셔봤습니다."

실제로 나는 숙소로 정한 여관에서 이미 술을 마셔본 터였다.

"조선을 제대로 알려면 막걸리를 마셔야지."

그는 막걸리 한 되를 외쳤다. 안쪽에서 네, 라는 소리가 바로 들려왔다. 모두가 이야기하다 말고 우리를 쳐다봤다. 내가 잘못한 건가?

"허허허, 여기 소다 선생이 진짜 조선인이 되려는가 보오. 여러분들도 환영하는 의미로 한 잔씩들 들어봅시다."

호로병에 사기잔이 나왔다. 이상재 선생이 일곱 개 잔에 골고루 따랐다. 모두 잔을 높이 들고 건배를 외쳤다. 건배, 서로의 건강과 행복을 비는 조선의 술자리 의식이었다. 막걸리는 이제까지 경험하지 못한 맛이었다. 둥글둥글한 초가집의 곡선과 질감이 느껴지는, 텁텁하면서 단맛이 우러나고 신맛도 담겨 있는, 인정이 담긴, 꿀꺽꿀꺽 마실 만 한 술. 그리 독하진 않았다. 또 한 되가 나왔고 그것이 바닥을 보이자, 윤치호가 이 선생을 보며 제안했다.

"이왕 마셨으니 세 되는 마셔야 하지 않겠습니까, 선생님?"

"맞습니다. 짝수보다 홀수지요."

여병현이 맞장구를 쳤다.

"내게 묻지 말고 자네들 좋을 대로 하시게."

이 선생도 호탕하게 웃었다. 한두 잔이 들어가자, 분위기가 한층 허물없어졌다.

"소다 선생은 나이가 어떻게 되지요?"

김정식이 뜬금없이 나이를 물어왔다. 내가 서른아홉이라 하자 새삼스럽게 모두 나이를 가지고 위아래를 따졌다. 이 선생이 가장 어른이었고 질레트가 가장 젊었다. 여병현은 나와 한 살 차이로 마흔이었다. 그런데 따져 보니 태어난 해(1867)가 같았다. 헐버트가 나를 이해시켜 줬다. 조선은 배 속에 있는 시간도 한 살 나이로 쳐 준다는 것. 엄밀히 따지면 여병현은 나와 동갑이었다. 나이를 가지고 한동안 여러 이야기가 오갔다. 나는 그런 풍경이 아주 정겹게 느껴졌다.

"내가 이런 맛에 조선을 못 떠나지요."

헐버트가 너털웃음을 지으며 한마디 했다. 그는 조선말이 정말 능숙했다. 자리가 파할 때쯤 동갑이니 친구 하자고 했던 여병현이 물었다.

"지금 숙소는 어디요?"

"아직 확실한 거처가 없습니다."

"그렇다면 짐 가지고 우리 집으로 갑시다. 소다 선생이 묵어도 될 만한 방이 우리 집에 있소이다."

"그리 해주신다면 정말 고맙지요."

"지내다가 불편하거나 맘에 든 집이 나오면 언제든 편할 대로 하시오."

일이 의외로 술술 풀렸다. 우린 종로를 걸었다. 가면서 그는 나 때문에 술을 마실 수 있었다고 했다. 평소에는 청년회 모임에서 술 마시는 일이 거의 없었다고. 가난한 조선인에게 술은 사치라 했다. 그걸 기독교인이 솔선수범하고 있다고. 나는 그 순간 술 없이 살아갈 자신은 없다는 생각이 들었다. 청년회 구성원이나 학감 선생 모두가 술을 마시지 않는다면 나도 자제를 하긴 해야겠다는 마음은 들었다. 그들이 없는 데서야 마시는 것까지 참을 마음은 없었다.

여병현의 집은 동대문이라 불리는 홍인지문(興仁之門) 못 가서 있었다. 안채가 별도로 있고 사랑채가 양쪽으로 떨어져 나란히 있었다. 모두 기와를 얹었다. 집의 규모로 봐선 살림살이가 넉넉해 보였다. 내 거처는 사랑채에 딸린 방 한 칸이었다.

"어때요?"

좋고 나쁘고를 따질 여유가 나에게는 없었다. 조선의 실정도 모르거니와 언제까지나 여관에 머무를 형편도 아니었다.

"보자마자 폐를 끼치는군요."

"아무래도 소다 선생에겐 동갑인 내가 만만할 것 같더군요. 여기 생활에 익숙해질 때까지 내가 안내를 도맡아드리지요."

고마웠다. 여병현은 나를 감동케 했다. 이런 것이다, 사람을 감동케 하는 것. 거창한 것만은 아닌 사소한 일일지라도. 내가 조선에서 할 일이었다. 그의 집은 대가족이었다. 우린 안채로 가 여병현의 부모에게 큰절을 올렸다. 조선말을 익히면서 미리 알아둔 예절이었다. 여병현의 아버진 홑저고리 차림에 망건을 쓴 모습으로 날 유심히 살폈다. 나는 잠깐 긴장했다.

"아버지 어머니, 저와 함께 학생들을 가르칠 소다 가이치 선생입니다."

여병현의 말에 그들은 말없이 고개만 끄덕였다. 그때 아이들 둘이 방으로 들어왔다.

"아버지, 다녀오셨어요?"

여병현의 아이들이었다. 내게도 아이들 인사가 깍듯했다. 둘 다 열 살은 넘어 보였다. 밖으로 나오니 부인이 딸아이와 함께 기다리고 있다가 내게 또 인사를 했다. 참으로 반듯하고 다복한 가정이었다.

이제 일할 곳과 먹고 잠잘 곳이 해결됐다. 조선에서의 무난한 출발이었다.

청년회 학감에서는 영어과와 일어과 등 외국어와 한국사, 지리, 세계사, 세계 지리, 화학, 물리 등 학문 외에 목공, 부기처럼 실용에 필요한 기술을 가르쳤다. 나는 지피지기면 백전백승이라는 말처럼 일본어를 알아야 침략 야욕을 서슴없이 드러내는 일본에 제대로 맞설 수 있다며 성심성의껏 학생들을 지도했다. 영어 교사는 김규식이었다. 그는 나중에 대한민국 임시 정부 부주석을 지낸 독립운동가로서 누구보다 현실을 냉철히 통찰했던 당대의 엘리트로 손꼽히며, 무려 9개 국어를 유창하게 회화할 수 있는 어학의 천재였다.

그 당시 조선에서는 기독교 대부흥 운동이 일어났다. 이 운동은 원산의 조그만 성경공부 모임에서 시작되었다. 이 모임의 강사는 하디라는 선교사였는데 그는 당시 한국 교회의 영적 상태에 대해서 걱정하고 있었다. 하지만 성경공부를 인도하는 가운데 오히려 하나님이 원하는 것은 조선인들의 각성이 아니라 자신의 각성이라는 것을 깨닫고 신자들 앞에서 자신의 잘못을 자백하였다. 이것이 도화선이 되어 당시 신자들도 자신의 잘못을 자백하였고, 이는 송도, 서울, 제물포, 평양 등 전국으로 확산하기에 이르렀다.

나는 끌리듯이 기차를 타고 하디의 평양 부흥회에 참석했다. 백여 명의 회중 중에 일본인은 나와 평양교회의 다른 한 사람뿐이었다. 하디는 강단에서 이처럼 외쳤다.

"주 예수는 죄인을 구하러 세상에 왔다는 것을 믿고 바르게 받아들여야 합니다."

수많은 말 가운데 유독 이 말이 내 귀에 들어왔다. 나도 죄인인가? 불우한 환경 탓으로 자신의 아이를 죽인 여성, 불치병에 걸린 아내를 두고 매일 술만 마시며 저주를 퍼부은 남성, 첩을 두 명이나 두고 가정을 외면했던 남성, 선교사의 돈을 훔친 여성 등이 죄를 자백하였다. 한 사람이 죄를 회개하며 울기 시작하자 이어서 모든 회중이 울기 시작하였고, 하나둘 주저앉아 마룻바닥을 두들기며 자신의 죄를 벗어 버리기 위해 비명에 가까운 통곡을 했다.

이상재 선생도 각지의 부흥회에 참석하여 '동포여, 경성하라(미혹에서 깨어나 정신을 차려라)'라고 외치며 부흥회에 불을 붙이고 다녔다. 나는 후쿠자와 유키치에게 선생이란 칭호를 붙였듯이 이상재에겐 선생이란 칭호를 꼭 붙이고 싶었다. 후쿠자와에겐 선생이란 호칭을 헐회했다. 나는 이미 그의 세계를 탈출했기 때문에. 그는 일본인의 위치에서는 위인일지 몰라도 조선인, 나아가 인류에게는 재앙이었다.

조선의 겨울은 추웠다. 이 추위를 조선인들은 온돌이란 난방으로 견디어냈다. 일본과는 다른 난방 방식이었다. 무쇠솥을 건 아궁이에 불을 때 방을 따뜻하게 하는 방식으로 일본보다 훨씬 효율적이라는 생각이 들었다. 솥에서 데워진 물은 다양하게 사용됐다. 아침에 세수할 때는 물론이고 설거지할 적에도 유용했다. 더러워진 흰옷을 솥에 넣고 삶게 되면 때가 아주 잘 빠졌고 덕분에 방도 따뜻해지는 효과를 냈다.

아궁이에 불을 땔 필요가 없어질 때쯤의 어느 날 이 선생이 나를 불렀다. 나는 이미 그의 비범함과 호탕한 인격에 흠뻑 빠진 상태였다. 그는 내가 생활하는 형편이나 가르치는 데에 곤란을 느끼지는 않는지, 일본인으로서 조선에 어떻게 해서 오게 됐는지 물었다. 나는 사실 여병현의 도움으로 별 어려움 없이 잘 지내던 터였다. 일본어를 가르치는 데도 재미를 느꼈다. 내가 가르친다기보다 오히려 학생들에게 조선어를 비롯해 여러 가지를 배우는 편이라고 하는 게 옳았다.

"타이완에서 저는 조선인의 도움으로 살아났다고 봐야 합니다."

나는 타이완에서 겪었던 조선인과의 조우, 일상이 된 폭주, 밀림에서의 신비한 경험 등 자세하게 얘길 들려줬다.

"그것참, 그 조선인은 성경 속 선한 사마리아인과 다름없네. 분명히 하나님께서 역사하신 거네. 자넨 천상 하나님의 일을 해야 할 사람일세. 나도 감옥에 있을 때 자네와 비슷한 체험을 했다네."

이 선생은 충남 서천의 선비 집안에서 태어나 애당초 서양의 기독교에 거리감을 느꼈다고. 매관매직이 공공연히 이루어지는, 부패가 만연한 풍토에서 과거에 낙방한 후 박정양과 뜻이 통해 그의 도움으로 신사유람단의 일원이 되어 일본을 돌아보고, 박정양이 주미공사로 부임한 후에는 외교관으로서 활동할 수 있었다. 미국에 있던 중 기독교가 미국의 발전과 풍요로움의 밑바탕이 되었다는 걸 깨달았으나 그를 완전히 사로잡지는 못했다고. 귀국 후 독립협회를 주도했던 사람들이 정부 개조를 획책했다는 개혁당 사건이 터져 둘째 아들과 함께 감옥에 갇혀있을 때, 위대한 왕의 사자라고 일컫는 자가 나타나 호통을 치더라는 것이었다.

"나는 몇 년 전 당신이 워싱턴에 갔을 때 성경을 주고 예수를 믿을 기회를 줬건만 그대는 거절했다. 그게 첫 번째 죄이니라. 또 그대가 독립협회에 간여할 때도 여러 차례 기회를 주었건만 그대는 다른 사람이 믿으려 하는 것까지 방해했다. 이런 식으로 민족이 나아갈 길을 앞장서서 막았으니, 이것이 더욱 큰 죄이니라. 나는 그대의 생명을 구하려 감옥에 보냈노라. 이것은 내가 그대에게 신앙을 갖게 하는 또 한 번의 기회를 준 것이니. 그대가 지금 회개하지 않는다면 그 죄는 이전보다 더욱 큰 것이 될지니라."

사자는 사라지고 정신을 차리고 보니 이제까지 보지 못했던 감옥 창틀에 종이 뭉치가 있어 펴보니 마태복음에 나오는 산상수훈이었다는 것. 그 종이 뭉치는 후에 초대 대통령이 된 이승만이 놓아둔 것으로 밝혀졌다. 이승만은 이 선생이 독립협회와 만민공동회, 기독교청년회에서 만난 사이였다. 이 선생은 같이 감옥에 있던 둘째 아들의 죽음으로 크게 상심해 있던 차에 원수를 사랑하라는 그 가르침을 깊이 사색하고 깨우쳐 원한 맺힌 마음을 풀게 되었다고.

"자네가 들었던 목소리의 임자나 내게 호통쳤던 위대한 왕의 사자나 다른 분이 아닐세. 같은 분이 분명하네. 그 목소리를 듣고 결심하여 자네가 조선에 온 것처럼 이젠 그 목소리의 임자를 보내신 분을 찾게나. 그분은 바로 거룩한 주님, 우리를 이 세상으로 보내신 하나님일세."

감옥에서 이 선생은 이승만보다 먼저 특별 석방되었다. 이후 그의 옥바라지를 했고, 이승만도 미국에 파견될 특사로 선정되어 곧 석방된다. 이런 연고로 이 선생은 이승만의 정치적 후견인이 돼주었고, 후일 이승만이 미국 유학을 할 때는 그의 생활비를 후원하기도 했다.

나는 그 뒤로 이 선생을 따라 교회에 나가며 성경을 제대로 탐독하기 시작했다. 교회에는 성 프란치스코에 관한 책이 있었다. 그 책이 나를 울렸다. 아시시의 성 프란치스코는 이탈리아의 기독교 수사이자 저명한 설교가이며 프란치스코회의 창설자이다. 그는 생전에 사제 서품을 받은 적은 없었지만, 역사적으로 유명한 종교인 가운데 한 사람이다.

전해지는 바에 따르면, 프란치스코가 군대에 지원할 목적으로 길을 가던 중 환시를 보았는데, 수많은 갑옷과 무기가 있는 방 안에 있던 중에 "주인을 섬기겠느냐? 아니면 종을 섬기겠느냐?"라는 목소리를 듣고 "주인을 섬기겠습니다"라고 응답하자, 아시시로 돌아가라는 말을 들었다는 것이다. 그 말대로 프란치스코는 아시시로 되돌아갔다고 한다.

아시시로 돌아온 후로 프란치스코는 그렇게 좋아하던 운동은 물론 친구들과의 연회 참석도 피하기 시작했다. 하루는 친구들이 그에게 웃으면서 결혼을 생각하고 있는지를 물었다. 이에 프란치스코는 "나는 가난이라는 여인과 결혼할 것이다."라 대답하였다고. 이후 프란치스코는 부친과의 관계를 포기한 채 가난한 수도승의 옷을 입고 아시시 지역에서 몇 달간 구걸 행위로 연명해가다가, 아시시 인근에 돌아와 2년 동안 통회의 삶을 살았다. 그의 삶에 감동한 추종자들이 생겨나고, 1210년 교황의 인가를 받아 남자 수도회인 프란치스코회를, 그다음에 여자 수도회인 클라라회를 설립하였다.

나는 프란치스코의 삶이 존경스러웠다. 나도 그처럼 살리라. 그는 26세 때 개심하여 46세에 죽었다. 그는 끝까지 평신도였다. 나도 신학교에 가거나 목사가 되는 일은 바람직하지 않다고 생각했다. 나의 환상과 이상재 선생에게 호통쳤다는 왕의 사자, 프란치스코의 환시가 운명처럼 느껴졌다. 프란치스코가 속세에 찌든 아버지를 버린 것처럼 나도 무력을 신봉하는 일본을 버렸다.

첫 예배 때 나는 많이 울었다. 무슨 까닭이었는지 하염없이 눈물이 나왔다. 목사는 베드로의 고백에 대하여 설교하였다. 제목은 나는 죄인이로소이다.

"예수님이 십자가를 지기 위해 대제사장 가야바의 법정에 끌려가서 재판받을 때 베드로는 멀찍이 따라 들어갔습니다. 그곳에서 사람들은 예수님께 침을 뱉고, 때리고, 온갖 수모를 다 안겼습니다. 그러한 장면을 목격하면서 베드로는 두려웠습니다. 베드로는 누군가가 당신도 예수와 한 당이 아니냐고 물을 때 주님을 모른다고 맹세하고는 큰소리로 저주하면서 부인했습니다. 무슨 소리를 하는 거요, 나는 저자를 모릅니다. 그 소리, 베드로의 부인하는 소리를 주님이 듣고 계셨습니다. 그때 주심의 심정이 어떠하셨을까요. 누가복음에는 주님이 베드로를 물끄러미 바라보았다고 돼 있습니다. 주께서 돌이켜 베드로를 보시니 베드로가 주의 말씀 곧 오늘 닭 울기 전에 네가 세 번 나를 부인하리라 하심이 생각나서 밖에 나가서 심히 통곡하더라. 세 번이나 모른다고 부인하던 베드로의 말을 다 듣고 계셨던 주님께서 베드로를 말없이 바라보실 때, 베드로도 주님의 그 눈빛을 보았을 것입니다. 책망이 아닌 오히려 측은하고 가엾게 여기시던 주님의 눈빛을 말입니다."

나를 측은하고 가엾게 여기시는 분은 과연 누구일까. 나의 은밀함, 나만 알고 있다고 믿으며 한 행위들, 내 마음속까지 그분은 속속들이 꿰뚫고 계신단 말인가. 베드로를 물끄러미 바라보던 예수님의 심사와 눈빛을 생각하니 그저 눈물만 나왔다. 나도 베드로의 고백처럼 저절로 나는 죄인이로소이다, 라는 말이 입 밖으로 터져 나왔다. 흰옷 입은 사람들 사이에서 나만 외로이 죄인 같았다. 예배가 끝나고 밖으로 나왔을 때 나를 아무런 말도 없이 바라보는 이 선생의 눈빛이 베드로를 바라보던 주님의 눈빛을 닮았을 거라는 생각이 들었다. 비로소 나는 참 스승을 찾은 기분이었다.

청년회에서 친하게 지내던 윤치호는 이 선생과 같이 일본에 갔을 때의 일화를 내게 들려주었다. 일본인들이 대포나 기관총을 보여주면서 자랑하는데 얼마나 고까웠는지, 이 선생은 한마디로써 그들을 입 다물게 했다고.

"과연 일본 제국이 문명에서 앞선 나라임이 분명하오이다. 다만 성경에서 칼로 흥한 자는 칼로 망한다고 했으니, 그것이 걱정되는구려."

헐버트를 비롯해 청년회 관계 인사로부터 들은 일화는 더 많았다. 이 선생이 학교 정책과 교육에 관한 사무를 맡아 처리하는 학무아문참

의로 있을 때 그는 신교육 제도를 창안하여 교육령을 반포하고, 사범학교, 중학교, 소학교, 외국어학교를 설립하고는 외국어학교 교장을 겸하기도 하였는데, 이때 일본 공사 이노우에(井上馨)가 교사만은 일본인을 고용하라고 강요했으나 윽 자 발음 하나도 못 하는 놈들이 어디서 개소리냐, 라고 호통을 쳐 미국인과 프랑스인을 채용했다고.

박정양을 따라 미국에 갔을 때는 사모관대를 그대로 착용하고 길거리를 다녔는데 이를 본 아이들이 너무 신기했는지 몰려들어서 마구 돌을 던졌다. 미국 경찰들이 외교관에게 위해를 끼친 죄로 아이들을 모조리 체포하자 이 선생은 경찰서를 찾아가 선처를 부탁하여 아이들을 풀어주었고, 이에 미국 정가에서 조선에 호의적인 이야기가 많이 퍼졌다고.

젊은 시절엔 김홍집과 이야기를 나누는 도중, 김홍집이 전국의 민심이 흉흉하니 조선 팔도를 대표해서 감사 여덟 명을 잡아들이면 민심이 풀리지 않을까 하고 묻자 이에 답하기를, 전국 팔도에서 여덟 명까지 잡아들일 필요는 없고 단 세 명만 잡아넣으면 민심은 가라앉게 될 거라 장담하더라는 것. 김홍집이 그 세 명이 누구냐고 되묻자, "그 세 명은 바로 영의정, 좌의정, 우의정인 삼정승이다"라고 서슴없이 답했단다. 김홍집이 바로 당시의 영의정이었다.

서양 문물이 들어와 많은 조선인이 신기해하던 와중에 이 선생이 비누를 전달받았는데 그가 칼로 비누를 반으로 잘라 먹어버리자 모두 그건 먹는 게 아니고 씻는 데 쓰는 거라고 하자, 그는 나도 이게 비누인 줄 알고 있소이다, 그러나 속은 더러운데 겉만 깨끗한들 무슨 소용이오? 먼저 속부터 깨끗하게 씻으려 그런 거라고 말하더란다.

이 선생은 이렇게 유머가 넘치기도 하지만 자신의 신념과 나라의 안

위를 위해서는 두려움이 없었으며 배짱이 두둑한 인사였다.

　헐버트는 바빴다. 그는 청년회 설립 이전에 서재필, 주시경 등과 함께 조선 최초의 민간 신문인 독립신문을 발간하였다. 또한, 배재학당에서 가르쳤던 제자 주시경과 함께 한글을 연구하며 띄어쓰기, 마침표, 쉼표를 도입했으며 국문연구소의 필요성을 고종에게 여러 차례 건의하기도 했다. 그는 또 일본의 침탈 행위를 목격하면서 조선의 국내 및 국제 정치, 외교 문제에 관심을 기울이게 되었고, 조선의 자주권 회복 운동에 헌신하여 왕비 살해 이후에는 고종을 호위하고 최측근 보필 및 자문을 하여 미국 등 서방 국가들과의 외교 및 대화의 창구로서 역할을 해왔다. 그는 고종의 신뢰를 가장 많이 받은 외국인이었다.
　그는 외국 서적의 한글 번역 작업과 외국에 대한 한국 홍보 활동도 벌였다. 특히 구전으로만 전하던 아리랑을 최초로 악보로 기록한 이도 그였다. 헐버트는 평소에도 역사, 문화, 언어, 예술 분야에 해박했으며, 조선의 역사와 문화에 대한 지적 호기심이 대단했다.
　문화재만 해도 식견이 남달랐다. 일본 궁내대신 다나카 미츠아키는 당시 황태자의 가례에 참석하려고 왔다가 경천사지 석탑이 빼어나다는 이야기를 들었던 모양이다. 그는 욕심이 동해 황태자가 하사했다고 사기를 치고 무단으로 해체해 일본으로 가져갔는데, 그런 사실을 영국인 어니스트 베델이 대한매일신보 논설을 통해 폭로하고 말았다. 그러자 일본 정부 대변지 재팬 메일이 해당 논설은 거짓이라며 석탑 약탈을 극구 부인하였다. 그런 사실을 전해 들은 헐버트는 기차를 타고 경천사를 직접 방문했다. 반출 현장을 촬영하고 해당 주민의 증언을 인터뷰하여 재팬 크로니클이란 신문에 조선에서의 만행이라는 기고문을 올렸다. 그래도 반환하지 않자 헤이그로 가서 이 사건을 폭로해 뉴욕포스트 등 세계 언론이 대서특필하는 등 일본의 만행을 전하여 석탑을 반환하도록 촉구했다. 이후 석탑은 다시 한국으로 반환된다.

그는 그렇게 조선이 가장 약해진 시기에도 줄곧 한국의 입장에 섰고 자주독립 운동을 적극 지지하고 지원하였다. 그런 헐버트를 누구보다 잘 알고 있던 고종은 그를 특별 위원에 임명하여 외교 업무에 전권을 부여하고, 조선과 수교한 나라 중 미국을 비롯한 아홉 나라의 국가 원수에게 을사늑약 무효를 선언하는 친서를 전달하게 했다.

당시 대한제국의 재정은 엉망이었다. 일 년 예산이 1,300만 원 정도인데 빚이 그만큼이었다. 서울의 한 신문이 국채보상운동의 시작을 알렸다. 대구에서 시작된 이 운동은 곧 전 국민의 호응을 받아 전국으로 퍼져나갔다. 을사늑약의 체결로 잠재되어 있던 민족적 항거 의식이 국채보상이라는 공동의 목표가 형성됨에 따라 한꺼번에 분출된 것이다. 서울에도 여러 단체가 조직되어 모금 운동을 전개하여 의연금 납부처로 황성신문사를 정하였다. 황성신문에서는 단연보국채(斷煙報國債)라는 논설을 발표하여 이 운동에 전 국민이 참여하여 국채를 갚을 것을 호소하였다.

일제는 국채보상운동이 시작한 직후부터 이를 방해하기 위하여 여러 가지 공작을 전개하였다. 국채보상 관련 기구의 지도부에 압력을 가하였으며, 이 운동을 주도하고 있던 대한매일신보에 대한 탄압을 시도했다. 그 발행인 영국인 어니스트 베델의 추방 공작을 전개하였으며, 양기탁에게 국채보상금을 횡령했다는 혐의를 씌워 구속하였다. 이 사건을 계기로 국채보상운동은 크게 위축되어 결국 실패하고 말았다. 양기탁은 재판에 넘겨졌으나 증거불충분으로 무죄를 선고받았다.

이 운동이 실패했을망정 나는 조선인이 쉽게 볼 민족이 아니란 걸 느꼈다. 이런 와중에 헤이그 특사 사건이 터졌다. 이 사건은 1907년 고종이 개신교, 특히 감리교회의 지원을 받아 비밀리에 네덜란드 헤이그에서 열린 만국평화회의에 참가하기 위한 특사로 정사 이상설, 부사 이준, 통역관 이위종과 이들을 도울 헐버트를 파견하여 을사늑약이 대한제국 황제의 뜻에 반하여 일본 제국의 강압으로 이루어진 것임을 폭로하고 늑약을 파기하고자 했다. 이런 활동으로 헐버트는 제4의 특사라고 불리었다. 그러나 일본 제국과 같은 입장인 서구제국의 방관으로 대한제국 대표들은 회의 참석과 발언을 거부당하고 말았다.

이에 헐버트는 헤이그에서 미국의 언론과 접촉하여 한국 대표들이 평화회의를 계기로 개최된 국제주의재단 집회에서 연설할 기회를 얻게 하였다. 이위종은 대한제국의 비통한 실정을 호소하는 '대한제국의 호소(A plea for Korea)'라는 제목의 프랑스어 강연을, 헐버트가 영어로 을사늑약의 불법성을 지적하는 강연을 했다. 이들의 연설 내용은 세계 각국 언론에 보도되었다. 그러니 일본 언론이 들끓을밖에. 마이니치 신문 1면에는 '대한 조치 단행할 시기-헤이그 한인의 괴운동'이란 제목으로 일본 정부와 이토 히로부미에게 엄격한 대응을 촉구하는 논설을 게재했다.

그러던 차에 밀사 3인 중 이준이 호텔에서 사망하는 일이 벌어졌다. 이 죽음의 원인에 대해서는 화병에 의한 분사설, 단독 감염설(일본 정보문서 기록), 자살설, 독살설 등 여러 소문이 난무했다. 대한매일신보는 이준이 할복자살했다고 보도했는데, 이는 당시 주필이었던 양기탁이 민족의 공분을 불러일으키려 의도적으로 작성한 기사였다.

이 사건을 빌미로 일본은 눈엣가시가 된 고종을 강제로 퇴위시켰다. 이어서 신협약이 체결되었으며, 얼마 후에는 대한제국 군대가 해산됐다. 이것도 모자라 일본은 헤이그 특사의 책임을 물어 궐석 재판을 열고 이위종과 이미 죽은 이준에게 종신형을, 이상설에게는 사형을 선고했다. 이 때문에 이상설과 이위종은 죽을 때까지 고국으로 돌아오지 못하고 헐버트는 미국으로 추방되고 말았다.

고종의 퇴위에 따라 청년회 분위기도 뒤숭숭했다. 평소에 나를 잘 따르던 학감의 학생들 시선도 심상치 않았다. 그걸 모르는 체할 수 없었다. 수업 시간이었다.

"일본이 밉지? 미울 게다. 내가 지켜본 일본의 야욕은 여기서 끝나지 않는다. 지금까지 지나온 과정을 되새겨 보아라. 야금야금 쳐들어왔다. 운요호를 출동시켜 불평등조약인 강화도조약을 통해 항구를 열게 하고 청나라와 전쟁을 일으켜 조선에서 주도권을 쥐려 하였다. 또 러시아와 전쟁에서 승리하더니 늑약을 강제하고 외교권을 박탈하여 조선의 눈과 귀를 막아버렸다. 이제 군대까지 해산했으니 거칠 게 없어졌어. 이제 남은 건 주권 박탈이고 합방이다. 이런 상황에서 너희가 할 일이 무엇이겠냐?"

"이런 판에 책이나 쳐다보고 있어서 되겠습니까. 저들이 힘으로 우릴 압박하고 있으니 우리도 힘으로 나아가야지요."

항상 두루마기를 입고 다니는 양찬모라는 학생이 울분을 터뜨렸다. 그는 선비 집안 출신으로서 한학을 배우다 일어를 공부하게 된 열아홉 살로 다른 학생들보다 나이가 많은 편에 속했다.

"네가 무슨 힘이 있느냐?"

"저 혼자의 힘이야 미약하지만, 모두가 단결하면 되지 않겠습니까."

"단결, 그래, 좋은 말이다. 그렇지만 지금의 상태에서 누구를 어떻게 단결시킬 건데? 맨손으로? 일본 물러가라는 구호로?"

그 학생은 더는 말을 하지 못하고 입을 닫았다. 난감하긴 나도 마찬가지였다.

"지금 당장 일본을 이기지 못하리라는 건 나도 알고 너희도 안다. 일본이 힘으로 조선을 핍박해왔지만, 정신마저 굴복시킨 건 아니잖은가. 마태복음에 보면 예수께서 칼을 쓰는 사람은 칼로 망하는 법이라고 말씀하셨다. 정신마저 지지 않으려면 스스로 단단히 무장하라. 무장이란 바로 여러분의 본분, 공부다. 많이 아는 것도 힘이다."

그러나 그런 말들이 학생들이 느꼈을 공허함을 메워줄 수는 없으리라 생각했다. 말하는 나도 공허한 메아리에 불과하다는 걸 잘 알고 있었으니.

"선생님도 역시 일본인이라 별수 없군요."

다른 학생이 비꼬듯이 말했다.

"맞아, 나는 일본 사람이다. 그러나 여러분의 심정을 충분히 이해하는 일본인이다. 난 여태껏 일본이 조선에 잘했다고 생각한 적이 없다. 그래서 조선에 왔고 항상 조선의 편에 서 있었다. 일본 사람이라고 다 나쁜 건 아니리라 믿는다. 남의 걸 탐내는 지도자가 문제지. 여러분이 날 일본인이 아니라 여러분과 같은 한 인간으로 대해줬으면 좋겠다."

그날 퇴근길이었다. 탑골공원 앞에서 경천사지 석탑을 빼닮았다는 원각사지 석탑을 바라보느라 잠시 서 있을 때 불쑥 양찬모가 나타났다.

"소다 가이치! 거짓과 위선의 탈을 벗어라. 네가 아무리 아니라 해도 내 눈을 속일 수는 없나니, 너 같은 일본놈 하나라도 죽여 조선인의 기개를 보여주겠다."

그는 얼굴이 벌겋게 변하여 씩씩거리며 소매 속에서 식칼을 꺼냈다. 나는 하도 갑작스러운 일이라 너무 놀라 아무 생각도 나지 않았다. 다리에 힘이 쫙 풀렸다. 땅바닥에 털썩 무릎을 꿇었다. 나는 주먹, 무력을 버린 사람이었다.

"그래, 나를 찌르고서 분이 풀리겠다면 찔러라. 양찬모, 너를 원망하지 않으마."

서울 한복판이었다. 지나가던 사람들이 모두 지켜봤다. 양찬모의 얼굴이 일그러졌다. 칼을 들었던 팔을 내리며 눈물을 뚝뚝 흘렸다.

"이미 찔렀습니다."

나는 일어나 그를 부둥켜안았다. 그리고 속삭였다.

"나는 무력의 일본을 버렸다."

양찬모는 눈물로 얼굴이 범벅인 채 탑골공원 옆 골목으로 비틀거리며 사라져 갔다.

그날 나는 여병현을 데리고 나와 주막에서 대취했다. 그에게 공원 앞에서 일어났던 일을 얘기했다.

"일본인으로서 처신하기 힘들지?"

"감수할 마음으로 조선에 왔다네."

그렇게 말은 했으나 마음은 무거웠다.

"그러나 막상 닥치고 보니 참으로 착잡하다네. 차라리 양찬모 그 아이가 날 찔렀기를, 그래서 속이 시원해졌으면 하는 마음이야."

"그렇지 않다는 걸 자네가 잘 알지 않은가. 자네는 양찬모를 죄의 속박에서 구한 거야. 무릎을 꿇은 낮은 자세로. 만약 자넬 찔렀다면 지금보다 더 괴로울 거야."

　학감에서 내 진심을 보여주는 게 미진했으리라. 묵묵히 하다 보면 학생들이 차차 알아주게 되겠지. 이내 마음을 다잡았다.

"소다 선생, 혹시 선을 볼 마음이 없는가?"

"선이라니?"

"여자 말일세. 결혼할 나이도 한참이나 지나지 않았는가. 나는 처음에 자네가 일본에 처자가 있나 하고 생각했었네. 무슨 생각으로 여태껏 결혼을 안 했는지 몰라도 장가를 빨리 간 조선 사람이라면 손주를 볼 나이일세."

　여병현은 무거운 내 마음을 풀어주고 싶었을까, 뜬금없이 선 얘기를 꺼냈다. 일신 독립 후에나 결혼하리라 결심했던 나였다.

"조선인?"

"아니야, 일본인일세. 조선 여자라면 주위 보는 눈이 곱지 않을 걸세. 자네 마음과는 다르게 거부감이 일지도 모르잖아."

"나 같이 집도 절도 없는 늙다리에게 올 사람이나 있고? 더군다나 일본 여자가."

　나는 그때까지 조선에 들어온 일본인 대부분이 돈을 벌 목적에서 사심이 가득하리라 생각했다. 그렇지 않으면 일본에서 살지 낯선 조선까지 왜 건너올까 하고.

"내가 보기엔 자네 같은 마음을 지닌 여잘세. 여학교 영어 교사인데 기독교인이고 아주 얌전한 처자일세. 내가 다리를 놓을 테니 만나보려나?"

"몇 살인데?"

"그 여선생도 결혼이 늦었네. 서른이야."

나와는 열한 살 차이였다. 이제까지 결혼에 무심했던 내가 동했다. 이상한 일이었다. 기독교인이라는 말에 더 끌렸다. 여자가 생기고 살림을 차리게 되면 훨씬 안정적으로 조선에서 생활을 이어가게 되리라고 보았다.

"부탁함세."

"하하하, 우리 소다 선생이 이제야 내게 부탁한다는 소릴 하는구면."

그랬었다. 나는 단 한 번도 조선에 들어와 뭘 부탁해 본 적이 없었다. 여병현뿐만 아니라 청년회 그 누구에게도.

다음날 학감 교실에서 만난 양찬모에게 난 표시 나지 않은 미소를 보내고 고개를 끄덕였다. 걱정했었다. 그가 결석하게 되면 어쩌나 하고. 양찬모도 내가 보낸 미소와 닮은 얼굴을 보여줬다. 다행이었다. 말로만 하는 분노가 아닌 행동으로 보여준 그가 대견했다. 그러나 그가 보여준 행태는 무모했다. 나는 야욕의 일원이 아니었다. 나를 찌름으로써 어떠한 반향도 없을 것이기에. 양찬모에게도 이(利)보다 실(失)이 많을 짓이기에.

그 일본인 여선생은 남대문 부근의 상동교회에서 만나게 되었다. 담임목사는 내가 익히 들었던 전덕기로서 기독교 이념을 바탕으로 민족 운동을 위해 교육과 계몽 활동을 활발하게 전개하고 있었다. 상동교회는 정동교회와 더불어 조선 최초의 대표적인 감리교회로서 조선 최초로 들어온 미국 감리교의 두 선교사에 의해 창설되었다.

상동교회는 전덕기 목사의 섬기며 애국하는 목회 활동을 통하여 선진의 신문화 보급과 계몽운동의 요람지가 되었다. 전 목사 주위에는 양반, 상인, 학자, 촌부 남녀노소 할 것 없이 모여들었다. 그는 독립협회와 만민공동회에 참여했고, 상동교회 담임목사로 활동하면서 상동 청년회 및 상동 청년학원을 통해 을사늑약 반대 투쟁을 전개했다. 청년회에는 김구, 이준, 이동녕, 이동휘, 노백린, 이회영, 남궁억, 신채호, 최남선, 이상재, 이상설, 양기탁, 주시경, 이필주, 이승훈, 안창호, 이승만 등 후에 이름을 날릴 쟁쟁한 인물들이 활동했다. 이들 중 헤이그 특사 중 일인이었던 이준은 상동 청년회장이었다.

예배가 끝나고 여병현이 나를 여선생에게 이끌어 소개했다. 우에노 다키(上野夕キ). 그녀는 조선 여자와 마찬가지로 하얀 저고리에 검정 치마를 입고 있었다. 우직해 보이면서도 단아한 모습이었다.

우린 남산길을 걸었다. 그녀는 여병현을 통해 나에 대해서 어느 정도는 알고 있었다. 그녀가 물었다. 우린 익숙한 일본말보다 일부러 조선말을 택했다.

"조선에서 완전히 살려고 하십니까?"

"네. 나는 조선인을 위한 삶을 작정했습니다. 나보다 먼저 조선에 왔다고 들었습니다."

"맞아요, 저는 그 당시 드물게 기독교를 믿는 부모님 덕분으로 나가사키에서 기독교 학교에 다닐 수 있었어요. 그 뒤로 1898년에 조선에 건너와 일본인만 다니는 소학교 교사로 있다가 지금은 숙명여학교에서 영어를 가르치고 있습니다. 예수님의 사랑을 실천하는 게 제 소망입니다."

"나가사키요? 나는 야마구치현 태생이오."

조선말은 나보다 다키가 더 능숙했다. 난 그녀가 나가사키와 관계가 있는 게 반가워 그곳을 선망했던 시절과 광부 생활, 해외로 떠돌게 된 사연을 들려줬다. 산등성이에 앉아서는 기와집과 초가가 혼재한 시내를 바라보며 외국어를 익히게 된 동기며 타이완에서 있었던 일, 하나님이 주신 달란트를 어떻게 하면 효율적으로 사용할 것인지, 앞으로의 각오도 얘기했다. 난 호기심 가득한 그녀의 눈을 보고 확신했다. 내 인생에 그녀가 필요하다고.

"이곳에 와 소다 선생님과 같은 마음을 가진 일본인을 처음 뵀어요."

"나도 마찬가지요."

우린 차츰 만나는 횟수가 많아지면서 결혼은 필연이란 걸 알게 됐다. 그런 사실을 나는 이상재 선생에게 얘기를 안 할 수 없었다.

"그런 인연을 어떻게 만나겠나. 늦추지 말고 당장 식을 올리게나. 서로 외로운 처지가 아닌가. 사람인(人) 자가 왜 그렇게 생겼겠는가. 서로 의지하라는 걸세. 더욱이나 남자와 여자는."

이 선생은 당신 일이나 된 것처럼 좋아했다. 결혼식도 그가 서둘러 상동교회에서 올리고 진고개에 살림집을 마련해 줬다. 선생의 말에 의하면 진고개에는 예로부터 가난한 선비들이 유독 많았다고. 진고개 선비들은 굶기를 밥 먹듯 하면서도 과거급제하는 날만을 기다리며 글 공부에 매달렸단다. 그러나 권력을 쥔 세도가들이 과거마저 독점해 가난한 선비가 과거를 통과하기란 하늘에 박힌 별을 따기만큼 힘들었다. 그 선비들은 비가 와 고개가 질어지면 나막신을 신고 다녔다. 딸깍, 딸깍하는 나막신 소리는 구슬프게 들리고 그 소리를 빗대 오기만 남은, 불운한 남산골 딸깍발이 또는 남산골샌님으로 놀렸다고. 내가 그 일원이 된 것이다. 살림살이는 초라했으나 내 마음만은 부자가 된 기분이었다.

그러나 진고개는 그 옛날 남산골샌님들의 터전이 아니었다. 나도 모르고 들어왔지만 들어오고 보니 일본인들이 많이 살고 있었다. 이 선생이 날 배려해서 이곳에 집을 얻어준 것일까, 아니면 우연일까. 모를 일이었다. 나는 조선인들과 부대끼며 살고 싶었다.

타이완에서 조선인에게 구함을 받고, 사명처럼 조선에 들어와 이상재 선생을 만나 감화를 받아 기독교에 귀의하여 결혼까지 하게 된 그 모든 일이 나는 하나님의 역사라 생각되었다. 나 같은 역마살에 찌든 놈이 어떻게 다키만 한 여자를 만날 엄두라도 낼 수 있었겠나. 은혜였다. 그래서 청년회 학감에서 일어를 가르치는 일도 보람되었지만, 하나님의 일을 더 많이 하기 위하여 교사직을 사퇴하고 하나님 일꾼의 첨병이라 할 무급의 전도사로 나섰다. 성 프란치스코를 닮고 싶었다. 탁발을 마다하지 않았던 그처럼. 그렇다고 청년회 인사들과 교유를 등한시하지는 않았다.

경성감리교회 전도사역을 시작하며 나는 내 인생에서 불가능할 것만 같았던, 획기적인 일을 단행했다. 술을 끊은 것이다. 다키가 먼저 좋아했다. 전도사가 기본적으로 지녀야 할 자세를 우려 섞인 눈으로 바라봤음이 분명했다. 무보수의 전도사역은 다키가 먼저 권했던 일이었다. 자신만의 월급만으로도 우리 생활이 충분하다며.

나는 그때 청년기부터 마신 술이 지나쳐 중독에 이른 상태였다. 채워지지 않은 욕구에 대한 불만으로 시작한 술이었다. 갖가지 핑계로 마시게 된 술이었다. 그건 습관성이 되었고 스스로 제어할 수 없는 지경에 이르렀다. 언젠가부터는 아침에도 술이 간절했다. 마음대로 마실 수 있는 저녁이 빨리 왔으면 싶기도 했다. 건강도 예전 같지 않다는 걸 느끼면서도 술 없이는 못 살 것만 같았다. 내 술 마시는 모습을 본 다키가 그랬다.

"하나님 보시기에 썩 좋은 모습은 아니네요."

정신이 번쩍 났다. 나는 그때까지 단 한 번도 술 마시는 나를 질책하는 소리 들어본 적이 없었다. 나는 독불장군이었구나. 술을 나만 좋아했었어. 다키가 싫어하는 술, 정신을 혼미케 하는 술. 하나님께서도 싫어하실 행태였구나.

그 무렵, 술을 마시고 한 기도 시간이었다. 문득 계속 이래도 되나? 하는 생각이 들었다. 나 하나도 다스리지 못하면서, 맑은 정신으로도 부족할 판에 무슨 하나님의 일을 하겠다고? 그 거룩한 일을? 가증스러웠다. 양찬모가 했던 위선이라는 말이 뇌리에서 떠나지 않았다. 알코올에 점령당한 육신으로서 하는 말이나 일이 과연 하나님 앞에 어떤 모습으로 비추어질까, 자신이 없었다. 하나님 앞에 떳떳이 서고 싶었다. 그래, 술을 끊자.

하루 이틀은 사실 견디기 어려웠다. '딱 한 잔만 할까'라는 유혹도 수도 없이 찾아왔다. 그럴 때마다 다키의 실망스러워하는 모습을, 십자가에 못 박힌 예수님을 떠올렸다. 일주일이 지나고 한 달이 되자 내가 왜 그토록 술을 마셔댔을까, 후회막급이었다. 내친김에 금주 모임을 조직했다. 첫째는 나를 독려하려는 뜻이 강했다. 둘째는 어려운 조선의 현실을 타개하는 데 금주가 도움이 되리라고도 생각했다. 여병현을 비롯해 청년회 교사를 할 당시 술을 같이 마셨던 사람들이 동참했고, 교회에서 만나 아직도 술에 미련을 버리지 못한 성도들을 끌어들였다. 나는 자진해서 회장을 맡았다. 그리고 모두가 술의 폐해를 연구하고 자신의 주취 경험담을 나누며 금주의 필요성을 실감하도록 유도했다. 효과는 금방 나타났다. 금주가 일상화되자 물질적이나 정신적인 면에서 여러모로 유익한 면이 많다는 걸 나부터 실감하게 되었다.

난 다키를 앞에 두고 지금까지 생각해 두었던 생활신조를 말했다.

"난 가난한 사람 같으나 많은 사람을 풍요하게 하고, 아무것도 가지지 않은 것 같지만 모든 것을 가진 사람이 되고 싶소(무일물중 무진장, 無一物中 無盡藏). 또 단호하게 행하면 성령이 반드시 도와주신다(단행성령 조지의, 斷行聖靈 助之矣)는 걸 믿고 있소."

"전도사님을 믿어요. 그런 믿음 없이 어찌 결혼했겠어요?"

"고맙소."

그러한 신조는 성경을 읽고 묵상한 결과였다. 고린도후서 6장 10절이다.

> 근심하는 자 같으나 항상 기뻐하고 가난한 자 같으나 많은 사람을 부요하게 하고 아무것도 없는 자 같으나 모든 것을 가진 자로다

생활이 나 스스로 판단하거나 남이 보기에도 건실해지자 강연이나 설교도 궤도에 들어서며 일취월장하고 있었다. 난 설교하기 전 꼭 성경 구절을 읽고 묵상하는 일을 거르지 않았다. 내가 주님의 가르침에 감동과 은혜를 받기 위해서였다. 내가 그러지 않고서 어떻게 다른 이들을 감동케 할 수 있으랴. 어쩔 땐 눈물이 흘렀다. 그런 다음 주님께 보고서를 제출하는 마음으로 설교 단상에 올랐다. 그 시간은 주님이 함께하는 기분이었으니.

남대문 시장 광장의 부흥회를 앞두고 설교를 준비하려 성경을 막 펼쳤을 때 눈에 들어오는 구절이 있었다. 나는 부흥회를 위하여 주님께

서 주신 말씀이라 믿었다.

> 흑암 중에 행하는 염병과 백주에 황폐케 하는 파멸을 두려워하지 아니하리로다 천인이 네 곁에서 만인이 네 우편에서 엎드려지나 이 재앙이 네게 가까이 못 하리로다. (시편 91:6-7)

이 구절을 묵상하며 나는 많이 울었다. 내가 여기까지 오게 된 것, 일본의 끊임없는 야욕, 바람 앞에 등불 신세가 된 조선이 처한 운명, 양찬모의 분노, 기독교로의 귀의. 이 모든 과정에서 꼭 고난과 불행만 동반하여 올까? 아니었다. 기회도 주었다. 오늘의 나는 그런 과정을 지나온 존재였다. 다키와의 결혼은 은혜이자 축복이었다. 이제 은둔해 있던 조선인의 각성이 있을 것이고 언제 고난이 끝날지 모르지만, 당당히 우뚝 서게 될 날도 있으리라 의심치 않았다.

"여러분, 저는 일본인이올시다. 제가 밉게 보이시지요? 저를 때려죽이고 싶으시지요? 때리고 싶거들랑 실컷 때리십시오. 저는 얼마 전까지 기독교청년회 학감에서 일본어를 가르쳤습니다. 지피지기면 백전백승이라 했습니다. 일본을 알아야 일본을 이기지요. 황제께서 일본의 강압으로 퇴위하시자 어떤 학생이 저를 식칼로 찌르려고 제 앞에 섰습니다. 그 분노를 감내하고자 저는 찌르라, 했습니다. 나를 찔러 네 분이 풀리겠거든 찔러라. 그는 찌르지 않았습니다. 그리고 나를 붙잡고 울었습니다. 제가 그 학생 귀에다 말했습니다. 나는 무력의 일본을 버렸다. 여러분, 일본인인 제가 오죽하면 일본을 버리겠습니까? 부모를 버린 것이나 마찬가지입니다. 하나님을 버린 것이나 마찬가지입니다. 온당치 않은 부모가 있습니까? 온당치 못한 하나님을 보았습니까? 없습니다. 그러나 일본은 온당치 못한 짓을 벌이고 있습니다. 그래서 제 모국일망정 버린 겁니다. 일본이 하는 짓이 바로 앞에서 읽어 드린 흑암 중에 행하는 염병이고 백주에 황폐케 하는 파멸의 짓거리입니다. 이제는 미혹에서 깨어나 정신을 차리십시오. 그리고 담대하게 나아가십시오. 하나님을 의지하고 담대하게 나가게 되면 잠시 내가 무력에 휘둘렸을지라도 우리의 영원에 비하면 아무것도 아닙니다."

그리고 대만에서 나를 구한 조선인, 그 착한 사마리아인을, 왜 조선에 왔는가를 얘기하고 밀림에서의 신비한 체험을 들려줬다. 술로써 허랑방탕했던, 무력으로 상대를 제압했으나 찜찜하기만 했던 지난날도 회고했다. 칼을 써 일어서는 자 칼로 망하리라는 예수님의 말씀이 증거되기를 간구했다. 침묵이 술렁거림으로 반응했다.

내 설교에 대한 답이었을까, 여러 교회로부터 강연과 설교 요청이 쇄도했다. 모두 응했다. 이렇게 전도 사역에 총력을 기울이던 중에 놀라운 소식이 전해졌다. 이토 히로부미가 안중근이 쏜 총에 맞아 죽었다는 뉴스였다.

이토는 일본에서는 영웅으로 대접받을지 몰라도 조선에서 보면 침략의 앞잡이, 원흉이었다. 그는 나와 같은 야마구치현 소네 촌에서 멀지 않은 히카리시 출신으로 메이지 유신을 이끌었고 일본 헌법을 제정했으며 초대 총리대신을 지내고는 조선에서도 초대 통감을 지낸 뒤 일본의 추밀원 의장직에 앉아 있었다. 그는 조선의 내정에 수시로 간섭하며 왕비를 살해한 을미의 변과 외교권을 박탈하고 일본의 보호국 신세로 전락하게 된 을사늑약을 주도한 인물로 한때는 후쿠자와 유키치와 같이 나의 우상이었던 적이 있었다.

10월 26일 신문에 나온 걸 보면 러시아와 경제 현안을 비롯해 전쟁

뒤처리 등을 논의하려고 하얼빈을 방문하려던 중 역에서 기다리던 안중근의 총에 맞았다는 보도였다. 안중근은 체포 직후에 대한의군 참모 중장이란 군인 신분으로서 적국의 장수를 처단한 지극히 당연한 일이라 주장했다.

후에 나온 여러 정황 보도에서 안중근은 플랫폼에 이토가 도착했을 때, 워낙 많은 수행원이 함께하여 누가 이토 히로부미인지 도저히 분간할 수 없었다고. 그렇게 체념하던 순간에 이토를 환영하는 현지 일본인 환영객 중 누군가가 이름을 부르자 이토가 뒤를 돌아보며 손을 흔들어준 덕분에 안중근은 세 발을 쐈고, 혹시 몰라 주위의 일본 측 인물에게도 네 발을 발사했다.

제1탄은 이토의 오른팔 윗부분을 관통하고 흉부에 박혔으며, 제2탄은 오른쪽 팔꿈치를 관통해 흉복부에 박혔고, 제3탄은 윗배 중앙 우측으로 들어가 좌측 복근에 박혔다. 세 발 모두 급소였다. 남은 총알로는 일본 총영사 가와카미 도시히코, 이토의 수행비서 모리 다이지로, 만주철도 이사 다나카 세이타로에 한 발씩을 맞췄다. 그리고 총알 한 발을 남기고 체포되었다. 이 한 발을 자결용이라고 추측하는 경우가 많지만, 이는 사실이 아니었다. 안중근은 이토 처단 후 재판에서 그의 죄를 낱낱이 밝힐 생각이었기에 자결할 마음이 전혀 없었다고. 그는 천주교인이었다. 천주교나 개신교에서 자살은 죄악으로 여겨 금지하고 있다.

안중근은 거사 직후 '꼬레아 후라(Korea hura)!'를 세 번 외친 후 다시 조선말로 '대한국 만세!'를 세 번 외치고는 러시아 관헌에 체포되었다고 신문은 전했다. 그는 하얼빈이 러시아 조차지였지만 일본의 압력을 받은 탓인지 일본군 관할지였던 뤼순으로 옮겨져 감옥에 갇히고 말았다. 안중근은 검사의 심문을 받을 때 이토의 열다섯 가지의 죄를 들어 거사의 정당성을 당당하게 주장했다.

하나는 1867년, 대일본 명치 천황폐하 부친 태황제 폐하를 시살(弑殺)한 대역부도의 죄. 둘은 1895년, 자객들을 황궁에 돌입시켜 대한 황후 폐하를 시살한 죄. 셋은 1905년, 병사들을 개입시켜 대한 황실 황제 폐하를 위협해 강제로 다섯 조약을 맺게 한 죄. 넷은 1907년, 다시금 병사들을 이용해 칼을 뽑아 들고 위협하여 강제로 일곱 조약을 맺게 한 후 대한 황실 황제 폐하를 폐위시킨 죄. 다섯은 한국의 산림과 하천, 광산, 철도, 어업, 농, 상, 공업 등을 일일이 늑탈(勒奪)한 죄 등이었다. 이 열다섯 개의 죄목에서 하나와 둘을 빼고는 이토가 조선 통감으로 있던 시기와 일치했다.

안중근이 거론한 이토의 죄를 보며 나는 낯이 뜨거웠다. 내가 알았던 것도 있었고 몰랐던 죄도 있었다. 그 많은 죄를 조선에 짓고도 말년까지 무사태평하다면 하나님은 공평치 못하다는 원망을 듣고도 남으리라. 하얼빈 저격 사건은 조선에서는 의거라 칭송을 받아 안중근을 의사라 칭했으나 일본에선 한낱 테러일 뿐이라 규정했다.

재판은 신속하게 이루어졌다. 재판장은 그에게 사형 선고를 내렸고, 안 의사는 항소하면 조선의 지사가 목숨을 구걸한다는 인상을 주지 않겠느냐는 의견을 받아들여 항소를 포기하고는 감옥에서 의연하게 서예와 동양평화론 집필에 몰두했다. 이후 3월 26일, 육 개월 만에 동생들과 마지막 면회를 하고 교수형으로 생을 마감했다. 안 의사는 대한의군 참모 중장 신분으로 총살형을 요구했으나 일제는 단순한 테러리스트로 간주해 교수형을 행하였던 것. 복장은 고향에서 온 비단 조선복(朝鮮服)을 입고 품속에는 성화(聖畵)를 넣고 있었는데, 그 태도가 매우 침착해 평소와 조금의 차이도 없이 종용자약(慫慂自若), 떳떳하고 깨끗하게 죽음에 임했다고.

안 의사가 남긴 서예 작품들은 사진으로만 봐도 대단한 명필임을 알 수 있었다. 한학을 공부하여 젊은 나이임에도 한문에 능해 뤼순 옥중에서 많은 글씨를 남기면서 넷째 손가락이 잘린 왼손바닥에 먹물을 묻혀 낙관 삼아 찍었는데, 이 가운데 가장 유명한 작품으로는 일일부독서구중생형극(一日不讀書口中生荊棘)이 있는데, 이는 하루라도 책을 읽지 않으면 입속에 가시가 돋는다는 뜻으로 그의 기개와 신념을 느낄 수 있어 나는 탄복했다. 약지를 자른 건 안 의사를 포함한 열두 명의 동지가 연해주에서 동의단지회를 결성해 각자 목표를 정하면서 그 피로 태극기 앞면에 대한 독립을 써넣어 각자 암살에 대한 결의를 다진 결과였다. 이때 안 의사의 나이 서른둘이었으며 주변에 있던 조선인들에게 비장한 유언을 남겼다.

"내가 죽은 뒤에 나의 뼈를 하얼빈 공원 곁에 묻어 두었다가 우리 국권이 회복되거든 고국으로 옮겨다오. 나는 천국에 가서도 마땅히 우리나라의 회복을 위해 힘쓸 것이다. 너희들은 돌아가서 동포들에게 각각 나라의 책임을 지고 국민이 된 의무를 다하며 마음을 같이 하고 힘을 합하여 공로를 세우고 업을 이루도록 일러다오. 대한 독립의 소리가 천국에 들려오면 나는 마땅히 춤추며 만세를 부를 것이다."

나는 그 당시 안 의사의 의거를 다룬 신문 기사를 샅샅이 살폈다. 일본 신문은 대체로 테러리스트로 평가한 데 반해, 감옥이나 재판 등 옆에서 지켜본 일본인들은 그의 고귀한 성품과 대의명분을 알아보고 매우 존경하여, 재판을 맡았던 뤼순 고등법원장 히라이시 우지히토(平石氏人) 판사는 그의 동양평화론이 완성되는 것을 보기 위해 사형 집행을 몇 달 뒤로 미루려 했다. 그러나 도쿄에서 직접 내린 명령으로 어쩔 수 없었다고 했으며, 중국에서는 아시아 제일의 의로운 협객이라 칭송했다.

조선 젊은이의 거사에 의한 이토의 죽음으로 일본은 경악했다. 불과 몇 달 전에 일본 정부는 조선과 강제 합병 방침을 정한 적이 있는데 세계의 눈치를 보느라 머뭇거리다 안 의사의 교수형 이후 불과 육 개월 만인 1910년 8월 29일에 두 나라가 하나가 되는 조치를 발표해 버렸다. 원래 일제는 병탄(倂吞)이란 말을 쓸까를 고민하기도 했지만, 힘이 센 한쪽이 다른 쪽을 아울러 버린다는 의미가 조선인들의 반발과 저항을 불러일으킬까 봐 병합이라는 신조어를 만들어 사용했다는 후문이었다. 일본으로서는 누대에 걸쳐 부르짖던 정한론의 완성이었다. 황제는 칙유를 내렸다.

> 짐(朕)이 부덕(否德)으로 간대(艱大)한 업을 이어받아 임어(臨御)한 이후 오늘에 이르도록 정령을 유신(維新)하는 것에 관하여 누차 도모하고 갖추어 시험하여 힘씀이 이르지 않은 것이 아니로되, 원래 허약한 것이 쌓여서 고질이 되고 피폐가 극도에 이르러 시일 간에 만회할 시책을 행할 가망이 없으니, 한밤중에 걱정되어 선후책(善後策)이 망연하다. 이를 맡아서 지리(支離)함이 더욱 심해지면 끝내는 저절로 수습할 수 없는 데에 이를 것이니 차라리 대임(大任)을 남에게 맡겨서 완전하게 할 방법과 혁신할 공효(功效)를 얻게 함만 못하다. 그러므로 짐이 이에 결연히 내성(內省)하고 확연히 스스로 결단을 내려 이에 한국의 통치권을 종전부터 친근하게 믿고 의지하던 이웃 나라 대일본 황제 폐하에게 양여하여 밖으로 동양의 평화를 공고히 하고 안으로 팔역(八域)의 민생을 보전하게 하니 그대들 대소 신민들은 국세(國勢)와 시의(時宜)를 깊이 살펴서 번거롭게 소란을 일으키지 말고 각각 그 직

업에 안주하여 일본 제국의 문명한 새 정치에 복종하여 행복을 함께 받으리라. 짐의 오늘의 이 조치는 그대들 민중을 잊음이 아니라 참으로 그대들 민중을 구원하려고 하는 지극한 뜻에서 나온 것이니 그대들 신민들은 짐의 이 뜻을 능히 헤아리라.

나약함의 극치를 이룬 승정원일기 마지막 날 기사이다. 승정원은 이후 폐지되고 말았다. 조선은 일본에 완전히 병합되어 일본의 부분이 되었고, 국어는 일본어가 되었으며 조선의 백성들은 일본의 2등 국민으로 전락하였다. 조선의 충신이었던 학부대신 이용직은 이 같은 망국 안에는 목이 달아나도 찬성할 수 없다고 반대하면서 뛰쳐나갔다. 반면 이때 일제에 협조한 매국노 이완용, 이재곤, 조중응, 이병무, 고영희, 송병준, 임성준은 경술국적이라 불리게 되었다.

경술국치가 이루어지고 자결한 이들이 이어졌다. 대표적으로 이위종의 아버지인 이범진은 주러시아 공사로서 을사늑약으로 조선의 외교권이 박탈된 후에도 상트페테르부르크에 남아 조선의 국권 회복을 위해 노력하였으나 병합 체결 소식을 듣고 적을 토벌할 수도, 복수할 수도 없다는 깊은 절망에 빠져 자결하였다. 금산 군수 홍범식도 목을 매 자결하였으며, 『매천야록』의 저자 매천 황현도 스스로 목숨을 끊었다. 이상재 선생께선 일체의 공직을 사퇴하고 어지간한 일에는 나서지 않았다.

사람만이 통곡한 건 아니었다. 옥천의 한 시골 마을에 있는 느티나무가 밤새 울었고, 임진왜란 때 승병을 이끌었던 사명대사를 기리기 위한 밀양의 표충비에서는 몇 말이나 되는 땀이 흘렀다고 해 백성들의 마음을 대변했다.

병합 후 일본이 제일 먼저 준비한 일은 조선을 통치할 엘리트 관료들의 모집이었다. 조선의 주권을 완전히 손아귀에 쥔 일제는 즉각 관청과 통감부 조직들을 개편하여 총독부를 설치했다. 이 과정에서 조선인 고위 관료들을 모조리 해고하고 각도 관찰사들도 여섯 명만 남기고 모두 물러나게 하고는 일본인으로 채웠다. 초대 조선 총독에는 군인 출신의 데라우치 마사타케로, 그는 이토의 뒤를 이었던 소네 아라스케를 이어 3대 통감에 임명되어 순종 대신 대한제국의 실권을 흔들고 병합을 주도하였던 인물로 통감이 총독이 되는, 명칭만 바뀐 셈이었다. 소네도 그렇고 데라우치도 나와 같은 야마구치현 출신이었다. 소네 통감은 불교 미술품 수집에 관심이 많았다 하며 한반도의 유물 약탈자로도 악명이 높았다. 한국에 부임한 직후 경주에 가서 석굴암을 살펴보고 대리석 소탑을 훔쳤으며, 내려오는 길에 불국사 다보탑의 돌사자 네 마리 중 두 마리도 훔쳐 갔다는 소문도 돌았다. 이토 히로부미에 이어 소네 아라스케, 데라우치 마사타케 모두 야마구치현 출신이라니. 야마구치현이 조선과는 참으로 악연이었다.

천지가 나쁜 의미로 개벽했으니 대한제국 황실은 그 지위를 박탈당하고 황제는 이왕(李王)이라는 봉호로 강등되었다. 일제에 적극적으로 협력한 기존 지배층들은 조선 귀족령의 선포로 일본의 지배층에 포섭되어 상응한 대접을 받았다. 일제는 자신들의 체제 선전과 조선인들의 복종을 끌어내기 위해 고종과 순종을 이용했다. 이전처럼 일국의 군주로서는 대접한다는 점을 보여주기 위해 서울에 주재하는 외교관들에게 고종과 순종을 알현하는 규칙을 만들었으니, 순전히 눈 가리고 아웅하는 식이었다. 또 구 황실에 막대한 세비도 지급하여 고종과 순종에게는 엉뚱한 생각 말고 당구나 담배, 영화 등에나 재미를 붙이라고 조치하여 입을 다물게 했다.

이 병합은 경술년에 일어난 나라의 수치라는 뜻으로 경술국치라고 부르며, 518년간 이어온 조선 왕조의 멸망과 일제강점기의 시작을 의미했다.

7
조선의 멸망과 일제 강점, 그리고 항일

조선이 어떻게 됐든 시간은 가고 한강은 흘렀으며 논밭에는 곡식이 익어갔다. 그러나 인간들의 세계는 침울하기만 했다. 욕심이 원인이었다. 하나라도 더 가지고 싶은, 더 좋은 걸 갖고 싶은 욕심. 일본이 섬에 안주하고 살았다면 조선의 비극은 없었으리라. 다키는 말했다.

"일본이 드디어 미쳤군요. 전도사님, 이럴수록 더욱 낮은 자세로 사람들을 대해야 합니다. 우리가 비록 병합에 책임질 일을 한 적은 없으나 일본인이라는 사실은 부인할 수 없습니다."

"알겠소. 당신도 조심하구려. 나야 욕하면 달게 받을 것이고 설령 뺨을 때린다고 할지라도 감내하겠소. 일본의 악행을 갚는다는 마음을 항상 유지하며 우린 살아갑시다."

나도 잘 알았다. 다키가 그런 노파심이 우려되는 말을 한 이유는 행여나 낙심한 조선인들에게 자그마한 실수라도 저지를까 하는 염려였으니까.

9월 초 어느 날 양찬모가 교회로 찾아왔다. 여전히 두루마기 차림이었다. 그는 청년회 일어과를 이수한 뒤 중동야학당에서 학생들에게 일어를 가르치고 있었다. 탑골공원 앞에서 내게 칼을 들이댄 이후에는 어떤 학생보다 나를 살갑게 대했는데 설날에는 세배를 왔고 내 결혼식에도 참석했었다.

"선생님, 인사를 드리려고 왔습니다."

"무슨?"

"저는 일본 땅이 된 이곳에 살기 싫습니다. 간도로 건너가려고요. 서간도에 신한민촌이 건설되었다는 얘길 들었습니다."

"내가 무슨 말을 할 수 있겠나. 자네 뜻이 그렇다면 어찌 말리겠나."

"거기 가서 우리나라의 국권을 회복할 수 있는 일이라면 똥지게라도 지겠습니다."

양찬모처럼 간도나 연해주로 떠나는 사람들이 많았다. 예전에는 먹고 살기가 힘들어 떠난 이가 많았지만, 을사늑약 이후로는 일본이 싫어 광복을 위해 투쟁하려고 떠났다.

"장하네. 무슨 일을 하든 몸 성하길 빌겠네. 나는 일본이 영원토록 이 땅을 지배하지 못하리라 믿네. 그날이 하루속히 돌아오길, 그래서 자네도 돌아오길 주님께 기도하겠네."

나는 주머니에 들어있던 돈을 모두 꺼냈다. 얼마 되지 않지만, 기차비는 되리라 보고 건넸다.

"가진 것이 이것뿐이네. 차비에라도 보태게나."

"아닙니다."

"받아, 제발. 이것마저 안 받으면 다신 안 볼 거네."

양찬모는 한사코 뿌리쳤지만 나도 강제로 두루마기 주머니에 넣어줬다. 그 뒤로 그를 다신 볼 수 없었다.

서리가 내리고 찬 바람이 불기 시작할 무렵, 오십 살은 되었을 부인이 교회 사무실로 찾아왔다. 처음 보는 이였다. 난 그동안 다녔던 교회의 부흥 집회에 참석한 이라 짐작했다.

"어쩐 일로 오셨습니까?"

"아이고, 선생님. 제가 양찬모 어미랍니다."

"아니 찬모에게 무슨 일이라도 있습니까?"

나는 걱정부터 앞섰다.

"아니구먼요. 찬모는 서간도 삼원보에 잘 도착했다는 편지를 받았습니다. 찬모가 꼭 좀 선생님을 찾아보라 해서요."

신한민촌이 삼원보에 있다는 얘기는 들었다.

"듣던 중 반가운 소식입니다."

"며칠 전 김장을 했구먼요. 그래서 잡수실지는 몰라도 조금 가져왔어요. 여기는 냄새가 날까 봐 밖에 있구먼요."

"네? 김치를요? 이렇게 감사한 일이… 제가 일본 사람이라 김치를 못 먹을까 봐서요? 아니에요, 아주 잘 먹습니다. 저도 이제 조선 사람이 다 됐습니다."

"입에 맞으실지 몰라도 찬모가 신신당부해서 가져왔구먼요."

지금까지 밤이나 감, 곶감 등 과일이나 쌀이며 콩, 수수, 조, 깨 등 곡식 종류 선물은 성도들로부터 받아봤으나 김치는 처음이었다. 밖에 나가 보니 머리를 길게 땋은 총각이 지게를 받쳐놓고 손에 종이로 감싼 무언가를 들고 있었다. 지게에는 새끼줄을 감은 항아리 두 개가 나란히 얹어진 채 있었다. 하나는 배추김치고 작은 건 물김치란다. 찬모 모친이 총각이 들고 있던 걸 받아 들며 말했다.

"선생님, 집이 어딘지 약도만 그려주세요. 집에다 갖다 드릴 테니까요."

"너무나 고마워서 몸 둘 바를 모르겠습니다. 하던 일을 집에 가서 해도 되니 저랑 같이 가시지요."

지게에 짊어진 항아리를 보니 내가 혼자 들고 갈 수 없는 부피였다. 진고개로 가는 길에 나는 모친에게 양찬모의 주소를 물었다. 모친은 그렇지 않아도 내가 물어보리라 짐작하고는 적어 왔다며 종이를 주었다. 집에 와 항아리를 내려놓고 모친이 손에 들고 있던 걸 건네주었다.

"이건 돼지고기니까 삶아서 김치에 싸서 잡수세요. 때마침 동네에서 돼지를 잡아서 들고 왔구먼요."

"아니 이렇게 많은 걸 다… 저는 드릴 게 없는데요."

"그런 말씀 마세요. 우리 찬모가 선생님께 받은 거에 비하면 이런 건 아무것도 아니지요."

배추김치와 물김치는 다키와 내가 겨우내 먹어도 충분할 만큼 양이 많았다. 사실 다키의 음식 솜씨는 나보다 더 보잘 게 없었다. 학교 다니느라 음식 만드는 걸 익히지 못했고, 기독학교를 졸업하고는 바로 조선으로 건너와 남이 해준 음식만 먹어왔기에 솜씨가 형편없는 건 어쩌면 당연한 일이었다. 다키도 김치에 입맛을 들여 아주 좋아라고 했다. 그날 밤 우린 뜨뜻한 밥에 배추김치 밑동만 칼로 잘라 손으로 찢어 밥에 걸쳐 먹었다. 거기에 삶은 돼지고기를 김치에 싸서 먹으니 그야말로 별미였다. 매우면 물김치 국물을 떠먹으며 입안을 달랬다. 역시 조선 사람들은 정이 넘치는 민족임을 실감할 수 있었다. 양찬모에게도 그날부로 편지를 썼다. 김치가 아주 맛있다고, 오랜만에 우리 부부 포식할 수 있었다고. 부디 소망하는 일을 이루길 기도하겠다고.

해가 바뀌기 전부터 들려오던 기독교청년회 소식이나 여기저기 교회 분위기가 심상치 않더니만 결국 새해 들어 일이 터졌다. 후에 105인 사건이라 부르게 된 날조극이었다.

　자라 보고 놀란 가슴 솥뚜껑 보고 놀란다고 안중근 의사의 이토 저격에 화들짝 놀란 일제는 또 다른 사건이 터질까 봐 전전긍긍하던 중에 예의주시하던 안 의사의 사촌 동생 안명근이 서간도에 무관 학교를 설립할 목적으로 자금 모집 활동을 하다가, 완강히 거절하는 부호를 권총으로 위협하여 질책한 일이 있었다. 은밀하게 행해진 그 일이 밀고 당하는 바람에 안명근은 일제 경찰에 붙잡혀 서울로 압송됐다. 마침 안 의사의 고향인 황해도 지역의 독립운동 움직임을 말살하려고 불을 켜던 조선총독부는 이 사건을 당시 총독으로 새롭게 부임한 데라우치 마사타케의 암살을 위한 군자금 모집 사건으로 날조하여, 그 지역 민족운동가뿐만 아니라 신민회 회원, 기독교청년회 인사 등 독립운동을 일으킬 가능성이 있는 위험인물들을 일망타진할 기회로 삼았다. 전국적으로 600여 명을 검거하고 122인을 기소했으니. 여기에는 필수적으로 악랄한 고문과 거짓 자백 강요 등이 자동으로 수반됐다.

　병합 후 초대 총독이 된 데라우치는 초반에 조선인의 기세를 제압할 목적으로 헌병 경찰 제도에 기초한 무단통치를 시행하여 조선인을 억압하고 있었는데, 특히 민족의식이 높았던 황해도와 평안도 지역에 대한 대대적인 탄압을 계획하던 중, 압록강 철교 개통식에 참석하느라 평양과 선천, 신의주를 시찰하다가 그를 암살하려 한다는 소문을 들었던 것.

　일설에 의하면 당시 천주교 서울대교구 교구장이었던 파리 외방전교회 선교사 뮈텔 주교가 일본군 헌병대 사령관 아카시(明石)를 찾아가 안 의사의 사촌 동생이 총독 암살을 계획하고 있다는 제보를 하게 되었던 것으로 알려졌다. 안명근은 사촌 형인 안 의사와 마찬가지로 독실한 천주교 신자였는데 형과도 교류가 잦고 친한 사이였다고.

당시 명동성당은 골칫거리 하나를 안고 있었다. 일본인들이 성당의 일부 부지를 침범하는 바람에 진고개로 넘어가는 통로가 막혀 신자들이 통행하는 데에 불편함을 느껴 소송을 제기했던 것. 그러나 4년이나 끌어온 재판에서 모두 패소해 해결될 기미가 전혀 보이지 않았다. 그러던 차에 뮈텔 주교가 아카시에게 밀고함으로써 부지 문제를 즉각 해결하게 되었다는 소문이 무성했다. 그 소문은 밀고에 대한 보상 차원이 아니었겠느냐는 것. 그게 사실이라면 하나님 보시기에도 참으로 빌어먹을 짓거리를 한 뮈텔이었다.

이 사건에서 체포된 대표적인 인물로는 신민회 간부인 윤치호, 양기탁, 이동휘, 유동열 등이었으며 백범 김구도 포함되었다. 암살 사건 조사를 핑계로 대거 체포된 인사들은 105명으로 대부분 개신교인이었다.

나는 분명히 이 사건이 날조임을 직감했다. 이것저것 생각할 필요도 없이 총독부를 찾아갔다. 데라우치 총독을 만나기 위해서였다. 입구에서 두 명의 헌병이 나를 막았다. 나는 일부러 일본말로 당당하게 말했다.

"데라우치 총독을 만나러 왔소이다."

"누구신데요?"

"야마구치현 출신인 소다 가이치라는 사람이오. 현재 전도 사역을 하고 있소."

"무슨 일로 오셨는지요?"

내가 일본인이라는 사실을 안 헌병은 공손한 편이었다.

"그건 만나서 얘기하겠소."

총독을 만나기 위해 나는 안으로 들어가 사람을 바꿔가며 똑같은 말을 세 차례 더하고는 콧수염과 턱수염이 수북하고 볼살이 두둑하니 혈색이 좋은 데라우치를 만날 수 있었다.

"야마구치현 출신이라고?"

"그렇습니다."

"우리 대일본제국의 영웅들이 많이 태어난 고장에서 오셨구려. 반갑소이다. 그런데 어쩐 일로?"

스스로 영웅이라 칭하는 데라우치였다.

"왜 죄 없는 조선인을 체포한 겁니까?"

나는 다짜고짜 찾아온 목적을 말했다.

"죄가 없다니 그걸 소다 전도사께서 어찌 그리 단정하시오?"

"그건 하늘이 알고 땅이 알며 그 누구보다 총독께서 잘 알 것이오."

"도대체 당신은 일본인이오, 조선인이오?"

"이건 어느 나라 사람이냐가 중요한 것이 아니잖습니까. 아무런 죄도 없는 사람들을 가두어 죄인으로 몰아가려는 심보를 모를 줄 아십니까? 미리 위험인물들을 겁박하여 꼼짝 못 하게 해놓고 조선을 통치하려는 행위라는 걸 아는 사람은 다 알고 있습니다. 이 사실을 세계만방이 안다면 어쩌려고 이러십니까. 지렁이도 밟으면 꿈틀거리는 법입니다. 불필요한 억압으로 소탐대실의 우를 범하지 마십시오."

"조사해 보면 죄가 있는지 없는지 알게 될 거요. 죄가 없다면 풀려나게 될 테니 기다려 보시오. 하나만 충고하겠는데 당신은 대일본제국 천황폐하의 신민이란 사실을 잊지 마시오. 어찌하여 불순한 조선인들을 두둔할 수 있단 말이오. 이런 말을 하려거든 다신 찾아오지 마시오. 내 고향 사람이라 이대로 넘어가는 거요."

"나도 다시는 찾아올 일이 없기를 바랍니다."

데라우치는 제국의 확장과 천황을 위하는 길이 자신의 종교인 듯 보였다. 그 길을 가는 데 거치적거리는 게 있다면 무력을 사용하든 날조하든 무슨 일이건 저지를 위인처럼 보였다. 나는 무거운 발걸음으로 두문불출 중인 이상재 선생을 찾아갔다. 선생의 집은 명성에 비해 초라했다. 아직도 남의 집에 세를 살고 있었으니. 방안도 차가웠다.

"이놈들이 쉽사리 풀어줄 것 같지 않습니다."

선생은 내가 뭘 말하는지 잘 알았다.

"민심을 두려워하는 놈들 같으면 그렇게 잡아들였겠나. 몇 달 고생하여야 할 것이네."

"우리가 할 수 있는 일이 아무것도 없다는 게 안타깝습니다."

"이놈들의 천하가 영원하지는 않을 것이네. 그동안 나도 무력감에 두문불출했는데 무슨 일이건 발 벗고 나서겠네. 장기적 안목으로 봐야 할 걸세. 우선 시급한 일은 교육으로 우리 백성들을 일깨우는 것이야. 특히 청년들이 외국에 나가 부지런히 공부하게 하는 일에 앞장서겠네. 강연회에도 부지런히 다님세. 그리고 이걸 세계만방에 알리도록 기독교청년회 총무로 있는 이승만과 외국에 나갈 계획이 있는 질레트 선교사를 재촉하겠네."

시국에 관한 이야기를 계속 나누다 보니 분위기가 무거워졌다. 하여 작년에 들었던 조선 미술 전람회 개막식에 있었던 일을 꺼냈다.

"그 얘길 전해 듣고 아주 통쾌했습니다."

"허허허, 이인직 그놈이야 그런 말 들어도 싸네. 친일도 어디 적당히 해야지 아주 노골적으로 소설에 썼더군."

병합 직후 총독부에서는 미술 전람회를 개최한 적이 있었다. 선생은 그때 이인직을 보며 뜬금없이 "대감은 동경으로 이사 가셔야 하겠습니다."라고 하였다. 이인직이 그게 무슨 말이냐고 하자 선생은 "대감은 나라 망하게 하는데 선수 아닙니까? 대감이 동경으로 이사 가면 일본이 망할 것이 아닙니까?"라고 했다고. 그러자 이인직은 아무 말도 못 하고 얼굴이 빨개졌다고 한다. 선생의 풍자와 조롱은 여전했다.

총독에 이어 내가 만난 사람은 대심원장(대법원장)인 와타나베 도루였다. 그가 경성기독교회 장로였기에 일요일 예배를 그곳에서 드리고는 부인과 함께 막 나서는 그를 앞뜰에서 만날 수 있었다. 정중하게 인사하고는 나를 소개했다.

"소다 가이치 전도사입니다. 드릴 말씀이 있어서 왔습니다."

"아, 총독께서 일전에 말하더군. 여기 목사님께서도 소다 전도사 얘기를 하더이다."

"판사님께서 교회를 다니시니 무척 기쁘군요. 더욱이나 장로님이라니요. 장로님께서는 재판하면서 죄가 없는 사람에게는 벌을 주지 않으시지요?"

"당연한 말을 하시네."

"주님께서는 '수고하고 무거운 짐 진 자들아, 다 내게로 오라, 내가 너희를 쉬게 하리라(마태복음 11:28)'라고 하셨습니다. 지금 105인이 아무런 죄도 없이 감옥에 갇혔습니다. 그들은 수고하고 무거운 짐 진 자들입니다. 장로님께서는 그들을 감옥에서 나오게 해서 주님 품 안에서 쉬게 할 막중한 책임이 있습니다."

"허, 그것참."

"주님을 믿는 것처럼 장로님만 믿습니다."

내 말에 그가 정색했다.

"아니 도대체 야마구치현에서 어찌 자네 같은 사람을 배출했을까. 알다가도 모르겠네. 내가 충고 하나 하겠는데 세 분 총독께 누가 되지 않게 처신하시게."

말 다 했다. 세 명의 총독은 이토, 소네, 데라우치를 말함이다. 와타나베가 아무리 장로 직분을 가지고 있다 해도 하나님 가르침보다 일본 제국의 이익이, 장로 직분보다 대심원장이 우선이었던가 보다. 마지막으로 한마디 했다.

"'욕심이 잉태한즉 죄를 낳고 죄가 장성한즉 사망을 낳느니라(야고보서 1:15)'라고 하셨습니다. 하나님의 심판이 두렵지 않으신가요? 부디 죄를 짓지 않기를 바랄 뿐입니다."

"내가 할 말이오."

총독이나 대심원장이나 기대할 만한 사람들이 아니었다. 그들의 반응은 소귀에 경 읽는 식이었다.

공식적으로 총독 암살 미수 사건이라 하여 엄청난 일이나 벌이는 것처럼 일제가 몰아갔음에도 불구하고 재판 결과는 체포된 105명 중 99명이 무죄 석방되었고 윤치호, 양기탁, 이승훈 등에게 징역 5년에서 6년이라는 판결을 내렸으며 그나마 대부분은 형 만기 이전에 풀려났다. 사건 자체가 조작극이라서 일제로서도 무조건 밀고 나가기가 곤란했을 것이며, 변호인들도 이러한 약점을 노려서 집요하게 무죄를 주장했기 때문이었다. 물론 사건 과정에서 고문 등으로 인한 애국지사들의 고통은 결코, 적지 않았다. 고문을 이겨내지 못한 두 명은 사망하고 많은 사람이 불구가 되었다. 전덕기 목사는 체포되어 혹독한 고문을 받고는 병보석으로 풀려났으나 고문 후유증과 폐결핵으로 인한 늑막염으로 투병하다 사망했다. 사건의 빌미로 삼았던 안명근은 무기징역을 선고받았고 많은 회원이 투옥되었던 신민회는 강제 해산되었다.

신민회는 1907년 초에 안창호, 이동녕, 이승훈 등 독립지사가 비밀리에 조직한 항일단체였다. 무실역행(務實力行)을 방향으로 삼고 독립사상의 고취, 국민 역량의 배양, 청소년 교육, 상공업의 진흥을 통한 자체의 실력 양성 등을 기본 목표로 삼았다. 일제는 신민회의 이 같은 방향과 목표를 미리 살핀 뒤 105인 사건을 조작하여 끝내 와해시킨 것이다.

기독교청년회 창설을 주도했던 질레트 선교사는 이상재 선생의 영향을 받았는지 어쨌는지는 몰라도 영국 에든버러 국제 기독교 선교협의회에 이 사건은 일제의 날조라는 사실을 상세하게 밝혔다. 그러자 그걸 가만둘 일제가 아니었다. 질레트가 중국 상하이에서 열린 YMCA 지도자 강습회에 참석한 후 돌아오려 했으나, 이때다 싶은 조선총독부가 방해해 두 번 다시 한국 땅을 밟지 못하게 되었으니. 그는 선교 과정에 체력이 국력이란 점을 특히 강조했었다. 하여 조선에 야구를 최초로 전파한 이가 바로 질레트였다.

주의가 필요한 인물로 낙인찍혔던 이승만은 미국 선교사들의 도움으로 간신히 체포를 모면하고 출국하여 우드로 윌슨 미국 대통령에게 편지를 써 105인 사건은 일본이 기독교를 탄압하는 증거라고 조선 문제 개입을 요청했지만, 거들떠보지도 않았다. 그는 또 각지를 돌며 일제가 조선의 기독교인들을 탄압하는데 기독교 국가인 미국이 가만히 있으면 안 된다고 역설하여 여론을 움직이려고 노력했으며 『한국 교회 핍박』이라는 책도 썼다. 그의 활약 덕분에 영국령이었던 홍콩의 언론에는 105인 사건이 대대적으로 보도되었고, 결국 영국 본토에까지 알려져 일제는 체면을 구겼으며, 같은 영연방인 캐나다와 호주 등에도 사건이 보도되었다. 그러나 체면 좀 구겼다고 눈 하나 깜짝할 일제가 아니었다. 더욱 노골적으로 가혹해진 무단정치는 계속되었고 심지어 나에 대한 감시가 있다는 걸 알게 됐다.

나는 교회에서 성경을 읽다가 조선이 일본의 먹잇감이 된 사유를 곰곰이 생각해봤다. 조선 왕조는 기본적으로 건국 시기부터 성리학을 국가의 기본 이념으로 못을 박고 그 외의 종교와 사상들은 억압하였다. 흔히 숭유억불로 얘기하지만, 주요 포인트는 유교를 숭상한 데 있었다. 억불이야 전대 왕조였던 고려의 국가 이념이었기에 도드라진 것일 뿐 유교 이외의 사상은 모두 억압하고 이단시하였다. 그래서 새로운 사상이 태어날 토양이 원천적으로 봉쇄됐다. 기독교 사상이 이웃한 청과 일본에 전파될 동안에도 조선에는 뿌리내리지 못하였고 늦게나마 들어온 천주교마저도 유교 사상에 물들어 있던 조선의 집권층은 전혀 생소한 사상, 거기에서도 핵심인 인간 평등사상이 혹세무민하여 자신들의 기득권이 흔들릴까 두려워 박해하고 말았다. 평등이 문제였다. 어떻게 양반과 상놈이 같을 수 있나? 물론 중국과 일본에도 탄압은 있었다. 그 기저에는 사람은 같지 않다는 데 있었다.

유교에 기반한 동양과 기독교에 기반한 서양의 과학 발전은 현격한 차이를 드러냈다. 기독교 사상은 항상 과학을 동반하게 돼 있었다. 조선은 천주교에 대한 신해박해, 신유박해, 기해박해, 병오박해, 병인박해 등으로 선진 과학 문명이 들어올 기회를 스스로 차단하고 말았다. 조선과 일본은 똑같은 굴종 조약으로 문을 열었지만 30여 년의 차이가 있었다. 그 차이가 '먹느냐, 먹히느냐'라는 엄청난 결과를 만들었지 않나 싶었다.

일본의 메이지 유신이 성공한 데에는 이를 단행한 세력이 이미 국가를 경영할 만한 충분한 능력과 역량을 갖추었고 정치적으로도 큰 힘을 갖고 있었지만, 조선의 개화파는 경험도 짧았고 일본을 그대로 따르려는, 자기만의 축적된 역량이 부족하여 혁명이 실패할 수밖에 없었다. 만약 갑신정변이 삼일천하로 끝나지 않고 성공했더라면 조선이 일본에 먹히는 일은 없었을지도 모를 일이었다.

"전도사님, 헌병이 골목 어귀에서 교회를 지켜보네요."

교회를 관리하는 집사가 곁으로 와 조심스레 말을 붙였다. 내가 궁금하여 그의 얼굴을 쳐다봤다.

"개가 하도 짖어 보니까 헌병이 왔다리 갔다리만 하고 특별히 볼일도 없는 것 같은데요. 하루 이틀이면 몰라도 제가 보기엔 몇 번이나 목격했거든요. 그때마다 개가 짖었고요. 가만히 보니 교회에 드나드는 사람들을 주목하는 것 같았어요."

내게도 감시가 붙었다는 느낌이 들었다. 나에 대한 신원 조회가 끝났으리라. 며칠이 지났다. 또 그 집사가 허겁지겁 달려왔다.

"그 헌병이 개를 칼로 쳐 죽였나 봐요."

"뭐라고요?"

나는 깜짝 놀랐다. 개를 죽이다니? 그 개를 나는 잘 알았다. 나뿐 아니라 모든 성도에게 짖기는커녕 귀를 쫑긋 세우고 둥글게 만 꼬리를 흔들며 반기는 진돗개였다. 그 개가 짖을 정도면 이질적인 냄새를 맡았기 때문이리라. 달려 나갔다. 골목에서 몇 번 본 늙은 아낙이 제복을 입은 헌병에게 항의하고 있었다.

"왜 아무런 이유도 없이 개를 칼로 찔러 죽이냐고요?"
"개새끼를 묶어놓지 않고 풀어 놓으니 문제 아니요. 애먼 사람들 물면 어떡하라고."
 헌병의 말은 일본말이었다. 그는 손짓과 발짓에다 짖고 무는 시늉으로 아낙이 알아듣게 하려고 했다.
"아이고, 생전 가도 도적놈이나 불 상놈이 아니면 짖지도 않고 물지도 않아 순둥이라고 불렀는데… 그러고 보니 호랑이 물어갈 놈의 헌병이라 짖었나? 누구 잡아가려고 칼까지 차고 여기서 기웃거리는 게야? 그러게나 우리 순둥이가 악착스레 짖었는가 보네. 염병할 놈의 헌병 나부랭이라."
 아낙은 누구나 꺼려지는 헌병이 두렵지도 않은지 할 말 못 할 말 다 퍼부었다.
"조선 사람들 개고기 잘 먹는다고 하더니만 짖기만 하고 민폐만 끼치는 판에 내가 잘 죽여준 거 아니오?"
 헌병은 자신이 졸지에 도적놈이나 불 상놈이 된 줄도 모르고 억지를 부렸다. 그런데 왠지 낯이 익었다.
"아무리 짐승이라 해도 이렇게 잔인하게 죽이면 안 되는 법인데 불 상놈들이라 어떻게 그런 걸 알 것이여. 하긴 짐승보다 못한 놈들이니까 그러겠지. 사람이면 그러겠어? 참, 썩어빠질 놈들이여. 그나저나 우리 순둥이 이렇게 험하게 죽어 좋은 데다 파묻어줘야 할 것인데……."
"감히 대일본제국 헌병을 무엇으로 보고 짖느냐 말이여. 똥으로 알았나?"
 헌병과 아낙은 서로 동문서답을 주고받았다. 만약 헌병이 말을 알아들었다면 아낙은 봉변을 당할 일이었다. 이때 일본 헌병 경찰들의 주요 취체(取締) 사항은 말을 조심하라(言語不審), 거동을 조심하라(擧動不審), 일본인들에게 욕설하지 말라는 것이었다. 일본인 순사들에게 조금이라도 불경(不敬)하거나 언쟁하다가는 곤욕을 치르기 일쑤였다. 심지어 세상 물정 모르는 촌사람들이 시장 같은 곳에서 일본 순사를 유심히 바라보기만 해도 잡아다가 곤장을 쳐서 다른 사람의 등에 업혀서 돌아오는 일이 허다하다는 소문이 들렸다. 일제는 폭력에 대한 인간의 원초적 두려움을 식민통치의 근간으로 삼은 것이다. 그러니 헌병은 무소불위하고 안하무인의 존재였다.

태형도 무지막지했다. 훈령(訓令)의 태형 집행 준칙은 구체적 방법까지 제시하고 있다. 수형자를 형판(刑板) 위에 엎드리게 하고 양팔과 두 다리를 형판에 묶은 다음 바지를 벗겨 궁둥이를 태로써 강타한다, 형장에 음료수를 준비하여 수시로 수형자에게 줄 수는 있다. 그런데 이것은 수형자를 생각해서가 아니라 기절할 경우 끼얹는다는 뜻이다. 또 집행 중에 수형자가 울며 부르짖을 경우, 젖은 수건으로 그 입을 막는다. 이거야말로 태형이 얼마나 혹독한 형벌인지 짐작할 수 있지 않은가.

안 되겠다. 이대로 가다간 아낙까지 위험할 수 있고, 아낙의 말대로 아무리 짐승이라 해도 명복을 빌고 묻어줘야겠다. 나는 헌병이 보든 말든 목이 반이나 잘린 개의 시신 앞에 무릎을 꿇어 손을 모으고 통성기도를 올렸다.

"주님, 이 불쌍한 순둥이를 받아주십시오. 아무런 죄도 없는 이 개를 헌병이 무지막지하게 죽였습니다. 이 야만의 짓거리를 벌인 이 헌병을 용서하지 마시고 다시는 이런 짓을 하지 않도록 징계하시길 간구하옵나이다."

기도하는 도중 퍼뜩 떠오르는 얼굴이 있었다. 무지로였다. 경찰이 되겠다고 노래를 불렀다는 소학교 시절의 무지로. 나는 일어나 그를 봤다. 틀림없었다. 귀밑에 까만 점. 삼십여 년이 넘게 세월이 흘렀어도 고약스러운 외모는 변치 않고 그대로였다. 견장을 보니 그 나이에도 순사 직급이었다.

"마에다 무지로!"

이를 앙다물고 불렀다. 그러자 그는 나를 보고 느물거리며 웃었다.

"소다 가이치, 너로 인해 이 개새끼가 황천길을 떠났다는 걸 이제야 알았나. 조선 땅에서 만나다니 반갑다고 해야 하나, 어째야 하나?"

"왜 이런 무도한 짓을 했지?"

나는 일본말로 따졌다.

"헌병의 임무는 치안을 유지하는 거야. 시끄럽게 짖어대는 개새끼를 조용하게 하는 일도 내 임무 중 하나고. 너를 유심히 살피라 해서 긴가민가했더니만 역시나 소네 촌 똘마니, 소다 가이치가 분명하군."

"날 감시할 필요가 있을까?"

"널 감시하냐? 네가 만나는 조선 놈들을 감시하는 거지."

길게 말해봐야 좋을 게 하나도 없을 것 같았다. 무지로를 무시하고 아낙에게 개를 묻어준다고 한 다음 집사에게 부탁했다.

"저하고 같이 가서 묻어줍시다."

"네, 제가 교회로 가서 괭이를 가져올게요."

개를 거적에 말아 떠나는 우릴 보고 무지로는 한마디 빈정대는 걸 잊지 않았다.

"소다 가이치, 그거 설마 조선 사람들처럼 삶아 먹으려고 가져가는 건 아니겠지?"

미친놈. 그를 무시하고 우린 내가 사는 진고개에서 가까운 남산 으슥한 기슭에 주검을 묻었다. 땅을 파고 묻으면서 무지로에 대한 찝찝한 기분이 떠나지 않았다. 나에게 좋지 않은 기억을 지니고 있을 그였다. 나를 감시하고 있다면 아무것도 아닌 일을 사사건건 꼬투리 잡으려고 할 게 분명했다.

그 뒤로 그를 의식해서 그런지 수시로 볼 수 있었다. 골목이나 넓은 길이나 멀리에 있어도 그의 모습이 보였다. 그러나 나는 그가 감시하든 말든 별로 신경 쓰지 않고 할 일을 다 하고 만날 사람을 다 만났다. 구더기 무서워 장을 못 담글 내가 아니었다. 성도들 교육하고, 부흥회에 참석하여 강연하고, 억울하게 옥에 갇힌 사람들을 면회하고, 가난한 이들을 돕는 데 앞장섰다.

사대문을 끼고 도는 성곽 밑과 남산 기슭이나 한강 변에는 가난한 이들이 움막을 짓고 사는 곳이 군데군데 많았다. 나는 틈만 나면 운동 삼아 성곽을 돌았다. 옛날 과거 응시자들은 성곽을 한 바퀴 돌고는 반드시 가운데를 지나쳤다는데, 이것은 중(中) 자처럼 뚫고 지나가면 매우 길하다는 미신(迷信)에 근거한 거란다. 나는 미신을 무조건 터부시하지 않았다. 그건 일종의 자연발생적인 문화이기에.

그날도 성곽을 돌고 해 질 녘에 교회로 돌아가는 길이었다. 은행 건물을 짓는다는 공사 현장 옆을 막 지날 때 하얀 바지저고리에 머리엔 수건을 동여맨 네 명이 길을 막았다. 하는 짓으로 보아 심상치 않은 기운이 금방 느껴졌다. 나는 순간적으로 뒤로 돌아가려 했으나 뒤에도 두 명이 막아섰다. 포기할 수밖에. 그때 들은 생각이 내가 무력을 포기했다는 것. 그러나 내가 위험에 닥쳤을 때까지 포기해야 할까? 그냥 무력하게 당하기만 하라고? 그래, 만만하게 보여선 안 된다는 생각이 들었다.

"무슨 일이오?"

그들은 말이 없었다. 그리고 보니 놈들의 옷 입은 모습이 아무래도 어설펐다. 빠르게 주위를 살폈다. 발판을 매려는 길쭉한 낙엽송이 쌓여 있고 그 옆에 각목 몇 개가 보였다.

"왜들 이러시오?"

그 말을 함과 동시에 날았다. 목표는 각목이 있는 곳. 앗, 하는 놈들의 탄성이 들릴 때는 나는 벌써 각목을 집은 다음이었다. 놈들이 빠르게 다가왔다.

"이따위 짓을 마에다 순사가 시켰나?"

놈들은 그래도 말이 없이 눈빛을 교환하더니 단도를 빼 들고 내게 달려들었다. 내가 아무리 조선에 건너와 운동을 그만뒀다 할지라도 실력이 녹슨 건 아니었으니. 비록 각목일지라도 무서울 게 없었다. 바로 후려쳤다. 먼저 달려들던 놈이 악 소리와 함께 단도를 떨구고 팔을 감싸며 주저앉았다. 단도로는 안 되겠는지 각목을 든 자도 있었으나 내 상대가 되지 못했다. 각목으로 때리고 발차기가 날아가고 놈들 모두가 혼찌검을 당해 다 뻗었을 때, 어떤 놈들인지, 누가 시켜 그랬는지 밝혀내야겠다고 생각할 무렵, 옆구리가 뜨거웠다. 숨어서 지켜본 놈이 있다는 걸 생각하지 못한, 방심이자 실수였다. 이럴 때는 널리 알리는 게 상수. 마침 흰 옷 입은 사람들이 길을 지나가고 있었다.

"아 아 아 악!"

나는 있는 대로 비명을 질렀다. 사람들이 몰려들었다.

"칙쇼(畜生)!"

놈들이 다급하게 달아나면서 욕설을 내뱉었다. 일본말이었다. 어쩐지 옷을 입은 모습이 어설프더니만, 하는 짓마저 어설픈 작자들이라니, 내게 다행한 일이었다.

"피가 많이 나요."

십여 명이 몰려든 가운데 검은 학생복이 놀라 소리쳤다. 지독한 고통이 몰려왔다. 피가 엉덩이로 흘러 다리까지 적셔 들었다. 병원을 어서 가야 하는데 마음뿐, 한 사람이 다가와 머리에 매었던 흰 수건을 풀더니 윗옷을 제치고 배를 꽁꽁 묶더니 학생을 보고 물었다.

"학생, 같이 갈 수 있지?"

학생이 옆으로 다가와 내 팔을 어깨에 걸쳤다. 나는 떠밀리다시피 병원에 도착했다. 소독하고 칼에 찔린 자국을 꿰매는 동안 누가 시켰을까만 따져 보았다. 총독부가 감시할 인물로 찍었다니 거기에 충실한 나부랭이 정도이리라. 일단 겁부터 주고 보자는. 무지로는 내 실력을 알 것이니 이렇게 어설픈 짓은 하지 않을 텐데?

나는 그 뒤로 상처가 아물 동안 집에서 꼼짝하지 않았다. 다키에게도 자세한 얘기는 하지 않고 상처도 보여주지 않았다. 돌이켜보면 이 일은 내가 조선에서 당한 최초이자 유일한 테러였다. 옛날 같으면 배후를 찾아 응징도 마다하지 않았을 것이나, 일본을 버린 대가이려니 생각하고 감수하기로 마음을 다졌다.

일은 끊임없이 발생했다. 어느 날 교회에서 우는 소리가 들려 밖을 나가 보니 남루한 행색의 소녀가 무릎 사이에 얼굴을 파묻고 주저앉아 있는 게 아닌가. 옆에는 교회를 관리하는 집사가 난감한 표정을 짓고 있었다.

"왜 그러시오?"

"양식을 좀 달라고 해서 줄 것이 없다니까 막무가내로 우네요."

"왜 없어요? 목사님 관사에 가면 쌀독 있잖아요."

"네? 그걸 어떻게……."

"내가 목사님께 말씀드릴 테니까 가서 좀 퍼와요."

집사가 난감한 표정을 지으며 머뭇거렸다.

"어서요!"

그가 고개를 저으며 가는 사이에 나는 울음이 잠잠해진 소녀에게 물었다.

"너 어디 사니?"

"서소문 밖 애오개요."

눈물범벅인 얼굴에는 땟국물이 번져 얼룩이 졌다. 길게 땋은 머리에 앳된 얼굴, 열 살이나 되었을까?

"몇 살이야?"

"열두 살이요."

"아버지 어머니는 안 계셔?"

"어머니는 돌아가셨고 아버지는 장사하러 가고는 소식이 없어요. 할머니하고 동생이랑 사는데 먹을 게 없어요."

타가히로와 코하루 생각이 났다. 그들은 잘살고 있을까. 집사가 봉지에 쌀을 가져왔다. 반 되는 될까. 더 좀 가져오지, 하는 말이 목구멍까지 차올랐으나 그만뒀다. 내가 그 봉지를 받아 들고 계속 앉아 있던 소녀를 재촉했다.

"그만 가자."

소녀가 내 손에 든 봉지를 보더니 반색하며 손을 내밀었다. 12월의 날씨에 다 떨어진 짚신에 삐져나온 버선이 시커멓다.

"나랑 같이 너희 집에 가자."

소녀의 어려운 처지를 빤히 알고서 도저히 가만히 있을 수가 없었다. 어떤 형편인지 더 알아봐야겠다는 생각이었다. 소녀가 동냥을 얻으러 다닐 정도라면 할머니마저 거동이 불편할 게 뻔했다. 가다가 보이는 싸전에서 쌀을 한 되 더 샀다.

"집에 반찬은 있는 거냐?"

환했던 소녀의 얼굴이 금세 시무룩해졌다. 물어본 내가 바보였다.

"새우젓이 있어요."

"새우젓? 그것만 하고 밥을 먹어?"

소녀는 미안한 것인지 부끄러워 그런지 몸을 배배 꼬았다. 더는 안 물어보는 게 나을 성싶었다.

"이렇게 다니면 쌀은 잘 주더냐?"

소녀는 고개를 저었다. 하긴 기와집에 사는 이들을 제외하고는 다 어렵게들 산다.

"보리쌀 조금씩 주는 데가 있고, 쌀은 가끔 아주 조금씩 얻을 수 있어요."

어휴, 이 일을 어이 할꼬. 가난은 나라님도 못 구한다는데. 얼마 안 가 두부를 파는 데가 있어 한 모를 샀다. 두부는 소녀에게 들으라고 주었다. 서소문을 지나 야트막한 고개에 이르렀다. 애오개였다. 아이들의 주검을 묻었다 해서 붙여진 이름이라던가. 다닥다닥 붙은 움막이 보였다. 해가 뉘엿뉘엿 넘어가려 했다. 붉은 노을이 움막을 더욱 초라하게 만드는 것 같았다. 소녀는 씩씩하게 걸어 한 집으로 들어갔다.

늙어가는 초가삼간이었다. 덜렁대는 문안으로 보이는 부엌일성싶은 곳은 어두컴컴했다.

"할머니, 창식아."

소녀의 목소리는 교회 앞에서 다 죽어가던 목소리가 아니었다. 쌀이 생겼다는 기쁨이 소녀에게 생기를 불어넣었을까. 간신히 엉덩이만 걸칠 마루 끝에 있는 방문이 열렸다.

"누나!"

홑저고리에 바지 차림의 깡마른 남자아이가 얼굴을 내밀었다. 나는 안을 살피지도 않고 덥석 어두운 방 안으로 들어갔다. 썰렁했다. 아궁이에 불을 안 땐 것인지 방바닥이 식은 건지 구분이 안 됐다.

"뉘시오?"

소녀가 말한 할머니였다. 이불을 덮고 있다가 힘겹게 몸을 일으켰다. 비녀도 꽂지 않은 채 풀어 헤쳐진 머리가 허름한 집을 닮았다.

"저는 교회 전도사예요. 어찌 사는지 형편을 좀 알아보려고 왔습니다."

"죽지 못해 살지요."

형편을 물었다. 할머니네는 일 년 전만 해도 마포나루 부근에서 그럭저럭 먹고 살았다고. 소녀의 이름은 순녀였다. 순녀 어머니가 아이들이 어렸을 때 폐병으로 죽고는 순녀 아버지가 각 고을을 떠돌며 어물을 팔고 할머니는 이집 저집을 다니며 새우젓을 팔아서 넉넉지는 않아도 남에게 손 벌릴 정도는 아니었다고. 그러나 장사를 떠났던 순녀 아버지가 삼 년 전에 연락도 없이 돌아오지 않은 상태이고, 할머니가 움직여 입에 풀칠이나마 하고 살았는데 다리가 아파 걷지를 못해 그마저 할 수 없게 되었다고. 할 수 없이 예전 집을 팔아 이곳으로 와 남은 돈으로 근근이 버텼는데 이젠 그것마저 떨어졌단다.

"아비는 죽었는지 살았는지 소식조차 알 수가 없다오."

할머니는 얘기 도중 몇 번이나 한숨을 푹푹 쉬었다. 도중에 순녀는 창식이를 데리고 쌀 봉지를 들고 나갔다.

"창식이 저놈이 나뭇가지를 주워와 불을 땐다고 하지만 방에 냉기도 못 가시게 하네요. 순녀 저 애가 예전 살던 동네에 가 쌀을 좀 얻어 온다고 나가긴 하는데 그네들도 한두 번이지, 참으로 난감하구먼요."

할머니는 순녀가 동냥한다는 사실은 모르고 있었다.

"잘 알았습니다. 제가 도울 수 있는 방도를 찾아볼 테니 기운 차리세요. 반찬이 새우젓뿐이라고요?"

"이웃들이 가끔 김치랑 가져오긴 하는데 금방 떨어지지요, 참으로 난감하구먼요. 나야 죽으면 그만이지만 쟤들을 생각하면 눈도 안 감아질 것 같소."

"연세가 어떻게 되세요?"

"이제 쉰하나랍니다."

어떻게 보면 많은 나이는 아니었다. 할머니의 병은 잘 먹지 못해 생긴 병일 수도 있었다. 나는 밖으로 나왔다. 부엌에 연기가 자욱했다. 나는 순녀를 불렀다.

"순녀야. 너는 앞으로 양식 얻으러 다니지 마라. 창식이하고 같이 나뭇가지나 주워와서 방이나 따뜻하게 불 때거라. 이 전도사가 내일 우리 교회 권사님들께 부탁해서 반찬을 마련해줄 테니까 와서 가져가고. 그리고 일요일이면 교회 와서 예배에 참석해라. 어려울수록 주님께 의지해야 해. 내가 어떡하든 할머니랑 굶지 않도록 해주마. 알았지?"

순녀가 숙인 고개를 끄덕였다. 그런데 어깨가 들썩이는 게 보였다. 울고 있었다. 그걸 본 창식이가 누나를 껴안고 같이 울었다. 나도 눈물이 나왔다. 그때 생각났다.

"너희들 글 읽을 줄 알아?"

둘 다 고개를 저었다. 그래, 교회에서 아이들에게 국문(한글)을 가르치자. 아니 아이들뿐만 아니라 남녀노소 구분 없이 국문 교실을 열자. 당시 조선인 열에 아홉은 글을 쓸 줄도 읽을 줄도 몰랐다.

나는 아이들과 약속하고는 교회로 돌아왔다. 그리고 부근에 사는 좀 괜찮게 사는 성도에게 순녀네 줄 반찬을 부탁했다. 다음날 순녀가 교회로 와 그것을 가져갔음은 물론이다. 그러자 하나님 보시기에 뿌듯해하실 일을 하였다는 기분에 덩달아 나까지 뿌듯했다. 순녀네를 돕는 일에는 내 얘기를 들은 다키도 동참했다. 그것도 현금으로 2원, 순녀가 무슨 수로 돈을 구경할 거냐며. 살아가는 데 양식만 필요한 게 아니라고. 쌀 한 가마니가 7원인 시절이었다.

나는 그때부터 하루 두 끼만 먹었다. 순녀네뿐 아니라 서울에는 빈민이 많았다. 여기저기 다니며 동냥으로 낮을 보내곤 다리 밑에 거적을 얼기설기 엮은 데서 자는 아이들도 많았다. 지방으로 가면 더 많을 건 불문가지였다. 먹고 사는 문제를 조선 왕조에서도 해결 못 하였는데 잇속만 차리기 바쁜 일제가 해결하지 못할 건 빤한 일이었다. 그나마 있는 거조차 뺏어가지 못해 눈에 불을 켜고 있는 형국이었으니.

조선총독부는 병합을 발표한 다음 날 토지조사령을 공표했다. 거기에는 토지소유자가 조선 총독이 지정하는 기간 내에 토지의 경계에 지목자 번호, 씨명 등을 새긴 표목(標木)을 박아야 한다는 것이었다. 그러나 조선에서는 예로부터 토지 거래나 소작 관계를 특별히 문서로 하는 경우가 드물었다. 당사자끼리 구두로 합의하고 마을에서 이를 인정하면 아무런 문제가 없었으니. 총독부의 이런 조처는 농민들에게는 생소한 일이었고, 관보에나 실린 토지조사령의 내용을 아는 농민은 많지 않았다. 이러한 상황에서 일제 관리들은 욕심나는 땅이거나, 소유주가 서류상으로 불분명한 토지와 임야, 하천부지에 총독부 소유의 말뚝을 박았다. 이렇게 하여 빼앗은 땅이 전국적으로 수천만 평이나 되었다. 농민들은 옛날의 관례만 믿고 있다가 하루아침에 땅을 빼앗긴 경우가 수두룩하였으니.

병합 전에도 일제는 조선 산업자본의 조장과 개발을 위한다는 명분으로 이른바 제국의회에서 국책회사로 동양척식주식회사를 설립하여 서울에 본점을 두고 조선인의 토지를 아주 싼 가격에 사들이는 일에 몰두했다. 그래서 막대한 토지를 소유하게 되었고 그걸 농민에게 소작으로 주어 5할이 넘는 소작료를 징수하는 한편, 영세 농민에게 빌려준 곡물에 대해서는 추수 때 2할 이상의 높은 이자를 현물로 받았으니, 벼룩의 간을 빼먹은, 악랄한 수전노 짓만 일삼은 동양척식이었다.

조선총독부가 토지조사사업의 구실 아래 농민의 경지를 강압적으로 국유지에 편입하고 친일파나 일본의 소유로 만들어 갈취하자 농민들 사이에 광범위한 분쟁이 생겼다. 이 과정에서 수많은 농민이 일제 관헌에 붙들려가 심한 고문을 당하고 더러는 목숨을 잃었으며, 조상 대대로 일궈온 전답을 빼앗겼다. 이와 같은 처지에서 만주로의 이민은 살기 위한 몸부림 중 하나이자 어쩔 수 없는 선택이었다.

조선이 일본의 수중에 들어간 가운데 종이호랑이 신세였던 청나라가 망했다. 청은 중국 역대 왕조 가운데 황족 혈통의 중단 없이 가장 오랫동안 존속한 왕조로 그 세월이 300년에 가까웠다.

1900년 의화단 사건 이후 사회가 극심한 혼란에 빠진 상태에서 청나라 정부는 서구 열강과 일본에 거액의 전쟁배상금을 물어줘야 했다. 이는 국가적 위기를 초래하는 동시에 정부의 무능을 크게 드러내는 것이었다. 청 정부는 입헌군주제를 중심으로 중앙 집권적인 개혁을 추진하여 위기를 벗어나려고 했지만, 이를 제대로 추진할 만한 능력이 없었을 뿐만 아니라 각지에서 자립하고 있던 지역 사회는 조세 납부 거부 등을 통해 이에 반발하였다. 반대 운동은 점차 각지로 확산하였다. 홍중회를 결성해 반청 무장 투쟁을 전개하려던 쑨원은 1905년에 중국혁명동맹회를 결성했다. 그는 이때 삼민주의를 제창하는 한편, 적극적으로 무장 투쟁을 실천에 옮겼으나 거듭 실패를 맛보았다.

그런 가운데 1911년 청 정부는 민영이던 철도를 국유화하여 이를 담보로 열강에 차관을 얻어 재정난을 타개하려 했으나 이에 대한 반대가 광범하게 일어났고, 이것이 바로 혁명의 도화선이 되었다. 쓰촨(四川)에서 먼저 일어나더니 중국혁명동맹회의 영향을 받은 문학사와 공진회가 따라서 우창에서 봉기를 일으켰다. 이 봉기가 성공하여 후베이성(湖北省)을 장악한 혁명군은 청으로부터 독립을 선언했다. 이를 계기로 24개 성 중 화베이(華北)와 둥베이(東北) 지방을 제외한 17개 성이 잇달아 독립을 선언하면서 청 정부는 급속히 무너져갔다. 그렇지만 혁명 과정에서 동맹회는 지도적 역할을 발휘하지 못하고, 각 성의 혁명 세력들도 제대로 조직되거나 연결되지 못한 상태였다. 난징(南京)에 모인 각 성의 대표들은 새 정부 구상에 난항을 겪다가 12월 쑨원이 미국에서 귀국하자 그를 임시 대총통으로 추대했다. 이어

1912년 1월 1일 난징에서 중화민국 임시 정부 수립을 선포했다.

중화민국 정부가 수립되었음에도 임시라는 말처럼 그 기반은 대단히 미약했고, 재정이나 군사력 면에서 몰락하는 청 정부보다도 여전히 열세였다. 청 정부는 전 내각총리대신이자 북양 군벌 위안스카이에게 중화민국 임시 정부의 진압을 의뢰했고, 서구 열강들은 중국에서 자신의 권익을 지키고 안정된 통상 활동을 보장해 줄 인물로서 그를 지지했다. 임시 정부가 위기에 처하자, 쑨원은 황제의 퇴위와 공화정 실시, 수도의 난징 천도 등을 조건으로 위안스카이에게 중화민국 임시대총통의 직위를 넘겨주는 협상에 합의하였다. 그 결과 청 황제인 선통제가 퇴위를 선언함으로써 왕조 지배체제가 공식적으로 막을 내리고, 아시아 최초로 공화정이 수립되었다. 3월에는 임시약법이 선포되어 중화민국 베이징 정부가 탄생했다. 청나라가 망한 것이다.

그러나 이미 혁명 과정에서 쑨원이 내걸었던 민주적 조건들을 깡그리 무시하던 위안스카이는 총통이 되자마자 독재의 길로 나갔다. 이에 맞서 쑹자오런, 쑨원이 동맹회를 확대해 1912년에 국민당을 결성했다. 위안스카이는 1913년에 국민당을 내각에서 축출하고, 1914년 국회와 각 성의 의회까지 해산시키고는 임시약법도 폐지하며 대총통의 권한을 더욱 강화한 뒤 1915년 12월에 어처구니없게도 대총통으로 만족하지 못하고 황제를 꿈꾸기 시작했다. 이는 제 손으로 엎어 버린 황제 체제를 다시 되살리려는 자기부정이었으니, 우려는 현실이 되어 그는 끝끝내 중화제국의 수립을 선포하고 황제가 되었다. 거기에다 위안스카이는 자신의 권력 유지를 위해 일본 제국의 막대한 군사력과 재력을 이용할 속셈이었고, 일본 역시 유럽에서 발발한 제1차 세계대전에 정신이 팔린 독일을 아시아에서 축출하기 위해선 위안스카이 정권의 협력이 필요한 시점이었다. 이러한 쌍방의 이해가 일치하여 결국 1915년 이른바 중국판 을사늑약이라 불리는 그 유명한 21개 조 요구가 체결되었다. 그러자 이에 반발하여 각 성이 독립을 선언하는 등 전국적 저항이 크게 일어났다. 브레이크 없이 돌진하던 위안스카이는 사면초가에 몰려 황제 즉위 취소를 선언하고, 얼마 안 되어 죽고 말았다. 중국은 군벌 할거와 내전의 혼란 상태가 계속되었고.

능구렁이 위안스카이에게 밀려나 일본 제국에 망명 중이던 쑨원은 1919년 5.4 운동에 편승해 다시 중국국민당을 조직했다. 그러나 군벌 시대가 도래하면서 그는 지방 군벌에 빌붙어 이리저리 떠도는 식객으로 전락해 버렸고, 그런 와중에도 소련과의 대타협으로 국공합작을 체결하는 성과를 얻어내 천신만고 끝에 북벌을 추진하게 되었지만 1925년 간암으로 저세상의 별이 되고 말았다. 쑨원이 남긴 마지막 유언은 평화, 투쟁, 중국을 구하라였다고.

난 목사와 의논하여 야학을 열었다. 알고 보니 교인도 대부분이 문맹이었다. 생각보다 많은 수가 참가했다. 처음 의도했던 대로 남녀노소 구분 없이 신청자는 모두 받아들여 수업을 진행하였다. 교사는 자원봉사로 여교사가 다키의 제자이고, 남교사는 배재학당을 나온 교회 성도였다.

순녀와 창식이는 몇 달 만에 얼굴이 몰라보게 달라졌다. 좋아졌다는 말이다. 순녀는 솔선하여 교회 청소를 도맡다시피 했다. 어린 나이에도 도움받은 걸 갚는다는 자세가 보기 좋았다. 공부도 열심이었다. 할머니도 걸어 다닐 정도로 많이 좋아졌다며 순녀의 표정이 날이 갈수록 밝아졌다. 이제 순녀네는 걱정할 필요가 없다는 생각이 들었다. 몇 년이 훌쩍 지나가 순녀는 교회 잡일도 마다하지 않고 하였다. 목사는 용돈까지 챙겨 주고 있었다. 제 앞가림할 정도가 된 것이다.

겨울은 없는 이들에겐 제일 서러운 계절이다. 찬 바람이 불기 시작하여 한창 겨울 채비를 서두를 무렵, 교회 마당에는 배추와 무가 산더미처럼 쌓여 김장을 앞두고 있었다. 교회에서도 몇 년 전부터 일요예배 후 성도들이 식사를 함께하기도 하거니와 나눠줄 데가 많아 여유 있게 김장을 하는 것이다.

"전도사님, 어떤 할머니가 찾는데요?"

관리 집사가 날 찾는 이가 있다고 해서 나가 보니 놀랍게도 순녀 할머니였다. 그녀는 독을 머리에 이고 있었다.

"아이고, 전도사님. 덕분에 살아나서 이제 장사까지 나서게 됐답니다. 이거 가지고 은혜를 갚기는 부족합니다만 받아주세요. 김장할 때 쓰라고 새우젓 좀 가져왔구먼요. 곧 김장한다고 순녀가 얘기하더라고요."

"그러지 않아도 새우젓 사야 한다는 얘길 하던데 이렇게 손수 가져오시니 정말 고맙습니다. 이렇게 건강해지셔서 정말 좋습니다. 무엇보다도 걷는 모습을 보여주신 게 가장 큰 선물입니다. 순녀가 제일 좋아하지요?"

"그럼요. 내가 아파 어린 것들이 고생이 많았지요."

그녀는 독을 내려놓고는 똬리 줄을 입에 문 채 옆구리에 찬 전대에서 지폐를 꺼내 내게 건넸다.

"소다 전도사님, 이거 얼마 안 되지만 받아주세요. 이제 아이들 건사는 제가 해도 충분하구먼요. 이거 보태서 우리보다 더 형편이 안 좋은 사람 도와주세요."

"아니 장사한 지 얼마나 됐다고 이러서요."

받고 보니 일 원짜리 일곱 장, 쌀 한 가마니를 살 수 있는 돈이었다.

"이렇게 큰돈을?"

"아니라오. 은혜를 갚으려면 한정이 없지만 우선 그거라도 드려야 내 맘이 편하겠어요."

"제가 조선에 들어와 제일 기쁜 일이 결혼한 일이라면 할머니가 건강해지신 일이 그중 하나입니다. 그렇다고 순녀와 창식이 교회 안 보내면 안 됩니다?"

"걔들은 내가 다니지 말라고 해도 다닐 놈들이오."

정말로 기쁜 일이었다. 옆에서 조금만 도와줘도 이렇게 일어설 수 있는 것을. 그런 사람들은 주변에 널려 있었다.

며칠 후 집으로 가는 길에 남대문 시장 어귀에서 어린아이 셋이 무릎이 꿇려진 채 헌병에게 따귀를 맞고 있는 게 보였다. 그냥 지나칠 수 없었다. 가까이 가보니 때리는 헌병이 무지로였다. 많은 사람이 보고도 안 본 척했다. 나는 무지로 앞을 다짜고짜 막아섰다. 아이 중 한 명은 코피까지 흐르고 있었다.

"이게 무슨 짓이야, 마에다 무지로 순사."

내가 외치자, 무지로는 흘끗 보고는 나를 밀치고 또다시 아이들 뺨을 한 대씩 세 번 연달아 때렸다. 나 보란 듯이.

"이제 도둑놈 새끼들도 감싸나, 소다 가이치?"

"애들이 무슨 도둑질을 했다고 이렇게 무지막지하게 때리는 거야?"

"시장에서 떡을 훔쳐먹다 들켜 도망치다 내게 잡혔지. 그런데도 할 말 있나?"

아이들 행색을 보니 모두 거지꼴이었다. 추위를 막으려 몇 겹을 덕지덕지 껴입었는지…. 얼마나 배가 고팠으면 떡을 훔쳤을까.

"내가 떡값을 물어줄 테니 그만하시지. 어딘가 떡집이?"

"안 돼. 이런 놈들은 단단히 버릇을 고쳐놔야 해."

보니 모두 열 살쯤 되는 또래들로 보였다.

"부탁하네, 마에다 순사. 얼마나 배가 고팠으면 훔쳐서 먹었겠나. 우리도 어릴 때 다 경험했잖은가."

난 처음으로 무지로에게 고갤 숙였다.

"애들이 또 그러면 자네가 책임을 질 텐가?"

"그러겠네."

"그래? 그럼 한 번은 봐주지. 여기에서 조금만 더 가면 금융가이고 또 저쪽으로 가면 대일본제국 신민들이 많이 사는 곳이라는 건 자네도 잘 알고 있지? 내가 관여하는 지역이야. 이런 놈들이 언제건 그곳을 노릴지도 모른단 말이네. 만약 그곳이 털린다면 내 책임일세. 내 모가지가 달아나는 일이란 말이지. 오늘은 내게 자네가 빚진 거야. 절대로 잊지 말게. 그리고 내가 항상 지켜보고 있다는 걸 명심하게. 미리 경고해 두는데, 제국에 반하는 짓을 한다면 누구보다 내가 용서하지 않을 걸세."

무지로는 사람들 보란 듯이 내게 훈계 아닌 경고를 하고는 의기양양한 모습으로 칼을 철렁이며 떠났다. 그의 옆에는 조선인 헌병 보조원이 자석처럼 따라갔다. 아이들은 그때까지 무릎을 꿇고 있다가 내 눈치를 봤다.

"일어나거라. 너희들 집이 어디냐?"

모두 고개를 저었다. 집이 없다는 건지, 안 가르쳐 주겠다는 건지 알 수가 없었다. 그러자 옆에서 구경하고 있는 사람 중 하나가 빈정대듯 말했다.

"시장 얼쩡거리면서 사는 거지들이 집이 어딨겠소."

그렇구나. 애들이 떡 훔쳐먹다 들켜 도망쳤다고 했지.

"예들아, 그 떡집이 어디니? 거기 가서 죄송하다 하고 떡을 사 먹자."

머뭇거리는 아이들을 끌다시피 데리고 시장 안으로 들어가서 보니 할머니가 하는 좌판이었다. 장사 막판이라 그런지 떡도 몇 개 남지 않았다.

"할머니, 이 아이들이 떡을 훔쳐 먹었다면서요. 그게 얼마나 되지요?"

"엉? 아니어라. 내가 쟤들이 떡을 쳐다보고 있길래 배가 고파서 그런가 보다, 하고 불쌍해서 그냥 줬는디?"

"그냥 주셨다고요?"

"아먼. 그런디 무단스레 순사들이 쟤들을 불러서 끌고 가드만."

나는 아이들을 돌아보았다.

"아까 순사들은 너희들이 떡을 훔쳤다고 때렸잖아."

"떡 말고 다른 것 훔친 물건 있으면 바른대로 대라면서…. 안 훔쳤다고 해도 때리고."

셋 중 제일 큰아이가 볼멘소리로 말했다. 무슨 일이 벌어졌는지 빤히 그려졌다. 무지로의 악질 습성이 어디 갈 리 없었다. 총독이 사사건건 날조하니 그 하수인인 헌병조차 서울 한복판에서 도둑질을 조작하려 하다니. 그것도 아무 힘이 없는 아이들에게조차. 무지로만 그러지 않을 것이라는 게 문제였다. 경무총감이자 헌병 사령관인 아카시가 자랑삼아 늘어놓은 기포(碁布) 성산(星散)(하늘의 별만큼 많다)처럼 일본 군대와 경찰과 헌병이 조선 반도에 무수히 깔린 판에 이런 일은 비일비재하게 일어나려니.

"그럼, 이 떡 남은 것 다 파세요."

나는 떡을 들고 아이들과 함께 사람들이 없는 뒷골목으로 가 떡을 주며 물었다.

"잠은 어디서 자는 거냐?"

"방산에서요."

나도 얼핏 들은 기억이 있었다. 방산에 거지들이 토굴을 파고 산다는. 방산은 인공으로 조성한 산이었다. 청계천이 장마가 지면 주변으로 넘쳐흘러 강바닥을 파다 보니 흙을 버릴 데가 마땅치 않아 천변에 쌓았다고. 그때 가마쿠라 보육원 기사 생각이 났다. 그리 멀지도 않았다.

"너희들 보육원에 갈 생각 없니? 거기 가면 먹여 주고 재워주면서, 공부도 할 수 있단다."

아이들은 처음 듣는다는 표정이었다.

"부모님은 안 계시니?"

모두가 고개를 끄덕였다.

"이 아저씨는 교회 전도사야. 아저씨가 생각하기에 너희들이 보육원에 가서 생활하면 딱 좋겠다만, 어때? 아저씨가 데리고 가줄게."

아이들은 서로 눈치를 보다가 가보자고 합의한 듯하여 한강 쪽으로 바쁘게 걸었다. 날은 이미 어두워진 상태였다. 보육원에 도착하여 현관으로 들어가 복도에 걸린 안내문을 보았다.

본원(本園)은 가나가와현(神奈川縣) 가마쿠라보육원의 지부이다. 원주(園主) 사타케 오토지로(佐竹音次郎)는 대정 원년, 2년(1912, 13년)에 걸쳐 조선 시찰의 결과 신개지(新開地)에서 고아구제(孤兒救濟)의 필요를 느끼고, 동 2년(1913년) 8월 본부 출신의 남녀 2명씩을 동반하여 경성으로 와서 장곡천정(長谷川町, 소공동) 일본기독교회(日本基督教會)에서 결혼을 시키고 곧장 한 부부를 남만주 여순(南滿洲 旅順)으로 파견하여 그곳에서 보육(保育) 및 개간(開墾) 사업을 개시하도록 했으며, 다른 부부를 당지(當地)에 남겨 지부를 창설하도록 했다. 부부, 즉 전 주임(前主任) 스다 겐타로(須田権太郎) 부처는 한강통(漢江通) 삼각지(三角地) 부근에 협소한 집을 빌려 사업을 개시하였는데, 이보다 앞서 인천 내지인으로부터 소아(小兒) 5인에 대한 구호 신청이 있어서 사업 개시와 동시에 이들을 인수하여 양육하여 왔으나 지부의 방침은 오로지 조선인 고아의 수용을 목적으로 하였으므로 이들 내지인 아동은 가마쿠라 본부로 옮기고 조선인만의 수용에 주력하였다.

나는 아이들을 복도에서 기다리라 하고 사무실인 듯한 데로 들어갔다. 미닫이문을 열자, 콧수염만 기른 젊은이가 날 쳐다봤다.
"원장님 계십니까?"
"뉘시오? 내가 원장이오만."
일본어였다. 원장이라면 이름을 들은 적이 있는 사다케 오토지로의 아들 사타케 곤타로(佐竹權太郎)가 분명했다. 원장의 아버지는 나보다는 세 살 연상으로 고지현 태생이었다. 의학을 공부하고 의사로 근무하다 호흡기 질환에 걸렸으나 좀처럼 치료가 되지 않았다고. 그는 질병도 하나님의 뜻이라는 걸 깨닫고 세례를 받아 기독교인이 되었다. 그는 병원 사업을 그만두고 기독교 정신에 바탕을 둔 가마쿠라보육원을 설립하여 운영해 오다 조선을 방문했을 때 고아들이 거리에서 배회하는 걸 목격하고 경성지부를 설립하게 되었다고. 원장 옆에는 나이가 엇비슷한 젊은 여자가 있었다. 나를 소개하고 찾아온 사정을 일본어로 말했다.

"아, 소다 가이치 전도사님이셨구려. 말씀을 많이 들었습니다. 지금 조선에 건너오는 일본인들은 일확천금을 꿈꾸는 인간들뿐이라고 아버지께서 말씀하셨는데, 그들과 달리 소다 전도사님 같은 분이 계시다니 마음이 든든했습니다. 한번 만나 뵙기를 원했는데 이렇게 찾아주시니 정말 반갑습니다. 일본인 단 한 사람이라도 순수한 박애주의 정신으로 조선을 위하고 헌신하는 일이야말로 하나님께서 바라는 일이라 생각합니다."

"그럼 아이들을 받아주시겠습니까?"

"받다마다요. 그게 저희 일인데요."

옆에 있던 여자는 복도로 나가 아이들을 데리고 왔다. 그 여자는 다름 아닌 사다케 원장의 부인이었다.

"저도 소다 전도사님이랑 우에노 선생님 얘기를 들었답니다."

아이들을 의자에 앉게 한 부인이 내게 말했다. 나이에 비해 인상이 참 포근하게 보였다. 나와 다키의 얘기를 들었다니 더 살갑게 딸처럼 느껴지고.

"지금 아이들은 열여덟 명 있어요. 제일 큰아이가 열여덟 살이고, 제일 어린아이가 네 살인데 다 말도 잘 듣고 조용히 잘 지냅니다. 돼지와 닭을 치는 일 외에는 별로 하는 일도 없고 아침저녁에는 찬미가를 부르고 기도를 하지요. 또 매일 냉수 목욕을 시키는데 모두가 다 건강합니다. 전도사님께서도 느끼셨는지 모르지만, 조선 아이들은 일본 아이들과 같지 않아요. 재주가 많아 공부를 시키면 한나절이든 종일이든 싫어하지 않고 계속하더군요. 정말로 일본 아이들과는 달라요. 풍금 같은 악기라도 하나 있으면 아이들 정서를 위하여 참 좋겠구나, 생각하지만 없으면 없는 대로 해야지요. 또 저녁때는 큰아이들이 어린아이를 데리고 사이좋게 산보를 나간답니다."

돼지와 닭을 기른다니 더 맘에 들었다. 아이들에게 자립심을 키워주는 일이야말로 미래를 위해서 제일 바람직 한 일이라 여겨졌다.

"그럼 원장님과 사모님만 믿고 가보겠습니다. 그리고 저도 힘닿는 데까지 돕겠습니다."

"지금 하시는 일도 벅차실 텐데, 정말 고맙습니다."

나는 집으로 와 다키에게 그 일을 얘기했다. 풍금이 있으면 참 좋겠다는 말도.

"그러면 풍금을 기부하지요."

다키의 말이었다.

"엥? 어떻게? 당신에게 너무 폐를 끼치는구려."

"폐라니요. 우리가 좀 더 절약하면 되지요."

우린 더 절약할 만한 게 없었다. 그만큼 다키는 알뜰살뜰 살림을 꾸려나갔다. 그런데 몇 달 후 보육원에서 연락이 왔다. 풍금이 도착했다는. 나는 까맣게 잊고 있었건만.

"이게 웬일이오?"

"양아치 짓 좀 했지요."

다키는 좀처럼 쓰지 않는 말을 하며 생글생글 웃었다.

"시즈오카현 하마마츠시에 있는 일본악기제조주식회사에 편지를 썼어요. 반협박 조로. 조선에 풍금을 팔아먹으려면 어려운 보육원에 기증부터 하라고요."

나는 웃고 말았다. 나는 그 뒤로 보육원을 틈만 나면 찾았다. 길거리에서 배회하거나 부모의 죽음으로 졸지에 고아가 된 아이들을 데리고 갈 때도 있었고 그 아이들을 일부러 보러 갈 때도 있었다. 보육원 뜰에는 등꽃이 곱게 피어 그 아래에서 아이들이 닭에게 모이도 주고, 군부대의 남은 밥을 얻어다가 돼지를 기르는 장면이 보기 좋았다. 어린아이들이 어울려 모래 장난을 치는 모습도 참 평화로웠다. 내가 오래전부터 소망하던 풍경이 진정 이런 모습이 아닐까, 여겨질 정도로 보육원에만 오면 포근해졌다. 풍금에는 야마하라는 상표가 붙어 있었다.

그동안 세계는 치열한 전쟁을 치르고 있었다. 제1차 세계대전이었다. 원인은 100년간의 평화 시대 속에서 지속적인 팽창을 이룬 유럽 열강들의 제국주의적 팽창 정책과 그 과정에서 소외된 독일 제국으로 대표되는 신흥 제국들의 불만, 유럽 내 민족주의적 갈등 등 다수의 요소가 복합적으로 섞여 있었다.

이 전쟁은 유럽에서 일어났지만, 일제는 영국과의 군사동맹을 구실로 독일에 선전 포고하면서 참전하여 동아시아에 존재하던 독일의 군사기지를 점령하였다. 즉 일제는 전쟁을 영일동맹과 러일협약을 축으로 하여 동아시아와 태평양 지역에서 세력 확대를 꾀할 절호의 기회로 삼은 것이다. 더불어 유럽이 중국에 신경을 쓸 겨를이 없는 틈을 노려 중국에 대한 권익과 지도권 확대를 꾀하였다. 그것이 바로 중화민국의 대총통 위안스카이 정권에 대한 21개 조 요구 체결이었다. 중국 민중은 이 체결을 중국판 을사늑약이라 하여 국치라 강하게 반발하고 무효와 폐기를 주장하며 후에 5·4운동으로 이어졌다.

유럽에서 일어난 전쟁과는 아무런 상관이 없을 것 같은 조선에서 쌀값이 하루가 다르게 폭등하고 있었다. 일본의 흉년이 원인이었다. 지주와 소작농 관계는 이전보다도 되려 나빠졌고 토지정리사업도 농민들에게 일방적으로 불리하게 돌아가 경제 사정은 나날이 악화일로로 치달아서 물가 상승률은 매년 두 자릿수대를 기록했다.

그런 데다 일본 자본들이 쌀 시장에 대대적으로 유입되면서 투기 바람이 불었는데 그 결과 쌀값은 1917년 기준으로 10원대 중후반이었던 것이 세 배나 폭등하고 말았다. 이러한 쌀값 폭등에 대해서 총독부는 대책을 제대로 내놓지도 못한 채 무능함만 드러냈으며 인구의 다수를 차지하던 소작농들은 쌀값이 폭등한다고 한들 제대로 이득을 본 것도 아닌지라 살림살이는 더 팍팍해지기만 했다.

1918년 9월 즈음해서 들이닥친 스페인 독감에 대해서도 총독부는 검역을 부실하게 하고 제대로 된 위생, 의료 대책도 내놓지 않았으면서 마치 독감이 퍼진 원인을 조선인들의 생활 습관만을 문제 삼으며 책임 전가에 급급한 뻔뻔함을 드러냈다. 나중에 밝혀진 원인 중 하나가 제1차 세계대전에 참전한 일본군의 귀환에 있었다는 점을 상기하면 기가 막힐 일이었다.

이듬해 1919년 1월 18일부터 전후 논의를 하기 위한 파리 강화 회의가 열렸다. 미국 대통령 우드로 윌슨은 강화 회의 이전부터 논의하고 있던 14개 조 평화 원칙을 발표하였는데, 이 중에 각 민족의 운명은 민족이 스스로 결정하게 하자는, 이른바 민족자결주의를 내세우고, 러시아 소비에트 연방 사회주의 공화국의 최고 평의회 의장이었던 블라디미르 레닌 역시 제국주의에 반대하는 민족 자결을 주장하여 민족주의 운동에 힘을 싣는 여론이 조성되었다. 이러한 소식은 조선 안팎에 있는 독립운동가들을 고무하는 소식일 게 틀림없었다.

1월 한겨울의 날씨는 매서웠다. 없는 사람들에게는 날씨도 한몫하기 마련이지만 혹독한 추위는 움츠러든 마음을 더 얼어붙게 하였다.

그런 가운데 더 가슴 서늘한 소식이 전해졌다. 고종의 서거였다. 기독교청년회에 일을 보러 갔다가 들은 것이다. 윤치호는 참담한 표정이었다. 나는 황제를 한 번도 만난 적이 없지만, 윤치호는 아니었다.

"우리 조선 사람들에겐 그분이 여러 모습으로 다가오긴 하지만 군주였음은 분명하다네. 특히 연로한 세대에게는. 황제의 통치가 어리석음과 실수로 점철되었다는 사실을 몰라서가 아니라 그분의 승하가 조선의 자결권이 끝내 소멸하였다는 걸 나타내는 상징적인 사건이기 때문이야. 내가 처음으로 광무태황제를 알현한 때가 1883년 봄이었네. 황제께선 곤룡포를 입고 익선관을 쓰고 계셨는데 호인형의 상당한 미남이었지. 그런 황제께서 영원히 떠나가셨네. 개인적으로 온화했지만, 대중적으로 신뢰를 얻지 못했다는 점에서 영국의 찰스 1세를 닮았다고 볼 수 있지."

내가 느끼는 조선인들의 옛 군주에 대한 상징적 무게감은 작지 않았다. 고종은 좋든 싫든 조선인 모두가 인정한 군주였다. 그의 사망 원인은 공식적으로 뇌일혈로 발표되었으나, 세간에는 이완용이 일본의 사주를 받아 독살했다는 소문이 퍼지면서 반일 분위기가 더욱 팽배해졌다. 독살이 사실이든 아니든 간에 고종의 사망 소식은 하루 뒤인 1월 22일에 발표되었는데 그동안 서거 사실이 이미 널리 알려진 상태였기 때문에 늦은 발표가 오히려 민심을 자극하는 결과를 낳았다. 조선총독부는 뒤늦게 언론을 통해 해명 및 반박 기사를 내며 독살설을 무마하기 위해 안간힘을 썼으나 소문은 빠르게 확산하였다.

아니나 다를까, 거리에는 벌써 상복을 입은 노인들을 볼 수 있었다. 그런데 며칠 후 교회로 들어서려는 골목 입구에 고종의 죽음이 독살(毒殺)이 원인이라는 벽보가 붙었다. 이런 벽보가 전국에 붙었다고 하니 상심해 있던 조선인들의 가슴에 분노의 불길이 치솟는 것은 불을 보듯 빤한 일이었다. 그 독살설을 뒷받침이라도 하듯 천도구국단(天道救國團)을 이끄는 열혈 투사 이종일은 신문에 이런 기사를 냈다.

어제(1월 21일) 고종이 일본에 의해 독살당했다. 이것은 무엇보다도 대한인(大韓人)의 울분을 터뜨리게 하는 일대 요건이 아닐 수 없다. 우리의 구국운동은 이제 진정한 민중의 것으로 성숙할 것이다. 왜냐하면, 그동안 몇몇 국민을 만나니 전부 고종 황제 독살 건으로 격분, 절치부심하고 있기 때문이다. 이제야말로 우리의 숙원이던 민족주의 민중운동은 본격화될 것이다. 이 운동에 아니 참여할 자 있겠는가.

그는 고종의 사망을 처음부터 독살로 규정하고 있었다, 일제의 자연사에 반하는 기사로 그 파장은 컸다. 이어 천도교 수장 손병희가 자신의 이름을 걸고 국민대회(國民大會) 소집을 포고하는 격고문(檄告文)을 발표했다.

우리 고종 황제의 서거 원인을 알고 있습니까, 모르고 있습니까. 평소 건강하시옵고 또 병환의 소식이 없었는데 평일 밤 궁전에서 갑자기 서거하시니 이 어찌 상식적인 이치이겠습니까. 황제의 식사를 받드는 두 명의 궁녀에게 부탁해 밤에 황제가 드시는 식혜에 독약을 섞어 잡수게 드리니 이를 드신 황제의 옥체가 갑자기 물과 같이 연하게 되고 뇌가 함께 파열하셨으며, 구규(九竅·인체 내 9개의 구멍)에 피가 용솟음치더니 곧 세상을 떠나셨소이다. 곧 두 명의 궁녀도 위협하여 나머지 독약을 먹여 처참히 죽게 하고 입을 틀어막았으니 차마 저 왜적의 마음이 점점 더 우쭐해질 수 있겠습니까?

격고문은 일제의 간계로 인해 고종이 독살됐다고 분명하게 명시하고, 파리강화회의에 조선 민족이 일제의 어진 정치에 기쁜 마음으로 순종하여 갈라져서 따로 사는 것을 원하지 않는다는 확인서를 제출하려고 고종에게 승인을 강요했으나 이를 거부하자 죽였다는 것이니. 오늘날은 세계가 개조하고 망한 나라가 부활하는 좋은 기회이므로 2,000만 동포가 봉기하고 궐기하자고 독려하는 내용이었다.

늑약부터 병합까지, 토지 침탈과 각 분야에서 일본인과의 차별에 진저리를 치던 조선인의 가슴속에 응어리진 불길이 치솟고 있던 판에 고종의 서거에 관한 이종일의 기사와 손병희의 격고문은 기름을 끼얹은 것이나 다름없었다.

인간은 스프링의 성질을 닮아 누르면 어느 정도까지는 눌리지만, 그것이 정도를 넘어 참을 수 없는 지경에 이르면 터지기 마련이다. 인류 역사에 나타나는 여러 난과 혁명은 이를 잘 시사해 주고 있지 않은가. 1919년 3·1 만세 거사는 갑자기 하늘에서 뚝 떨어진 게 아니었다.

나는 그날 종로를 걷고 있었다. 이틀 후에 있을 고종의 국장에 참여하기 위해 지방에서 많은 사람이 올라왔다고 하던데 역시 거리는 붐볐다. 앞에서 교복을 입은 학생들이 유인물을 사람들에게 나눠주며 조선 독립 만세와 대한 독립 만세를 외치며 걸어왔다. 뒤따라오며 태극기를 흔들고 만세를 외치는 시위 행렬은 구름 인파였다. 이게 무슨 일인가. 나도 유인물을 받았다. 단기 4252년 3월 1일 민족 대표 33인의 이름으로 된 독립선언서였다. 단기는 고조선의 시조인 단군왕검의 즉위년을 기원으로 한 연호이다. 이는 조선 민족의 유구한 역사를 드러내기 위한 자부심으로 보였다.

우리는 이에 우리 조선이 독립한 나라임과 조선 사람이 자주적인 민족임을 선언한다. 이로써 세계 만국에 알리어 인류 평등의 큰 도의를 분명히 하는 바이며, 이로써 자손만대에 깨우쳐 일러 민족의 독자적 생존의 정당한 권리를 영원히 누려 가지게 하는 바이다.

5천 년 역사의 권위를 의지하여 이를 선언함이며, 2천만 민중의 충성을 합하여 이를 두루 펴서 밝힘이며, 영원히 한결같은 민족의 자유 발전을 위하여 이를 주장함이며, 인류가 가진 양심의 발로에 뿌리박은 세계 개조의 큰 기회와 시운에 맞추어 함께 나아가기 위하여 이 문제를 내세워 일으킴이니, 이는 하늘의 지시이며 시대의 큰 추세이며, 전 인류 공동 생존권의 정당한 발동이기에, 천하의 어떤 힘이라도 이를 막고 억누르지 못할 것이다.

……

우리는 이에 떨쳐 일어나도다. 양심이 우리와 함께 있으며, 진리가 우리와 함께 나아가는도다. 남녀노소 없이 어둡고 답답한 옛 보금자리로부터 활발히 일어나 삼라만상과 함께 기쁘고 유쾌한 부활을 이루어 내게 되었도다. 먼 조상의 신령이 보이지 않는 가운데 우리를 돕고, 온 세계의 새 형세가 우리를 밖에서 보호하고 있으니, 시작이 곧 성공이다. 다만, 앞길의 광명을 향하여 힘차게 곧장 나아갈 뿐이로다.'

나는 드디어 올 것이 오고야 말았다는 심정이었다. 일제의 자업자득이었다. 시위대는 둘로 나뉘어 한 편은 보신각을 거쳐 숭례문 쪽으로 향했고, 다른 한 편은 덕수궁의 정문인 대한문 쪽으로 향했다. 그들이 다시 합쳐 종로로 향하자 일본 헌병과 기마부대가 폭압적으로 진압하려고 했지만, 시위대는 물러서지 않고 시위를 계속하다가 오후 6시쯤 자진 해산했다. 3월 2일이 되자 조선총독부는 전 병력을 동원해 만세 시위를 주도한 학생들과 시위 참가자들을 마구 연행했는데 이날 하루에만 무려 1만여 명이 체포되었다고.

3월부터 4월 사이에 전국 각 지역에서 시위가 격렬하게 벌어졌다.

일제는 이를 강압적으로 진압하는 바람에 각처에서 학살 사태가 속출했는데 대표적인 사건이 제암리에서 벌어졌다. 4월 중순 수원의 제암리 교회에서 아리타 도시오(有田俊夫) 헌병 중위의 주도로 발생한 학살로 29명이 사망하고 민가 30여 채가 불에 타는 만행이었다.

만세 운동은 일제의 탄압과 만행이 시작되면서 이에 대한 반작용으로 직접 일본 헌병 등을 노리거나 경찰서 등을 파괴하는 폭력 시위로 변해갔다. 병합 후 일제의 처사에 직접적인 불만이 많았던 농민과 노동자까지 참여하면서 폭력적 양상은 더욱 심해졌다. 이 만세 운동에는 어린 학생들도 참가했는데 대표적인 인물이 안정명과 유관순이다. 13살의 안정명은 평안북도 철산읍에서 참여하여 일제 헌병대가 쏜 총탄에 맞아 어머니의 품에서 저승에서도 독립의 의지를 다 하리라 다짐하며 절명하였다고. 야만이었다. 이런 야만적인 일제의 행위는 두 달 동안 전국 각지에서 벌어졌다. 천안 아우내장터 만세 운동에 참여한 16살의 소녀 유관순은 일제 헌병 경찰에 의해 체포되어 재판장에서도 당당함을 잃지 않았다고. 그 뒤 모진 고문을 계속해 받다가 사망하는 불상사가 일어나기도 했다.

유관순에 관한 이야기는 미국 감리교회 선교사 사애리시(앨리스 해먼드 샤프 Alice Hammond Sharp)에게 자세히 들을 수 있었다. 그녀는 공주의 영명학당에 다니던 유관순을 1916년 서울의 이화학당 보통과 3학년에 편입학하도록 권유한 인물이다. 당시 이화학당은 대다수 학생이 기숙사 생활을 하고 있어 유관순도 자연히 가족과 헤어져 기숙사에 살며 공부하게 되었다.

3·1 운동은 유관순이 이화학당 고등과 1학년에 진급했을 때 시작되

었다. 교장은 학생들의 안전을 염려하여 참가를 말렸지만, 학생들은 기어이 담을 넘어 거의 전원이 참가했다. 이 여파로 3월 10일에 일제는 전국 모든 학교에 강제로 휴교령을 내려 유관순은 이화학당을 함께 다니던 사촌 언니 유예도와 함께 천안으로 귀향해 만세 운동에 참여했다.

4월 1일을 기하여 천안의 유지들은 유관순과 함께 아우내 장날을 이용하여 독립 만세 운동을 벌이기로 한 계획을 실행에 옮겼다. 이들은 장터로 모여든 3천여 명의 시위군중 앞에 나아가 태극기와 대한 독립이라고 쓴 큰 깃발을 세워놓고 독립선언서를 낭독한 후 대한 독립 만세를 선창함으로써 장터의 시위를 점화시켰으며, 군중들은 이에 호응하여 장터를 행진하다가 여세를 몰아 헌병주재소까지 접근하게 되었다.

이 기세에 놀란 일본 군경들이 총을 난사하고, 또 외지에서 불러들인 일본 헌병과 수비대까지도 총검을 휘둘러 유관순의 아버지 유중권 등 19명이 현장에서 숨지고 30여 명이 부상했다. 이날 오후 사망자의 가족과 시위군중이 흉탄에 맞아 숨진 주검을 헌병주재소로 옮기고 강력하게 항의할 무렵 유관순과 작은아버지 유중무가 주재 소장과 헌병들에게 체포되고 말았다. 결국, 6월 경성복심법원에서 징역 3년 형을 선고받았다. 이에 상고하였으나 9월 고등법원 형사부에서 상고가 기각되고 징역 3년 형이 확정되어 옥고를 치렀다. 유관순이 받은 형량은 민족 대표 33인이 받은 형량과 같았다.

유관순의 집안은 풍비박산이 났다. 부모가 헌병에 살해당한 데 이어 오빠 유우석은 아우내장터 만세 운동이 있던 당일에 공주 읍내에서 체포되었고, 이후에도 항일 운동을 지속하여 총 11번에 걸쳐 수감생활을 해야만 했다. 동생 유인석과 유관석은 어린 나이에 부모를 잃고 일제의 탄압이 두려워 누구도 보살피려 하지 않자 갈 곳 없이 떠돌게 되었다.

유관순은 1920년에 죽었다. 복역 기간 중 겪은 혹독한 고문과 폭력으로 인해 1년 만에 몸 전체가 만신창이가 되었으니. 피부는 찢기고 지져졌으며, 몸을 지탱하는 모든 부위의 뼈가 탈골되거나 부러졌다. 심지어 위장, 소장, 대장, 간, 폐, 신장 등 내부 장기도 심하게 손상되어 음식을 제대로 소화하지 못할 정도였다고.

유관순과 안정명의 사례에서 보듯 3.1운동은 남녀노소를 가리지 않고, 빈부귀천과 직업을 떠나서 조선 민족 모두가 참여한 만세 시위였다. 이 운동은 국내뿐 아니라 해외에서도 이어졌다. 보도에 따르면 이 3.1 만세 운동에 참여한 시위 인원은 약 200여만 명이나 되었다고.

이 운동의 여파는 정치적인 데에서만 그치지 않았다. 우선 일제는 무단정치에서 문화 정치로의 전환을 표방하면서 회유와 가장된 유화정책을 통하여 독립운동 전선을 분열시키며, 가혹한 식민지 통치를 은폐하려 하였다. 경찰관의 수를 대폭 증가시키고 독립사상에 대한 사찰을 강화하였다.

3.1 운동은 비록 일제의 폭력적인 진압으로 막을 내렸지만 제1차 세계대전의 승전국의 일원으로 국제적 위상이 높아져 한층 자만하던 중에 평화적 시위대에게 자행한 학살이 국제적으로 폭로되어 일제의 콧대가 한풀 꺾이는 계기가 되었다.

한편 3.1 운동이 발발한 지 이틀만인 3월 3일 지하신문으로 발행된 조선독립신문에는 국민대회 개최와 함께 임시 정부와 임시대통령 선출 계획이 보도되었다. 이는 3.1 운동과 동시에 민주주의제 정부 수립이 준비되고 있었음을 의미했다. 그리고 4월 23일 한성 정부 수립 선포식이 거행되었을 때에도 국민대회와 함께 공화 만세라는 글귀가 적힌 깃발이 곳곳에 휘날렸으니. 이는 3.1 운동의 영향으로 중국 상하이에서 출범한 대한민국 임시 정부가 4월 11일 대한민국 임시헌장을 제정하여 독립 후 건설할 국가로 민주공화국을 천명한 것만 봐도 알 수 있다.

질풍노도와만 같았던 3.1 운동이 끝나고 내가 할 일은 만세를 부르짖다가 투옥된 인사들의 석방을 위한 노력이었다. 그러나 그 노력도 극히 제한적일 수밖에 없었다. 총독부와 헌병대를 방문하여 그들의 불가피한 선택을 옹호하고 감옥에 갇힌 기독교청년회에서 알게 된 인사들을 면회하는 일 외에는 무사 귀환을 기도하는 일뿐이었다. 그러나 꽉 막힌 벽에다 소리치는 기분이었다. 그건 무력감이었다. 특히 배후 조종 혐의로 투옥된 노령의 이상재 선생이 특히 걱정이었다.

하세가와 총독을 만나려고 남산에 있는 총독부를 갔다가 밑에 있는 직원들에게 거절당하고 이인자인 미즈노 렌타로 정무총감이라도 만나볼 요량이었지만 그마저 거절당해 별 성과도 없이 내려오는 길이었다. 하세가와도 야마구치현 출신이었다. 참으로 내 고향과 조선과는 기구한 악연이었다. 이토, 소네 통감에 이어 데라우치 총독, 그리고 하세가와까지 모두 야마구치현 출신이라니.

"소다 가이치!"

무지로였다. 그는 발 빠르게 헌병 경찰에서 보통경찰로 옷만 바꿔 입었다. 무늬만 바뀌었을 뿐 하는 일은 똑같았다. 그도 이제 많이 늙었다. 주름살도 많이 늘었고 모자 밑으로 보이는 머리가 온통 하얀 상태였다. 그는 내가 무시하고 그냥 지나가려 하자 팔을 붙들었다.

"매국노가 이제 귀까지 처먹었나?"

"당신하고는 말도 하기 싫으니 비키게나."

"총독부엔 왜 간 건가?"

"당신은 알 필요가 없어."

"그렇다고 내가 모를 줄 아나? 네가 일본인이면 일본인답게 굴어. 괜히 폭동 가담자인 불령선인(不逞鮮人)들 빼내겠다고 설치지 말고."

그는 만세 사건을 폭동이라 말하고 있었다. 조선인과 일본인의 극명한 시각차였다.

"내가 설친다고 너희들이 빼주나?"

"어림도 없지."

"그러니까 내가 가는 길을 막지 말게. 나 바쁜 사람이야. 지금 종로경찰서에서 미와 경부를 만나기로 했네."

"뭐라고? 미와 경부가 너 같은 매국노를 왜 만나지?"

그는 미와 경부란 말에 놀라는 표정을 지었다. 순사와 경부는 경찰에서 하늘과 땅만큼이나 차이가 나는 존재였다. 미와와 만나기로 약속은 돼 있지 않았다. 귀찮은 놈을 떼어낼 속셈에서 순간적으로 둘러댄 것이다. 그러나 종로경찰서를 갈 참이긴 했다. 미와는 늑약 체결 때부터 조선에 건너와 젊음을 바친 인물로 사상범 사찰 업무의 선봉에서 신분, 성향, 직업, 나이에 상관없이 항일성향이 있는 인물이라면 그의 손에 거치지 않은 인사들이 없을 정도로 조선인들에게 악명을 떨쳐 '오니 게이부(귀신 경부)', '염라대왕'이라는 별칭으로 악명이 높았으며, 오죽하면 그가 종로통에 나타나면 조선인들이 피해 다닌다는 소문이 무성할까. 고문으로 자백을 받아내는 수단이 탁월하여 경찰 내에서도 그의 이름을 모르는 이가 없다고 하니 무지로 같은 말단 경찰이 놀랄 만도 했다.

"만날 만하니까 만나네."

"야쿠타다즈(やくたたず 아무 도움도 안 되는 놈)!"

나는 느긋하게 걸어 서양식 건물로 반듯한 종로경찰서에 들어가 경비병에게 서장 면회를 신청했다. 역시 절차는 까다로웠다. 한참 후 나타난 이가 미와였다. 나는 그가 이상재 선생을 신문했다는 걸 알고 있었다.

"서장님은 바쁘십니다. 할 말 있거든 나한테 하시오, 소다 전도사님."

그는 짧은 콧수염을 기르고 얼굴이 길쭉했다. 악명보다는 나이도 많지 않고 그리 나쁜 인상은 아니었다.

"비로소 염라대왕을 보게 되는구려."

"당신은 일본인인데 어찌 불령선인들이나 하는 소리를 하는 거요?"

"나는 조선인이나 다름없소."

"이야긴 많이 들었소이다. 조선인들을 위해 헛고생하고 있다고."

"하늘이 무섭지 않소? 만세 운동은 조선인들의 당연한 권리행사요. 그건 죄가 아니오. 죄도 없는 사람들을 마구잡이로 잡아들여서 어찌 고문을 자행해서 없는 죄를 만들어낸단 말이오?"

"만세 운동은 엄연히 대일본 제국에 대한 도전이라는 걸 잘 아실 텐데?"

"지렁이도 밟으면 꿈틀거리는 법이오. 하물며 사람인 이상 권리를 침해당하면 당연히 저항하지 않겠소?"

"조선인은 천황폐하의 신민이오."

"조선인은 조선인일 뿐이오."

"소다 전도사님과 더 말해봤자. 입만 더 아프겠소이다."

그가 자리를 뜨려 했다. 나는 더 큰 소리로 따졌다.

"연로하신 이상재 선생님은 왜 잡아간 거요?"

"그분은 만세 운동에 직접 참여하진 않았으나 지난날의 행적으로 보아 의심이 가지 않을 수 없지요. 조사 차원이오. 솔직히 말하리다. 난 그분을 아버지라 부르오. 아버지를 학대할 정도로 내 인격이 형편없진 않소이다."

아버지라 부른다니, 그 말을 믿을 수 없었다.

"말이 되는 소리를 해야 믿지. 하루라도 빨리 투옥된 사람들을 풀어 주는 게 좋을 거요. 그렇게 하지 않으면 더 큰 저항을 불러올 것이니."

"내가 충고하겠는데 소다 전도사는 이제 현실을 직시하고 매국 행위를 그만두는 게 좋을 겁니다. 여차하면 아무리 일본인이라 할지라도 감옥행을 각오해야 할 거요."

내가 만난 일본인은 충고를 좋아했다. 일본을 오명으로 빠뜨리는 매국은 그들이 하는 게 아닌가. 미와는 찬바람을 일으키며 자리를 떴다. 이자 역시 쇠귀에 경 읽기였다.

나중에 알게 된 이상재 선생의 후일담은 역시 선생다웠다. 그가 투옥되어 서슬 퍼런 일본 검사에게 심문받을 때, 그 자리에서 그는 갑자기 손바닥을 내밀더니 손바닥을 붙여 달라고 말했단다. 검사가 영문을 몰라 어리둥절하면서도 손바닥을 붙여 주자 그는 냉큼 손을 떼면서 일갈했다. "보시오. 억지로 붙인 건 이렇게 떨어질 수밖에 없지 않은가. 조선이랑 일본도 마찬가지야. 순리를 거스르지 말게나."라고 했다고. 일본인 고문관이 심하게 다그칠 때도 "옳지, 왜놈들은 제 부모도 마구 친다더라. 이 늙은이도 치려거든 쳐보거라"라며 당당함을 잃지 않았으니. 결국, 고문관은 자신의 노부(老父)를 생각하였는지, 이 선생을 더 이상 고문하지 않았다고. 이후 출옥하게 되자 사람들이 "그간 옥중에서 얼마나 고생이 많으셨습니까?"라고 묻자 "그럼 네놈들은 바깥에서 편하게 지냈나 보지?"라고 응수하였다고. 일제의 탄압에 당하는 건 옥중이나 밖이나 다름없다는 의미였다. 또 일본에서 헌정의 신, 의회 정치의 아버지라고 불리게 된 오자키 유키오가 찾아오자, 그는 집 뒤의 소나무 아래에 돗자리를 깔아두고 그를 맞이하였다. 오자키가 "일본과 조선은 부부 사이와 같은데 남편이 좀 잘못했다고 너무 심하게 들고 일어나면 어떡합니까."라고 말하자 "부부가 화합하는 것은 옳지만 정당하게 맺어진 것이 아닌 폭력으로 맺어졌으니 당연히 들고 일어날 수밖에 없지 않으냐."라고 응수해 오자키의 입을 다물게 했다고. 이후 오자키는 돌아가면서 이 선생을 조선 제1의 인물이라고 추켜세웠다고 한다. 미와 경부가 선생을 아버지라 불렀다는 말은 내가 직접 이 선생에게 들으니 사실이란 걸 알게 되었다. 미와 같은 악질 경찰이 아버지라 불렀다면 그만큼 적마저 감화시킬 인품을 이 선생이 지녔다고 봐야 했다.

경찰에 끌려가 고문받은 사람은 수두룩했다. 그들의 말을 들어보면 어떻게 인간이 다른 인간을 그렇게 다룰 수 있는지 끔찍했다. 대표적인 것이 잡혀 오자마자 두들겨 패기, 물고문, 성고문, 강렬한 빛을 쳐다보게 하는 빛 고문, 전기의자에 앉히기, 생손톱 빼기, 상처에 소금 뿌리기, 잠 안 재우기 등이었다. 또 손가락 사이에 철봉을 끼우고 손끝을 졸라맨 후 잡아당기거나, 못이나 송곳 등을 손톱이나 발톱 밑에 쑤셔 박거나, 밀폐된 독방에 가두고 음식물을 주지 않거나, 추운 날 옷을 벗겨 찬물을 끼얹어 동태로 만들거나, 가죽 채찍으로 온몸을 휘감아 갈기거나, 널빤지에 못을 박아 그 위에 눕히거나, 기름을 바르고 인두나 담뱃불로 지지거나, 입을 벌리게 한 후 혀를 빼고 기도에 담배 연기를 넣거나, 머리카락에 몸을 매달아 머리털이 빠지게 하거나, 코에 뜨거운 물을 붓고 거꾸로 매달거나, 한도 끝도 없었다. 고문을 이기는 인간은 거의 없다. 고문이 고약스러운 점은 처음부터 진실을 알아내고자 하는 것이 아니며, 상대의 의지를 꺾어 원하는 말을 하게끔 하는 데에 있으니. 그 같은 고문으로 거짓 자백을 받아내 억울하게 끌려간 사람도 부지기수였다.

  3.1거사는 끝났다. 이 거사는 기독교, 천도교, 불교 등 종교인이 단합하고, 지식인, 학생, 상인, 농민 등 사회 각계각층이 두루 참가하여 조선 민족의 자유와 독립을 외친 사건으로 기록될 것이다. 이 거사가 실패냐, 성공이냐는 그리 중요하지 않았다. 조선 민족은 겉으로는 일제의 무력에 굴하여 어쩔 수 없이 합하는 것처럼 보였을지라도, 그 속내만큼은 일본과 결코 합할 생각이 없었고, 또 기개만큼은 절대로 죽지 않고 생생히 살아 있음을, 이 거사를 통해 보여주었으니.

  나는 일제에 의한 강제 병합은 결국 실패하고 말리라는 예감이 들었다. 조선인은 그리 만만한 민족이 아니라는 걸 나는 생생히 절감했다. 여러모로 '거대한'이라는 수식어로도 부족한 조선 민중의 독립을 향한 열망이 표출된 3.1거사는, '위대한'이라는 수식어로도 부족한 역사적인 혁명이라 할 수 있었다.

8
가마쿠라 보육원과 함께

만세 운동 2년이 지난 봄날, 가마쿠라 보육원 원장인 사다케 곤타로가 집으로 찾아왔다. 나는 전에 그를 보육원에 찾아가 몇 차례 만났었다.

"어찌 이렇게 누추한 곳을 찾으셨습니까?"

"누추하다니요, 전도사님의 검소한 생활이야 이미 정평이 나 있지요. 긴히 상의드릴 일로 왔습니다."

"아이들은 잘 지내지요?"

다키가 묻는 아이들은 전체 원아들의 안부를 묻는 것도 있지만, 나로 인해 들어간 아이들이 궁금한 듯했다.

"그럼요. 특히 한돌이와 두돌이, 세돌이는 자기들이 맡은 돼지 기르는 재미에 푹 빠져 있지요. 부대에 가서 서로 짬밥 얻어오려고 일어나자마자 달려간답니다."

한돌이와 두돌이 그리고 세돌이의 이름은 다키가 지어줬다. 원래 부르는 이름이 있었으나 새로 태어난 기분으로 살라고. 그 아이들은 무지로에게 얻어맞았을 때보다는 살도 오르고 표정이 달라져 아주 씩씩했다. 보육원에서 그리 멀지 않은 곳에는 대규모 일본군 병영이 있었다.

"애들이 보고 싶네요."

"이제 제가 전도사님과 우에노 선생님께 아이들을 매일 볼 수 있게 해드릴게요."

"그게 무슨 말씀이지요?"

내가 물었다. 다키도 호기심 어린 눈으로 사다케를 봤다.

"가마쿠라 보육원 경성지부를 전도사님께서 맡아 주십시오."

"네?"

우린 놀라고 말았다. 맡아달라니?

"저는 본부로 갈 예정입니다. 아버지를 도와서 본부와 뤼순과 경성 두루 살펴야겠습니다. 그래서 여러모로 검토한 결과 소다 전도사님이 가장 적임자다, 그렇게 생각했습니다."

아니었다. 난 여러 방면에서 아직 많이 부족한 데다 특히 재정을 부족하지 않게 꾸려갈 자신이 없었다. 보육원을 이끌어가려면 대부분 기부에 의존할 건데 인맥도 많지 않았다. 교회에 의존하는 것도 한계가 있으리라.

"저로서는 어렵습니다."

"그런 말씀 마시고 도와주십시오. 아이들을 돌보는 데는 사랑이 없으면 안 됩니다. 저는 소다 전도사님께서 아이들을 바라보는 눈빛을 봤어요. 한없이 자애로운 눈빛을 말입니다. 오늘 당장 답을 주시라는 게 아닙니다. 충분히 생각해보시길 바랍니다. 며칠 내로 다시 오겠습니다."

사다케는 힘든 숙제를 내게 안겨주고 우리 집을 떠났다.

"버려지고 남겨져서 홀로 된 아이들을 돌본다는 건 어쩌면 하나님께서 가장 바라는 일일지도 몰라요."

다키의 말이었다.

"그래서 당신은 내가 보육원을 맡길 바라오?"

"물론 어렵겠지만 사다케 원장님은 젊은 나이에도 꾸려왔잖아요. 그동안 어찌 어렵지 않았겠어요. 심지어 스다 겐타로(須田権太郎) 부부는 아무것도 없는 그곳에 보육원을 차리기까지 했잖아요."

스다 겐타로는 고아 출신으로 가마쿠라 보육원 본부에서 자란 후 사다케의 지시로 보육 시설의 황무지나 다름없는 조선에 들어와 부부가 경성지부를 설립했다.

"난 아이들의 배를 곯릴까 봐 그게 걱정이오."

"본부에서 지원도 있지 않겠어요?"

"그것도 한계가 있지 않겠소. 언제까지나 지원에 의존할 수도 없을 거고."

"전도사님이 편하게 살려고 조선에 건너온 게 아니잖아요. 전 전도사님에게 이 일이 하나님께서 부여한 사명이란 생각이 들어요."

"나도 맡고 싶소. 그러나 의욕만으로 보육원을 끌고 갈 순 없지 않소. 냉정하게 생각했을 때 난 아무것도 없지 않소."

"왜 그렇게 생각해요? 아이들에 대한 전도사님의 사랑이야말로 큰 자산이에요."

다키와 나 사이에는 아이가 생겨나지 않았다. 이것도 어쩌면 하나님의 계획인지도 모르겠다는 생각을 그때 했다. 내 아이가 아닐지라도 아이들만 보면 어찌 그리 사랑스러운지…….

"알았소. 내가 막연하게 조선에 왔을 때 하나님께선 교회로 이끌었고 또 YMCA에서 선생 노릇을 하라고 기회를 주셨소. 또 전도사의 길을 걷게 해줬으니, 그분께 물어보겠소. 간절히 기도하면 응답을 주시리라 믿소."

나는 그때부터 며칠이나 성경을 쳐다보며 하나님의 응답을 받으려고 얼마나 기도에 전념했는지 모르겠다. 눈에 들어온 성경 속 구절은 시편 127편 3절이었다.

> 보라 자식들은 여호와의 기업이요 태의 열매는 그의 상급이로다

이는 자녀가 하나님께서 주신 소중한 기업이며 축복임을 가르쳐주고 있었다. 또한, 성경은 자녀 교육의 중요성을 강조했다. 다음은 잠언 22장 6절이다.

> 마땅히 행할 길을 아이에게 가르치라 그리하면 늙어도 그것을 떠나지 아니하리라

이 말씀은 우리가 자녀에게 올바른 길을 가르칠 책임이 있다는 걸 상기시켜 주었다. 또 고린도전서 7장 14절은 다키와 나에게 앞으로 행해야 할 일이 무엇인지 잘 가르쳐주고 있었다.

> 믿지 아니하는 남편이 아내로 말미암아 거룩하게 되고 믿지 아니하는 아내가 남편으로 말미암아 거룩하게 되나니 그렇지 아니하면 너희 자녀도 깨끗하지 못하니라 그러나 이제 거룩하니라

다키의 일거수일투족은 거룩하다. 나도 다키를 닮으려 노력한다. 우리 부부에게 아이가 없다는 게 얼마나 다행인가. 내가 보육원을 맡

게 된다면 우리에게 수많은 아이가 생기는 셈이 아닌가. 묵상의 결과였다.

"부족하지만 제가 맡겠습니다."

사다케는 다시 한번 찾아왔으나 내가 기도하는 모습만 지켜보다가 그냥 갔고 세 번째 찾아왔을 때 나는 승낙했다. 아니 기꺼이 맡겠다고 했다는 게 옳다. 아이들은 하나님이 주신 귀한 선물이 아닌가. 그러한 아이들이 버려지고 불가피한 일로 홀로 남겨져 돌봄이 필요할 때, 그러한 아이들도 하나님의 자녀임을 성경은 일깨워 주었다. 그들을 영과 육이 건강하게 자라도록 해야 할 역할이 맡겨졌을 때 거절한다는 건, 남에게 책임을 미루는 건 죄라는 묵상의 결과였다.

"그러실 줄 알았습니다. 이제부터 가마쿠라 보육원 경성지부는 소다 전도사님의 책임하에 건실하게 운영되리라 봅니다. 정말 안심입니다. 우에노 선생님께서 옆에 계시니 더욱 안심입니다."

사케다는 내 손을 잡고 다른 손은 다키의 손을 잡았다. 나는 며칠 후 다키와 함께 보육원 관사로 집을 옮겼다. YMCA와 교회에서도 내 결정을 환영했다.

보육원은 원래 조선 개국 후 여러 제향(祭享)에 쓸 희생제물을 기르는 일을 관장하는 관아였던 전생서(典牲署)가 있던 곳으로 부속 건물이 많았다. 요람에 보면 1917년 총독부로부터 경성 삼판동(후암동) 전생서 터의 토지 가옥을 재단법인 가마쿠라 보육원 경성지부가 무상대여의 형태로 불하받아 이곳으로 이전했으며, 천여 평의 면적으로 남산(南山)의 남쪽 기슭에 있어서 조망이 좋아 대단한 건강지(健康地)여서 이 사업을 위해서는 실로 천혜의 조건을 갖추어, 후에 가옥을 수선하고 증축하여 경성부에서 수용 구호했던 빈아(貧兒)와 기아(棄兒)의 양육업무를 넘겨받아 해마다 사업을 확장하여 현재에 이르고 있다고 돼 있었다.

돌로 사방을 쌓은 기초 위에 세워진 주 건물인 팔작지붕의 기와집엔 아직도 처마 밑 전면에 간줄헌(看茁軒)이란 편액이 걸려 있어 옛 전생서 정청의 모습 그대로였고, 그 옆에는 커다란 느티나무가 우람한 모습을 보여주고 있었으며, 앞에 작은 연못까지 있었다. 원생은 내가 처음 방문했을 때보다 많이 불어나 있었고 보모 포함 직원도 여럿이었다.

나는 먼저 보육원 원생들의 일본식 복식을 되도록 입지 못하게 했다. 사다케는 내선일체라는 명목으로 원생들에게 일본 옷을 입혔는지 모르지만 나는 바람직하지 않다고 생각했다. 조선인은 조선인일 뿐이지 일본인이 아니지 않은가.

"여러분들은 이 땅에서 모두가 해야 할 일과 쓸모가 있어 하나님께서 보내셨을 소중한 존재들입니다. 비록 여러 사정으로 이곳에서 생활하게 되었지만, 여러분들에겐 누구보다 강력한 빽이 있습니다. 바로 여러분을 이 땅에 보내신 하나님이시지요. 그분이 여러분의 아버지이고 어머니예요. 누구에게도 기죽을 필요가 없어요. 두 번째 빽은 바로 저와 옆에 계신 우에노 선생님입니다. 여러분들이 어려움 없이 잘 지낼 수 있도록 최선을 다할 거예요. 그래서 당당한 조선인의 한 사람으로 사회에 나가서도 반듯한 생활을 해나가도록 열심히 가르칠 겁니다. 모두 나를 믿고 잘 따라올 수 있지요?"

"네!"

강당으로 사용하는 간줄헌에 모인 전체 원생들은 큰소리로 내 말에 화답했다.

"하나님께선 힘이 셉니다. 여러분의 고충을 다 들어주실 거예요. 기도를 통하여 하나님께 매달리세요. 배가 고프면 갓난아이도 울지요? 그러면 엄마가 젖을 물려줍니다. 갓난아이가 울 듯이 하나님께 기도하세요. 들어주실 겁니다. 기도는 힘이 셉니다. 아침에 일어나면 기도하고 잠들기 전에 기도하고, 할 수 있지요?"

"네!"

"여러분에게 엄마 역할을 할 사람입니다. 혹시나 생활하다가 말 못할 고민이 있거나 불편한 일이 생기거든 언제든 제게 얘기해 주세요. 특히 여자 원생들은 저와 친하게 지내며 이곳을 알뜰살뜰하게 가꾸게 되기를 바랍니다."

다키도 한마디 거들었다. 원생들 가운데 나를 제일 먼저 반긴 아이들은 한돌이와 두돌, 세돌이었다. 그 세 아이는 전보다 키도 크고 어른스러워져 든든해 보였다. 그들은 조회가 끝나자마자 내 손을 끌고 축사로 데려갔다. 자신들이 키우고 있는 닭과 돼지를 자랑하고 싶었던 모양. 닭들은 뜰에서 먹이를 찾는지 땅을 헤집고 있었고 다섯 마리 돼지 중 한 마리는 누워서 새끼들에게 젖을 주고 있었다. 보기 좋았다.

"원장님, 얼마 전부터 염소도 키우고 있어요."

제일 어린 세돌이가 뻐기듯이 말했다. 진짜였다. 저쪽 담장 아래 대추나무 아래에는 간이 축사가 있어 흑염소가 세 마리나 있었다. 난 아이들의 머리를 쓰다듬었다.

"너희들이 건강하니 내가 정말로 기쁘구나."

"원장님, 저희는 의형제를 맺었어요. 여길 나가서도 항상 붙어 있기로 했어요."

"잘했구나. 서로가 도와주면 못 해낼 일이 없을 것이다."

닭과 돼지와 염소. 자립의 상징이었다. 나는 보육원 전체를 둘러보았다. 놀고 있는 공간이 꽤 되었다. 퍼뜩 생각난 것이 텃밭이었다.

이후 나는 염소를 열 마리로 늘렸다. 돼지보다도 염소는 먹이 구하기도 쉬웠다. 보육원을 조금만 나가면 나뭇잎이나 풀을 구하기가 어렵지 않았으니까. 아이들 몇몇만 나가도 금방 한 아름씩 가져올 수 있었다. 그리고 토끼도 몇 마리 구해서 기르도록 했고 군데군데에 텃밭을 일구었다.

며칠이 지나 나는 후원금을 조달할 꿍꿍이로 성경을 들고 보육원에서 가까운 쓰루가오카와 일본인들이 다니는 교회를 방문했다. 보육원의 살림살이를 보니 빠듯해도 너무 빠듯했다. 사다케의 방침이 그랬는지는 몰라도 여유라곤 눈곱만큼도 찾아볼 수가 없었다. 쓰루가오카는 내가 전에 살던 진고개나 총독부가 있는 왜성대 부근처럼 일본인들이 밀집해서 사는 고급 주택지였다. 그중에서도 제일 인기가 있는 곳이 쓰루가오카였다. 왜성대는 북향이고 쓰루가오카는 남산을 등에 진 남향에다 한강을 바라볼 수 있는 배산임수의 형태로 입지조건 면에서도 제일 나은 편이었다.

교회는 그리 크진 않았다. 그러나 일본인답게 건물도 오밀조밀하고 조경도 아기자기하게 꾸며놨다. 목사는 반갑게 맞아주었다.

"가마쿠라 보육원이 조선의 고아들을 위해 정말 좋은 일을 하고 있더군요. 조선인은 미처 생각지 못한 일이지요?"

"모르시는 말씀입니다. 우리 보육원 말고도 옥천동에 경성보육원이 있습니다. 조선은 예로부터 버려지는 아이들이 없었지요. 친척이 돌보거나 마을이 합심하여 도왔고요. 또 조선을 건국한 태조는 즉위식에서 환과고독(鰥寡孤獨)을 챙기는 일은 왕의 정치로서 가장 우선해야 하는 일이니, 당연히 그들을 불쌍히 여겨 도와줘야 할 것이다, 라고 하였지요. 고아뿐만 아니라 독신 남성, 독신 여성, 유기아, 독거노인까지 관청에서 챙겼다는 얘깁니다."

"아, 그랬어요?"

"하물며 일본이 지배하게 된 조선에서 고아들을 내버려두면 안 되지요. 그러나 사실 지원이 너무 부족합니다. 이곳은 서울에서도 손꼽히는 부촌이라 할 수 있지요. 목사님께서 협조해 주신다면 하나님께서 매우 기뻐하실 것입니다."

"하하하, 소다 원장님께서 은근히 협박하시는 말솜씨가 대단하십니다."

"목사님께서도 잘 아시겠지만 가난한 자에게 베푸는 일은 여호와께 빌려 드리는 것이니, 그분이 후하게 보상하신다(잠언, 19:17)고 하셨잖습니까."

"하여튼 잘 알겠습니다. 단 한 방으로 도저히 모른 척할 수 없게 만드시네요."

"목사님만 믿겠습니다."

나는 교회를 나와 골목길을 쭉 걸어갔다. 비스듬한 언덕에 일본식 구조에다 서양식 건축 요소를 가미한 멋있는 주택이 나왔다. 붉은 벽돌 담장 너머로 우뚝 솟은 느티나무가 보이고 향나무 등 수목이 무성했다. 밖에서는 안을 들여다볼 수 없는 구조였다. 문패를 보니 니시지마 신조. 아, 이 사람의 집이구나. 황해도에서 철도 사업을 해서 부를 쌓은 이였다. 나는 되도록 보육원을 지원할 대상으로 일본인을 택했다. 그들은 조선에 들어와 돈을 벌었으므로. 주택 규모만 봐도 조선인과 일본인은 차이가 났다. '구하라 그리하면 너희에게 주실 것이요, 찾으라 그리하면 너희가 찾아낼 것이요, 문을 두드리라 그리하면 너희에게 열릴 것이니(마태복음 7장 7절)' 성경 말씀을 읊조리며 무작정 굳게 닫힌 대문을 두드렸다. 한참 후, 문도 열지 않은 채 말소리가 들렸다. 일본말이었다.

"누구세요?"

"문 좀 열어보세요."

내 대답도 일본 말이라 그런지 쉽게 문이 열렸다. 늙수그레한 부인이었다.

"어쩐 일로 오셨지요?"

"니시지마 이사님을 만나러 왔습니다."

"어느 분이라고 전해 드릴까요?"

"가마쿠라 보육원 소다 가이치 원장이라고 합니다."

부인은 종종걸음으로 안으로 들어가더니 곧장 나와 나를 안내했다. 현관을 통해 들어가니 다시 미닫이문이 나오고 바로 거실이었다. 창 쪽 안락의자 앞에 안경을 끼고 콧수염을 기른 초로의 남자가 기다리고 있었다. 우린 손을 잡고는 마주 앉았다. 나는 의자에 앉자마자 기도했다.

"사랑이 많으신 주님, 여기 조선에 건너오는 일본인들은 일확천금을 꿈꾸는 인간들뿐이지만 그렇지 않은 니시지마 이사님이 계십니다. 건강과 평안을 주시고 사업도 번창하여 부디 보육원을 위할 기회를 주시길 간절히 원합니다."

기도를 드리고 본 니시지마의 얼굴이 붉게 상기되어 있었다. 분명히 기분 좋은 표정은 아니었다.

"원장님의 이름을 들은 적이 있습니다. 우리 일본인들 모임에서도 오르내리더군요. 가마쿠라 보육원이 설립된 지가 꽤 되었지요?"

"그렇습니다. 그러나 제가 맡은 지는 얼마 되지 않았습니다."

"총독부에서도 지원이 나오지요?"

"총독부뿐만 아니라 본부에서도 오고 여러 교회에서도 지원해줍니다만 턱없이 부족한 실정입니다."

그는 화제를 돌려 내가 조선에 언제, 어떻게, 무슨 일로 왔는지 등을 물었다. 나는 가감 없이 얘기하고는 본론을 꺼냈다.

"보육원이 어렵습니다. 이사님께서 지원을 해주시면 고맙겠습니다."

내 말이 끝나자마자 그가 벌떡 일어섰다. 그러더니 안에 소리쳤다. 조금 전 대문을 열어줬던 부인이 쏜살같이 나왔다.

"아줌마, 아무나 집에 들이지 말라고 했잖아요."

"우리 일본인이라서…."

"저 사람은 우리 일본인이 아니오. 조선의 앞잡이일 뿐."

그 말을 듣고 나도 벌떡 일어났다. 그리고 성경을 펼쳐 들고 읽었다. 이런 상황에 대비한 구절이었다.

"여러분은 이 시대를 본받지 마십시오. 오직 여러분은 생각이 새로워짐으로 변화되어 하나님의 선한 뜻, 하나님께서 기뻐하시는 뜻, 하나님의 온전한 뜻이 무엇인지 분별하도록 하십시오."(로마서 12장 2절)

지원을 강요할 수는 없었다. 억지로 낸 성금도 그게 아이들에게 피가 되고 살이 될 리 만무했다. 예수님께서는 부자가 천국에 들어가는 건 낙타가 바늘귀로 빠져나가는 기적만큼이나 어렵다고 하셨는데… 모든 부자가 그러지는 않겠지.

쓸쓸한 기분이 되어 보육원으로 돌아오는데, 입구에 아기를 업고 누군가가 서성거렸다. 가까이 갔을 때 누군지 알았다.

"아니, 너 순녀 아니냐?"

"전도사님, 안녕하셨어요."

"그래, 그런데 웬 아기야?"

"저…."

순녀는 쉽게 말하지 못했다. 한동안 보지 않았다고 처녀가 다 된 모습이었다.

"일단 안으로 들어가자꾸나."

원생들이 여기저기서 뛰어놀거나 가축을 돌보다가 나를 보자 인사를 하기도 하고 멀리 있는 녀석들은 손을 흔들었다. 사무실로 들어가 포대기를 풀어 아기를 감싸안은 순녀에게 물었다. 아기는 자고 있었다. 남아(男兒)였다. 이제 돌이나 지났을까?

"어찌 된 거냐?"

"이 아이가 교회 앞에 버려져 있었어요. 목사님께 말씀드렸더니 전도사님께 가보라고 하셔서요."

"언제 그랬어?"

"오늘 관리하는 집사님이 발견했대요."

"그렇구나. 잘 데리고 왔다. 뭐 좀 먹였니?"

"배가 고팠나 봐요. 죽을 떠먹여 줬더니 먹고는 잠이 들었어요."

"이 보육원에 아기는 처음인가 보다. 그런데 너 이제 시집가도 되겠다?"

"에이, 전도사님도 참. 저는 결혼 안 할래요."

"너 그거 3대 거짓말이란 것 알고 하는 소리야?"

순녀는 머리를 저었다.

"3대 거짓말이란 늙으면 죽어야지 하는 노인들의 말과 밑지고 판다는 장사치의 말, 그리고
시집 안 간다는 처녀의 말이란다."

"저는 정말이에요."

"그렇담 너 우리 보육원에서 일해라, 보모로."

"정말요?"

순녀의 입이 찢어지며 놀라는 표정을 지었다. 내 말은 순간적으로 생각해 낸 게 아니었다.

"그래, 그렇지 않아도 보모가 더 필요했어. 창식이는 잘하고 있지?"

"그럼요. 할머니께서도 여전히 건강하시고요. 이게 모두 전도사님 덕분이에요. 저 사실 전도사님 교회 떠나실 때 데려가 달라고 떼를 쓰려고 했어요."

"이제부터는 나를 원장님이라고 불러라."

"알겠습니다, 원장님."

다른 보모의 안내를 받아 아이를 안고 나가는 순녀의 모습이 보기 좋았다. 보육원의 살림은 빠듯했다. 그렇다고 필요한 사람을 쓰지 않을 순 없었다. 자립의 필요성이 절실했다.

나는 텃밭으로 나가 보았다. 며칠 전에 배추와 무 파 등 채소 씨앗을 뿌려놓았었다. 어느 정도 나이를 먹은 원생들이 얼기설기 엮어놓은 울타리 너머 파릇파릇한 새싹이 보였다. 며칠 지나면 솎아내기를 해야 할 만큼 자랐다. 흐뭇했다. 철 따라 고구마나 감자 옥수수도 원생들의 간식을 위해 심어야겠다. 원생들도 좋아하리라. 선생들에게 물도 주고 잡초도 뽑는 당번을 정해주도록 해야겠다는 생각이 들었다.

돼지와 염소 축사에도 가봤다. 염소는 원생들이 끌고 풀을 뜯어 먹이려고 나갔는지 보이지 않았다. 돼지 막은 파리가 들끓는 걸 보니 위생을 위해서도 청소를 자주 해야만 하리라. 나는 원생들이 열여덟 살이 되어 보육원을 나가게 되었을 때, 얼마간의 밑천을 챙겨 줄 궁리를 하고 있었다. 그게 바로 돼지와 염소였다. 닭도 더 키워야 했다. 달걀은 자체로 조달하고 싶었다.

며칠이 지났다. 순녀는 잠시도 떨어지지 않은 채로 아기를 보살펴야 해서 보육원에서 생활해야만 했다. 처녀가 아기를 보살펴야 한다는 게 마땅치 않을 것 같아 아기를 키워본 다른 보모를 택하려 했으나 순녀가 한사코 자청하여 그만뒀다. 그런 때에 여태껏 없었던 복도를 울리는 수상한 발소리가 사무실까지 들렸다. 심상치 않은 기분에 휩싸이자마자 사무실 문이 드르륵 열렸다. 무지로였다. 조선인 순사보와 허름한 옷을 걸친 여자와 함께. 발소리의 주체는 무릎까지 올라오는 구두였다. 여전히 칼을 찬 무지로 순사.

"소다 가이치!"

그의 목소리는 사무실을 쩌렁 울렸다. 내가 바라보자 곧장 그는 내 앞으로 와 소리쳤다.

"이젠 아이까지 유괴하나?"

하도 어처구니가 없어 웃음이 나왔다. 무슨 억지를 부리려고 이러나?

"웃어? 아이를 유괴해놓고 웃어?"

"이봐 마에다 순사, 도대체 무슨 아이를 유괴했다고 이 난리인가."

"이 보육원이 수상하다고 유심히 관찰하라는 상부 지시가 틀린 말이 아니었구먼. 며칠 전에 아이 하나 데려왔지?"

"왔네. 교회 앞에 있던 아이 말인가?"

"순순히 자백하는군. 그래, 그 아이를 왜 이곳으로 데려왔나?"

무슨 그림을 그리려고 하는지 알겠다. 그러나 너무 빤히 보이는 수작이었다.

"그럼, 마에다 순사는 대문 앞에 아이가 버려져 울고 있으면 어떻게 하겠나, 그냥 내버려둘 참인가?"

"그 아이는 어미가 나타났네. 이 여자야."

여자는 처음부터 안절부절못하고 고개를 숙이고만 있었다. 서른도 안 돼 보였다. 내가 물었다.

"아이를 데리러 오셨습니까?"

"그것이 저, 저….'

"아이를 키울 능력이 안 되어 어쩔 수 없이 교회 앞에 두었지요?"

마음 같아선 버렸다는 말을 쓰고 싶었으나 두었다는 말로 대신했다.

"네. 그런데 너무 보고 싶어서…."

"그렇지요. 그 마음 충분히 이해합니다."

먹을거리는 없고, 아이는 울어대고, 앞날은 캄캄하고, 그럴 때 선택지는 대신 키워줄 대상을 찾는 길밖에 더 있으랴. 그래서 교회 앞에 놓아두었을 것이고. 그러나 아이는 보고 싶고. 이걸 무지로는 이용해서 내 꼬투리를 잡을 생각을 했을 거고.

"마에다 순사, 교회에서 데리고 온 건데 이게 유괴인가? 교회에선 당연히 고아나 기아 시설인 우리 보육원에 보냈을 건데 이게 유괴냐고?"

"아니면 아닌 거지 왜 열을 내나? 그럼 아줌마, 아이를 데려갈 거요, 말 거요?"

무지로는 들어올 때의 기세가 한풀 꺾여 여자를 채근했다. 나는 직원을 시켜 아이를 데려오라 했다.

"마에다 순사, 저 여자분이 아이 엄마란 걸 어떻게 알게 됐지?"

내가 묻자, 순사보가 나섰다.

"저 아줌마가 교회 앞을 떠나지 않고 계속 서성거려서 수상하여 물었더니만 아이를 놔뒀다고 하드만요."

"그래서 마에다 순사에게 보고했더니 고약하게도 유괴로 몰아가려고 했구먼."

"이봐 소다 가이치 원장, 자꾸 유괴, 유괴라 하지 마소."

"내가 한 말인가? 마에다 순사 말이지. 그건 그렇고 정년도 얼마 안 남았을 텐데? 말년에 몸조심하란 말 모르나? 너무 악독하게 굴지 말게."

"정년이 지나도 난 조선에 남아있을 걸세. 자네나 조심하게. 자네 같은 매국노가 고아들을 어떻게 교육하는지 눈에 불을 켜고 지켜본다는 것 알고나 있게. 벌써 아이들에게 일본 옷을 입지 못하게 한다는 사실까지 알고 있으니."

"조선 아이들에게 조선옷을 입히는 것도 죄가 되는가?"

"죄는 이현령비현령(耳懸鈴鼻懸鈴)처럼 걸기 나름이야. 자네 하나 처단하는 것은 일도 아니지."

"하나님의 사랑을 전도할 사람이 멀리 있는 게 아니구먼. 나도 고향 사람이기 때문에 하는 말이야. 자네를 꼭 하나님의 사람으로 만들고야 말겠네."

"꿈 깨시게."

무지로와 그렇게 티격태격할 때 순녀가 이이를 데려왔다. 여자는 아이를 보자마자 울음을 터뜨리고. 그러나 아이는 방긋방긋 웃었다. 거기에 여자가 얄밉다는 듯 꼬나보는 순녀의 표정이 덧붙여지니. 기괴하고 슬픈 장면이었다.

"어떡할 거요?"

무지로의 재촉에 여자는 내 앞에 와 털썩 무릎을 꿇었다.

"원장님, 제가 잘못했어요. 정말 죄송합니다. 아이를 키울 형편이 되지 못해서요."

"알았습니다. 가난이 죄지요. 아이가 보고 싶으시거든 언제든 오세요."

"네? 그래도 돼요? 정말 그래도 돼요?"

여자는 울먹이다가 웃었다. 순녀도 웃고 있었다. 인상이 펴지지 않은 사람은 무지로뿐이었다.

"그럼요. 그런데 아이 이름은 뭐지요?"

"이름도 아직 지어주지 못했어요. 원장님께서 지어주세요."

여자는 아이를 안아 볼에 입술을 몇 번이나 마주치곤 무지로와 함께 떠났다. 여자의 모습이 안쓰러웠다. 안타까운 일이지만 보육원 존재의 정체성을 일깨워 주는 사건이었다. 이후 나는 그 아이를 세은(世恩)이라 불렀다. 세상의 은혜를 입어 잘 자라라는 의미로.

보육원을 사다케로부터 인계받고 재정 상황을 살피며 내가 구상한 대로의 보육원으로 일신시키려 노력하는 가운데 시간은 빠르게 흘러갔다.

1923년 새해가 되어 며칠이 지났을 때 종로경찰서에 폭탄이 터졌다는 소문이 신문보다 먼저 알려졌다. 경찰은 아직 범인조차 모르는 상태였다. 종로경찰서는 독립운동하는 인사들을 고문하거나 잡아들이기로 악명이 자자하던 곳이라 분명히 그에 대한 보복성이 강하다는 걸 누구나 짐작할 수 있었다. 그런데 며칠이 더 지나자 두텁바위 인근에서 총소리가 요란스레 울려 퍼졌다. 원생들은 불안에 떨었다.

나중에 알고 보니 폭탄 투척의 의심을 받던 의열단원 김상옥이 매형 집에 숨었다가 발각되어 체포하느라 벌어진 총소리였다. 이 사태로 경찰 몇 명이 죽거나 중상을 입었는데도 그는 유유히 빠져나간 모양. 일경은 뒤늦게 수백 명의 병력을 동원하여 남산을 포위하고 샅샅이 뒤졌으나 그를 발견하지 못하였다. 나중에 알려진 바로 김상옥은 이미 남산에서 일경의 포위망을 벗어나 장충단을 거쳐 왕십리에 있는 안정사(安靜寺)라는 사찰에 이르러 승복을 얻어 입고 급히 산에서 내려왔다. 이때 짚신을 거꾸로 신고 내려와 발자국의 방향이 산 쪽을 향하게 함으로써 일경의 수색을 교란했다고.

남산 일대를 벗어난 김상옥은 효제동으로 가서 은신해 있었으나 일경의 추적도 집요하게 진행되었다. 일경은 시내 경찰서에서 차출한 수백 명의 무장 경관과 기마대를 동원하여 효제동 일대를 에워싸듯이 포위하였다. 날이 밝자 10여 명의 특공대가 은신처의 지붕을 타고 집 안으로 넘어 들어왔다. 그러자 김상옥은 총격을 가해 일경 대여섯 명을 쓰러뜨렸다. 그러나 제아무리 일기당천(一騎當千)의 용사일지라도 수백 명의 일경을 상대하는 데는 한계가 있었다. 그런 데다가 탄환마저 떨어져 더 이상 버틸 재간이 없는 극한상황에 이르자 마지막 남은 탄환 한 발로 장렬하게 자결하였다. 그의 나이 서른넷이었다.

"나의 생사가 이번 거사에 달렸소. 만약 실패하면 내세에 만납시다. 나는 자결하여 뜻을 지킬지언정 적의 포로가 되지는 않겠소."

이 거사를 위해 상하이를 떠나면서 그가 한 말이었단다. 이러한 열망과 기개들이 모여 독립하고자 하는 뜻을 계속해서 도모한다면 아무리 일제가 총칼로 억압한다고 한들 배겨내지 못하리라는 생각이 들었다.

9월이 시작되는 날이었다. 일본 본토의 사가미만을 진앙으로 지진이 발생했다는 소식이 전해졌다. 일명 사가미 해곡 대지진으로 후세의 사람들은 관동(간토) 대지진이라고 불렀다. 이 지진이 더 충격으로 다가온 데는 보육원 본부가 있는 가마쿠라 시가 이 사가미만을 끼고 있다는 것. 신문은 긴박한 상황을 연일 보도했다.

설상가상으로 기상 여건도 화재 확산을 더욱 빠르게 했는데 지진 전날인 8월 31일 규슈 지방에 태풍이 상륙했고 지진 발생 당일인 9월 1일 오전에는 동해로 빠져나가 있었다. 이 태풍이 일본 전역에 큰 영향을 미쳤고 도쿄를 비롯한 간토 지방에 거센 남풍이 불고 있었다. 목재건물이 오밀조밀하게 들어선 도시구조에 지진이 발생해 강풍까지 부는 바람에 불티들이 사방으로 날려 화재는 순식간에 확산하여 화염 소용돌이까지 발생했다. 이로 인해 도쿄에서 발생한 화재가 약 240여 건이었고 스미다강변 양쪽 모두 화재가 확산하였으며 가재를 챙기느라 피난이 늦어진 사람들이 미처 적절한 장소로 피하지 못하고 스미다강 쪽으로 몰리게 되었고 그중 6개의 다리에 갇힌 사람들은 강 양편에서 화재가 밀려오는 걸 쳐다볼 수밖에 없어서 다리 위에서는 아수라장이 펼쳐졌고 이로 인해 압사나 화재로 인한 사망자를 제외하고 익사한 사람만 5천 명 이상이었다. 한편 4만여 명의 피난민이 몰렸던 스미다강 바로 근처에 있던 육군 피복 창고에서는 거대한 화염 소용돌이가 발생해 단 15분 만에 3만 8천여 명이 목숨을 잃었다. 이 피복 창고에는 약 1만 명가량이 수용 가능한 인원인데 4만 명이 몰려들었고 이것 때문에 피난민들의 사이가 조밀할 수밖에 없었으며 피난 올 때 가져온 가재도구에 쉽게 화재가 발생해 피해를 키웠다. 3일간의 화재로 도쿄부 전체 면적의 약

40%가 전소되었다.

도쿄 지역과 요코하마 지역, 치바현, 가나가와현, 시즈오카현 등에서 10만 명에서 14만 2천 명 이상이 사망했고, 3만 7천 명이 실종되었다. 10만 9천여 채의 건물이 파괴되었고 10만 2천여 채는 반파되었다. 피해액은 지진 발생 전년도 국민 총생산액의 3분지 1에 이르렀다. 고메이, 메이지 시절에도 지진은 있었지만, 이번 지진은 근대화가 급속도로 진행된 도쿄에서 큰 규모의 여진과 화재로 인한 건물 피해가 워낙 컸기 때문에 일본 사회에 엄청난 충격을 주었다.

나는 두려웠다. 근대화 이후 조선과 중국에 대한 일본의 처사에 하늘이 응징한 건 아닐까라고 생각했기 때문이다. 가마쿠라 보육원 본부도 피해가 없을 수 없었다. 하늘의 응징이라면 보육원은 무슨 죄로? 하긴 그 많은 사람이 무슨 죄로 죽어야만 했던가. 엄청난 자연재해 앞에 인간이 얼마나 무력한 존재인가를 실감할 뿐이었다.

그러나 이 속수무책의 자연재해에 대한 분노가 엉뚱한 곳으로 표출되었다. 말로는 표현할 수 없는 천인공노할 대학살이 이후 벌어지고 말았으니. 일본 정부가 유언비어를 퍼뜨려 마을의 자경단을 결성하라는 공문을 보내자, 당시 일본에 거주하던 조선인뿐 아니라 중국인, 류큐인, 부라쿠민(천민 집단), 장애인, 사회주의자, 공산주의자, 아나키스트 등에 대해 자경단의 무자비한 학살이 자행되었다니. 특히 조선인의 피해가 컸다고.

나는 이 학살을 가까스로 피해 조선으로 돌아온 도쿄 YMCA에서 활동했던 청년에게 얘기를 세세히 들었다. 그의 말에 따르면 내무성이 각 경찰서에 하달한 내용 중 재난을 틈타 이득을 취하려는 무리, 즉 조선인들이 사회주의자들과 결탁하여 방화와 폭탄에 의한 테러, 강도 등을 도모하고 있으니 주의하라는 것이었다고. 이 내용은 일부 신문에 인용되었고 이 과정에서 지극히 편향적인 유언비어까지 더해진 결과, 사회주의자들의 교시를 받은 조선인들이 폭도로 돌변해 일본인들을 습격하고 방화 약탈까지 한다는 과격한 선동 문구로 둔갑하여 각지에 나돌았다고.

심지어 조선인이 우물에 독을 풀었다, 독이 든 만두를 나눠주고 있다, 일본에 지진 일어나게 해달라고 저주를 퍼부었다는 유언비어라고 하기에도 너무 저급한, 허무맹랑하고 비과학적인 낭설까지 나돌았다. 거기다 조선인들 모두가 일본 열도를 영차영차 밀어서 지진을 발생시켰다는 만평이나 선전 그림이 신문이나 벽보 등으로 나돌았다고 하니.

거기에 조선인들에 대한 증오를 가진 일본인들이 이러한 소문들을 곧이곧대로 믿고 서로서로 적개심을 확산시키면서 학살의 구실을 쌓아 갔다고. 평소엔 조선인들에 대해 무관심했던 다른 민중들도 지진으로 인해 여기저기 무너지고 삶의 터전을 잃은 허망함과 좌절, 화재로 인한 치안의 불안감까지 커지던 차에 이런 소문들까지 나돌자, 곳곳에서 우익들의 선동하에 죽창, 몽둥이, 도끼, 갈고리, 일본도, 총기 등으로 무장한 폭도로 돌변했고, 이들은 곳곳을 돌아다니며 조선인이다 싶으면 가차 없이 죽였다는 것. 우선 조선식 복장을 한 이는 현장에서 찌르거나 때리거나 찍거나 베어 죽이고, 기름을 붓거나 장작불에 천천히 태워죽이기도 했으며 심지어 밧줄로 굴비 엮듯 묶거나 반죽음으로 만들어 강물에 던지기도 했다는데, 살겠다고 수면 위로 올라오면 그 즉시 쫓아가 확인 사살을 하더라고. 시간이 지날수록 자경단의 규모는 점점 불어났고 만행도 점점 도를 넘어 공권력을 위협할 정도가 되었다. 학살이 최고조에 달했을 때는 도쿄에 흐르는 스미다강과 아라카와강에 투기했거나 강가에 암매장 혹은 방치된 시체들의 피로 강물이 붉게 물들었다고 했으니.

청년의 말을 듣는 도중에도 나는 몇 번이나 치를 떨었다. 어찌 그럴 수가! 우리 일본인의 피에 그런 악독한 인자가 대물림되고 있었는가. 저 멀리는 임진왜란과 정유재란부터 명성황후 살해와 을사늑약과 이어진 병합에 반발한 3.1 독립운동에서의 무자비한 학살까지, 조선에 대한 일본의 침탈은 언제까지 이어질 것인지…. 읽으면서도 믿어지지 않았던 왜란 당시 종군했던 승려 게이넨(慶念)의 기록이 생생하게 떠올랐다. 본토에서 건너온 노예 상인들이 부대를 따라다니며 남녀노소를 가리지 않고 사들여 목을 밧줄로 묶어 앞장서게 하고 걷지 못하는 사람은 지팡이나 몽둥이로 매질해서 걷게 했는데 이들이 바로 지옥의 죄인을 처벌하는 악마의 모습이 아닐까라고 생각했다는 내용이었다.

교토시 히가시야마구에 있는 귀 무덤(耳塚)은 어떤가. 왜란 시에 조선인의 귀와 코를 베어 가져다가 묻은 곳이잖은가. 그것도 하필이면 조선 정벌을 기획하고 귀와 코를 베어오라는 지시를 한 도요토미 히데요시를 기리는 신사의 정문에서 얼마 떨어지지 않은 곳이라니, 귀와 코가 희생제물로 바쳐진 것은 아닌가 하는 의혹을 떨쳐버릴 수가 없으니. 일본을 통합한 도요토미 자신이 미치지 않고서야 어떻게 그런 만행을 지시했을 것이며 신사 앞에 무덤을 만든 그의 추종자들도 마찬가지 아닌가.

나는 어찌하여 조선인들이 일본 순사를 보면 '에비 온다'라고 하며 두려워하는지 의아했던 적이 있었다. 우는 아이를 달래며 겁을 줄 때도 '에비 온다' 이 에비가 도대체 무엇인가. 그게 귀와 코를 베어 간 일본군의 만행에서 유래했다니 기가 막힐 일이다. 그 에비가 이비야(耳

鼻爺), 즉 귀(耳)와 코(鼻), 사람(爺)이 합쳐진 말로 귀나 코를 베어 갈 사람이라는 뜻이란다. 그 소리를 들으면 우는 아이가 울음을 뚝 그칠 정도니 얼마나 무서운 존재인가. 조선 사람이 일본인을 원수로 여기는 데는 다 그만한 이유가 있었으니, 뿌리 깊은 반일 감정이 괜히 생겨난 게 아니었다.

지진의 여파로 일본인의 조선인에 대한 학살이 암암리에 전해지고 있는데도 총독부 기관지인 매일신보는 조선인들이 혼란을 틈타 폭동을 조장한다는 기사를 전면에 실었으니, 반발이 심해질 건 뻔했다.

"원장님은 되도록 밖에 나가지 않는 게 좋겠어요."

도쿄에서 벌어진 학살 소식을 다 알고 있는 다키가 퇴근 후 걱정스러운 듯 말했다.

"알겠소. 내가 밖을 돌아다닌다고 할지라도 해코지할 사람은 없겠지만 설령 있다 하더라도 의도치 않게 그 사람을 죄인 만드는 꼴이 될 거니 별일이 없는 한 당분간 나가지 않을 거요."

"맞아요. 난 이해할 수가 없어요. 자연재해일 뿐인데, 왜 그걸 조선인들 탓으로 돌리는지요. 분명히 바람직하지 않은 선동 세력이 있었을 거예요."

"그 선동 세력이 정부라는 게 문제요. 집 잃고 가족 잃은 사람들이 다른 곳도 아닌 정부가 그런 말을 하니 안 믿을 수가 없어 이성을 잃어버린 거요. 유언비어는 계속해서 확대재생산 됐을 거고."

당연히 사람들은 맨정신으로 다른 사람을 죽이는 데에 동의하지 않았으리라. 제노사이드(집단 살해)가 일어나는 배경에는 자신들에게 닥친 어려움의 책임을 돌릴 다른 집단을 찾는 일부터 시작하고, 그 대상이 조선인이었을 것이니. 조선인을 죽이지 않으면 우리가 죽으리라는 공포 심리가 작용했을 것이고. 정부는 의도적으로 그쪽으로 유도했으리라. 참으로 고약한 책임 회피였다.

"오늘 한 학생이 그러는 거예요. 일본인은 사람을 죽이는 걸 즐기는 민족이냐고."

"난감했겠구려."

"네, 정말 난감했지요. 그래서 군중심리를 이용한 지도자들이 문제라고 말했지요."

맞다. 일본은 지도자가 문제다. 요시다 쇼인, 이토 히로부미, 후쿠자와 유키치 등 일본에서 선각자로 추앙받고 있는 인물 모두가 인류에게는 재앙을 가져다줄 위험인물이었다. 현재 정신적으로나 신체적으로 아프다는 다이쇼 천황은 이런 짓을 할 인물이 못 된다. 해군 대신을 역임하고서 한 차례 총리대신을 지낸 바 있고 이번 지진으로 다시 등장한 야마모토 곤노효에(山本權兵衛) 이하 상층부 관리들이 벌인 얄팍한 술수에 의한 짓이 분명하리라. 조선의 국왕은 예로부터 비가 많이 와도 내 책임, 비가 안 와도 자신의 책임이라며 해결될 때까지 노심초사로 밤잠을 설친다는 데, 이들은 지진이라는 자연재해 앞에 절망하고 분노한 국민의 눈을 다른 데로 돌리려 수작을 부렸으니. 조선에 대해 갚아야 할 나의 빚만 늘어나고 있었다.

가을이 깊어 갔다. 추운 겨울을 대비하기 위해 원생들도 부지런히 움직였다. 초목이 무성할 때면 염소를 끌고 나가 풀이나 나무 잎사귀를 뜯어 먹게 하면 그만이지만 겨울에는 달랐다. 먹일 건초를 준비해야만 했다. 그러다 보니 부작용도 생겼다. 얼굴이 검게 그을리고 주름살 가득한 농부가 화가 나서 보육원으로 쫓아오는 일이 벌어졌다.

"소 먹일 콩깍지를 왜 거둬간 거요?"

무슨 영문인지 몰랐던 나는 현관에서 그 농부를 맞아 공손히 허리를 숙여 사과했다. 마당에 말리려고 널어놓은 칡넝쿨을 비롯한 아까시나무, 자귀나무 이파리 사이에 콩대가 섞인 것을 보았던 게 생각났다. 남의 것은 절대로 손대지 말라고 그렇게 일렀건만.

"죄송합니다. 염소가 워낙 콩잎을 좋아해서 원생들이 욕심이 났나 봅니다."

"그게 도둑질이지 뭡니까. 그렇게 하라고 시킨 것 아니오?"

"그럴 리가 있습니까. 너그러이 용서해 주십시오."

"내가 콩밭에 염소가 들어가 몇 번이나 뜯어먹은 걸 봤어도 참았소이다. 노느라 정신 줄을 놓은 애들만 잠시 혼내고 말았지. 그런데 소 줄라고 묶어놓은 걸 다발 째 가져가면 그게 도둑질이 아니고 무엇이오."

"제가 아이들 시켜서 아저씨 댁에 갖다 드리라고 이르겠으니 노여움 푸십시오."

그때 가서야 농부의 표정이 풀어졌다.

"그럴 것까진 없고, 다음부턴 그러지 말라고 단단히 타이르쇼. 나도 부모 없이 이곳에서 자라는 불쌍한 아이들이라 어지간하면 참으려고 했소이다."

"그렇게 이해해 주시니 고맙습니다. 잠깐만 기다려 주십시오."

그냥 돌려보내면 안 될 것 같았다. 나는 바삐 사무실로 들어와 미국 교회에서 보내준 물품 가운데 사탕 한 움큼을 들고 다시 농부 앞에 서서 주며 거듭 사과했다.

"이거라도 주머니에 넣었다가 아이들 주십시오."

"아이고, 이러려고 온 것이 아닌데?"

농부는 순박했다. 일순간 성질이 나서 달려오긴 했으나 웃는 얼굴에 침을 뱉진 못하게 생겼으니. 속으로 그까짓 콩깍지 하며 괜히 왔나 싶었으리라. 그는 몇 번이나 허리를 조아리며 떠나갔다.

사탕이나 분유, 우윳가루가 생긴 건 다키 덕분이었다. 보육원생들에게 조금이라도 도움이 될 일이 뭐가 있을까 고민하다가 미국에 있는 여러 교회에 편지를 보낸 결과였다. 고마운 일이었다. 다키가 해낸 또 다른 일은 쓰루가오카에 있는 일본인 교회에 가서 헌 옷을 수거해다가 아이들 몸에 맞게 바느질해서 입히는 일이었다. 그 일은 내가 전도사로 있던 교회로 확장되었다.

서울의 겨울은 매섭다. 내 고향 야마구치와는 확연히 달랐다. 당연히 겨울을 이겨내는 방법도 달랐다. 일본에선 코타츠가 유용하게 쓰이지만, 조선은 온돌이 방마다 깔려 있다. 방을 데우기 위해선 아궁이에서 군불을 지피고, 군불에는 당연히 나무가 쓰였다. 장작은 어쩔 수 없이 사야 했으나 그 장작을 아끼기 위해 원생들이 강변에서 푸나무를 해오기도 했다.

사무실에선 난로를 사용했다. 연료가 문제였다. 장작은 금방 없어졌다. 하여 궁리 끝에 일본군 부대를 찾아갔다. 용산에 외국군이 주둔하게 된 역사가 깊다는 걸 알게 됐다. 이 자리가 임진왜란 당시에는 일본군의 후방 병참기지가 있었다고 하며, 1882년 임오군란을 진압하기 위한 목적으로 조선에 파병된 청군이 주둔했고, 1884년 갑신정변 때는 일본군이 주둔했다. 이후 일본이 청일전쟁, 러일전쟁에서 승리하면서 다시 일본군이 대규모 병영을 건설하기 시작했고, 그중 20사단이 이곳 용산에 주둔하게 되었다고.

나는 어느 기관이나 방문할 때 우두머리를 찾는 걸 철칙으로 삼았다. 그래야만 무시를 당하지 않기 때문이었다. 우두머리를 만나지 못하면 그다음, 또 그다음 사람을 만나 문제를 해결해 왔으니. 군부대는 원생들이 손수레를 끌고 짬밥을 얻으려 매일 드나들어 어려울 게 없다고 생각했었다. 그러나 아니었다.

"스즈키 소로쿠(鈴木莊六) 사령관을 만나러 왔소."

"무슨 일입니까?"

명찰에 새겨진 이름인 위병소 장교 사토 하루키 중위는 꼬치꼬치 캐물었다. 내가 누구이고 왜 만나러 왔는지를. 고집이 세게 생기긴 했다. 거기까지는 다른 기관과 별 차이가 없었다.

"보육원 원장이 사령관님을 만날 일이 뭐 있소. 그냥 돌아가시오. 그분은 그리 한가하지가 않소이다."

보육원 원장을 바지저고리로 알았나?

"일본군을 위한 길이라는 데도?"

"허허 참, 무슨… 그것이 뭐요?"

"사토 중위가 처리할 수 있는지 모르겠네."

"날 무시하는 거요?"

"그렇다면 말해 볼까. 요즘 일본군에 대한 조선인의 시선이 곱지 않잖소."

"언제는 좋았습니까?"

"그러니까 좋은 일 좀 하라는 얘기요. 우리 원생들 손수레 무사통과는 항상 고맙게 생각하고 있소. 덕분에 돼지를 굶기지 않고 키울 수가 있으니 얼마나 좋은 일이오. 그런 김에 이 추운 겨울을 좀 따뜻하게 보내도록 선처를 부탁하오."

"어떻게요?"

"병사들 숙소 페치카에 쓰는 석탄을 좀 나눠주라는 말이오."

"석탄을?"

"우리 손수레보다 트럭으로 실어다 주면 더욱 좋은 선전이 될 거요. 일본군이 불쌍한 고아들을 위해 석탄을 희사했다고. 신문에 날 일이오."

"겨우 그런 걸 가지고 사령관님을 만나려 했다고요?"

"사토 중위께서 해줄 수 있다면 우리 원생들이 정말 고마워할 겁니다."

"하하하, 소다 원장님의 수단이 참 고단수입니다. 제가 군수 참모와 상의해 보겠습니다."

나는 위병소 장교의 표정을 보고 의외로 일이 잘 풀린다는 걸 느끼며 보육원으로 돌아왔다. 아니나 다를까, 다음날 바로 트럭이 보육원 마당에 도착하여 충분할 만큼의 석탄을 내려놓고 갔으니. 나는 다음을 생각해서도 아는 신문 기자를 통하여 이 미담이 신문에 나도록 했다. 그러자 며칠 후 효과가 나타났다. 부대에서 담요 열 장을 보내준 것이다. 다키가 그걸 보고 놀란 건 불문가지.

"이게 무슨 일이래요?"

"나도 양아치 짓을 좀 했지."

"부대 가신다 했을 때 과연 도와줄까 했는데 의외군요."

"단행성령 조지의(斷行聖靈 助之矣)라 했잖소."

결단코 행동으로 옮기면 성령이 도와주신다. 말 한마디가 천 냥 빚을 갚는다는 속담도 있다. 부대에 도움을 청할 생각만 하고 말았다면 있을 수 없는 일이었다. 행동으로 옮겼으니 가능했다. 설령 사토 중위가 거절한다 한들 뭐가 달라질 것인가. 보육원을 위해서라면 더 한 짓도 할 수 있다는 심정이었다. 내 위신은 없다. 보육원과 원생들만 생각하자. 석탄은 물과 황토와 뭉개어 겨우내 유용하게 사용했다. 화력도 좋았다.

일본은 물리적인 측면만이 아니라 정신적으로도 조선을 지배하려 남산에 신궁을 지었다. 병합 이전부터 일본인들이 남산 일대에 많이 살았고, 조선인들이 남산을 영험하게 여겼음도 남산 자락을 낙점한 이유인 듯했다.

이 신궁에는 아마테라스와 메이지 천황을 제신(祭神)으로 봉안하였고, 메이지 천황이 생전에 차던 검을 하사받아 신궁의 보물로 간직했다. 아마테라스는 일본 신화에 나오는 태양의 신이다. 또한, 일본 황실의 황조신(皇祖神)이다. 바람과 태풍 혹은 죽음 등과 연관이 있고 천국의 여왕이며 창조 그 자체이고 죽음의 땅으로부터 세계를 지키는 아버지 이자나기의 역할을 물려받은 여신이다. 아마테라스의 역할은 모든 것을 밝히는 태양의 역할 뿐만이 아니라 모든 생명체에게 영향을 주고 낮과 밤이 질서 있게 움직이도록 한다는 것.

내가 이 신궁을 가봤을 때, 참배로의 계단만 380여 개에 이르는 등 위용이 대단했다. 경복궁 앞에 건설 중인 조선총독부 청사에서 남쪽을 바라보면 신궁이 바로 눈에 들어왔다. 다만 신궁은 북서쪽으로 뻗은 남산의 산등성이 위에 터를 잡았기 때문에, 총독부는 신궁을 바라보는 위치에 있지만, 신궁은 비스듬히 선 모양새가 되어 서로 마주 보지는 않았다.

원래 일본의 신사는 왜관이 있는 부산 용두산에 있던 게 최초였다. 남산에도 경성 신사를 만들어 총독부 관리들이 참배하곤 했다. 그 외에도 일본인 거주지역에 꾸준히 생겨났다. 이번에 완공된 남산의 신궁은 식민지 조선의 신사를 대표하게 되었다.

나는 기독교인으로서 이 신궁에 거부감을 느꼈다. 일본 지도자들의 국수주의적인 성향으로 봐서 언제 참배를 강요할지 모를 일이었다. 3.1운동에서 보았듯이 독립을 향한 열망이 가득한 조선인들을 좀 더 강하게 일체화할 필요성에서 신궁 건설의 목적도 있었으리라. 조선인 모두가 참배해야 할 신성한 곳으로. 그런 점에서 신궁보다 높은 곳에 자리한 무당들의 기도처 국사당이 무사할 리 없었다. 조선의 신들은 일본의 신에 자리를 물려주고 인왕산으로 쫓겨난 신세로 전락했으니.

한때 신궁에 누구를 모셔야 하는가, 했을 때 조선의 시조신을 모셔야 한다는 주장이 대두된 일이 있었는데 총독부에 의해 거부되었다는 게 정설이다. 웃기는 일은 단군에 대해서는 역사적으로 존재 자체가 의심스럽다고 주장하며 부정하고, 아마테라스에 대해서는 실재했던 분이 분명하다고 했다는 것. 그야말로 총독부가 어이없는 이중잣대를 들이댔으니, 감히 아마테라스가 허구의 존재라거나 단지 신화일 뿐이라고는 말할 수 없었으리라. 내 생각으로는 단군은 반일의 상징이 될 위험성이 있어 신궁에 봉안할 엄두를 내지 못했음이 분명해 보였다.

세은이는 순녀의 보살핌 속에 무럭무럭 자랐다. 보육원 마당을 뛰어다니는 모습도 가끔 볼 수 있었다. 순녀가 보살피는 원생은 주로 일곱 살 미만의 어린아이들이었다. 세은이 생모는 처음에만 두어 번 다녀가더니 다신 오지 않았다.

다음 해에 다키는 교사직을 그만뒀다. 그동안 다키의 봉급이 보육원 운영에 큰 도움이 되었던 건 사실이다. 그보다도 다키의 적극적 활동으로 인해 보육원이 지원받을 수 있었던 일도 지대했다. 부모의 사랑에 목말라하는 원생들은 다키를 잘 따랐고 그 자상한 손길을 더 필요로 했다. 나는 진작에 학교를 그만두길 바랐으나 차마 말을 꺼내질 못했는데 다키가 먼저 얘기를 꺼냈던 것. 이 일은 사실 나로서나 보육원 차원에서 백만 원군이 합류한 것과 다름없었다.

벚꽃이 흐드러져 세상을 밝히다가 완전히 사그라지고 버찌가 조그마한 알맹이를 드러낼 무렵 순종의 서거가 전해졌다. 대한제국의 제2대 황제이자 조선 제27대 마지막 국왕으로서 경술년의 치욕을 겪은 군주였다. 명성황후 소생의 자녀 가운데 유일하게 요절하지 않고 장성한 자식이고, 고종의 많은 자녀 중에서도 유일한 정실 소생의 적자였다. 그만큼 순종은 대한제국 황실의 금지옥엽이었지만, 건강은 매우 좋지 않았다. 어렸을 때부터 천연두에 걸렸다가 나은 적이 있는 등 잔병치레를 많이 겪었다. 게다가 순종은 성인이 된 후 독살 미수 사건을 겪으며 그러잖아도 안 좋던 건강이 더욱 나빠졌다. 역관 김홍륙이 고종을 독살하려고 고종과 순종이 함께 커피를 마시는 때를 맞춰 아편을 넣어 올렸던 것. 커피 애호가였던 고종은 그날 맛이 이상하다고 여겨 바로 뱉어버렸지만, 순종은 아무것도 모른 채 마시는 바람에 피를 토하고 그 자리에서 기절했다고. 이 일로 순종은 며칠 동안 혈변을 누는 등 건강을 크게 해쳤고, 젊은 나이에 치아 상당수가 빠져서 틀니를 끼고 살아야 했으니. 게다가 틀니를 낀 탓에 하관이 커졌고 그 탓에 어벙해 보여 바보가 되었다는 소문이 전국에 퍼졌다. 그 결과 순종의 입지는 그야말로 허울뿐인 왕이라는 비난에 시달렸으며 인기와 신뢰를 잃게 되었다.

황현이 쓴 『매천야록』에 따르면 순종이 성불구였다고 하는데, 사실 여부는 알 수 없지만 적어도 순종의 몸에 이상이 있기에 자손을 못 본다는 말이 그 당시에 널리 퍼졌음은 사실이었다.

순종은 국권이 일본에 넘어간 뒤 조선 왕공족(王公族)으로서 일본 황족보다는 낮고 일본 귀족인 화족 계층보다는 높은 이왕(李王) 직위를 받게 되었다. 하는 일 없이 주로 창덕궁에 머물며 당구를 치는 것을 낙으로 삼았는데, 어느 날 당구를 치다 쓰러진 후로는 그조차 못하게 되었다고. 고종의 장례식 때는 양복이나 일본 옷을 입은 문상객이 오면 아예 등을 돌리고 절을 받지 않아 일본 고관들까지 한복을 구해 입고 문상을 왔다고 하니 나름대로 조선 왕실에 대한 자존심만은 저버리지 않으려 노력하지 않았나 하는 생각도 들었다.

순종은 52세를 일기로 자식 없이 이 세상을 떠나갔는데 국장을 기회로 제2의 3.1 운동을 시도한 6.10 만세 운동이 일어나기도 했다. 이왕의 위(位)는 영친왕에게로 이어졌다.

사망 전에 남긴 유언이 있는데 미국의 한인 신문인 《신한민보(新韓民報)》에 실렸다. 한일 병합 조약의 조인이 일본 및 친일 관료의 강압으로 자행되었으며 순종 본인은 인정하지 않았음을 주장하는 내용이었다.

순종의 서거를 계기로 일어난 만세 운동은 조선공산당과 학생 계층, 천도교 세력이 연합전선을 이루어 3·1 운동의 경험을 바탕으로 전개한 만세 사건이었으나 거사를 앞두고 발각되어 애당초 계획대로 만세 시위가 크게 번져 나가지 못하였지만, 학생들은 일제의 삼엄한 경비망을 뚫고 독립을 외치며 운동을 전개하였다. 인산 행렬이 지나가는 길마다 민중들이 합세하여 만세 함성을 드높였다고. 나는 보육원 일이 바빠 직접 보진 못했다.

이후에 안 일이지만 만세 운동이 사전에 발각된 탓으로 지도부가 체포되어 거사가 성공하지 못했으나 일제 경찰의 삼엄한 감시를 뚫고 만세를 주도한 이도 있었다. 나와 몇 번 안면이 있던 권오상이었다. 그는 배움에 목말라하여 연희전문학교에서 공부하였고 우리 사회의 현실적 문제를 고민하여 사회 활동에도 적극적이어서 식민지 조선 사회를 근본적으로 변혁시키려 조선공산당과 고려공산청년회에 가입하여 활동한 실천적 지식인이었다. 그런 그가 서대문형무소에서 모진 고문 끝에 죽었다는 것이었다. 웅지도 펴보지 못한 스물여덟 살이었다, 나는 그 소식을 듣고 몸서리가 쳐졌다. 일본은 얼마만큼 더 죄를 짓고서야 멈출까.

가을에는 조선총독부 청사가 완공되어 어마어마한 위용을 드러냈다. 모르긴 해도 여태껏 조선에 존재했던 건축물 중 가장 거대하지 않을까 싶었다. 이 건물의 가장 큰 문제는 건물 부지이다. 일제는 청사를 조선의 정궁인 경복궁의 전면부를 헐어버린 자리에 지었는데 이로 인해 궁궐의 중심 지역인 근정문 코앞까지 총독부 건물이 들어서 뒤를 완전히 가리는 형상이 되었고, 경복궁 뒤편 북악산과의 조화도 깨져 답답하고 위압적인 형상이 되었다. 이러한 부지 선정은 표면적으로는 행정적으로 편리한 장소를 택했다는 구실을 내세웠으나 실제로는 문화와 역사, 민족적 심리를 압도하고자 조선의 상징인 이 자리를 선택한 게 아닌지 의심을 사기에 충분했다.

지붕은 바로크 양식 건축물에 잘 쓰이는 구리 돔으로 건설 직후에는 붉은 구릿빛이지만, 시간이 지나면 녹이 슬어 청동색으로 변한다고 했다. 이처럼 막대한 돈이 들어갔을 호화스러운 청사를 지은 건, 조선 왕조는 막을 내렸고 일본 제국의 시대가 도래했음을 심어주기 위한 목적이 컸으리라. 그것도 영원히. 또 다른 문제는 청사가 하늘에서 바라볼 때 날 일(日)과 같은 형태를 하고 있다는 것. 일제가 풍수지리 사상에 근거하여 조선의 정기를 억누르려고 수도인 경성부에 일(日) 자를 적용했다는 소문이 무성했다. 실제로 일본인들에게 나는 그런 말을 들었다. 일제의 중추인 세 곳, 일본 국회의사당, 조선총독부, 대만총독부가 모두 日자 형태로 제국의 삼위일체를 이룬다고.

청사 준공식에 많은 일본인이 초청받았으나 나는 가지 않았다. 일시적으로 조선이 일제의 무력에 굴복한 건 맞지만 영적으로는 절대로 항복한 게 아니었다. 칼로 흥한 자 칼로 망하리라는 주님의 말씀이 아니더라도 달도 차면 기우는 법이고 연못의 물도 용량을 초과하게 되면 넘쳐 흐르기 마련이니까.

그래도 시간은 갔다. 무정한 시간의 흐름 속에서 안타까운 일은 이상재 선생의 서거였다. 개나리가 피고 벚꽃이 꽃망울을 터뜨리기 직전이었다. 나는 선생의 병환 소식을 듣고 연세가 있으신지라 다신 일어나지 못하리라는 기분에 복숭아 통조림을 들고 댁으로 찾아갔었다. 안에는 이미 제자들이 문병을 와 있어서 마루에 걸터앉아 기다리는데 호통이 들렸다.

"네 이놈들. 너희가 나 뒈졌나 안 뒈졌나 보러 왔지!"

선생의 탁한 목소리였다.

"아이고 선생님, 그게 무슨 말씀입니까. 이제 날도 따뜻해지고 있으니 거뜬히 일어나실 겁니다."

"이놈들이 엉뚱한 소리 하고 자빠졌네. 이 늙은이 쳐다볼 시간에 우리 젊은이들이 조선의 기상이나 잃지 않도록 하는 게 나를 위하는 길이야, 이놈들아. 청년이 살아야 나라가 사느니라."

제자들은 계속되는 호통에 쩔쩔맸다. 나는 목소리만 듣고 아직 돌아가실 시기는 아닌가 보다고 안심할 수밖에. 얼마 후 그들이 나오고 내가 들어갔다. 선생은 벽을 보고 모로 누워있었다.

"선생님, 소다 가이치입니다."

"으응? 소다 선생이라고?"

돌아누운 선생의 눈가엔 눈물이 맺혀 있었다. 아, 이 모습이 바로 선생님의 진면목이 아닐까. 안심했던 마음이 무거워졌다. 약한 면을 보이지 않으려 큰소리를 쳤건만 바짝 야윈 모습은 세월의 무게를 감당하기 어렵다는 걸 보여주었다.

"선생님, 일어나셔서 이것 좀 잡숴보세요."

나는 옆에 있는 선생의 4남 중 유일하게 살아남은 막내아들 승준 씨에게 통조림을 내밀어 칼로 까도록 했다. 그러나 통조림을 본 선생의 눈빛이 이글거렸다.

"까지 마라."

나는 아차 싶었다. 통조림에 선명한 일본 글자. 사토 중위가 보내준 것이었으니. 나는 바로 고개를 조아렸다.

"선생님, 제가 잘못했습니다."

"소다 선생, 고아들에게 일본말을 가르치나?"

"아닙니다. 열다섯이 넘은 아이들에게만 가르치고 있습니다."

실제로 그랬다. YMCA에서 일본어를 가르쳤던 목적을 잃어버리지 않았으니. 일본을 알아야 일본을 이길 수 있다. 언어가 아무리 어릴 때 가르쳐야 효과적이란 걸 알지만, 조선어도 미숙한 어린아이들에게 일본어를 가르치는 건 선을 넘는 짓이라 여겼으니.

"암, 그래야지. 그들은 조선의 아이들일세."

"명심하겠습니다."

사려 깊지 못한 나의 행동으로 혼쭐이 난 다음 날 선생은 이 세상을 떠나고 만 것이다. 3.1 운동 이후에도 선생은 쉬지 않았다. 조선 교육협회 회장이 되어 민립대학 설립을 주도했으며 소년 연합 척후대(보이스카우트)의 초대 총재로서 활동했고, 조선일보의 사장으로 부임하여 언론에도 관여하고, 항일운동단체인 신간회 회장에 추대되었으니. 그리고 불과 한 달 뒤, 선생은 돌아가셨다. 장례는 사회장(社會葬)으로 열렸는데 장례위원장이 윤치호였다. 나는 만장을 들고 상여 행렬의 뒤를 따르며 다짐했다. 나는 비록 일본인이지만 선생의 유지를 받들며 살겠다고.

선생은 그 많은 활동을 했으면서도 셋방살이를 못 면했으며, 하나 남은 아들에게 남겨줄 재산 하나 없이 오히려 쌀 스물일곱 가마의 빚만 졌다 하니 얼마나 청빈한 삶을 살았는지 알 수 있었다.

영원한 청년이고자 했던 월남 이상재 선생. 나를 주님의 품으로 인도했던 이. 유머와 말솜씨가 뛰어났으며 당대 최고의 독설가라 할 만한 인물이 떠나갔다. 난 후쿠자와 유키치가 죽었을 때 담담했었다. 젊은 시절에 그토록 선망했던 인물이지만, 그의 세계는 탐욕과 우울 가득한 일본이라는 우물에 불과했다. 이상재 선생이 추구한 세계는 당대의 현실이 녹록지 않았어도 조잡하지 않고 유쾌하기만 했다. 선생의 비문을 쓴 시인 변영로와의 일화가 그 단적인 예다.

변영로가 학생 시절에 수업을 빼먹고 종로에 놀러 나갔는데 뒤에서 누군가가 큰 소리로 아버지 이름을 부르더란다.

"변정상 씨!"

아버지 이름을 듣고 놀란 변영로가 뒤를 돌아보니 이상재 선생이 웃으며 서 있었다고. 아버지 이름을 함부로 부르는 게 불쾌해진 변영로가 선생에게 따졌다.

"선생님, 노망이 나셨습니까? 아버지와 아들도 구별하지 못 하시다니요. 아무리 제 아버지와 친하시다 하지만 길에서 아버지 함자를 함부로 부르면 되겠습니까?"

그러자 선생 왈.

"이놈아! 네가 변정상의 씨가 아니면 뭐란 말이냐? 그럼 너는 대관절 누구의 씨더냐? 그것부터 말해보아라."

말문이 막힌 변영로가 입만 벌릴 수밖에. 기가 막힌 언어유희 아닌가. 야단치는 방법도 이상재 선생다웠다.

어느덧 내 나이 육십이 되었다. 환갑인 것이다. 그동안 낙담의 세월을 술과 함께했던 아버지는 내가 홍콩에 있을 때 돌아가셨고, 어머니는 내가 대만에 있을 때 돌아가셨다. 나는 큰동생으로부터 그 소식을 들었으나 일신 독립을 이루지 못했다는 자책감에 눈물만 떨궈야 했다. 크나큰 불효였다. 큰동생은 소망하던 의사의 길을 걷고 있었다. 작은동생은 홋카이도로 갔다는 소식을 들었는데 한참 지난 후엔 뜻밖에도 목장을 하고 있다는 소식을 전해왔다. 소규모가 아니었다. 보내준 사진을 보면 광활하다는 말이 어울렸다. 두 동생 모두 일신 독립의 바람직한 삶을 살고 있다는 사실이 흡족했다.

조선의 가을 하늘은 천고마비(天高馬肥)라는 말에 어울리게 정말 푸르고 드높았다. 이제까지 난 생일을 모르고 살았었다. 다키와 결혼한 후에도 서로가 모르고 그냥 넘어갈 때도 많았고, 설령 알았다 해도 무덤덤하게 넘어갔다. 그런데 원생들과 직원들이 보육원 뜰에 멍석을 깔고 환갑 생일상을 차려주었다. 조선의 환갑은 일본과는 다르게 특별하잖은가. 직원들이 다키와 함께 한복도 한 벌씩 해주었다. 그날 더욱 기뻤던 일은 보육원을 나간 후 어엿한 사회인으로 생활하고 있는 청년들이 선물을 한 아름씩 안고 찾아와 동생들과 함께 보낸 것이다. 거기엔 한돌이와 두돌이, 세돌이 등 세 의형제도 끼어있었다. 그들은 한돌이가 제일 먼저 보육원을 나간 후 구리개(을지로) 한약방에서 일하다 두돌이와 세돌이를 끌어들여 그 부근의 같은 분야에서 일하고 있었다. 임금은 없는 거나 마찬가지였으나 우선 먹고 잘 곳이 해결되었다는 점에 나도 안심이 되었었다. 지금 당장이야 임금이 적어 불만일 수 있으나 한 우물을 파다 보면 어느 분야나 길이 보이게 마련일지니. 또 원생들은 노래를 부르며 멍석 말기 놀이와 술래잡기, 제기차기, 자치기 등을 종일 즐겼다.

이런 원생들이 들어오는 과정에서 사연도 많았다. 버려지거나, 길거리에서 떠돌거나, 딱한 사정을 듣고 직접 가서 데려오거나, 부모가 찾아와 맡기거나. 그러다 보니 오해도 많았다. 왜놈이 조선의 아이들을 임시로 맡았다가 일본에 팔아먹으려고 한다는. 자선사업가인 척하지만, 뒷구멍으로는 제 잇속이나 채울 짓거리할 거라는 등. 그런 모함이야 시간이 지나면 자연스레 없어지리라 보고 일일이 대응하지 않았다.

서리가 내리고 찬 바람이 불기 시작하자 원생들에게 감기 환자가 속출했다. 나는 말린 생강을 사러 의형제가 일하는 모습도 볼 겸 구리개로 갔다. 구리개는 예로부터 서민 치료를 담당했던 혜민서가 있어서 약방이 많이 있었다. 그러나 병합 후 그곳에 일본인들이 다수 살게 되어 일제는 구리개를 고가네마치(黃金町)라는 이름으로 개명하였다. 구릿빛을 황금빛으로 이름마저 호도한 것이다. 그리고 조선총독부에서 고가네마치를 가로지르는 도로를 개설하여 이를 고가네마치도리(黃金町通)라 하였다. 이 도로는 서울에서 최초로 인도와 차도가 구분된 곳이었다. 놀라운 점은 임진왜란의 명장 이순신 장군이 태어난 동네에 일본인들이 모여들어 살고 있다는 사실이었다. 일본의 조선 정벌을 실패로 몰고 간 장본인이 이순신 장군인데 그 사실을 알고 모여들었을까? 아니면 그냥 생활 방편에 따라 아무 생각 없이 자연스럽게 모여 사는지 모를 일이었다.

활동사진을 상영하는 황금관 앞을 지나는데 누구인가가 나를 보자 급히 골목으로 숨어드는 게 아닌가. 나는 혹시나 보육원을 출소한 원생이 나 보기가 부끄러워 숨는가 싶어서 그냥 지나치려다가 도움을 줄 일이 있을지도 모른다고 생각하여 뒤따라갔다. 그런데 늙은이였다. 다행이라 생각하면서도 이 늙은이가 나를 왜 피할까 하는 순간 뒤를 돌아보는 게 아닌가.

"아니, 마에다 순사!"

무지로였다. 도리우찌(사냥모자)를 눌러쓰고 군복인 듯 허름한 검정 옷에 낡은 구두를 신은 모습은 거지보다 조금 나은 행색이었다. 삼 년 동안 보지 못했던 그가 왜 이런 몰골이란 말인가. 얼굴도 폭삭 늙었다.

"아, 소다 원장. 여길 어떻게?"

"그 당당하던 마에다 순사가 어쩌다 이 지경이 됐는가?"

"묻지 말게. 사람 잘못 만나 쫄딱 망했네."

"여기서 이럴 게 아니라 어디로 좀 가세. 밥은 먹었나?"

그는 고개를 저었다. 과거 나에게 어떻게 대했든지 간에 측은해 보였다. 나는 그 부근의 음식점으로 들어갔다. 국밥과 막걸리를 한 되 주문했다. 막걸리와 함께 반찬이 먼저 나왔다.

"일본으로 왜 안 돌아갔나?"

"언젠가 말했듯이 정년 후에도 홀몸이니 계속 남았네. 집사람이 먼저 이 세상을 떴잖은가. 경찰서에서 내가 계속 쓸모가 있었던 거야. 건강에는 자신이 있었으니까."

그는 순사로 퇴직한 후 순사 보조 월급을 받기로 하고 계속 활동하다가 우연히 만난 업자와 동업으로 금광 개발에 나섰다고. 당시엔 일확천금을 노리는 일본인들이 전국 곳곳에 금광을 개발하는 붐이 일고 있었다. 조선은 어느 곳에나 금이 발견됐다. 그리하여 운이 좋으면 돈벼락을 맞는 일이 생겨서 너나 할 것 없이 금을 찾아 나선 것이다. 그 모델이 최창학이라는 이였다. 그는 평안도 가난한 집안에서 태어나 고향 인근에서 금광을 발견하는 횡재를 하게 되었다. 조선 3대 금광으로 부르는 삼성 금광의 탄생이었다. 그는 금을 채굴해 수백만 원을 번 것에 더해 몇 년 뒤 일본 대기업 미쓰이에 금광 자체를 300만 원에 양도해 일약 600만 원의 거금을 지닌 벼락부자가 되었다. 이는 사람들의 마음속에 또 다른 최창학이 되고자 하는 열망을 불러온 셈이었다. 바야흐로 황금에 미친 시대의 도래였다.

"강원도 정선이었네. 금은 기대했던 양보다 훨씬 미치지 못하고 채굴 장비며 인건비며 2년을 끌다 보니 아무것도 남지 않아 다시 돌아오고 말았네."

그는 국밥을 허겁지겁 먹고 막걸리도 다 마셨다.

"내 욕심이 지나쳤네. 후회해 봐야 무슨 소용이 있겠느냐마는 일본으로 돌아가 말년을 아주 편하게 살 수 있는 충분한 돈인데 이젠 하루하루 살아가기에도 벅차다네."

나는 사필귀정이라는 말을 하고 싶었으나 하지 않았다. 한돌이 등 세 명의 아이에게 그 얼마나 모질게 대했던가. 도둑질도 아닌 데 도둑으로 몰아간 심보도 그렇거니와 조작까지 하려 했던 짓거리는 비난받아 마땅했다. 내가 모르는 나쁜 짓도 그 얼마나 많았을까. 그러나 용서는 예수의 가르침 중에서도 많이 강조되는 요소 중 하나다. 인간의 본질은 죄인인 존재이다. 사람은 태어날 때부터 죽을 때까지 존재 자체가 죄인으로 태어났고, 항상 알게 모르고 많은 죄를 지어 왔으므로, 죄를 지었다는 이유로 누군가를 증오하는 짓은 제 얼굴에 침 뱉기라는 것이다. 따라서 죄는 미워하되 사람은 미워하지 말라고 했다. 이때 나는 마태복음 18장의 구절이 떠올랐다.

어떤 사람에게 양 백 마리가 있었는데 그중의 한 마리가 길을 잃었다고 하자 그 사람은 아흔아홉 마리를 산에 그대로 둔 채 그 길 잃은 양을 찾아 나서지 않겠느냐? 나는 분명히 말한다 그 양을 찾게 되면 그는 길을 잃지 않은 아흔아홉 마리 양보다 오히려 그 한 마리 양 때문에 더 기뻐할 것이다

"요즘 어디에서 지내는가?"
"경찰에 근무하는 후배 집에서 잠만 자는 형편이네."
"서로가 불편하지?"
"미안해 죽겠네."

"우리 보육원으로 가세. 눈치 안 보고 지내게 될 걸세."
"내가 밉지 않나?"
"자네 행실을 미워하지, 자네를 미워하진 않네."
"고마워. 그럼, 후배 집에 보따리가 있으니 이따가 그걸 가지고 가겠네."

우린 헤어졌다. 난 가장 가까운 한약방에 들러 말린 생강을 사서 보육원으로 왔다. 감기 예방으로 생강을 사무실 난로에 끓여 원생들이 수시로 마시게 할 참이었다.

저녁에 무지로가 왔다. 이후 그는 잡일도 마다하지 않고 보육원 청소를 도맡아 했다. 예배도 꼬박꼬박 참여했다. 겪고 보니 본질이 성실한 사람이었다. 자의든 타의든 다 내려놓고 보니 본성이 나왔을까. 날이 갈수록 죽을상이었던 얼굴도 많이 달라졌다. 그는 길을 잃어버린 한 마리 양인 셈이었다.

갓난아이가 들어왔다. 그동안 돌 무렵의 아이가 들어온 적은 있었지만 겨우 백일 무렵의 아이가 들어온 건 처음이었다. 그런데 더욱 난감한 일은 죽은 물론이고 우유조차 먹일 수 없다는 것. 따뜻한 물에 우윳가루를 타서 먹이면 바로 설사였다. 다키가 아무리 애를 써도, 아주 어린 아이를 키워본 경험이 있는 순녀가 어르고 달래도 소용없었다. 울고 보채기만 했다. 난감했다. 아이는 보육원 정문에서 발견됐다.

"아무래도 모유에만 길이 들여진 것 같아요."

다키의 말이었다. 다키나 나나 아이를 키워본 경험이 없다. 아이는 탈진한 듯 보였다. 할 수 없었다.

"순녀야, 아이를 업어라."

"뭐 하시게요?"

다키가 물었다.

"교회로 가보겠소. 성도 중에 산모가 있는지 알아보고 젖동냥이라도 해야지 않겠소? 이렇게 손 놓고 있다가 일 치르겠소."

"제가 갈까요?"

"아니, 내가 직접 가리다."

나는 다키의 염려를 잘 알았다. 원장을 떠나서 남정네가 산모를 수소문하는 것 자체가 체면이 안 서는 일로 판단했으리라. 그러나 나는 체면이나 위신 같은 겉치레를 버린 지 오래되었다. 순녀가 아이를 업고 나왔다. 속으로 기도하며 교회로 바삐 걸었다. 단행성령 조지의(斷行聖靈 助之矣)거늘.

교회엔 목사는 심방 가서 없고 관리 집사가 나를 맞았다. 그는 순녀에게도 아는 체를 했다.

"어쩐 일이세요, 전도사님."

교회를 떠난 지가 십 년이 다 돼가는 데도 그는 아직도 내 호칭이 전도사였다.

"집사님. 아이를 낳은 지 얼마 안 된 성도님 계시지요?"

"왜 그러시는데요?"

"저 아이가 아무것도 먹지 못하고 있습니다. 젖을 먹여 아이를 살리고 싶습니다. 우윳가루도 못 받아들이네요."

"수원 집사님 며느리가 얼마 전에 애를 낳은 모양입니다만."

수원 집사라면 나도 알고 있는 이였다. 수원댁이라고 불리던 믿음이 대단한 이였다. 집을 몰랐다.

"어딘지…."

"저랑 같이 가시지요. 집도 가까우니까요."

서울역에서 멀지 않은 철길 옆이었다. 수원 집사는 나를 반갑게 맞아주며 사정을 듣더니 아이를 안고 들어갔다가 한참 후에 나왔다.

"애가 어찌나 잘 빨아대던지, 먹다가 잠들었어요. 잠이 들었다는 건 먹을 만큼 먹었다는 거예요. 그런데 전도사님, 여기도 오시지만 보육원에서 가까운 두텁바위 밑에도 가보셔요. 우리 막둥이 동서도 애를 낳았거든요. 젖이 충분하다고 들었어요."

"오, 그래요?"

잠이 든 아이는 언제 보챘냐는 듯이 평안해 보였다. 나는 수원 집사로부터 그 집의 자세한 위치를 알고서 보육원으로 돌아왔다. 한시름 덜게 된 것이다.

아이는 석 달 정도는 두 집을 번갈아 젖을 먹으러 다니다가 차츰 미음과 우윳가루에도 익숙해져 갔다. 순녀가 고생했다. 나는 길만 터주었을 뿐. 나는 그 여자아이 이름을 가은이라 지었다.

해가 갈수록 보육원 운영이 나아지기보다 어려워졌다. 미국에서 지원이 줄어들기 시작한 게 1928년부터였으리라. 조짐은 있었다. 제1차 세계대전 이후 호황기를 누리던 세계 경제가 거품이 꺼지고 실물 경기 하락을 맞이하면서 미국의 해외 시장 투자에 대한 낙관론을 악화시킨다는 보도가 연일 이어졌다. 세계 경제는 미국이 좌지우지하고 있던 때였다. 대공황의 시작이었다. 신문의 해설은 이러했다.

> 1920년대 초반 미국은 감세 정책을 펼치면서 유동자금이 대폭 증가했고, 그 자금들이 주식시장으로 몰리면서 활황을 보였지만 이러한 호황이 천년만년 갈 수는 없는 일이고 시장의 과열 정도가 심해서 대비책은 분명히 필요했다. 하지만 자본주의 시장경제 체제에 대한 맹신으로 관료들이 적절할

때 과열을 식히는 데 실패하고, 주식시장이 붕괴한 이후 은행과 기업들이 줄줄이 파산하자 정책 담당자들은 이전의 경제 불황처럼 짧게 끝나겠지, 라고 생각하여 실업자로 내몰린 서민층 구제 같은 경기 부양에 필요한 조치들에 손을 놓았다. 그야말로 무사안일 정책으로 일관했던 것. 이는 시장 만능주의, 즉 시장이 모든 걸 해결해주리라는 신념에 사로잡혀 당장 필요한 정책도 펼치지 않은 결과였다. 그렇게 발생한 공황의 여파가 전 세계로 퍼지며 세계 경제가 파국을 맞게 되었다고.

미국이 기침만 해도 일본은 폐렴에 걸린다는 시대였다. 거기에 식민지로 전락한 조선이야 말할 것이 있으랴, 지원에 대부분을 의존하는 보육원이 무사할 리 없었다. 이렇게 어려운 상황에서 엉뚱한 사건이 터졌다. 순사가 찾아온 것이다. 그는 사무실에서 무지로를 보고 깜짝 놀라는 듯하다가 나를 보고 말했다. 나는 광주에서 촉발되어 전국으로 번진 학생 시위의 여파인가 지레짐작했다. 그러나 아니었다.

"도대체 이 보육원에서 어떻게 교육을 하기에 여기 출신들이 불순한 짓만 골라서 하는 거요."

무지로가 옆에 있어 그런지 올 때 기세와는 달리 많이 누그러진 상태였다.

"느닷없이 그게 무슨 말이오?"

"고가네마치(黃金町)에 있는 일본인이 운영하는 병원에 똥을 끼얹었단 말이오."

순사의 얘기인즉슨 병원에서 아침에 일어나 보니 입구부터 똥이 잔뜩 깔리고 출입문까지 칠해져 있더라고. 용의자로 체포한 사람이 다름 아닌 한돌이 등 의형제란다. 나는 조작이 의심스러웠다. 그들 세 명은 보육원에 들어올 때부터 일본인이라면 치를 떨긴 했으나 노골적으로 표출한 적은 없었다.

"그게 확실하오?"

"그놈들이 평소에도 그 병원에 들어가지 말라고, 아예 병을 키우는 거라고 떠들고 다녔다고 합니다."

"그래서 들은 소문만 가지고 애들을 체포했단 말이오?"

"걔들이 병원 앞에서 조선인에겐 한방(韓方)이 최고라고 하는 얘기를 들은 사람까지 있단 말이오."

"그거야 영업 차원에서 할 수 있는 얘기 아니오."

"영업 차원이라고요? 일본인의 병원을 불신하게 만드는 짓 아닙니까. 원장이 이런 생각을 하고 있으니 보육원 애들이 출소한 뒤에 우리 일본 제국에 악감정을 가지는 것 아닙니까. 학생들 시위로 뒤숭숭한 판인데 개나 소나 설치고 있으니 원. 도대체 원장님은 어째서 일본인으로서 조선 사람을 무조건 감싸고 돌기만 하는 겁니까? 우리 경찰서에 소문이 파다한 실정입니다. 원장님이 일본을 배신한 조선인 앞잡이라고요. 그러니 이 보육원이 불령선인 양성소라는 말을 듣지요."

조선인 앞잡이란 말은 한두 번 들은 말이 아니다. 거기에 이젠 불령선인(不逞鮮人) 양성소? 색안경을 끼고 보면 그러겠지. 순사와 말다툼을 해 봤자 끝이 없을 것만 같아 경찰서로 찾아갔다. 그 순사는 내가 사무실에서 나가도 무지로에게 붙잡혀 아무 말도 하지 못했다.

유치장에 갇힌 아이들은 얼마나 맞았는지 얼굴이 퉁퉁 부어올라 꼴이 말이 아니었다. 화가 머리끝까지 치솟았다. 조금 떨어져 지켜보는 경찰이 있었다. 아이들에게 물었다.

"너희들이 그랬냐?"

"우리가 안 했는데요."

한돌이가 나를 보고 눈을 찔끔하며 큰 소리로 말했다. 그게 무엇인지를 알았다. 자기들이 했다는 의미였다. 그들도 이제 당당한 조선 청년들이었다. 조작은 아니었다.

"그런데 왜 잡아 왔지?"

"누군가 우리가 그랬다고 꼬질렀던 모양입니다. 오자마자 마구 패더라고요."

"그 고자질만 믿고 너희들 말은 안 믿어?"

"누구 지시로 그랬냐고 무조건 대기만 하랍니다. 그러면 풀어준다고요."

"하지도 안 했는데 누가 시켰냐고 말하래?"

우리의 연극은 이심전심으로 통했다.

"네."

"그렇다고 거짓으로 아무나 대면, 죄도 없는 그 사람이 곤욕을 치른다는 건 알지?"

그 말을 하며 나도 눈을 찔끔했다.

"그럼요."

"마음 단단히 먹고 기다려. 하지도 않은 너희들을 언제까지나 잡아두진 않겠지."

나는 지켜보는 경찰이 들으라고 말하고는 담당 형사부장을 찾아갔다. 그는 의외로 조선인 유승운이라는 자였다. 30대 초반으로 보이는 그도 일본인을 닮고 싶은지 짧은 콧수염을 길렀다. 나는 다들 들으라고 큰 소리로 물었다.

"왜 죄도 없는 청년들을 잡아다가 두들겨 팬 거요?"

"다 알고 있수다. 그놈들이 그런 거."

"불쌍한 청년들이오. 어떻게든 살아보려고 아등바등하는 판에 그들이 그런 짓을 할 리가 없소이다. 누구보다도 난 걔들을 잘 알아요."

"그 일대에 파다하게 퍼진 유언비어 못 들었소? 일본 병원 갔다가는 병만 키우게 된다고."

"일본 병원을 가야 병이 빨리 낫는다는 얘기도 그럼 유언비어요?"

"그런 말을 어떻게…."

"피장파장 아니오."

"소다 원장님, 당신 진짜 일본인 맞소?"

"당신은 진짜 조선인 맞소? 어찌 그렇게 같은 민족을 못 잡아먹어 안달인 게요? 당신이 고문귀(拷問鬼)라고 소문이 파다하던데 사실인 모양이구먼. 학생들을 마구잡이로 때려잡는다는데 후환이 두렵지 않소?"

"내선일체(內鮮一體)요. 작은 나라가 합쳐서 큰 나라가 되었단 말이오. 한 나라가 되었는데 조선인이 어디 있소. 학생들도 마찬가지요. 뭐가 불만이라고 걸핏하면 독립 만세를 부르고 다닌단 말이오? 우리는 모두 일본 제국 신민일 뿐이오."

"그러고도 당신은 조상님 제사상에 머리를 조아릴 염치가 있소?"

"그 무슨 망발을. 조선은 일본과 합쳐지지 않았다면 러시아의 쉬운 먹잇감이 됐을 거요. 서양 오랑캐의 밥이 되었다면 제사는 고사하고 조선 사람 씨를 말렸을 거란 말이오. 실력이 있다면 조선 사람도 충분히 출세가 보장되는 나라가 되었잖소. 옛날에 과거제도가 그 얼마나 개판이었소. 뒷배 없으면 벼슬하기도 쉽지 않았잖소. 요즘 학생들은 공부나 열심히 할 일이지, 저희가 그런다고 뭐가 달라지나? 이놈들도 학생들이 그러니 덩달아 지랄하잖소. 우리가 모를 줄 알고 똥을 뿌려?

나를 보시오. 내 밑에 일본인 형사들이 몇 명이나 있는 줄 아시오?"

"그 뺙 좀 요럴 때 씁시다. 불쌍한 청년들 그만 괴롭히고 제발 풀어주시구려. 저 청년들이 아주 어릴 때 무지로 순사가 남대문 시장에서 도둑으로 몰아 두들겨 패고 있던 걸 내가 보육원에 데려다준 사람이오. 내가 나중에 보육원 원장이 되어 지켜보니 참 반듯한 아이들이었소. 설령 저 청년들이 똥을 끼얹은 잘못을 저질렀다 해도 조선인 형사 부장 덕분에 풀려났다는 소릴 듣게 해주면 얼마나 좋겠소."

"무지로 순사를 아시오?"

그가 정색했다.

"우리 보육원에 있소이다."

"보육원에 있다고요? 거지 됐다고 하던데?"

"사람 팔자 시간문제입니다. 좋은 자리 있을 때 좋은 일 좀 하시오."

그는 나를 끌고 밖으로 나왔다. 화단 곁에서 그는 담배를 피워물었다.

"무지로 순사가 어떻게 보육원에 있게 됐지요?"

"처지가 딱하게 된 걸 보고 모른 척할 수 없었지요. 그는 내 고향 사람이오. 나와는 소학교 시절부터 악연으로 맺어졌지만, 지난날을 많이 후회하고 있소이다. 특히 조작하고 억지로 사람 잡아넣은 것을. 지금은 우리 보육원에 많은 도움이 되고 있지요."

그는 담배를 비벼 끄며 말했다.

"좋습니다. 그러나 나도 결과를 남겨야 하니 각서 한 장 쓰면 바로 내보내 주겠습니다."

내보내 주기만 한다면 각서쯤이야 몇 장인들 못 쓰랴.

그가 불러주는 각서의 내용은 보육원에서 반일 교육을 절대로 하지 않으며, 한돌이 등이 다시 또 불미스러운 일을 저지를 시에는 보호자로서 어떠한 처벌도 감수하겠다는 것이었다. 일본 경찰보다 더 악독하게 조선인을 대한다는 유승운이 개과천선할 리는 없고 무지로 얘기를 꺼낼 때부터 자세가 달라졌으니.

경찰서를 한돌이 등과 같이 나오며 물었다.

"왜 하필이면 똥이었냐?"

"똥이 위험하지도 않고 사람들이 꺼리는 덴 최고잖아요. 냄새도 한참 가고요."

"그런데 왜 경찰에 걸렸어?"

"분명히 아무도 없는 걸 확인하고 뿌렸는데 저희도 그건 모르겠습니다."

"당분간 조용히 지내거라. 분명히 너희를 감시하는 눈이 있을 거니까."

"알았습니다. 저희 때문에 원장님께서 곤욕을 치르셨지요?"

"아니다. 난 너희들이 일신 독립하기만을 바란다. 하더래도 은밀하게 해서 제발 들키지 말아라."

"알겠습니다. 항상 조심해서 처신하겠습니다."

나는 그들이 시위하다 쫓긴 학생들을 약재 창고에 숨겨준 일이 있음을 알고 있었다. 마음속 가득한 항일 의식은 조선 청년으로서 당연한 일이었다.

광주에서 일어난 학생 항일 운동은 11월 초부터 일본 학생의 조선 여학생 희롱이 원인으로 조선 학생과 일본 학생 간 충돌이 광주지역 학생들의 시위운동을 거쳐 호남지역 일대로 확산하고, 다른 한편으로 서울을 거쳐서 전국 각지로, 겨울을 지나 봄까지 벌어졌다. 조선 학생들은 조금도 일본 학생에 밀리지 않았다. 그들은 사사로운 감정 문제까지도 항일로 연결하여 투쟁 의지를 불태웠다. 조선의 미래를 책임질 학생들도 이러할진대 일제의 조선에서의 앞날이 험난하리라는 건 누구나 예상할 수 있는 일이었다. 이 학생 독립운동은 3·1운동 이후 최대 규모의 항일 운동이 아니었을까 여겨졌다.

보육원으로 돌아와 무지로에게 물었다.

"유승준 형사부장을 아나?"

"걔가 형사부장이 됐어? 꼬맹이 순사 시절에 내가 데리고 다녔었지. 많이 가르쳐 주기도 하고. 하나를 가르치면 열을 알더라고."

"좋은 걸 가르쳤겠네. 조선인 괴롭히고 고문하는 덴 선수라며?"

나는 은근히 비꼬았다.

"그놈 참 출세했네. 하긴 내가 많이 봐줬지. 눈감아 줬으니 망정이지 그렇지 않았으면 진작에 옷 벗었을 거야."

"그걸 자랑이라고 하나?"

"자랑이라기보다 그렇다는 얘기지. 물어봤으니까."

나는 더는 물어보지 않았다. 못된 짓만 가르쳤을 게 뻔하니까. 그런 무지로가 일본으로 떠났다. 광산이 팔린 것이다. 그것도 만만찮은 금액으로. 그런 폐광을 누가 욕심을 내겠는가, 했었는데 아니었다. 부근에서 괜찮은 금맥이 발견된 데다 갈수록 우수한 채굴 장비가 개발되어 덩달아 폐광의 가치도 급등하게 된 것이다.

"소다 원장, 이게 모두 자네 덕분이야."

"무슨 소리야. 자네가 모든 걸 내려놓고 보육원을 위해 일하니까 하늘이 상을 내려준 거지."

"갈 곳 없는 사람 이곳에 있게 해준 것만 해도 정말 고마운 일이지.

그동안 이곳에서 소일거리 하며 나를 다스릴 때, 그게 내게는 아무것도 아닌 일인데도 아이들을 위한 일이 되곤 하니 참 행복하기도 했었네. 생각해 보면 내가 자네에게 어릴 때부터 그리고 조선에 와서도 그 얼마나 모질게 굴었나. 미안하네. 요즘 보육원이 어렵게 돌아가는 걸 보고 가슴 아팠어. 내가 자네에게 도움을 줄 수 있는 날이 오다니, 정말로 하늘이 도운 거네. 이거 받아줘."

그가 내민 돈은 쌀을 100가마나 살 수 있는 거금이었다. 그러잖아도 대공황에 보육원 운영에 극심한 곤란을 겪는 시점이었다.

"내가 욕심을 부린다면 투자자를 모아 다시 채굴을 시도해 보겠지만 여생을 고향에서 조용히 보내기로 작정했네. 사실 이곳에서 있을까도 생각했지만, 나중에 짐뿐이 더 되겠나? 고향에도 가보고 싶고."

"주님께서 자네를 받아들이신 거네. 고향에 가거들랑 내 안부나 전해주게. 가오루, 타츠야, 소스케를 나도 보고 싶구먼. 나도 고향 떠난 지가 40년도 훨씬 넘었네."

"부디 나를 용서하길 바라네. 이런 말이라도 할 수 있어서 참으로 다행이야. 멀리서라도 응원하겠네, 우에노 선생과 함께 건강하길 빌겠네, 소다 가이치."

악질로 소문났던 무지로가 이렇게 변했다. 조선의 고아를 위해 거금을 쾌척하고 내게 용서를 바라고 있었다. 무엇보다도 인간으로서 양심을 되찾은 무지로가 기뻤다. 부활이잖은가. 결은 다르지만, 양심적인 일본인이 또 있었다. 아사카와 다쿠미였다.

조선은 일제의 무분별한 개발과 수탈에 앞장선 임업 정책 때문에 산마다 헐벗고 벌거숭이가 되어갔다. 이러한 조선의 산을 안타까워하고 자연이 일러 준 방법만이 산과 숲을 키우는 길이라 여긴 사람이 아사카와 다쿠미였다. 그는 조선의 산과 문화를 사랑했고 죽은 뒤에는 유언에 따라 조선에 묻혔다. 그래서 아사카와의 이름 앞에는 항상 죽어서 조선의 흙이 된 일본인이라는 수식어가 붙었다.

그는 나보다 스물네 살이나 어렸다. 그는 가마쿠라 보육원이 설립된 해에 조선으로 건너와 총독부 산림과에 들어갔다. 주 업무가 양묘(養苗)였고 종자를 채집하기 위해 조선 각지를 돌아다니며 새로운 문물을 접하게 되었다. 그러면서 도자기에 대한 남다른 관심을 가져 전국에 산재한 도요지를 답사하고 자료를 수집하기도 하였다. 거기에 더해 조선의 민예품에도 관심을 가졌다. 그 뒤 형과 함께 일본으로 건너가 미술사학자인 야나기 무네요시를 만나 청화 백자를 선물하며 조선 예술에 관한 사안을 논의하였다. 야나기 무네요시가 조선의 민속예술에 처음으로 눈을 뜨게 되는 계기였다.

이후에 야나기와 함께 조선 민족 미술관(朝鮮民族美術館) 설립 운동을 시작하여 조선의 민속예술을 이론적으로 정립하는 데 이바지했다. 그러는 한편 총독부가 광화문을 헐려고 하자 부당성을 주장하며 반대하였다. 그리고 경복궁 집경당(緝敬堂)에 조선 민족 미술관(朝鮮民族美術館)을 설립하고는 잣나무 종자의 노천 매장 발아 촉진법을 개발하였다. 당시 잣나무는 2년간 길러야 묘목으로 성공할 수 있었지만, 그가 고안한 양묘법 덕분에 1년으로 단축할 수 있었다. 그는 또 조선의 민둥산을 푸르게 하는 것을 소명이라 믿고, 전국을 다니며 맞는 수종을 고르고 식목을 거듭하였으며 노천매장법 방식으로 오엽송 종자를 싹 틔우는 방법도 개발하여 보급했다. 그러는 틈틈이 『도요지 답사를 마치며』를 저술하였고, 『조선의 소반』을 탈고하였다. 그런 후

1931년 식목 행사 준비를 앞두고 조선 각지를 돌며 양묘법에 관한 강연으로 과로한 나머지 급성 폐렴에 걸려 요절하고 말았다. 마흔 살이었다.

나는 그의 형으로부터 장례식에 와달라는 전화를 받았다. 기도해달라는 부탁이었다. 두말하지 않고 쾌히 응했다. 하필이면 왜 나였을까를 고민하지 않았다. 조선을 사랑한 동병상련의 관계로 보였기 때문이 아니었을까.

교회에서 치러진 장례식에서 나는 그의 아내와 어린 딸을 보았다. 애처로웠다. 그는 갔으나 조선 사람이라면 그의 산과 민속품에 관한 관심과 애정에 국적을 떠나서 고마워할 일이었다. 나는 고린도전서 10장 28절부터 31절까지 읽고 기도를 했다.

> 누가 너희에게 이것이 제물이라 말하거든 알게 한 자와 및 양심을 위하여 먹지 말라 내가 말한 양심은 너희의 것이 아니요 남의 것이니 어찌하여 내 자유가 남의 양심으로 말미암아 판단을 받으리요 만일 내가 감사함으로 참예하면 어찌하여 내가 감사하다 하는 것에 대하여 비방을 받으리요 그런즉 너희가 먹든지 마시든지 무엇을 하든지 다 하나님의 영광을 위하여 하라

"사랑이 많으신 주님, 아사카와 다쿠미 형제께서 주님의 품으로 돌아갔습니다. 일본인으로서 누구보다 조선을 아끼고 사랑했던 참 조선인이었습니다. 그는 조선의 민둥산을 푸르게 변모시키려 노력했습니다. 조선의 민예품을 누구보다 먼저 알아보고 그 아름다움과 소박함을 널리 알게 하였습니다. 그러면서도 충고를 아끼지 않았습니다. '피곤에 지쳐 있는 조선이여, 다른 사람의 흉내를 내기보다 지닌 바대로 중요한 점을 잃어버리지 않는다면 머지않아 자신에 찬 날이 오리니,

이것은 공예에만 국한된 것이 아니'라고 말입니다. 우리가 미처 생각지 못했던 무분별한 산림 정책을 안타까워했으며, 우리가 미처 보지 못했던 조선의 아름다움을 발견한 선구자였습니다. 그가 미처 이루지 못한 꿈 주님께서 이뤄주실 줄 믿습니다. 우리가 그의 이름을 기억하게 하시며 더불어 그의 아내와 어린 딸도 보살펴 주리라 믿습니다."

아사카와 다쿠미는 유언대로 조선의 흙이 되기 위해 서울의 동쪽 이문동에 묻혔다. 한 그루 나무의 거름이라도 되리라는 소망이 아니었을까. 그는 진정으로 조선을 사랑했다. 나도 죽으면 그렇게 되길 바랐다.

공황의 여파가 끝날 기미를 보이지 않은데 돌봐야 할 아이들은 항상 오륙십 명 정도는 유지됐다. 그렇다고 원생들을 굶길 수는 없었다. 봄이면 나이가 좀 있는 여자아이들은 보모들과 함께 나물을 캐고 남자아이들은 멀리 있는 산으로 가서 마나 칡뿌리를 캐서 잘게 찧어 녹말을 짜내 국수를 만들어 먹기도 했다. 여름엔 보리를 거둬간 밭에서 이삭을, 가을이면 벼 이삭을 줍기도 했다.

내가 할 수 있는 건 교회나 형편이 괜찮은 공장을 돌아다니며 지원을 호소하기도 하고 열다섯 살 이상 된 남자 원생들을 데리고 가 손수레에 옷가지나 보육원에서 필요한 물건을 수거해 왔다. 그럴 때마다 날 비난하는 소리가 꼭 있었다. 일본인들이 집단으로 거주하는 쓰루가오카를 지나며 뭐 쓸만한 게 없나 살필 때였다. 몇이 모여 나를 힐난했다.

"거지 대장이 또 나타났네."

"저 사람은 일본인의 수치야."

"일본인이라고 할 수도 없지."

나는 못 들은 척 찬송가를 부르며 그곳을 지나쳤다.

시온의 영광이 빛나는 아침
어둡던 이 땅이 밝아 오네
슬픔과 애통이 기쁨이 되니
시온의 영광이 비쳐 오네

이 어두운 세상에 주님은 빛으로 오실 것이라는 믿음이었다. 일본인만이 아니었다. 조선인도 예외가 아니었다. 그날도 원생들과 함께 손수레를 끌고 볏짚 몇 다발을 얻어 강변의 정자를 지날 때였다. 갓을 쓴 노인이 담뱃대로 날 가리키며 호통을 쳤다. 만날 때마다 달갑지 않은 눈길을 보내던 이였다.

"저 일본놈이 불쌍한 애들 돌본다고 해놓고선 뒷구멍으로는 일만 부려먹는구먼. 저건 또 어디서 훔쳐 가는 거야?"

그 소리가 내 귀에 안 들렸으면 그냥 지나쳤으리라. 무슨 일을 하든지 고까운 시선은 존재하기 마련이니까.

"영감님, 보육원이라고 앉아서 받아먹기만 하면 되겠습니까? 어떻게든 자립하려고 노력하고 있습니다. 이 볏짚도 훔쳐 가는 게 아니고 주인한테 허락받고 가져가는 겁니다. 돼지 막에 깔아주려고요. 그리고 일본 사람이라고 모두 나쁘지만도 않습니다."

"그걸 어떻게 믿어? 고아들 모아 놓고 선심 쓰는 척하며 뒤로는 등골 빼먹는 짓거리 하는 것 아냐?"

"좀 자세히 알고서 말씀을 하셔도 하셔야지요."

"일본 놈 하는 짓거리가 빤하지 뭐."

"믿거나 말거나 영감님 자유지만 그렇게 막말해서야 되겠습니까?"

"내 이날 여태껏 일본 놈이 조선 사람 위하는 꼴을 보지 못했네. 무슨 짓을 하든 조선 사람 피 빨아먹는 짓거리만 해대지."

"그렇지요. 잘못한 일이 더 크지요. 하지만 그렇지 않은 사람도 있지요."

"만약 일본 놈이 조선 사람 위하는 꼴을 본다면 내 손에 장을 지지겠네."

'아사카와가 한 일을 알면 손에 장을 지져야겠구먼' 그 말을 하고 싶어도 고집불통 같은 노인을 이해시키기는 불가능할 것 같았다.

"영감님, 그만 가보겠습니다. 영감님께서 불쌍한 애들이라고 하셨지요? 그렇습니다. 그렇지만 우리 보육원은 단 한 번도 남의 것을 탐내본 적이 없습니다. 그것만은 알아주세요."

노인은 더 이상 아무 말을 하지 않고 쌈지를 꺼내 담뱃대에 담배만 밀어 넣었다. 그런데 이틀 후 전혀 뜻밖의 일이 벌어졌다. 웬 노인이 날 찾아왔다고 해서 나가 보니 바로 그 노인이었다. 노인 곁에는 젊은 사람이 지게에 가마니로 된 짐을 두 개 지고 있었다.

"어인 일로 오셨습니까?"

"원장님, 제가 그날 일본은 나쁘다는 말만 믿고 주둥아리를 잘못 놀려 하도 미안해서 찾아왔구먼요."

"일본이 나쁘긴 하지요."

"원장님 얘기를 누가 하는데, 그 얘길 듣고 몸 둘 바를 모르겠더라고요. 이 늙은이가 노망이 들어 그랬으니 너그럽게 용서해 주시길요."

"저는 벌써 잊었습니다."

"말씀은 그렇게 하셔도 속이 많이 상하셨을 겁니다. 이거 별것도 아니지만, 아이들 군것질이라도 하라고 가져왔구먼요."

노인이 가져온 건 감 한 가마니와 밤 반 가마니였다. 나는 노인을 보고 웃었다.

"영감님, 욕먹어서 이런 걸 얻을 것 같으면 백 번이라도 듣겠습니다. 아이들이 정말 좋아하겠습니다."

"우리 아들네가 저 강 아래에서 농사를 남 못지않게 짓는데 좀 보내라 했더니만 지게에 지는 양이 있어 이것밖에 못 가져왔구먼요."

"정말 고맙습니다. 영감님 오해를 풀 수 있어 더 다행입니다."

나는 노인을 사무실로 안내하여 따뜻한 녹차를 대접했다. 인사를 튼 뒤로 서로 나이를 확인하니 나보다 한 살 아래였다. 이름은 박찬형.

"앞으로 형님으로 모시겠습니다."

"형님은 무슨, 그냥 친구로서 지냅시다."

나는 웃으며 그의 손을 잡았다. 그 뒤로도 박찬형은 쌀 한 가마니를 더 보내왔다. 선입견이란 게 참으로 고약한 구석이 있었다. 그러나 그 선입견이 보육원에 도움이 될 줄이야, 나는 박찬형을 보고 나도 칠십이 다 돼 가는 노인이란 걸 새삼 깨달았다. 그러고 보니 어린 원생들이 부르는 하늘 할아버지라는 말이 실감이 났다. 나는 노인이란 걸 인정치 않고 있었는데 아니었다. 인정해야 했다. 나보다 열한 살이나 적은 다키도 원생들은 하늘 할머니라 불렀다. 누가 언제부터 그렇게 불렀는지는 모른다. 아마 예배가 끝나고 아주 어린 원생이 그렇게 부르자 너 나 할 것 없이 따라 부르게 된 것 같기도 하고.

우리에게 하늘이란 수식어를 앞에 붙인 건 정말로 과분했다. 보육원 운영은 어렵기는 하지만 우리에겐 커다란 즐거움이자 당연한 임무라는 생각이었으니. 이 조선 천지에 우리보다 많은 아들딸을 둔 부모가 어디에 있겠는가. 아무리 힘든 시기일지라도 그 아들딸을 정신과 육체적인 면에서 부족함 없이 키워낼 책임이 내게 있었다. 그래서 조선 주둔군 사령관인 우에다 겐키치(植田 謙吉)에게 편지를 썼다.

'예로부터 조선은 환과고독(鰥寡孤獨)을 챙기는 일은 왕의 정치로서 가장 우선해야 할 일이라 했습니다. 조선의 조정이 없어진 지금 고아를 돌볼 책임은 당연히 일본 정부에 있지요. 대공황의 폐해가 우리 보육원에도 미치고 있습니다. 조선에 주둔하는 일본군이야말로 그 책임의 선두에 있다는 걸 아시지요? 하여 우리 보육원생들의 한 끼는 책임져 주셔야겠습니다.'

강권에 가까운 편지를 보내고 며칠 후 난 군수장교를 만날 수 있었다. 대위로 진급한 사토의 도움이 컸다.

"어떻게 도와드릴까요?"

군수장교는 보직에 걸맞게 똥똥한 편이었다.

"아주 쉬운 일입니다. 우리 원생이 육십여 명 됩니다. 병사들 밥할 때 그만큼만 더 해서 우리가 가져갈 수 있도록 해주시면 고맙겠습니다."

"알겠습니다. 어떻게 가져갈 건데요?"

"제가 직접 오겠습니다."

의외로 일이 쉽게 풀렸다. 편지로 인해 우에다 사령관의 응답성 입김이 작용했는지는 알지 못했다. 그는 3년 전 조선의 청년 윤봉길이 중국 상하이 홍커우공원에서 열린 천장절 및 전승 기념식에 던진 폭탄을 맞고 중상을 입어 왼쪽 다리를 잘라야 하는 아픔을 지니고 있었다. 만약 그가 밥 한 끼를 허락했다면 무슨 생각으로 그랬는지, 그 정도야 부대 군수 수급에 별로 표시가 나지 않으리라 판단했는지 모를 일이었다. 어쨌든 고마운 일이었다.

　윤봉길은 스물네 살이란 나이로 대한민국 임시 정부를 찾아가 한인 애국단 일원이 되어 칭다오에서 일본인 부부가 운영하는 세탁소에서 일하며 때를 기다렸었다. 그러나 만주사변으로 죽을 자리가 없어졌다고 한탄하며 백범 김구를 만나 쇼와 천황 암살을 기도했던 이봉창처럼 써달라고 부탁하여 결국 거사를 성공시켰다. 이봉창도 한인 애국단 소속이었다. 윤봉길은 조국을 떠나며 장부출가생불환(丈夫出家生不還 대장부가 집을 나서면 살아서는 돌아오지 않는다)이라는 기개를 보였다고.

　만주사변은 일제가 천연자원이 풍부한 만주를 병참기지로 만들고 식민화하기 위한 목적으로 관동군이 본국의 승인 없이 독단적으로 사건을 조작하여 일으킨 침략 전쟁이다. 그래서 일제는 만주를 점령하고 청나라의 마지막 황제인 푸이를 옹립하여 괴뢰국인 만주국을 세웠다.

　사실 일제의 대륙 확장 야심은 제국의 태동기부터 존재했다는 걸 나는 알고 있었다. 내가 버린 인물이지만 메이지유신의 토대를 구축하는데 공로가 큰 후쿠자와 유키치가 일본의 번영을 위해선 만주를 식민지화해야 한다고 주장한 바가 있었다. 일제는 청나라와 전쟁 승리 후 삼국간섭으로 무효가 되긴 했으나 랴오둥반도를 할양받는 등 만주로 영향력을 확대하려는 야욕을 끊임없이 드러냈었다. 이후 러일전쟁에서도 엄청난 보상을 기대했건만 포츠머스 조약에서 배상금을 받을 조항은 없었고, 얻은 건 한반도에서 우위와 남사할린의 할양 정도였다. 그때의 불만이 표출된 침략이었다.

　나는 오전 열 시만 되면 손수레를 끌고 부대로 향했다. 일행은 다키였다. 아이들을 데리고 갈 수도 있었으나 아니 아이들만 보낼 수도 있었으나, 일본에 적대감을 느끼는 원생이 대부분이라 행여라도 일본군의 밥을 얻어온다는 데에 거부감을 느끼리라는 우려에 우리 부부가 직접 나선 것이다. 내가 피치 못할 사정으로 갈 수 없을 때는 보모나 남자 직원을 보냈다.

어디나 빛은 꼭 있기 마련인가. 일본군 20사단 상등병 가네코 켄지 취사병이 나에겐 빛이 되었다. 그는 우리가 가면 밥을 넉넉히 퍼줄 뿐 아니라 단무지 같은 부식도 꼭 챙겨 주었다. 따뜻한 말도 잊지 않았다.

"원장님, 많이 잡수고 기운 내세요."

"그리 마음을 써주니 고마워, 가네코 상등병은 어디 출신인가?"

"저는 홋카이도에서 나고 자랐어요. 아버지 대에 본토에서 건너갔지요."

"아하, 거기는 원래 아이누족의 땅이지. 내 동생도 거기서 목장을 하고 있다네."

"그래요?"

둘째 동생이 그리웠다. 나는 가네코에게 다음에 갔을 때 성경을 선물했다. 그러자 그는 나와 다키 먹으라며 고등어와 꽁치 통조림을 주었다. 그걸 어떻게 우리만 먹을 수 있으랴. 찌개에 넣었더니 원생들도 아주 잘 먹었다.

보육원을 어렵게 꾸려가고 있던 와중에 중국과 전쟁이 터졌다. 아무리 먼 나라에서 전투가 벌어질지언정 영향이 없을 수 없었다. 부대에서 밥을 얻어오다 보니 아무래도 눈치를 보지 않을 수가 없지 않은가. 많은 군인이 어디론가 떠나는 것 같았다. 일제는 폭력을 타이완과 조선에만 휘두르더니 만주로 향하였고, 이제 범위를 넓혀 대륙 전체로 향했다. 여차하면 언제 어느 때 세계로 향할지 알 수 없는 노릇이었다.

전쟁은 쉽게 끝날 기미를 보이지 않았다. 역시 지도자가 문제였다. 거기에 죽어나는 건 애꿎은 병사들과 그들을 지원하는 국민뿐. 일제의 침략은 중국에서 한발 더 나아가 동남아시아 일대로 확산하였고, 1941년에는 미국의 해군기지인 진주만 기습공격을 감행함으로써 마침내 태평양전쟁을 일으켰다. 마침내 세계를 향한 것이다.

보육원만 어려운 게 아니고 조선 전역이 전쟁을 수행한다는 과제에 초점이 맞추어져 나갔다. 전쟁에 필요한 물자를 생산하고 인력을 공급하는 병참기지로서 역할과 이를 위한 정책이 식민 통치의 주요한 수단이 되어갔다.

전시 체제하에서 추진된 식민지정책은 조선인의 활동 전반을 철저히 통제하는 일이었다. 일제는 조선을 강점한 이후 보안법, 치안유지법, 출판법 등 각종 법령을 제정하여 조선인의 활동을 통제하고 있었는데 이것을 더욱 강화하여 조선인의 저항을 사전에 차단하고자 한 것이다. 그리고 행동뿐만 아니라 사상에 대해서도 통제를 가하였다. 이러한 여러 가지 통제로 인해 한반도는 마치 거대한 감옥처럼 되어갔다.

식량과 물자에 대한 강제 공출도 시행되었다. 일제는 군량 확보가 시급해지자 식량 증산을 독려하면서 농민들에게는 배급제도와 공출제도를 시행하였다. 이로써 농민들은 생산한 쌀을 일제 당국에 강제로 팔고, 먹을 걸 배급받아야 했다. 여기에 놋그릇을 비롯하여 금속제 식기와 농기구 등 전쟁 물자에 대해 공출이 강제로 이루어졌다. 심지어는 교회나 사원의 종까지도 징발하여 무기 제작에 사용하였다.

일제는 전쟁을 도발한 후 필요한 인력을 국가총동원법을 제정하는 등 여러 방법으로 조선인을 동원하였다. 전선이 중국, 동남아, 태평양으로 확대되면서 지원병제도와 징병제도, 학도 지원병 제도를 실행하여 조선의 청년들을 징집하여 전쟁터로 끌고 갔다. 또 모집, 알선, 징용이란 이름으로 전시 노무에 필요한 인원을 강제로 동원하였다. 이들은 일본과 사할린, 남양군도 등지로 끌려가 탄광, 비행장, 군수공장, 철도 등의 공사장에서 노예처럼 혹사당했다. 이들 중에 공사가 끝난 뒤 군사기밀을 이유로 학살된 경우도 적지 않았다니 기가 막힐 일이었다. 그리고 여자 정신대 근무령을 만들어 여성들을 강제 동원하여 군수공장에서 일을 시키기도 하였지만, 나이 어린 여성들의 상당수는 전선으로 끌려가 군인들을 상대로 한 군 위안부 생활을 강요당했다.

경제적, 인적 수탈과 더불어 일제는 민족 말살을 획책하기도 하였다. 이는 일선동조론(日鮮同祖論)이란 논리하에 강점 이후부터 지속했었는데, 침략 전쟁이 확대되면서 적극적으로 추진되었다. 일제는 무기를 들고 전쟁에 임해야 할 조선인을 믿을 수 없었고, 후방을 안정시킬 필요도 있었다. 이를 위한 방안이 조선인을 일본인화시키는 것이었고, 그것이 황국신민화 정책으로 추진된 것이다.

일제는 국민정신 총동원 운동을 전개하면서 거국일치(擧國一致), 견인지구(堅忍持久), 진충보국(盡忠報國), 내선일체(內鮮一體)라는 4대 선전 문구를 내걸었다. 이는 침략 전쟁에 조선인을 동원하기 위한 수단이기도 하였지만, 황국신민으로 만들기 위한 정책들이었다. 그 정책들을 뒷받침하기 위해 조선교육령을 통해 조선인의 의식, 언어, 역사를 완전히 말살하는 교육과정도 만들었다. 그런 데다 동아일보와 조선일보를 폐간시켜 언론을 통제하는 한편, 조선어 사용 금지, 황국

신민 서사 암송, 창씨개명, 신사참배 등을 강요한 데다, 심지어는 조선인과 일본인의 혼혈을 전제로 한 통혼 정책을 추진하기도 하였으니.

전쟁이 심화함에 따라 보육원 운영은 최악으로 치닫고 있었다. 부대에서 가져오던 밥 한 끼마저 보급이 원활하지 못하다는 이유로 중단됐다. 미국에서 오던 지원도 언젠가부터 뚝 끊겼다. 각 교회에서 오던 지원도 확실히 줄었다. 어쩔 수 없이 하루 세 끼를 두 끼로 줄여야 했다. 양도 충분치 않았다. 언제 희멀건 죽으로 바뀔지 시간문제였다. 다키와 나는 두 끼가 일상화되어 있었으나 한참 커가는 원생들이니 보기에도 딱했다. 나의 기도는 길어졌다.

"주님, 어찌해야 합니까. 부모의 사랑을 받지 못하고 버려진 아이들입니다. 사회에서도 홀대받고 손가락질받던 아이들입니다. 오직 주님의 품만이 의지처였습니다. 배고픔이 일상이 되어갑니다. 이대로 가다간 문을 닫을 지경입니다. 탐욕에 물든 전쟁이 원인입니다. 이 아이들이 조선의 하늘에서 떳떳하고 평화롭게 살아가도록 해결책을 내려 주시옵소서."

무슨 수라도 찾아보려 거리에 나가보면 사람들은 활기를 잃었다. 일본인 고급 주택단지에서 버려지는 물건도 없었다. 꾸준히 교류하던 윤치호를 찾아갔으나 그는 절망하고 있었다. 내가 알기로 그는 105인 사건 이후 감옥에서 풀려난 후 수동적으로 변해갔다. 기미독립선언문의 초안을 작성한 최남선이 3.1운동 민족 대표자로 참여할 것을 요청했으나 거절했고, 이승만 등이 주장하는 국제 사회의 협조하에 조선의 독립을 쟁취하자는 외교 독립론 역시 부질없는 짓으로 치부하고 외면하였다. 그러면서도 3.1 운동 직후 체포당한 학생들에 대해 민족 대표자들이 손을 쓰지 못하는 것을 보고 어린 학생들을 제물로 삼았다며 분개하기도 했다. 그는 최남선을 촉망받는 학자라며 존경했지만 이후 최남선이 노골적으로 친일 성향을 보이자, 그와 교류를 끊었다고 했다. 거기에 더해 소설가 이광수가 펼친 이순신 유적지 보존 운동에 동참하여 거금을 들여 이순신 묘역과 사당, 위토(位土)가 일본인 손에 매각되는 것을 막으려 노력하였으니, 그의 속을 알 길이 없었다. 그의 부는 농토가 대부분이라 병합 전이나 후나 변한 게 없어서 유학생들의 학비를 지원하는 데 앞장섰고, 연희전문학교 교장 등을 지내며 교육사업에 열중하였다. 그의 이중성은 일기에서 적나라하게 드러난다. 그의 속 깊은 곳에선 일본을 동경하면서도 미워했다.

일본인들은 25년 만에 조선 반도를 철도와 도로망으로 뒤덮었고, 조선 반도에 항만 시설과 농업과 공업을 향상시켰으며, 조선 반도에 교육과 일본 문화를 보급해 확산시켰다. 이것만 해도 장한 일인데, 그들은 조선의 칠팔 배나 되는 만주를 말 그대로 하룻밤 사이에 꿀꺽 집어삼키고는 5년 만에 예전에 누릴 수 없었던 질서와 평화를 정착시켰다. 활력이 넘치는 일본 민족은 한 걸음 더 나아가 만리장성을 뛰어넘어 10개월 만에 칭기즈칸이나 누루하치가 그랬던 것처럼 중국을 정복했다.

마하트마 간디는 의심할 여지 없이 위대한 인물이다. 그러나 그러한 간디를 위대하게 만들었다는 데서 영국은 위대하다. 만일 스페인, 독일, 심지어 프랑스가 지배자였다면 그를 30년 전에 죽였을 것이다. 왜 일본은 영국처럼 넓은 마음으로 조선을 그렇게 다스리지 못하는가?

윤치호의 집은 크고 넓었다. 귀골로 생긴 그의 풍채는 여전했다. 그러나 주름이 늘었고 길게 기른 수염이 세월의 무게에 짓눌렸는지 희끗

희끗해지고 있었다. 보육원 지원을 요청하려던 말을 꺼내기가 여간 조심스럽지 않았다. 눈치를 봐 꺼내려던 말을 끝내 하지 못하고 시국 얘기만 나누고 말았다.

"윤 선생님, 일제가 미쳐 돌아가고 있습니다. 이렇게 판을 크게 벌이고 있으니 과연 이길 수 있다고 믿는 걸까요?"

"지금까지 져 본 적이 별로 없으니, 뭐가 보이겠습니까?"

"수탈이 이만저만 심한 게 아니어서 민중의 고통이 엄청난 실정입니다."

"위로부터 지도자급 인사들이 정신 못 차린 대가를 지금 받는 게지요. 그동안 얼마나 내분이 심했습니까. 나라를 잃어버리고서도 내 편, 네 편 파벌 싸움에 허구한 세월을 보내고 말았지요. 하나같이 이성적이질 못해요. 그러니 자발적으로 독립하는 건 까마득한 일이지요."

"정작 고통은 별로 책임 없는 민중의 몫이 되고 있습니다."

"맞아요. 갈수록 나도 무력감만 들고 있습니다."

무력감, 그래서일까. 그는 창씨개명을 하고 말았다. 물론 총독부의 압박이 심했을 것은 불문가지이지만, 개명하지 않았을 때의 불이익에 대한 두려움이 더 컸으리라 나는 봤다. 그는 자녀들까지 불이익을 당하는 것을 원하지 않는다고 했으니. 거기에다 일제가 진주만 공습으로 태평양전쟁이 시작되자 이전과는 다르게 학도병 강연, 징병 권유 글을 발표하여 적극적인 친일 행위로 돌아섰고, YMCA와 감리회의 일본화 작업을 주도하면서 대표적인 친일 단체의 핵심 인물로도 참여했다. 언론이 통제되고 외부 정보가 차단된 상태에서 그는 일본 제국주의의 패권이 오래 유지될 것이라는 오판을 하였고, 거기에 기초해 자신을 합리화하기 시작하였다. 최남선의 변절을 고깝게 여기던 그와 같은 인물이 친일로 돌아섰으니, 조선의 지식인, 문학인 등의 동참도 시시각각으로 늘어났다. 그런 형편이니 민중이 받은 박탈감이야 말해 무엇하리. 그들이 받은 고통은 민중이 받는 고통에 비하면 새 발의 피나 마찬가지였다. 그들의 변절은 어떠한 이유로도 정당화될 수 없었다.

윤치호의 일기는 그가 일본에 기대하는 감정이 어떤 것이었는지 잘 드러내고 있었다. 그는 조선 왕조가 백성들의 고혈을 짜는 악랄하고 끔찍한 최악의 왕조라는 점을 부정할 수 없었기에 차선 내지는 차악으로 일본의 지배를 받는 게 더 낫다는 생각의 확고함을 말해주고 있었다. 그는 일본이 잘 되면 조선도 탄압을 덜 받게 될 것이고 조선인의 사회적 지위도 상승할 것이라는 판단하에 일본의 지배를 지지했다. 게다가 그의 생각에는 같은 인종인 황인종의 지배가 다른 인종인 백인종 지배보다는 자비로울 것이라는 사고가 머리에 이미 자리 잡고 있었다. 미국 유학 시절 당한 극심한 인종차별이 이런 생각에 큰 영향을 미쳤으리라.

나는 그에게 보육원 지원을 요청하지 않았던 걸 다행으로 여겼다. 만약 요청했더라면 나와의 관계로나 그의 성격으로나 들어주긴 했으리라. 그의 것보다 일본군의 밥은 어쩌면 더 떳떳했다. 그는 조선 젊은이의 피를 전장에 뿌리길 독려하고 있었다. 그들 젊은이는 우리 보육원을 나간 청년들이나 마찬가지 아닌가. 나는 우리 원생 출신들이 전장에서 아무런 의미도 없이 죽는 걸 원치 않았다. 나도 그들이 전장에서 총알받이가 되도록 애를 쓰며 키우진 않았으니까.

윤치호 등 상류층의 변절에 반하여 조선 민중의 독립을 향한 열망은 꺼질 줄을 몰랐다. 국내에선 조선공산당의 재건 운동과 결합하여 전국 각지에서 농민조합, 노동조합, 학생조직 등의 대중운동 조직들이 결성되었다. 이들의 조직 형태나 운동노선은 합법적 단체가 아닌 비밀지하조직 형태였다. 운동노선도 일반적인 소작쟁의나 노동쟁의, 동맹휴학 등 종래의 방식에서 벗어나 주로 식민지 통치기관에 직접 대항하는 식이었다. 가장 치열한 양상을 보인 것은 농민운동이었다. 일제가 전쟁 수행을 위해 수탈을 강화하면서 농민층은 어려움에 직면해 있었다. 이러한 가운데 사회주의 운동가들이 농민대중을 조직하고 빈농 출신의 활동가를 양성하면서 혁명적 농민조합이 전국 각지에서 조직되어 부역 동원 반대, 군수용 물자 강제 수매 반대 등 일제의 식민지 수탈 정책에 정면으로 맞서기도 하였다. 이는 곧 사회변혁을 열망하는 사회운동이 독립운동의 성격을 띠어 갔다는 점이다.

그즈음 일제는 대동아 공영권을 부르짖고 나섰다. 이는 대동아의 사람들이 공동으로 번영하는 권역이라는 뜻으로 일본 제국의 영토 확장 정책이자 선전 구호였다. 아시아 민족이 서양 세력의 식민지지배로부터 해방되려면 일본을 중심으로 대동아 공영권을 결성하여 서양 세력을 몰아내야 한다는 것. 이는 한마디로 침략을 합리화하려는 술책에 불과함을 알 만한 사람은 다 알았다. 메이지 유신부터 시작한 일제의 근대 사상의 방점이 아시아주의로 시작하여 대동아 공영권으로 한 발 더 나간 것이다. 사실 아시아주의는 안중근, 쑨원, 후쿠자와 유키치 등도 주장했으나 내가 아는 한 속셈은 각자 달랐다. 안중근은 평화를, 쑨원은 중화에, 후쿠자와는 침략에 바탕을 뒀다.

윤치호에 이어 이광수가 친일로 돌아섰다. 그는 도쿄 유학 시절 2.8 독립선언서 초안을 작성했고 상하이 임시 정부에도 관여했으며 귀국 후에는 조선이 독립을 위해선 그걸 유지할 만한 실력을 먼저 기르자는 민족 개조론을 주장하였다. 나는 그의 여타 활동보다 소설가로서 이

광수를 알고 있었다. 그의 작품 「마의태자」와 「단종애사」를 읽었고, 조선일보에 연재했던 「이순신」도 읽었다. 그는 조선 젊은이들의 우상이었다. 그랬던 그가 교육, 계몽, 사회운동 단체인 수양동우회를 결성하여 활동하던 중 치안유지법 위반 혐의로 체포되었다가 보석으로 풀려나면서부터 친일로 돌아섰다. 이 수양동우회 사건이 조선 사회의 수많은 명망가와 지식인들이 친일로 전향하는 계기였다. 이후 그는 창씨개명을 공식 지지하고 자발적으로 동참하라 촉구했으며, 각종 연설회에서 대동아 공영권을 지지하고 나섰다. 그는 조선총독부와 일본 당국으로부터 참정권을 얻어내고, 그 뒤에 자치권을 얻어 일본 정부의 조선인 각료와 인재들의 진출 등의 과정을 거쳐서 일본 스스로가 조선을 독립시키게끔 단계적으로 나가자고 역설하였지만, 설득력이 없었다. 그의 변절은 그가 지금까지 받았던 찬사와 존경과 선망만큼의 욕으로 되돌아와, 그걸 견디기 힘들었는지 내가 서울을 떠나 원산으로 갔을 즈음엔 양주의 봉선사에 있는 암자 관무헌에서 외부 출입을 삼가며 은둔생활을 하다시피 했다.

시류에 대응하려고 아주 어린 원생들을 제외하고 어떻게든 보육원을 지켜나가기 위해 총력을 기울였다. 죽만 먹어도 다행인 시절이었다. 보모와 나이가 꽉 찬 원생들은 멀리까지 나가 어린 원생들을 위해 감자를 캐 주고는 삯으로 감자를 얻어왔고, 물을 길어다 주며 삯을 받아서 먹을 걸 마련했다. 그걸 비웃고 비난하는 소리가 사방에서 들려왔다. 상관없었다. 원생들의 배를 곯리느니 그런 것쯤이야 얼마든지 감수할 수 있었다. 한강에선 낚시로 물고기를 잡아 큰 물고기는 양식과 바꾸고 작은 것은 찌개에 사용했다. 우리만 그런 게 아니었다. 가난한 사람들은 산에 가서 먹을 만한 풀뿌리를 캐고 소나무 속껍질로 떡을 만들어 먹을 정도였다. 그야말로 악전고투의 나날이었다.

그러던 어느 날이었다. 아침 일찍 일어나 다키와 내가 거주하는 관사를 나와 보육원을 한 바퀴 돌아보고 시류와 관계없이 연못에 핀 연꽃의 청초함을 감탄하며 간줄헌으로 들어가려는데 석축 위에 커다란 보따리 하나가 놓여 있는 게 보였다. 어제까지만 해도 내가 제일 늦게 관사로 돌아갔으니 분명히 없었던 보따리다. 간밤에 누가 다녀갔나? 이상하다 싶어 정문을 보았다. 닫혀 있으나 들어오려면 얼마든지 가능했다.

이슬에 눅눅해진 보따리를 풀어보았다. 옷가지였다. 그런데 옷가지 속에서 손목시계가 나오고 또 작은 보자기가 나왔다. 보자기도 풀었다. 아! 편지와 함께 돈뭉치가 들어있었다.

'저는 해외로 갑니다. 이 돈을 불쌍한 고아들을 위해 써주십시오. 저는 조선의 독립이 이루어지면 돌아오겠습니다.'

나는 보따리 앞에 털썩 무릎을 꿇고 기도했다.

"사랑이 많으신 주님, 감사합니다. 이 익명의 독지가를 축복하여 주시옵소서. 우리 보육원을 살렸습니다. 어린 생명을 지켜주고자 아낌없이 손길을 내밀었습니다. 부디 그가 품은 뜻을 이루고 건강하게 귀국할 수 있도록 함께 하여주시옵소서."

돈을 세어보니 1천 원. 쌀 한 가마에 13원이던 시절이었다. 이러한 사람이 있는 조선이 어찌 망했을까. 이 식민의 뼈아픈 경험은 조선의 앞날에 분명 전화위복이 되리라. 이 사람이 굳이 해외로 떠나려는 뜻은 국내에서 이루어지는 독립운동에 한계를 느꼈기 때문이리라.

해외에서 독립운동도 많은 변화가 있었다. 만주사변과 뒤이은 일제의 대륙 침략으로 독립운동 근거지가 이동한 것이다. 즉 만주 지역은 근거지로서의 기반을 잃어갔다. 이 지역에서 활동하던 한국 독립군, 조선혁명군을 비롯한 주요 세력이 중국 관내로 이동하면서 독립운동의 중심도 옮겨가게 되었고, 이봉창과 윤봉길의 의거를 계기로 활기를 찾게 되었다. 침체 상태에 빠져 있던 임시 정부의 존재가 대내외에 새롭게 인식되었고, 중국 측이 조선 독립운동에 대해 적극적인 지원으로 방향을 잡으면서 중국과 연합전선이 이루어지게 된 것이다. 그러나 윤봉길의 홍커우공원 의거를 빌미로 일제가 임시 정부에 대해 집중적인 탄압을 가하게 되면서 상하이를 떠나야 했다.

태평양전쟁은 일제 해군이 하와이 진주만에 있는 미 해군 태평양함대 기지를 기습 공격함으로써 시작되었다. 일본군은 태평양함대라는 장애를 일거에 제압한 후 파죽지세로 남방작전을 개시해 동남아시아와 남태평양 일대를 석권하고 저항하는 영국 해군을 여러 해전에서 격파하며 인도, 호주까지 위협하였다.

일제의 팽창은 경제적 자급과 동아시아를 대표하고 싶은 욕구에서 비롯되었으리라. 그러나 몇 년이 지나도 중국과의 전쟁이 끝날 기미가 보이지 않자, 일제는 야심을 식민 강대국들로 넓혔다. 또 다른 원료 자원과 시장을 확보함으로써 점차 관계가 악화하고 있던 미국에 대한 경제적 의존에서 벗어나려는 속셈도 작용했으리. 하여 일제가 프랑스령 인도차이나를 점령하자 미국은 일본으로 향하는 모든 철강 원료를 차단하는 조치를 감행해 버렸다. 진주만 기습은 세계최대의 산업 강국과 맞섬으로써 협상에서 동아시아에 대한 패권을 인정받으려는 데 있었다.

한편 그 당시 유럽은 한창 2차 대전 도중이어서 폴란드와 베네룩스 같은 동유럽은 물론이고 동남아시아에 식민지를 갖고 있던 프랑스와 네덜란드까지 모두 무너져 영국만이 홀로 독일에 맞서는 상황이었다. 따라서 아시아 남방의 영국, 프랑스, 네덜란드의 식민지는 사실상 모두 주인 없는 땅과 다름없었으므로 일제가 쉽게 점령할 수 있었다.

나는 세계지도를 펴놓고 봤다. 극동의 네 개의 섬으로 이루어진 일본이 조선을 건너 만주와 중국은 물론이고 타이완, 필리핀, 하와이, 인도네시아, 남양군도 등 태평양의 여러 섬나라와 인도차이나반도까지 농락하고 있었다. 내가 버린 무력, 폭력의 질주였다. 전장의 후방이라 할 조선도 이렇게 민중의 삶이 팍팍한데 그 땅에 사는 사람들의 삶이야 안 봐도 뻔했다.

이 폭력의 희생자가 우리 보육원 출신 중에도 나왔다. 세은이였다. 교회 앞에 버려졌던 아이. 엄마가 있음에도 키울 여력이 없어 갓난아이 때부터 순녀의 돌봄 속에 자란 아이가 청년이 되어 보육원을 나갔다. 돈을 벌어 끝까지 공부하여 보육원에 큰 도움이 되리라고 큰소리치던 아이. 그러던 세은이가 남양척식주식회사에 취직되었다며 인사를 온 게 엊그제만 같은데 죽음을 알리는 통지서 한 장으로 이 세상을 떠났다니 믿기지 않았다. 남양척식이 남양군도를 착취하고자 설립한 회사라는 걸 알았을 때 세은이는 이미 조선을 떠난 뒤였다. 나를 안심시키려 노무자로 간다는 사실도 숨기고서. 이름도 생소한 사이판섬이라니, 열대의 밀림이나 작열하는 태양 아래서 그 얼마나 무지막지한 노동에 시달렸을까.

사망통지서에는 어떻게 죽었다는 설명조차 없었다. 시신은 현지에서 매장했다 하고. 죽음을 알리는 사망통지서 외엔 세은이가 이 세상에서 사라졌다는 현실감이 없었다. 시집도 안 가고서 20년이 넘도록 보육원을 위해 헌신해 온 순녀는 친자식을 잃은 것처럼 통곡했다.

모두가 깊은 침묵 속에 세은이의 죽음을 곱씹고 있던 판에 전화벨이 울렸다. 내가 받았다. 종로경찰서 고등계였다. 날 보고 출두하라는 전화였다. 이유도 말하지 않았다. 불길했다. 불행은 친구를 동반하여 온다고 하지 않던가.

종로경찰서에 가보니 뜻밖에도 날 기다리는 이는 악명 높았던 미와와사부로였다. 그는 경시를 끝으로 퇴직하였다고 들었는데 이게 어찌 된 일인가.

"오랜만입니다, 소다 원장님."

"일본으로 돌아가지 않았소?"

"이 난국에 어찌 나만 편하려고 간단 말입니까. 퇴직했다 한들 여기 종로는 내 앞마당이지요. 후배들을 도와야지요."

죽기는 싫었던 모양이지? 당시 일본 열도는 미군의 폭격이 한창이었다.

"오래 살고 싶어 아직도 조선 사람들에게 욕을 먹었던 게 부족했던 모양이구려."

"농담도 잘하십니다. 소다 원장님이야말로 일본인들에게 욕을 많이 먹어 오래 사시나 봅니다."

"일흔여섯 살이 뭐가 많다고 그래? 그나저나 왜 오라 했소?"

"소다 원장님은 매국 행위를 계속해서 저지르는 모양이지요?"

"내가 조선 고아들을 돌보는 게 매국이라면 할 말 없네. 그렇지만 난 그 매국 행위를 그만둘 수가 없소. 아예 나보고 죽으라 하시오."

"돌보는 걸 뭐라 하지 않습니다. 반일 교육을 계속 시키니까 문제지요."

"미리 넘겨짚고서 말하지 마시오. 도대체가 뭐가 반일이란 말이오?"
"세은이가 왜 죽은 줄 아시오? 그놈이 폭동 주동자였어요. 노무자들을 선동하여 폭동을 일으켰다가 사살되었단 말입니다. 그리고 한돌이 형제가 광복군이 된 걸 우리가 모를 줄 아시오? 어째서 하나같이 그 보육원 출신들은 우리 일본 제국에 대항하는 일에 가담하는 거지요? 당신은 매국 행위로도 부족하여 반동분자를 계속해서 양성하고 있잖소."

금시초문이었다. 세은이가 폭동을 일으키다 사살되었다는 것과 한돌이 의형제가 광복군에 가담했다는 건. 실제로 그랬다면 그럴 만한 이유가 세은이에게 있었으리라. 근무조건이 원래 계약과 맞지 않았거나 강제노동에 시달렸거나. 한돌이 등이 해외로 떠난 건 나도 알고 있었다. 그러나 광복군에 가담했다는 건 몰랐다. 위험한 일이지만 은근히 뿌듯했다. 그러나 내색할 순 없었.

"우리 보육원 출신만이 아니잖소. 조선인으로서 당연한 일이라 생각하는데?"
"그런 식으로 계속 나가면 보육원은 폐쇄될 수밖에 없소이다."
"그렇게 된다면 반일 감정만 더욱 부추기게 될 거요. 내가 반일 감정을 누그러뜨리는 데 얼마나 큰 공헌을 하는 줄 모르지 않을 건데 왜 자꾸 보육원을 트집 잡는 거요?"
"조선인이 너도나도 창씨개명을 하고 저명인사들도 대동아 공영권을 위해 앞장서는 판에, 일본인으로서 조선인보다 더 우리 일에 협조를 안 하니 그게 문제 아닙니까. 총독부로서도 지원을 완전히 끊겠다고 합니다. 그러지 않아도 조선총독부는 만성적인 적자 상태예요. 타이완총독부는 흑자인데 조선은 밑 빠진 독에 물 붓기란 말이외다."

"당신 생각이겠지. 조선에서 적자라면 당장 손 떼면 되겠네. 뭐 하려고 골치 아프게 붙잡고 있느냐 말이오."

총독부 지원이 끊긴다면 큰일은 큰일이었다. 지원이 많이 줄긴 했어도 근근이 버텨 갈 힘이 그래도 총독부의 지원이었다. 조선총독부가 적자라는 말은 이전부터 있었다. 통치를 원활하게 하려면 항만과 도로 등 기반 시설에 투자를 안 할 수가 없고, 거기에다 독립운동 같은 일이 끊이지 않아 치안 유지 비용도 막대하게 들어간다는 것이었다. 다시 말하면 조선의 산업이 미개발 상태였고 민중의 일제에 대한 저항이 그만큼 강렬하다는 의미였다. 반면에 타이완은 치안 비용이 별로 안 들고 인프라 투자도 많지 않아 식민지로서 흑자라고.

"이웃이 못 살고 있는데 소다 원장이라면 마음이 편하겠소?"

"놀고 있네. 싫다는 데도?"

나도 모르게 비아냥 섞인 말이 튀어나왔다.

"대동아 공영권이 괜히 생겨난 게 아니잖소."

"그 대동아 공영권은 일본의 침략을 위한 일방적인 합리화에 불과하오. 차라리 대동아 착취권이라 부르는 게 훨씬 설득력이 있소이다."

"역시 불령선인보다 더 반동적이군요."

"마음대로 생각하시구려."

미와는 고개를 좌우로 흔들었다가 다시 표정을 누그러뜨렸다.

"아무리 못마땅해도 적자 상태에서 계속 지원을 해줬는데 양심상 협조는 좀 해줘야 할 것 아닙니까. 조선 청년들과 학생들에게 대의를 위해 전쟁에 참여하라고 독려해 준다면 총독부 지원은 계속될 것입니다.

"이제야 솔직해지는구먼. 그 애길 하고 싶어서 불렀구려."

"먼저 조선 신궁부터 참배하시오. 목사를 비롯해 기독교 인사들도 다 참배하는데… 참말로 일본인으로서 너무 하는 거 아니오?"

"미와 경시, 이 늙은이가 살면 얼마나 살겠소. 강요하지 마시오."

"언제까지 견디나 지켜보겠습니다. 지금까지 내 앞에서 굴복하지 않은 조선인은 한 사람도 없었습니다. 당신이 일본인이니까 그나마 봐주는 겁니다."

나를 봐줬다고? 나는 그 뒤로도 한참을 시달렸다. 정말 치사한 놈들이었다. 지원을 미끼로 조선 청년들의 출정을 권유하라 하고 신사참배를 종용하다니. 미와는 종로경찰서에서 악랄한 짓을 일삼다가 그 공로로 경시로 승진하여 원산경찰서장과 함경북도 고등 과장을 마지막으로 퇴직했다. 그러고는 종로가 만만했던지 다시 돌아와 어용단체인 종로총궐기위원회에 관계하고 있었다.

그 뒤로도 몇 사람이 보육원까지 와서 회유와 협박을 병행하여 나를 다그쳤다. 전화도 수시로 해댔다. 그만큼 전황이 일제에 불리해지고 있다는 방증이 아니고 무엇이랴. 1942년 5월까지 일제는 동남아시아 전역을 완전히 점령하는 데 성공했었다. 중국과 동남아시아 그리고 태평양의 여러 섬. 어마어마했다. 그러나 급하게 먹은 음식은 꼭 체하게 마련인가. 일제는 넓디넓은 점령지를 유지하기 위해 상당한 병력을 보내야 했으며 열악한 보급 역량 상당수도 동남아시아로 돌려야 했다. 그런 데다 일본군의 학살 등 비상식적인 행동과 자원 수탈로 인해 유럽 식민지지배로부터 해방된 현지인들이 일본을 적대시하고 반일투쟁을 벌이게 되어 점령지의 상황은 나날이 악화하여 갈 뿐이었다. 그나마 고대하던 석유, 고무 등의 전략자원 수급이 가능해져 일시적으로나마 대동아 공영권을 완성하는 데 성공하는 듯 보였다. 겉보기에는 일본 제국의 최전성기였다.

그러나 한창 승승장구하면서 태평양 반쪽을 집어삼키고 인도양, 호주까지 넘보는 상황에서 전혀 예상치 못한 일이 터졌다. 미군의 쌍발 폭격기가 도쿄의 한복판, 그것도 황궁 근처에 폭탄을 떨어뜨려 천황까지 위험에 처한 일은 일본군 입장에서는 대단히 수치스러운 악재가 아닐 수 없었다. 미국이 똑같은 방법으로 일본 본토를 다시 공격한다면 인계(人界)의 신인 천황의 옥체가 위험에 처할지도 모른다는 가능성을 시사하는 것이었기 때문이다. 따라서 폭격기의 발진기지인 미드웨이섬을 놓고 벌어진 대규모 전투에서 일본은 궤멸적인 패배를 당하고 말았다. 진주만 공습과 같은 효과를 노리고 치른 전투였으나 태평양 제해권을 상실하는 최악의 결과를 낳고 말았으니. 이 전투로 일제는 내리막길을 걷게 되었다.

미와가 종로경찰서의 압박이 심해지는 가운데 원산감리교회 장로로부터 전도사로 초빙하겠다는 연락이 왔다. 교역자가 없다는 하소연이었다. 무보수였다. 보수 같은 건 전혀 문제가 되지 않았다. 그렇지 않아도 걱정이 태산 같았던 다키가 물었다.

"원장님이 보육원을 잠시 떠나계시는 걸 어떻게 생각하세요?"

"나도 그걸 두고 기도하는 중이오. 워낙 압박이 심하구려. 이대로 물러설 놈들도 아니고."

"그렇지요. 궁지에 몰리면 쥐도 고양이를 무는 일이 생기지요. 일제가 조급해하고 발악하는 느낌이 들어요. 요럴 때 잠깐 피해 계시는 것도 현명하지 않겠어요? 나이가 많으셔서 걱정되긴 하지만."

"나이는 별문제가 되지 않소. 당신에게 보육원의 어려운 짐을 맡긴다는 그것이 걱정이지."

"지금보다 더 어렵기야 하겠어요? 경찰도 원장님께 신사참배를 하라고 하지도 않을 거고, 더는 반일 교육을 하느니 하고 시비도 걸지 않을 거고요."

나는 기도했다. 응답을 주시라고. 20여 년 넘게 신명을 바쳐 꾸려온 보육원이었다. 보육원이 어렵다는 것은 사회 혼란이 극심하다는 얘기였다. 더불어 돌봐줘야 할 원생들은 늘어만 갔다. 보육원이 문을 닫게 된다면 백여 명이 넘는 원생들은 어쩌라고. 성경 구절이 떠올랐다.

> 모든 은혜의 하나님 곧 그리스도 안에서 너희를 부르사 자기의 영원한 영광에 들어가게 하신 이가 잠깐 고난을 받은 너희를 친히 온전케 하시며 굳게 하시며 강하게 하시며 터를 견고케 하시리라 (베드로전서 5:10)

고난이 끝난 후에는 더욱 강건한 믿음과 축복이 기다리고 있다는 말씀이었다. 이런 시련의 시기에 원산에서 연락이 오게 됨은 나를 더욱 온전케 하고 또 다른 사명을 주기 위함이 아닐까 하는 생각이 들었다. 멀리 있어도 보육원을 도울 일은 얼마든지 있잖은가. 태평양 건너 미국에서도 도움의 손길이 있었는데. 하여 본부에 연락했다. 내 후임을 보내 달라고. 건강이 그리 좋지 못한 다키가 혼자 꾸려가기에는 아무래도 무리였다. 며칠 후 그가 왔다. 가마쿠라 보육원 경성지부 초대 원장이었던 스다 겐타로였다. 조선의 실정을 어느 정도 아는 그가 오니 안심이었다.

이 무렵 일제는 전쟁의 열세를 직감하고 동맹이라 할 수 있는 나라의 대표들을 도쿄에 모아 대동아 회의를 개최했다. 일제는 미국과 영국이 2년 전에 발표한 대서양 헌장을 의식하여 이에 대항하는 전쟁 이념을 세우기 위해 만주국, 태국, 필리핀, 버마, 인도 임시 정부 대표들을 초청하였지만, 태국은 불참했고 일제 영토로 결의된 인도네시아와 조선은 처음부터 초대받지 못했다. 이 회의에서 대동아 공동선언이란 것이 채택되었다.

미국과 영국은 자국의 번영을 위해서는 타 국가와 타민족을 억압하고 특히 대동아에 대해서는 마음껏 침략과 착취를 행하여 대동아 예속화의 야망을 키워 결국에는 대동아의 안정을 근저부터 뒤집으려고 했다. 대동아전쟁의 원인은 여기에 있다. 대동아 각국은 서로 연계하여 대동아전쟁을 완수하고 대동아를 미영의 질곡에서 해방시켜 그 자존자위를 완전하게 하고 대동아를 건설하여 세계 평화의 확립에 기여할 것을 기약하는 바이다.

한마디로 이 선언은 일본 국민과 아시아 각국 인민을 기만하려는 속임수, 미봉책에 불과했다. 미국과 영국만 착취하고 일본은 안 그랬는가? 조선 민중은 왜 그토록 독립에 대한 열망을 불태우는가.

9

원산, 그리고 일제의 항복

원산은 동해안에 있는 항구 도시다. 주변이 갈마반도, 호도반도, 그리고 여도, 신도, 웅도, 황토도 등의 여러 섬으로 둘러싸여 있어서 조선 시대에도 천혜의 항구로 이름이 높았고 1880년에 개항했다.

목사가 쓰던 관사는 비어 있었다. 성도들은 내가 도착하자 관사를 수리하겠다고 나섰으나 만류했다. 좀 낡았으면 어떤가. 혼자 몸뚱어리 쉬고 누울 공간이 있으면 족했다. 밥도 끼니마다 챙겨 주겠다는 성도가 있었으나 아니라고, 내가 직접 해결하겠노라 정중히 사절했다. 나는 여러분을 섬기려고 왔을 뿐, 섬김을 받으려고 오지 않았다, 내가 한 말이었다.

원산감리교회는 조선에 기독교 대부흥 운동의 전설로 남은 로버트 하디(Robert A. Hardie)의 흔적이 남아있는 유서 깊은 교회다. 나는 교회 장로로부터 그에 관한 이야기를 자세히 들었다. 그는 의사로서 캐나다 YMCA의 파송으로 나보다 15년 빨리 조선에 들어와 부산과 서울에서 의료선교를 하다가 원산으로 오게 되어, 강원도 최초의 교회인 지경터교회를 비롯하여 여러 지역에 교회를 세웠다. 그러나 사역의 열매가 만족스럽지 못하다고 스스로 여겨 고민하던 중 실패의 원인이 성령 충만을 받지 못한 자신에 있음을 알고 깊이 회개하였다.

그는 명문 토론토 의대 출신이라는 점과 의사라는 신분에 대한 교만함, 암암리에 젖어 들었던 백인 우월주의 사상, 조선인을 미개하고 무식한 백성으로 생각했던 오만, 성령을 의지하지 않고 자신의 실력과 학력을 믿었던 영적 무지와 미숙과 어리석음 등을 눈물로 모두 자백했다. 그러자 그의 회개가 성도들의 공개 회개로 이어져 영적 각성을 동반한 부흥이 원산 전역으로 확산하였고, 평양 대부흥에 이어 서울 등 조선 전역으로 확대되었다.

그때 은혜받은 하디는 마치 모세가 시내산에서 내려올 때처럼 얼굴에 광채가 나고 눈빛이나 성품이 백팔십도 달라졌다고 했다. 전에는 조선인 환자들이 하디의 거만함과 쌀쌀함 때문에 차라리 참아내고서 치료받으러도 가지 않았으나, 은혜받은 후의 그는 표정과 성품과 어투가 완전히 변해 환자의 손만 만져도 병이 나았다고 했으니.

내가 평양 부흥회 먼발치에서 봤던 하디였다. 나는 그의 음성이 아로새겨졌을 교회 마룻바닥에 엎드려 그처럼 나를, 주님의 관점에서 내가 행한 일을 돌아보며 반성하고 은혜로 충만하기를 소망했다. 주여, 저를 더 낮은 데에서 부려주소서. 모든 이들에게 환영받게 하소서. 갈등의 중심에서 그 갈등을 눈이 녹듯 사라지게 하소서.

나보다 두 살 많은 하디는 부흥을 이끌고는 서울에서 신학대 교수이자 신학자로서 활동하다가 은퇴한 후 미국으로 돌아갔다. 서울에서는 가까운 거리에 있으면서도 만나지 못했다. 이제야 생각하니 내가 찾아갔어야 했다.

교회는 성도가 조선인과 일본인이 반반이었다. 따라서 따로따로 예배를 드려야 했다. 일본인 거주지역은 원산부라 부르고 조선인 거주지역은 원산리였다. 이 일본인 거주지역에는 모든 공공시설과 심지어 치안시설까지 완벽해 일본인들이 살기에 전혀 불편함이 없었다. 물론 조선인 거주지역은 낙후되어 있었다. 교회는 그 경계쯤에 있었다. 아무리 다른 시간에 예배를 드려도 갈등 관계가 없을 수 없었다. 이것은 당연한 일이라 생각됐다. 인간 사회에서 편 가르기는 본성이었다. 억지로 막는다면 더 부작용만 생길 터. 나는 오직 주님만 바라보고 나아가자고 성도들에게 외쳤다. 너와 나보다 오로지 주님!

원산은 개항 이후부터 많은 공장과 회사가 입주해 있었다. 당연히 많은 조선인 노동자들이 농촌에서 올라와 취업하여 생계를 이어갔는데 기업 대부분이 일본인 소유여서 부당한 차별과 부당노동행위, 폭력이 일상으로 자행됐다. 참지 못한 노동자들은 단결하여 권익을 위해 조합을 결성할 수밖에. 그러던 중, 원산 인근의 석유회사에서 일본인 고다마라는 감독이 조선인 노동자를 폭언과 함께 폭행하는 사건이 발생했다. 노조에서는 감독의 징계를 요구했으나 회사 측은 이를 무시하고 오히려 노동자들을 더 탄압했다. 그러자 노동자들은 근무를 거부하고 파업에 들어갔다. 진통 끝에 노사 간의 협약이 체결되었으나 회사 측은 이마저도 무시했다. 이에 노동자들은 다시 파업에 들어갔다. 이 사실을 안 다른 공장에서도 동조할 움직임을 보이다가 마침내 원산노동연합회가 총파업을 결의하였다. 이것이 이십여 년 전에 일어난 그 유명한 원산 총파업이었다. 이처럼 노동조합 활동이 특히 활발한 지역이 원산이었다.

그런데 총파업의 원인이 된 일본인 감독 고다마가 우리 원산감리교회 성도였다. 그는 퇴직했으면서도 계속해서 유지 행세를 하며 원산에 살고 있었다. 교회에도 주일마다 빠지지 않고 참석했다는 말을 들었다. 그가 이번에도 조선인과 일본인 갈등의 씨앗이 되었다. 집에서 가사를 도와주는 조선인 처녀가 실수로 그가 아끼는 도자기를 깨트리자 뺨을 때리고는 임금도 주지 않고 내쫓았다는 것. 그 일이 알려지자 조선인 성도 대부분은 그런 놈과 같은 교회를 다닐 수 없다고 난리였다. 그 일에는 고다마의 잘못이 명백한지라 일부 일본인 성도도 동조했다.

계층 간의 갈등도 어찌 보면 자연스러운 일이었다. 지배자와 피지배자, 있는 자와 없는 자, 노동자와 자본가의 갈등이 발생하는 건 인간의 심성이 모두 똑같지 않은 한 피할 수 없는 현상이잖은가. 서로를 부정하고 윽박지르며 꺼리기보다 인정하는 것, 그러면서 최종적으로 주님을 바라고 말씀을 좇다 보면 좀 더 나은 세상이 되지 않겠는가. 그러나 고다마 사건은 계층 간의 갈등이라고도 볼 수 없었다. '어떡해야 합니까?' 주님에게 물어볼 필요조차 없었다. 그는 날 처음 보던 날 내가 나이 들어 더 좋다며 쌍수를 들어 반기는 모습을 보여줬었다. 그를 교회로 불렀다.

"아이고, 소다 전도사님. 무슨 일로 보자고 하셨는지요."

그는 유카타를 입고 왔다. 많이 늙어 보였다. 몇 번 봤으나 그날따라 꾀죄죄해 보였다. 그는 나를 보자마자 얼굴 가득 미소를 지었다. 나는 정색하고 물었다.

"그 도자기가 사람보다 귀합니까?"

"무슨 말씀을 하시려고…."

그는 비굴한 웃음을 지었다.

"다시 묻습니다. 깨진 도자기가 사람보다 귀하냐고요?"

"제가 정말 아끼던 거라…"

그제야 무슨 말인지 알아듣고 손을 비벼댔다. 나는 다짜고짜 그의 뺨을 갈겼다. 검술에 단련됐던 팔의 힘은 아무리 늙었어도 어디 가지 않았다. 타이완에서 무력을 버린 후 처음으로 쓰는 폭력이라면 폭력? 아니 교훈이었다.

"아니, 왜 이러십니까?"

"아프지요?"

"그걸 말이라고 하십니까?"

"당신 뺨만 소중하나요? 그 처녀도 아팠을 겁니다. 그 처녀가 의도적으로 깬 게 아니잖아요. 사람은 누구나 실수할 수 있습니다. 참다운 그리스도인이라면 누구의 실수도 받아들일 줄 아는 아량이 있어야지요. 그토록 도자기가 아까웠습니까? 만약 당신 어머니가 도자기를 깨트렸어도 뺨을 때리겠습니까? 못 때리지요. 그 처녀도 부모에겐 아까운 딸입니다. 그 나이에 남의 집에서 일하는 것도 서러울 텐데 부모로서 얼마나 마음이 찢어질까요. 당신은 어찌하여 교회에 나오나요? 구원받기 위해서라고 말하겠지요. 구원받았나요? 그리고도 구원받을 수 있겠습니까? 창세기 첫 장에서 우리는 하나님이 자신의 형상과 모양대로 인류를 창조하셨다는 말씀을 읽습니다. 이 근본적인 진리는 모든 인간의 고유한 존엄성과 가치를 일깨워 주지요. 우리는 하나님의 창조에서 우연이나 부수적인 존재가 아니라 그분의 손길이 빚어낸 최고의 영광입니다. 당신이나 당신 어머니나 그 처녀나 똑같습니다. 더군다나 당신은 그 실수를 빌미 삼아 일한 대가도 주지 않고 내쫓았습니다. 왜? 그 도자기가 일한 보수보다 비싸다고 생각했을 수도 있지요. 잘한 일입니까?"

그는 말을 하지 못했다.

"그 도자기 어디서 났습니까?"

그 질문에도 침묵했다. 분명히 엿장수에게 샀거나 어느 집에서 굴러다니던 걸 공짜로 얻었거나 도자기에 무지한 이들에게 아주 싼 가격에 샀으리라. 조선의 도자기가 명품이라는 어쭙잖은 말에 휘둘려 골동품 수집에 혈안이 됐으리라.

"말을 못 하겠지요? 사과하십시오."

"제가 잘못했습니다."

"나한테가 아니라 그 처녀와 전교인 앞에서 사과하십시오."

그의 눈이 동그래졌다. 그렇게까지? 하는 눈빛이었다. 창피당하고 싶지 않은 거다.

"당신으로 인해서 선량한 일본인까지 피해를 보고 있습니다. 사과하지 않으려거든 일본으로 돌아가십시오."

나는 단호한 어조로 말했다.

"그럼, 처녀의 임금을 지급하겠습니다."

"그걸로 끝내겠다고요? 여기 원산경찰서장을 지낸 미와 경시를 알지요? 그동안 유지로 살았으니 잘 알 겁니다. 끼리끼리 잘 어울렸겠지요. 그가 조선에서 어떤 행패를 부렸는지 잘 알 겁니다. 그러나 난 그의 압박에도 굴하지 않은 사람입니다. 전교인 앞에서 사과하겠습니까, 아니면 일본으로 떠나겠습니까?"

미와 이름을 꺼낸 건 솔직히 협박이었다. 그가 미와의 악명과 행위를 누구보다 잘 알 것이니. 그 같은 사람이야말로 강약약강(强弱弱强)의 전형이었다. 그는 예상대로 놀라는 표정을 짓고는 서둘러 말했다.

"사과하고 임금도 지급하겠습니다."

무슨 일인 줄도 모르고 만면에 웃음을 지으며 왔던 고다마는 죽을상으로 돌아갔다. 그런 뒤 그는 바로 다음 주일 예배가 끝나고 모든 교인이 지켜보는 가운데 두 차례에 걸쳐 고개를 조아리며 사과했다. 그는 원산을 갑자기 떠나려니 처분해야 할 부동산도 그렇고 20년도 넘게 호의호식하며 산 터전을 떠나기가 쉽지 않으리라. 그의 사과가 진심에서 우러나온 짓이 아닌, 어쩔 수 없이 이루어진 것임을 나는 알고 있으나 성도들에게 대한 효과는 만점이었다.

고다마 사건이 사과로 일단락 지어졌음에 조선인 성도는 일본인의 사과가 지금껏 한 번도 없었던 일이라며 환호했고, 일본인 성도는 그가 일본인을 개망신시켰다며 원망했다. 뿌린 대로 거둔다고, 콩 심은 데 콩 나고 팥 심은 데는 팥 나는 법이었다.

교회가 어느 정도 안정에 들어가자, 나는 보육원 지원을 위한 일에 발 벗고 나섰다. 목표는 주로 조선에 건너와 부를 일군 일본의 자본가들이었다. 조선에 들어와 돈을 벌었으니 이 땅의 불쌍한 고아들을 위해 쓰면 오죽이나 좋겠나, 당신의 협조는 지극히 당연한 도리가 될 것이다. 지금까지는 알게 모르게 비난만 받았을 테니 이제 칭찬받을 일 좀 하시라. 그렇게 된다면 다른 일본인 사회나 당신 자신에게도 이로운 분위기가 형성될 것이니.

나의 요청에 흔쾌히 응하는 사람이 있었고, 마지못해 따르는 이도 있었다. 그에 반해 쇠귀에 경 읽기 식으로 나 몰라라 하는 자, 내가 왜? 하며 반발하는 자도 있었다. 충분히 예상한 결과였다. 이 어려운 시기에 적은 돈이라도 보육원의 처지에선 큰 도움이 되리라.

나는 불안한 전쟁에 동요하는 성도들을 다독이며 평상심을 유지하려 애썼다. 동요는 극단적이었다. 일제의 패망을 바라는 조선인 성도와 절대로 황군은 패배하지 않으리라는 일본인 성도의 희망이 양 진영을 넘나들었다.

신문과 라디오로 알게 된 전쟁 상황은 막바지로 치닫고 있었다. 아무리 일제가 언론을 통제하여 승리 소식 위주로 전해도 난 행간을 통해 느낄 수 있었다. 얼마 가지 못하리라고. 일본은 악마와 손을 잡았으니 어쩌면 당연한 귀결이었다. 그들이 독일의 히틀러, 이탈리아의 무솔리니였다. 인류 역사에서 다시는 일어나지 말아야 할 악명을 떨칠 망나니들. 유유상종이었다. 일본을 포함한 이 세 나라는 주제를 망각한, 본분에 어긋나는 제2차 세계대전으로 명명된 짓거리를 저지르고 있었다. 인류에 대한 배신이자 패륜이었다.

이들 세 나라가 마지막 발악을 펼칠 즈음 미국 대통령 프랭클린 루스벨트와 중국 총통 장제스, 영국 총리 윈스턴 처칠 등 3개국 수뇌는 카이로에서 만나 전쟁의 승리를 가정한 이후의 세계정세를 논의했다. 이 회담은 카이로 회담으로 알려져 있으며 여기에서 주목할 점은 조선인이 노예 상태에 있음을 상기하면서, 조선을 적당한 시기에 자유롭고 독립적인 국가로 만들 것을 다짐했다는 데 있었다. 이 소식이 전해지자 조선인은 환호했다.

전황은 카이로선언이 나올 수밖에 없음을 방증하고 있었다. 중국군은 대륙의 이점을 활용해 지루한 소모전으로 몰고 가 일본군이 이제껏 경험하지 못한 비싼 대가를 치르게 했다. 일본군의 승기는 초반 몇 년일 뿐이었다. 중국군은 일본군의 주요 거점에 질리도록 반격을 가했다. 일본군은 툭 하면 보급선이 차단되고 포위되기 일쑤였다. 또한, 태평양에서 지속적인 패배로 사기마저 저하돼갔다. 얼마나 고전했으면 써서는 안 된 화학무기까지 동원해야 했을까.

미국은 이 무렵 방대한 산업 잠재력을 바탕으로 전함, 전투기, 그리고 조종사의 수를 증가시키는 데 집중했다. 그에 반해 일본은 산업 기지와 기술적 전략, 조종사 훈련 제도, 그리고 해군의 자원 등이 마비되어 시간이 지날수록 전쟁에서 밀리게 되었다.

1944년 6월엔 대규모의 미국 육군과 해병대가 사이판섬에 상륙했다. 연합군의 목표는 B-29의 폭격 범위에 도쿄를 포함하는 비행장을 확보하는 것이었다. 일본군은 사이판을 사수하는 데 어려움을 겪었다. 공군은 2배나 되는 미군 전력을 상대해야 했고, 항공모함은 불능이거나 수리 중이었다. 대공포가 있었으나 예광탄이나 레이다가 부족했다. 미 해군의 반격과 거듭되는 일본 해군의 패착으로 남방으로의 보급은 불안정해졌으며, 필리핀 해전에서 해군 전력이 전멸당하고 점령지 대부분을 상실한 채 본토 앞까지 내몰리게 되었다.

1945년이 되고 2월, 서태평양 해상에 있는 이오지마는 원래 별 볼일 없는 아주 작은 화산섬이었지만 일본 해군의 비행장과 레이더 기지가 있었다. 미군은 일본 본토 폭격 때 비상 활주로를 만들 장소를 확보하기 위해서 이 섬이 필요한 상황이었다. 이오지마를 점령하면 인접한 일본의 가장 중요한 지정학적 방어진지인 오키나와를 점령하는 데 중요한 기착지로 활용할 수 있었다. 이 이오지마에서 피비린내 나는 전투가 벌어졌다. 이 전투에서 일본 수비군 2만2천 명 중 살아남은 사람은 4천 명에도 못 미쳤고, 그나마도 태반이 죽기 일보 직전의 상태였다고 전해졌다.

이어 벌어진 오키나와 전투도 일본은 패배했다. 이 전투에서 수많은 오키나와 주민이 희생당했다. 오키나와는 본래 류큐 왕국이라는 독립국이었으나 사쓰마번에 정복되어 19세기 말엽에 일본 땅이 되었다. 일제는 오키나와 주민 전원을 총동원하여 웬만한 남성은 죄다 징집하고, 성인 여성들부터 어린 여학생들까지 간호 요원, 심지어 위안부로 끌고 갔다. 일본군은 패배가 눈앞에 다가오자, 오키나와 주민들에게 황국신민으로서 영예롭게 죽기를 강요했다. 어린 소년에게 자신의 어머니와 여동생을 때려죽이도록 강요했다는 얘기도 있었다. 또 다른 사례는 미군에게 욕보일 것이 두려워 먼저 딸을 죽인 한 노인은 듣던 것과는 달리 미군이 오히려 식량과 약품을 지급하자, 서럽게 펑펑 울었다고 한다. 일본군에 속아 딸의 목숨만 버린 데다 그 목숨을 자신이 거두었으니 그 심정이 어땠을까.

이런 사례가 오키나와 전역에서 비일비재하게 일어났을 정도니, 전쟁 말기의 일본군이 얼마나 광적이었는지 알 수 있잖은가. 광적인 사례의 대표는 신풍특공대(神風特攻隊카미카제)를 아니 들 수가 없다. 폭탄을 가득 실은 비행기를 몰고 적의 함정을 향해 돌진하여 자폭을 명받은 특공대. 그때 조종사들은 함대와 충돌하기 전, 그 마지막 순간에 필살(必殺)이라 외쳤단다. 그렇게 세뇌한 지도자들은 용서받지 못할 미친놈들이었다.

물론 두 곳의 전투에서 미군의 피해도 막대했다. 이 막대한 피해가 전쟁을 앞당겨 끝내게 될 줄 어찌 알았으랴. 미국 내의 비판 여론이 대두되면서 빠르게 전쟁을 끝내야만 했던 미국은 육군과 해병대의 일본 본토 상륙을 재검토하게 되어 군 상층부와 대통령 해리 트루먼이 히로시마와 나가사키에 원자폭탄을 떨어뜨리도록 결정하는 데 작용했으니. 이미 이탈리아는 무너졌고 독일은 5월 7일 항복을 선언하여 일본만 남은 상태였다.

종전을 향한 시계는 째깍째깍 돌아가고 있었다. 7월 하순에는 포츠담선언이 알려졌다. 독일 베를린 근교인 포츠담에서 개최된 회담에서 미국, 영국, 중국이 발표한 선언으로 제2차 세계대전 이후 유럽의 전후질서 구축 문제와 미국의 주도로 태평양전쟁에서 일본의 항복 권고, 이후 일본에 대한 처리 문제가 논의되었다, 선언의 요지는 일본이 무조건 항복하지 않는다면 즉각적이고 완전한 파멸에 직면하게 될 것을 경고했으며, 그 내용은 모두 13개 항목으로 되었는데 8항에 카이로선언의 모든 조항이 이행되어야 하며 일본의 주권은 혼슈, 홋카이도, 규슈, 시코쿠와 연합국이 인정하는 작은 섬들에 국한될 것이라 못 박았다. 그러나 일본은 항복하지 않았다.

연이은 전투 패배와 포츠담선언 소식에 일본인 성도들의 불안감은 가중되었다. 일본 본토에 대한 미군의 공습은 멈출 줄을 몰랐다. 패배의 두려움에 사로잡힌 고다마를 비롯한 일본인 성도들이 교회로 몰려왔다.

"전도사님. 어찌해야 합니까?"

"예견했던 일 아니오?"

"우리는요. 만약 일본이 패하게 되면 조선에 사는 우리는 어떻게 되지요?"

"일본으로 돌아가야겠지요. 조선에서 기고만장하며 무사태평하게 천년만년 살 줄 알았나요? 주님의 뜻이라 여기고 받아들이십시오."

나는 담담하게 말했다.

"우리 재산은 어쩌고요. 또 땅과 집은 어떻게 하고요?"

고다마였다. 아까울 것이다. 그래도 어쩌겠는가. 땅과 집을 일본으로 옮겨갈 수도 없고, 빈 몸으로 왔을 테니 빈 몸으로 가는 수밖에.

"지금 욕심부릴 때입니까? 얼마 남지 않았습니다. 준비하는 게 좋을 겁니다."

"갑자기 팔자니 살 사람도 없을 건데, 참 큰일이군요."

제값 받고 팔기는 애초에 그른 일이었다. 그것보다 몸이라도 무사히 조선을 빠져나갈 방법을 모색하는 편이 현명하지 싶었다. 특히 노골적으로 조선인에게 못되게 굴었던 이들이야말로 전전긍긍하는 상태였다.

하루하루 초조한 날을 보내는 일본인 성도들은 매일 교회로 찾아왔다. 그러나 교회라고 안심할 수 있는 쥐구멍이 아니었다. 교사인 성도가 헐레벌떡 달려왔다. 8월 6일 저녁이었다.

"전도사님. 히로시마에 엄청난 폭탄이 터졌답니다. 도시 전체가 파괴되고 얼마나 많은 사람이 죽었는지 알 수도 없답니다."

나도 라디오로 그 소식을 접했다. 후에 알고 보니 원자폭탄이었다. 이름은 리틀 보이(Little boy). 그런 폭탄을 맞고도 일제는 항복을 주저했다. 아니 어떻게 해야 할지 정신을 차릴 수가 없는지 모른다. 히로시마는 당시 일본군 제2사령부이면서 통신 센터이자 병참기지였으므로 군사상으로 요충지였다. 삼 일 후, 이번엔 나가사키에 팻 맨(Fat man)이 떨어졌다. 내가 해외로 떠돌기 전 살았던 나가사키, 알고 지내던 이들은 무사할까? 자주 가던 술집 올란도는?

이 두 개의 원자폭탄으로 25만 명이 즉사하거나 후유증으로 죽었다니 무시무시한 파괴력을 지닌, 인류에겐 재앙이나 다름없는 핵무기였다. 사망자 대부분은 무고한 일반 시민들일 게 분명했다. 이것만 봐도 국가의 지도자가, 그 지도자의 결정이 국민에게 미치는 영향이 어떠한 지 후세에 경종을 울릴 만한 일이었다.

원자폭탄에 정신을 못 차리는 사이 소련은 얌체처럼 일제에 선전포고하였다. 이미 소련은 미국과 영국 3개국 수뇌가 모인 얄타회담에서 전쟁 참여 조건으로 사할린 및 부속 도서의 반환, 뤼순 항구의 조차권 등 옛 러시아 제국이 누렸던 이권들을 재확보한다는 점을 미국으로부터 약속받은 바가 있었다.

나가사키에 원자폭탄이 떨어지고 6일이 지난 15일, 히로히토 천황의 방송이 예고되어 있었다. 천황이? 그가 방송에 나오는 일은 거의 없었다. 성도들이 교회로 몰려들었다. 일본인 성도, 조선인 성도 구분이 없이 왔다. 나는 항복 방송이라는 걸 직감했다. 일본에서는 옥음(玉音) 방송이라고 했다. 정오가 되자 모두 숨을 죽였다. 먼저 아나운서의 안내 말이 있었다.

"지금부터 중대 발표가 있겠습니다. 전국의 청취자 여러분, 기립해 주시기 바랍니다."

기립이라, 방송을 듣는 백성이 무릎 꿇고 듣는지 불경하게 누워 듣는지 알 수 없었기 때문이리라. 반신반인인 천황이라는 단어만 나와도 차려 자세를 취하고 천황 사진에 고개를 숙여 경례해야 했던 시절이었다. 다음에 정보국 총재의 말이 나왔다.

"천황폐하께서 황공하옵게도 친히 전 국민에 대하여 조서를 발표하시게 되었습니다. 지금부터 삼가 옥음(玉音)을 방송해 드리겠습니다."

말이 끝나자, 일본 국가 기미가요 반주가 들리고. 방송을 듣는 모두는 긴장한 빛이 역력했다. 이윽고 떨리는 음성이 들려왔다.

"짐은 세계의 대세와 제국의 현 상황을 숙고하여 비상조치로서 시국을 수습하고자 충량한 그대 신민에게 고한다. 짐은 제국 정부로 하여 미국, 영국, 중국, 소련 4개국에 공동선언을 수락한다는 뜻을 통고하도록 하였다."

공동선언은 포츠담선언을 뜻했다. 조선의 독립을 보장하는 카이로 선언을 확인한. 이렇게 시작한 천황의 목소리는 아래와 같이 끝났다.

"아무쪼록 거국일가 자손이 서로 전하여 굳건히 신주의 불멸을 믿고, 책임은 무겁고 갈 길은 멀다는 것을 생각하여, 장래의 건설에 총력을 기울여 도의(道義)를 두껍게 하고, 지조를 굳게 하여, 맹세코 국체의 정화를 떨쳐 일으키고, 세계의 진운에 뒤처지지 않도록 하라. 그대 신민은 이러한 짐의 뜻을 명심하여 지키도록 하라."

명백한 항복 선언임에도 천황은 두루뭉술하게 항복이라는 단어를 피하고 자신의 책임을 회피했다. 타국의 주권을 배격하고 영토를 침략함과 같음은 본디 짐의 뜻은 아니었노라며.

어쨌든 지긋지긋한 전쟁이 끝났다. 조선인 성도는 환호하며 의기양양했고, 일본인 성도들은 침통하고 허망한 표정으로 조선인 성도 눈치를 살피기에 여념이 없었다. 그 표정 뒤에는 '우리는 어떻게 되는가'라는 불안이 도사리고 있었다. 울음을 터뜨리는 이도 몇 있었다. 내가 모두를 향해 말했다.

"네 칼을 칼집에 도로 꽂아라. 칼을 쓰는 사람은 모두 칼로 망한다는 예수님 말씀이 실현됐지요. 전쟁이 끝났습니다. 조선은 독립됐습니다."

그때 나는 깨달았다. 주님이 왜 원산으로 날 보냈는지를. 두려움에 떨고 있는 일본인의 무사 귀환이었다. 그 책임을 내게 맡겨 주었다는 것을 알았다. 밖을 나가 보니 조선인들이 몰려다니며 태극기를 흔들고 만세를 불렀다.

"대한 독립 만세!"

"일본인은 돌아가라!"

"일본인을 죽이자!"

섬뜩한 구호도 들렸다. 얼마나 못되게 굴었으면, 얼마나 고깝게 대했으면, 얼마나 미웠으면 죽인다는 말을 서슴지 않을까. 당연히 일본인들은 거의 돌아다니질 않거나 조심스레 숨어다녔다. 순식간에 갑을 관계가 바뀌어버렸다.

며칠 동안은 정신이 없었다. 도대체 뭐가 어떻게 돼가는지 혼란스럽기만 했다. 이때 소련은 연합국의 일원으로 이미 일제가 항복하기도 전인 8월 13일에 함경북도 청진시까지 내려와 일본 제국과 전투를 벌여 8월 15일에는 청진시를 점령했다. 이날 미군에 의해 일본이 항복했음에도 불구하고 계속 소련군이 남진하자, 미국은 소련이 한반도 전체를 점령하는 것을 막기 위해서 38선 북쪽은 소련군이, 남쪽은 미군이 주둔하기로 합의하였다. 그러자 소련은 곧바로 8월 21일에 원산을 거쳐 8월 24일엔 평양을 점령했다. 그런데 미국과 소련의 군사적 분계선으로 합의한 삼팔선을, 8월 26일 소련이 일방적으로 봉쇄하면서 남북 분단을 초래하였다. 졸지에 양쪽을 오가는 게 자유롭지 못하게 됐다. 이북은 소련 군정이, 이남은 미국 군정이 설치되어 통치한다는 얘기였다.

삼팔선을 봉쇄한 소련의 제25군 사령관은 '조선 인민들이여, 그대들은 독립과 자유를 회복했다. 이제 그대들의 행복은 바로 당신들 손에 달려 있다'고 천명했다. 그러면서 소련 군정은 직접 통치가 아닌 간접 통치를 표방하며 각지에 세워진 조선건국준비위원회 지부와 인민위원회를 인정하였다. 그러나 소련의 목표는 자생적인 반일 성향 단체들의 연합을 기초로 한 정권을 세운 뒤, 최종적으로 친소련 성향의 공산주의 정권을 수립하는 데 있었다.

그러나 기대와 달리 소련 군정 내내 소련군에 의한 강간, 폭행, 약탈이 끊이지 않았는데도 사령관은 '이에 대항하는 폭동을 일으킨다면 조선인의 절반을 교수형에 처하겠다'라는 극언도 서슴지 않았다. 거기에 더해 어느 사단장은 '조선인은 이미 35년간 노예 생활을 견뎠으니 좀 더 지속한다 해도 괜찮지 않은가'라는 폭언을 퍼붓기도 했다. 늑대를 피하니 호랑이를 만난 격이었다.

소련군의 만행은 조선인뿐 아니라 일본인에게는 공포의 대상이었다. 특히 일본인에게 가해진 폭력의 수위는 일제의 탄압을 받았던 식민지 조선인조차 경악할 지경이라, 조선인 치안대가 소련군을 말리다 오히려 구타당하기도 했다. 특히 조선 독립운동을 탄압했던 일본인 경찰이나 판사들은 조선인들에게 붙잡혀 소련군이 주도한 재판에 넘겨져서 징역형을 받고 시베리아로 끌려갔다.

일본인 중 탄압을 받는 데는 사실 일반 민중이 대부분이었다. 소련군이 한반도 이북지역으로 입성한다는 정보를 입수한 만주와 이북 주재 일본군 수뇌부는 자신들과 군인 가족들을 즉시 대피시키고는 나머지 100만 명이나 되는 일본인들에 대해서는 어떠한 대피 방송도 내보내지 않았다. 각 기관 수장들과 조선 주재 일본 대기업 간부들은 은밀히 정보를 받고 이미 탈출했다. 소련군이 이북에 입성하는 모습을 본 대다수 일본인은 충격과 공포로 경악하고, 일본 내무성과 조선총독부가 자신들을 적군의 손에 내팽개쳤다는 사실에 분노했으며, 일부는 노동력이라는 이유로 소련으로 끌려가거나 재산을 모두 몰수당한 채 빈손으로 이남으로 내려가기도 했다.

우리 교회는 피난처였다. 성도만이 아니었다. 직업도 다양했다. 교사, 회사원, 공장주, 관리, 농장주 등. 모두가 초조하게 상황이 호전되기를 간절히 기도하던 중, 소련군을 피해 도망쳐 온 일본인 여자를 교회까지 쫓아온 소련 군인이 있었다. 아무리 소련이 공산주의 체제하에서 종교를 탄압하고 있다고 하더라도 정교회 입김은 민중 속에 깊이 뿌리박혀 있지 않은가. 나는 그때 교회 밖으로 나가 십자가를 가리키며 소리쳤다.

"여긴 신성한 교회야!"

군인은 알아듣지 못하는 러시아 말로 씨부렁거리며 손짓과 발짓으로 여자를 내놓으라 소란을 부렸다. 내가 물러선 위인이 아니었다.

"당장 물러가 이놈아!"

어쩔 땐 들고 온 총을 내게 겨눈 놈도 있었다. 그럴 땐 오히려 배를 내밀어 배짱을 부렸다. 그러면 놈은 슬그머니 총을 내리며 뒷걸음질 치고 욕설을 내뱉으며 사라졌다. 내 흰머리와 긴 수염도 한몫했으리라.

"예바낱(씨발)!"

남자 군인만 행패를 부린 것이 아니었다. 소련 여자 군인들은 일본인 거주지역을 샅샅이 뒤져 패물이나 옷가지, 이불 등을 챙겨가는 짓을 당연하게 여겼다. 다행인 일은 교회 주변 조선인들 그 누구도 일본인이 교회로 들어오는 걸 방해하지 않았다는 것이다. 오히려 제철 과일이나 곡식을 가져다주는 이도 있었다. 일본인들에게 괄시받을 때가 엊그제인데 곤란에 처한 걸 보고 모른 체하지 않으니 고마웠다. 그럴 때마다 하는 말이 듣기에 황송했다.

"이건 소다 전도사님을 보고 주는 것입니다."

교회로 피난 온 일본인 중엔 조선에서 태어나 자란 이도 상당수였다. 그들은 졸지에 고향이라고 알고 있던 지역이 조선 땅이라는 사실을 믿을 수가 없다며 자신들이 일본으로 귀환해야 하는 이유를 이해하지 못했다. 그만큼 일본인 거주지역은 자신들만 특혜를 누리던 폐쇄성이 강한 곳이었다. 조선인과 교류도 없이 잘난 척 끼리끼리 살았으니까. 그들은 하루빨리 일본으로 귀환하기 위해 분주했는데 은행에서 그동안 모아 놓은 돈을 빼내고 자신들이 모아둔 재산을 갖고 가기 위해 필사적이었다. 그러나 조선인들이 가만둘 리 만무했다. 그 재산은 우리를 착취해 이룩한 거니까 함부로 못 가져간다, 가지고 가려거든 우리를 먼저 죽여라, 라며 반발했다. 정상적인 방법으로 귀환이 어렵게 된 일본인들은 밀수선을 이용했다. 그러나 밀수선은 비싸고 위험한 데다 믿을 수도 없었다. 심지어 이들을 노리는 해적까지 횡행할 정도였으니. 하여튼 모든 상황이 잔류 일본인에겐 최악이었다.

일제의 패망과 동시에 이북에서는 라디오에서 일본어가 전면적으로 배제되었다. 이로 인한 정보의 부족은 이 지역 일본인들의 혼란을 부채질하기 마련. 재산은커녕 몸만 빠져나가도 다행이었고, 소련군에게 해를 입을까 무서워서 대부분의 일본인 여자들은 머리를 빡빡 깎거나 숯을 얼굴에 문질렀다. 이 사람들의 행색은 귀환한 뒤에도 일본에서 한동안 문제가 되었다고 한다. 조선인들을 괴롭힌 일제 경찰 출신 일본인들은 상당수가 살해되었다. 오죽하면 어떤 일본인은 그동안 피해를 주었던 조선인의 집을 찾아다니며 도게자(땅 위에 바짝 엎드려서 절하며 사죄하는 행동, 일명 석고대죄)를 하는 일까지 벌였을까.

소련군에 의한 피해는 조선인도 예외는 아니었다. 일본인 정도는 아니지만 겁탈당하거나 물품을 강탈당하기도 했다. 소련군을 환영하던 조선인 자치위원회가 그들의 약탈을 주의하라고 경고할 정도였으니. 강원도 춘천 지역에서는 소련군이 주둔하다가 철수하고 미군이 진주했는데 이들의 복장과 장비를 보고 일본인들은 하나같이 놀랐다고 한다. 얼핏 봐도 모두 최신식 무기로 무장한 데다가 식량은 물론 먹을 물까지 휴대하고 다니는 걸 봤기 때문이었다. 그 소식을 전한 일본인은 이런 나라와 4년 동안이나 싸웠으니 패배는 당연하거니와 일본인의 곤조(根性)가 대단하다는 말을 하기까지 했다.

종전 과정의 혼란한 시기, 한동안 소식이 끊겼던 다키로부터 연락이 왔다. 보육원 건물이 불타버렸다는 소식이었다. 다행히 인명 피해 없이 150여 명의 원생을 세 곳의 보육 시설로 분산 배치했으니 안심하라는 내용이었다. 안심하라고 했지만, 그동안 다키의 마음고생을 말은 안 해도 충분히 짐작할 수 있었다. 스다 원장은 원생들이 분산 이동하는 것을 보고 일본으로 떠났다고.

이렇게 소련이 조선 북부를 점령하고 군정을 실시한 1945년 9월경 김일성이 원산으로 귀국하여 조선공산당 북조선분국을 만들어 정치 활동에 나섰다. 명망이 높았던 조만식은 조선민주당을 창당했다. 둘 중 소련군은 김일성을 선택했다. 소련이 연해주에서 조직한 88여단에서 김일성이 활동한 적이 있고, 보천보 전투를 통해 민중에게 지지를 받는 친소련 성향이기 때문이었다. 소련 군정은 김일성을 통해 북조선인민위원회를 설립한 후 조선계 소련인(고려인)들이 요직에 들어와 소련의 의도대로 조직을 장악해 갔다. 이는 자치정부 성격을 띠었지만, 소련군의 입김은 여전히 강해서 사실상 군정 체제로 운영되었다.

김일성 등은 빠른 속도의 개혁을 진행해 나갔다. 지주의 토지를 몰수하여 분배하는 토지 개혁법, 8시간 노동제, 주요 산업의 국유화령 등을 제정하는 한편 1946년 4월엔 북조선 공산당을 창당했는데 이는 남한 내 조선공산당의 정통성을 축소하려는 의도였으며 이후 북조선 노동당으로 세력을 재편하였다.

운이 좋아 일본이나 이남으로 빠져나간 사람을 제외하고 교회를 피난처로 삼은 이들은 이제나저제나 이북을 떠나기만 학수고대했다. 아니 내가 어떻게 해주기만을 바랐다. 그러나 나라고 뾰족한 수가 있지 않았다. 그렇지만 나는 무슨 수를 써서라도 무사히 다 보내고 마지막 한 명과 함께 원산을 떠날 심산이었다. 그런 와중에 고다마가 잡혀갔다.

인민위원회는 식민통치에 앞장섰던 일본인의 죄를 소급해서 처벌했는데 법관이나 경찰, 악질로 소문난 교사, 경찰 하수인이었던 소방대원, 회사 간부, 치부 과정에 조선인에게 패악질을 일삼았던 자들이 그 대상자였다. 고다마는 그게 두려워 교회에서 좀처럼 나가지 않다가 집에 뭐를 가지러 잠시 다녀오겠다며 한밤중에 나갔었다. 그때 내가 경고했다.

"나가지 않는 게 좋을 거요."

"설마 무슨 일이야 있겠어요?"

"당신은 워낙 인심을 잃었잖소."

"후다닥 다녀오겠습니다."

그때 그는 누구보다 순한 양이 되어 있었다. 그렇게 나갔던 그가 자정이 다 되도록 돌아오지 않다가 다음날 붙잡혀 갔다는 소식이 들려왔다. 그의 손에는 청자가 들려 있었다고. 그는 재판에서 징역 10년 형을 선고받았다. 후문에 의하면 그 청자가 가중 처벌의 주요 물증이었다고 했으니, 그의 욕심이 감방 10년을 부른 셈이었다.

들려오는 소식에 의하면 일본으로 귀환한 히키아게샤(식민지나 점령지에서 귀환한 일본인을 부르는 말)들의 생활 역시 피폐하긴 마찬가지라고. 당시 일본의 상황도 여의치 않아 무일푼으로 돌아온 이들의 대접이 좋을 리가 없었다. 엎친 데 덮친 격으로 전염병이 돌자 이를 옮기는 주범으로 지목되는 등 분위기가 결코 우호적이지 못했다. 아예 본토인들이 '너희는 식민지에서 수탈하고 착취해서 잘 먹고 잘살았으니 천벌을 받는 거'라는 말을 서슴없이 내뱉는다고. 이들은 생활 터전을 잡기까지는 수용소에서 생활했다. 애당초 같은 일본인이라고 해도 조선, 만주, 대만 등 식민지와 외국에서 오랜 기간 거주하거나 출생한 일본인 귀국자들은 사회적으로 심하게 차별받았다. 히키아게샤 대부분이 원래 빈농이나 부라쿠민 등의 하층민 출신이었기 때문이다. 그러니 일본에서 대대로 차별받았던 설움을 식민지에서 보상받으려 오히려 더 식민지 주민을 깔보며 착취했는지도 모를 일이었다.

인민위원회의 종교에 대한 시비도 점차 노골적인 핍박으로 변해갔다. 대외적으로는 종교의 자유를 보장한다고 주장하고 있지만, 차츰 종교를 인정하지 않으며 유물사관을 내세우고 신의 존재 자체를 부정했다. 갈수록 나아지기보다 어렵게 될 것을 예감한 나는 최후 수단으로 원산 인민위원회 위원장에겐 조선어로, 소련 25군 정치 담당 레베데프 소장에겐 영어로 편지를 보냈다.

"나는 원산감리교회 전도사 일본인 소다 가이치입니다. 전에는 서울에서 가마쿠라보육원 원장으로서 고아를 돌봤습니다. 현재 우리 교회에는 일본으로 돌아가지 못한 일본인 오십여 명이 어렵게 지내며 불안한 하루하루를 견디고 있습니다. 이들은 평범한 시민입니다. 죄라면 조선 땅에 들어와 산 죄밖에 없습니다. 부디 넓으신 아량으로, 인도주의 차원에서 저희를 서울로 보내주셔서 일본으로 귀환할 수 있도록 도와주시길 간절히 바랍니다."

50여 명의 인원이 통행이 막힌 삼팔선을 몰래 넘어가는 일은 사실상 불가능하다고 판단했다. 정식으로 허락을 받아 통행증을 발급받아 가는 길뿐이었다. 그러나 허락할지가 미지수였다. 지금까지 하는 행태로 봐서 허락을 해주지 않을 심산이 십중팔구일 성싶었다.

편지를 보내고 5일 후, 기적이 일어났다. 트럭 두 대가 교회 앞에 도착한 것이다. 트럭을 타고 온 인민위원회 관계자는 통행증까지 주었다. 레베데프의 힘이 작용했는지 자체 결정인지는 알 수 없었다. 초조하게 기다리다가 짐을 최대한 줄이고 걸어갈 생각까지 하던 참이었다. 그 아니 기쁠 수가. 상황이 바뀌기 전에 모두 서둘러 트럭에 올라 남쪽을 향해 갔다. 삼팔선에서는 통행증을 내보이자, 북쪽이나 남쪽의 경비병도 막지 않았다. 들녘에는 벼 베기가 한창이었다. 4년 만에 돌아온 서울은 어수선했다. 그래도 일행이 무사히 도착했다는 사실에 감격스러워 감사 기도를 드렸다. 역시 단행성령 조지의(斷行聖靈 助之矣)거늘.

10
서울, 그리고 일본으로, 다시 서울

일제의 패망과는 무관하게 서울의 거리는 어수선하긴 하지만 활기가 넘치는 것 같았다. 당국에 의해 일본인 귀환자들은 임시로 시설에 수용됐다. 소련 군정과는 확실히 다르게 이남을 통치하는 미군정은 대접부터가 달랐다. 나는 그들이 일본으로 곧 보내지리라는 확약을 받고 보육원이 있던 후암동으로 갔다. 이미 그곳에 한경직 목사에 의해 서울 보린원이라는 고아를 위한 시설이 설립되었다는 사실을 알고 있었다. 다키가 그곳에서 계속해서 고아들을 돌보고 있다는 것도.

보린원은 느티나무와 연못이 아니면 몰라볼 정도로 예전의 보육원 모습이 아니었다. 원사도 고풍스러운 간줄헌은 어디 가고 반월형의 콘센트 막사 형태였다. 다키와 나는 만나자마자 손을 맞잡고 무릎을 꿇고 기도를 올렸다. 살아 있어서, 다시 만날 수 있어서, 고아를 보살피는 일을 계속할 수 있어서 감사합니다. 다키는 많이 야위었다.

"우에노 선생, 그동안 고생했소."

"낯선 곳에서 원장님께서 더 고생하셨지요."

"나야 주님의 뜻을 이루려고 한 것뿐이오."

"함께 온 일본인들이 하루라도 빨리 본국으로 갔으면 좋겠어요."

"곧 그렇게 될 거요."

순녀와도 재회했다. 그녀도 어느새 쉰을 바라보고 있었다.

"못 오시는 건 아닌지 무척 걱정했습니다. 원장님께서 건강하시니 더욱 좋습니다."

"말은 안 했지만 내가 한이 하나 있었네. 순녀를 시집보내지 못한 거야."

"그런 말씀 마셔요. 저는 원장님 덕분에 사람 노릇 하며 사니 마냥 좋기만 합니다."

더욱 반가운 일은 가은이가 보모로써 함께 일한다는 점이었다. 세은이가 남양군도에서 죽었다는 통지를 받고 절망했던 순녀였다. 가은이는 나와 순녀가 젖동냥으로 키운 아이였다. 그런 아이가 열아홉 살의 꽃다운 처녀가 되어 일을 돕다니 감개무량했다. 가은이는 순녀를 엄마라 부르고 있었다. 정말 모녀 사이 같았다.

"가은이는 꼭 짝을 지워 시집을 보내도록 해."

나는 가은이 앞에서 순녀에게 신신당부했다. 가은이는 얼굴을 붉힐 뿐 처녀 때 순녀처럼 거부하는 모습을 보이진 않았다. 한돌이 의형제 소식은 듣지 못했다. 어찌 보면 예전 보육원 자리에 서울 보린원이 설립된 것은 정말 잘된 일이었다. 성인이 되어 각자의 길을 가는 이들에게 보육원은 친정이나 다름없을 테니까. 갖가지 사연으로 해외에 갔던 보육원 출신들이 해방 후 돌아와 다녀간 일이나 나름대로 생활의 발판을 마련한 출신들이 수시로 다녀간다고 했다.

나는 주로 예배실에서 시간을 보냈다. 전쟁으로 인한 피해 소식이 들려올 때마다 일본의 책임이 무겁다는 걸 느꼈다. 죄였다. 일본인 사망

자만 300만 명에 이른다고 했다. 전 세계적으로는 8천만 명이 죽었다고. 그중에 중국인이 4천5백만이란다. 동남아에선 400만 명이 죽고, 필리핀이 100만 명, 미국이 48만 명이고, 아무런 책임도 없는 조선인도 50여만 명이 이러저러한 전쟁의 영향으로 죽었단다. 거기에다 독일과 일본은 각종 반인륜적인 생체실험 및 성 착취를 저질렀고, 점령지 치하 주민들에 대한 강압적인 생활 통제와 강제 노역은 일상다반사로 발생하였다. 대동아 공영권은 결과적으로 대동아 몰락권이 됐다.

주님께 물었다. 이 죄를 다 어떻게 갚아야 하느냐고. 일본이 독일과 함께 치른 전쟁에서 인류에게 저지른 죄가 유사 이래 최대치일 것이니 살아남은 일본인들은 어떻게 처신해야 하냐고. 응답이었을까. 일본이 진정으로 회개해야만 한다는 것. 그러기 위해선? 알려야 하리. 이제 얼마나 남았을지 모르는 내 삶을 내가 버린 일본을 위해, 일본인에게 회개해야만 한다는 것을 알려야 하리라.

나는 결심했다. 일본으로 떠나기로. 단지 걱정은 다키였다. 나날이 건강에 위험 신호가 내비치고 있었다. 내 결심을 말하자 다키는 고개를 절레절레 흔들었다.

"저는 안 갑니다. 내 새끼들이 저렇게 많은데 어떻게 두고 떠나요. 제 걱정은 마세요. 원장님께서는 주님께서 시키신 대로 하세요. 다만 여든인 원장님 건강이 걱정될 뿐이에요."

"그래요, 우에노 선생은 남아서 주님이 시키신 대로 하시오. 우리가 살날이 얼마나 남았는지 모르나 서약을 합시다."

"어떤?"

"첫째는 우리 부부는 과거와 같이 하나님의 은혜를 확신한다고. 둘째는 어떠한 재난이 닥쳐오더라도 십자가를 우러러보며 마음의 평화를 간직한다고. 셋째는 하나님의 가호를 빌며 이후 천국에서 만난다는 것이오."

"명심하겠습니다. 그걸 매일 볼 수 있도록 종이에 써서 주세요."

나는 한지에 붓글씨로 서약의 내용을 적고 그 아래에 시 한 수를 더 적어 넣었다.

神恩主愛以何酬 (하나님과 주님의 은혜 어찌 다 갚으리오)
歲月空過暎白頭 (세월만 허송하여 백발이 성성한데)
一片壯心猶未滅 (사나이의 일편장심 아직도 남아 있거늘)
秋風萬里試東遊 (어찌하여 나는 동쪽 나라로 여행을 가야 하는가)

나는 다키와 함께 미군정으로부터 영주권을 부여받았다. 이런 특권을 받은 일본인은 조선인과 결혼하지 않은 이상 거의 없으리라. 일본으로 떠나기 며칠 전에는 이화장으로 이승만을 찾아갔다. 그는 대한민국 임시 정부 초대 대통령을 지내고 해방과 함께 고국으로 돌아와 민중의 열렬한 환영을 받아 차기 정부의 지도자로 유력했다. 그러나 그는 당시 임시 정부 법통을 이은 독립 국가 수립을 위해 신탁통치를 협의하는 미소 공동위원회를 반대하고 있어, 미군정에 의해 가택연금이나 다름없는 처지에 놓인 상태였다. 전에 직접 만난 적이 없으나 이상재 선생으로부터 많은 말을 들었거니와 그도 나를 들었을 터였다. 서로 간의 예의를 차려 인사를 나눈 후 이상재 선생에 관한 이야기를 한참 나눈 후 나는 찾아온 이유를 말했다.

"박사님, 이곳 서울에는 조선인과 결혼한 일본인 여성 칠팔백 명이 살고 있습니다. 그들이 차별받지 않도록 배려해 주십시오."

"소다 선생님, 이제 조선이 아니라 대한민국이오. 내가 장담하건대 우리 한국인은 일본인과 다릅니다. 차별은 기우가 될 것이오. 나도 외국 여성과 결혼하지 않았소? 걱정하지 말아요. 나는 일본에 남은 우리 교포가 더 걱정이오. 그들이 거의 60만이 넘는다고 하는데 그동안 얼마나 많은 차별 속에 살았소. 소다 선생님께서 일본에 가시거든 일본인들에게 서로 평화롭게 살도록 잘 이해시켜 주시오."

"최선을 다하겠습니다."

그를 찾아오는 사람은 줄을 섰다. 하여 많은 시간을 뺏을 수 없었다. 이화장을 다녀온 지 며칠이 지나 서울 보린원 설립자인 한경직 목사가 찾아왔다.

"소다 전도사님, 어찌하여 일본으로 떠나려고 하십니까?"

"주님으로부터 받은 사명이 있습니다. 제가 하던 일을 목사님께서 이어서 해주시니 얼마나 고마운지 모르겠습니다."

"이 일이야말로 주님께서 제게 주신 사명입니다. 경험이 많으니 곁에 계셔서 부족한 점을 지도해 주실 줄 알았습니다만."

"저는 늙었습니다. 걸리적거리기만 할 뿐이지요. 건강이 염려되는 우에노 선생을 잘 부탁합니다."

한 목사를 만나고 나니 한층 마음이 놓였다. 이제 홀가분하게 떠날 수 있게 되었다. 나는 서리가 흠뻑 내린 아침 다키와 언제 다시 만날지 모를 이별을 조용히 했다. 서로가 담담하게 받아들였다. 그리고 서울역에서 기차를 타고 부산에서 시모노세키로 가는 미군 배를 탔다. 55년 만의 귀국이었다. 짐은 단출했다.

나는 현해탄을 가로질러 가는 배 위에서 어떤 식으로 일본인이 회개해야만 하는가를 고민했다. 말로만 회개하라고 외쳐선 안 될 일이었다. 몸소 보여줘야 했다. 그건 고행이었다.

시모노세키항에 도착하니 어떻게 알았는지 신문 기자들이 기다리고 있었다. 대합실에서 즉석 인터뷰가 이루어졌다. 한 기자가 물었다.

"한국에서 영주권이 나왔고, 그래서 고아들을 계속 돌보실 거라 예상한 사람들이 많았습니다. 어째서 귀국하게 되었습니까?"

"고아들은 나보다 더 잘 돌볼 사람이 있습니다. 내가 귀국한 이유는 일본을 회개시키기 위해서입니다. 일본은 전쟁을 일으켜 우리 일본인뿐만 아니라 아시아의 많은 나라에 엄청난 아픔을 안겼습니다. 대동아공영은 침략을 합리화하기 위한 술책에 불과했습니다. 진정으로 회개해야만 합니다. 회개의 1순위는 주님을 영접하는 데 있습니다. 회개의 눈물로 희망을 다시 일으켜 세워야 합니다. 나는 곧바로 일본 전 지역을 도는 전도 여행을 시작할 것입니다. 우리 모두 예수님을 믿을 특권과 그분을 위해 기꺼이 고난당할 특권, 또 섬기는 특권을 받았습니다. 이 여행이 끝나면 한국인들과 같이 있기를 간절히 소망합니다."

"어찌하여 한국의 고아들을 위한 사업에 뛰어들었나요?"

"한국, 그 당시에는 조선이었지요. 조선에 가는 일본인들은 거의 다가 일확천금을 노리는 사람들뿐이라는 얘기를 사다케 원장에게 들었습니다. 그래서 나만은 조선을 위해 일을 하자, 그래서 보육원 원장직을 제안받았을 때 내가 조선에 들어간 목적과 일치하여 함께했습니다."

"평소의 신념이나 신조는 무엇입니까?"

"근심하는 자 같으나 항상 기뻐하고, 가난한 자 같으나 많은 사람을 부요하게 하고, 아무것도 없는 자 같으나 모든 것을 가진 자로다."(고

린도후서 6장 10절)

나는 성경을 꺼내 읽고는 '無一物中 無盡藏과 斷行聖靈 助之矣'라 쓴 한지를 꺼내 펼쳤다.

"이것이오."

모두가 그것을 적느라 바빴다. 또 물었다.

"요즘 서울의 분위기는 어떻습니까?"

"지금 한국인들은 광복의 기쁨으로 가득 차 있습니다. 그리고 새 정부 수립을 누구의 간섭도 받지 않고 독자적으로 하기 위해 활기가 넘칩니다. 새 정부가 수립되면 일본과 한국은 구원을 잊고 친선이 이루어질 거로 믿습니다. 그래야만 합니다. 한국을 떠나오기 전 이승만 박사를 만났을 때 한국인과 결혼한 일본인 여성에 대한 배려를 얘기했습니다. 그는 재일 한국인 60만 명에 대한 일본인의 올바른 이해가 있기를 바랐습니다. 그들에게 관심을 기울여 주십시오."

"전도 여행의 방법은 어떤 식으로 할 생각입니까?"

"걸어서 할 것이오."

"그 연세에요?"

그들은 그 외에 여러 가지를 질문했으나 내가 할 얘기를 다 한 것 같아 인터뷰를 마치고 배를 타고 오면서 한 구상을 실천하기 위해 무작정 교회를 찾아들었다. 하룻밤 묵어가자는 내 말에 목사는 쾌히 승낙했다. 나는 다시 밖으로 나가 하얀 천을 구해서 교회로 돌아와 세계 평화(世界平和)라 적고는 일찌감치 쉬었다. 내 귀국의 궁극적인 목적은 바로 세계 평화였다. 그것은 진정한 참회의 바탕 위에서 이루어질 터였다.

다음날부터 나는 소네 촌을 향해 걸었다. 어깨에는 세계 평화라는 어깨띠를 두르고 한 손에는 성경책을 들었다. 아침 신문에는 '반생 동안 한국 고아의 아버지, 한국 영주권을 가진 소다 옹, 조국 전도를 위해 귀국'이라는 제목으로 나에 관한 기사를 내보냈다. 몇몇 신문 기자들이 내 뒤를 따랐다.

날씨는 아침저녁으로 찬바람이 느껴지는 서울과는 다르게 따뜻했다. 마을을 지날 때는 손을 흔들어 활짝 웃는 이, 물을 가져다주는 이도 있었다. 어떤 이는 따뜻한 차를 주었다. 그런 이들과는 다르게 비난을 퍼붓는 이들도 있었다.

"그렇게 할 일이 없어 불난 집에 부채질하나?"

"조용하게 있는 일본 엿 먹이는 짓이야, 저게."

"일본인에게 하나님이라니 가당키나 한가?"

나는 그런 이들에게도 미소를 보냈다. 내게 관심을 보인다는 게 중요했다. 첫날은 오즈키까지 걸었다. 일본 열도의 남동해안을 따라갈 예정이었다. 밤이면 목욕하고 특히 오랫동안 발을 뜨거운 물에 담갔다. 발이 고장이 나면 계획도 무산될 판이었으니. 감사할 일은 여든의 나이에도 걷는 데 크게 무리가 없는 건강이었다.

곳곳에서 내 의견에 동조하는 이들이 함께 걷기도 했다. 남녀노소가 특정되지 않았다. 손자의 손을 잡고 나온 할머니, 전쟁에 참여했던 전직 군인, 교복을 입은 학생들. 어느 목사는 지팡이를 주었다. 나흘을 걸어서 야마구치 시에 당도했고 칠 일째에 고향인 소네에 당도했다. 감개무량했다. 거의 60년 만이었다. 나는 곧장 아버지 어머니가 잠든 가족 묘지에 들러 엎드려 기도하고 묵념했다.

"아버지, 어머니, 아들이 돌아왔습니다. 이렇게 늙어서야 돌아온 아들을 용서하십시오. 아버지 어머니께는 불효한 아들이었으나 주님을 영접한 이후 그 말씀에 순종하려고 노력했습니다. 저의 모습에 만족하실지 모르겠습니다. 아버지 어머니 옆으로 가는 날까지 지켜봐 주십시오. 그때 부끄럽지 않은 모습을 보여드리겠습니다."

묘지에서 돌아서는데 누군가가 앞으로 걸어왔다. 노인이었다. 나 정도는 아니지만.

"선생님, 저 모르시겠지요?"

모르겠다. 내게 고향에서 선생님이라 부를 인물이라면 누구인가.

"저 타가히로입니다."

"뭐, 타가히로라고? 정말 몰라보겠네. 자네도 이제 많이 늙었구나."

항상 궁금했던 타가히로라니, 자세히 보니 어렸을 적 얼굴이 조금은 남아있었다. 나는 그를 얼싸안았다. 소학교 교사 시절 학교에서 보이지 않아 집으로 찾아갔었지. 여동생이 코하루였어. 그날 어머니가 돌아가셨고. 타가히로 남매는 고아가 되었다. 그때 가오루가 애를 많이 썼었지.

그는 숙소까지 따라와 여러 소식을 들려주었다. 일흔이 된 그는 고향에서 우체국장을 지내고 이젠 은퇴하여 낚시로 소일하고 있단다. 그는 사람들에게 무시당하지 않고 괜찮은 삶을 영위할 수 있었던 데는 나의 관심이 있었기에 가능했다며 은인이란 표현까지 썼다. 가오루를 비롯한 친구들은 모두 이 세상 사람이 아니었다. 또 한 사람, 궁금했던 무지로도 죽었단다. 그는 얼마 남은 유산을 히로시마에 있는 원폭 피해자 재단에 기부했다고. 저녁에는 처음 보는 조카가 찾아와 두 동생의 소식을 전해 반가웠다. 의사가 된 동생의 딸, 마스다였다.

다시 시작된 전도 여행에는 타가히로가 동행하며 가오루 얘기를 많이 했다. 우체국에서 직장 생활을 하기 전까지 도움을 많이 줬다고. 가오루가 죽은 건 10년도 넘었단다. 그 뒤 소스케가 뒤따랐고 타츠야는 몇 달 전에 죽었다고.

원폭의 직격탄을 맞은 히로시마는 아직도 폐허인 채 방치된 데가 많았다. 그 처참한 모습에 내 입에서 탄식이 터졌다.

"오 하나님, 인류가 범한 죄를 용서하여 주소서."

평화기념관에서 만난 그날의 생존자들은 원자폭탄을 '피카 동(ピカドン)'이라고 불렀다. '번쩍 쾅'이라는 의성, 의태어였다. 번쩍한 다음 천지를 울린 폭발음이 들렸다고. 뒤이어 충격파로 인하여 엄청난 폭풍이 주변을 완전히 쑥대밭으로 만들었다. 충격파 범위 안에 있던 건물들은 매우 튼튼하게 지은 건물을 제외하고 완전히 허물어져 버렸다. 이어 화재가 들이닥쳤다. 바로 폭격 후폭풍의 영향이었다. 화재는 히로시마 시내 중심부를 모두 삼켰다. 시 전체는 열로 가득 차고 잿빛 대기가 태양마저 가려 밤처럼 어두운 가운데 사방팔방이 불지옥으로 변한 상태였다. 사방에 죽지 않은 부상자들의 신음과 비명, 물을 달라는 절규가 끊이지 않았다. 피부가 녹아내린 채 물을 찾아 허둥대는 사람들, 온몸이 불타며 다리 밑으로 떨어지는 모습 등 끔찍한 참상을 전하는 목격담은 끝이 없었다.

미군이 노렸던 2군 사령부 및 산하 병력은 전멸했다. 단 한 발의 폭탄으로 도시 전체를 완벽에 가깝게 파괴해버릴 수 있다니! 그때가 출근 시간이었기에 피해는 더 컸다고. 나는 어렵게 폭심지에 있었던 생존자 중 노무라 에이조를 만날 수 있었다. 그는 당시 연료배급통제조합에서 일하던 중이었는데 그 건물이 폭심지에서 불과 170m 정도 떨어져 있었단다. 아침 여덟 시에 전 직원 조회가 있은 다음 노무라는 상사가 깜박 잊은 서류를 가지러 지하 창고로 내려갔는데, 직후에 폭탄이 폭발했다. 지하가 그를 살린 셈이었다. 당시 건물에는 직원 37명이 있었으나, 노무라 한 사람을 제외하고는 모두 즉사하거나 행방불명되었다고.

노무라는 많은 양의 방사선에 피폭되었기에 고열, 설사, 잇몸 출혈 등 후유증으로 생사를 넘나들었지만, 아직까진 목숨을 부지하고 있다고 치를 떨며 내 어깨띠에 적힌 세계 평화에 격한 공감을 표했다.

"우리 인류에게 서로 죽고 죽이는 전쟁만은 없어야 합니다."

후일담이지만 미군은 원자폭탄을 어디에 투하할 건지, 교토와 히로시마를 두고 저울질하다 히로시마로 낙점했단다. 일본의 정신과 문화 중심지인 교토에 원폭을 투하하면 일본 민심이 걷잡을 수 없이 동요해 전후 처리 과정이 힘들어질 것이라는 판단이었다고.

나는 다시 걸었다. 걷다가 강연 요청이 오면 응했다. 하루에 10킬로를 걸을 때도 있었고 20킬로를 걸을 때도 있었다. 걸으며 인터뷰할 때도 있었고 미리 도착할 시간에 맞춰 저녁에 할 때도 있었다. 고베, 오사카, 나고야, 시즈오카, 요코하마, 도쿄를 지나고 새해에는 센다이, 후쿠시마, 모리오카, 아오모리에 이어 홋카이도의 삿포로, 북쪽 끝에 있는 왓카나이시까지 걸었다. 더우면 더운 대로, 추우면 추운 대로 걸었다. 비가 오거나 눈이 와도 쉬지 않았다. 피곤하거나 다리에 이상이 생기면 며칠씩, 어쩔 땐 한 달이나 쉬었다가 건강이 회복하면 다시 걸었다.

그동안 고마운 사람도 많았다. 숙소를 제공하는 이, 옷이나 신발을 사주는 이, 여비에 보태라고 돈봉투를 주는 이, 뜨거운 햇살을 피하라며 모자를 선물하는 이, 영양제를 주는 이, 마중과 전송을 위해 동행을 해주던 이 등.

타가히로는 오사카까지만 동행했다. 그의 다리가 더는 허용을 안 해주었다. 그래도 끊임없이 동행이 생겼다. 혼슈와 홋카이도를 일주하고 규슈로 내려와 나가사키 근처에서 여행을 계속할 때였다. 중년의 남자가 다가와 공손히 말했다.

"소다 전도사님, 오랫동안 걸어서 전도 여행을 계속하니 참으로 대단하십니다. 저는 쇼도시마에 있는 작은 교회 봉사자입니다."

쇼도시마라면 내가 한학을 공부했던 오카야마 남쪽, 시코쿠 북쪽에 있는 섬이다. 올리브 섬이라고도 알려져 있다.

"그러시군요. 그곳까지 복음이 전해졌다니 고마운 일입니다."

"네, 거기 우치노우미 해변에서 가까운 가타조란 아주 작은 마을에 교회가 있습니다. 제가 2년 전에 군인으로 전쟁터에서 구사일생으로 돌아와 그리스도의 사랑이 없이는 평화도 없다는 신념으로 세웠었지요."

"오호, 주님께서 바라는, 정말 장한 일입니다."

"카가와 도요히코 목사님을 아시지요?"

카가와 목사는 고베 빈민촌에서 헌신하는 이다. 폐결핵에 걸려 죽을 뻔했던 그가 회심하게 된 동기가 그리스도인들에게 화제가 된 적이 있었다.

"알다마다요."

"교회 설립 이후 그분을 모시고 부흥회를 한 뒤로 신자가 많이 늘었습니다. 그러나 목사님들이 여러 사정으로 곧 그만두는 일이 발생하여 현재 예배를 인도하실 분이 없는 실정입니다. 하여 기도하던 중에 전도사님의 기사가 떠올랐습니다. 우리 교회로 모시고 싶어 이렇게 왔습니다."

"쇼도시마 같은 섬에 교회가 있다는 얘기는 처음 들었으나 성도님이 이렇게 오신 일도 주님께서 인도하셨으리라고 믿습니다. 기쁘게 가겠습니다. 많이 부족하지만, 적임자 목사님이 오실 때까지 교회를 지키겠습니다."

"고맙습니다."

"나는 예전부터 성 프란치스코를 흠모했지요. 그분처럼 탁발하며 전도하고 싶다는 소망이 있었습니다. 탁발의 고행까진 없을 것이니 보수는 생각지도 않겠습니다."

그도 규슈를 동행했다. 나가사키에서 남쪽으로 내려가 구마모토, 가고시마, 미야자키에서 다시 북쪽으로 발길을 돌려 오이타에서 배를 타고 시코쿠의 다카마쓰를 거쳐 쇼도지마에 도착했다. 내 전도 여행이 끝났다. 아니 쇼도지마 전도의 새로운 시작이었다.

가타조 마을은 경치가 빼어난 우치노우미 해변에서 2킬로쯤 떨어져 있었다. 나는 목회를 하며 목사라는 호칭보다 교회지기를 자청했다. 섬사람들은 순박했다. 성도들은 수확기가 되면 감귤이나 고구마 등을 가져왔다. 그곳은 겨울에도 따뜻한 편이지만 그래도 늙은 몸뚱어리로 밤을 보내기엔 추웠다. 교회엔 난방이 되지 않았다. 그걸 딱하게 여겼는지 한 성도가 전기 코다츠를 들여놓아 주었다. 감사한 일이었다.

그렇게 겨울을 평온하게 보내던 1월 중순 한국의 순녀로부터 전보가 왔다. 다키의 사망 소식이었다. 전보를 한참이나 쳐다보았다. 안타까웠다. 다키의 모습이 어른거렸다. 나보다 먼저 가다니! 72세였다. 아프다는 얘기는 알고 있었다. 고대하던 주님의 품으로 갔다며 나를 위로했으나 반쪽이 무너져 내렸다는 허망함은 어쩔 수 없었다. 나는 주일 예배에서 설교 도중 담담하게 다키를 추억했다.

"그녀는 훌륭한 신앙을 가지고 봉사의 생애를 마쳤습니다. 하늘나라에서, 아니 그의 영혼은 늙은 남편과 여전히 함께하면서 힘이 되어 줄 줄로 믿습니다. 그녀는 나 대신 한국에 묻혔습니다."

솔직히 다키의 장례식에 참석하고 싶었다. 그러나 갈 방법이 없었다. 한국과 일본은 외교 단절 상태였다. 나중에 들려온 소식에 의하면 다키의 장례식은 아주 정중하게 치러졌고 양화진 선교사 묘역에 묻혔다고 했다. 양화진은 주로 서양인, 한국 선교의 전설들이 잠들어 있는 곳이었다.

6개월 후 한국에서 전쟁이 터졌다는 소식이 들려왔다. 6월 25일 새벽에 북한군이 북위 38도선 전역에 걸쳐 기습 남침을 감행했다고. 이 전쟁은 자본주의 진영과 공산주의 진영 간의 대리전 성격이 컸다. 전쟁의 원초적인 책임이 나는 일본에 있다고 믿었다. 애당초 일본이 한반도를 강점하지 않았더라면, 미군과 소련군이 한반도를 갈라 진주하는 일도 없었을 테니까. 한반도의 고통은 일제강점기에 이어 현재진행형이 되었다. 또 얼마나 많은 사람이 죽어 나갈까.

다키의 죽음에 대한 충격이 가시지도 않았는데 전쟁이 터졌으니, 서울 보린원 원생들은 어떻게 될까, 생각하니 잠이 오지 않았다. 아득한 느낌이었다. 어떠한 난관에도 꿋꿋이 버텨냈는데, 서서히 침잠하는 기분이 들었다. 의지할 이 주님밖에 없었다. 주여!

때마침 새로운 목사가 부임해 왔다. 나는 짐이 되기 싫어 쇼도지마를 떠나리라 결심했다. 진작에 멀지 않은 아카시 시에 있는 우에노마루 애로원(양로원)을 창설한 야다 목사가 연락을 해왔었다. 그는 한국의 소록도 한센병 구호 시설에서 5년이나 봉사를 했던 이였다.

나는 가타조 교회 성도들의 따뜻한 배웅을 받으며 쇼도지마를 떠나 아카시로 왔다. 새로운 환경은 잃었던 의욕을 부추기기 마련인가. 애로원 사람들과 시민들의 상담자로서 또 기도 집회와 주일 예배 설교를 맡았다. 상담은 색다른 즐거움이었다. 나는 야다 목사에게 자랑하듯 말했다.

"목사님, 여든다섯에 설교를 하는 사람은 세계적으로도 드물 것이오. 이게 다 하나님의 은혜가 아니고 뭐겠소."

"맞습니다. 전도사님은 우리 애로원의 보물이자 빛입니다. 동시에 일본의 자랑이자 양심이고, 우리 그리스도인의 거울입니다. 더불어 일본과 한국의 갈등을 치유할 수 있는 단 한 분이시기도 합니다."

그는 한술 더 떠 나를 치켜세웠다.

"목사님이야말로 그리스도의 사랑을 몸소 실천한 분이지요."

나병이라 불리는 한센병 환자들을 위해 봉사한다는 것은 아무리 그리스도인이라 할지라도 어지간한 결심이 서지 않고는 쉬운 일이 아니리라.

애로원에서 생활하면서 나는 비로소 쫓기는 듯한 생활에서 벗어나 평안을 얻은 기분이었다. 내 방에서 조용히 사색에 잠기거나 성경을 읽고 묵상하며 좋아하는 한시(漢詩)도 지을 수 있었다.

한국에서의 전쟁은 양 진영에 엄청난 피해만을 남기고 휴전이 되었다. 전쟁 전후에 바뀐 거라곤 38도선이 휴전선이 되었다는 것뿐이었다. 서울보린원은 전쟁이 진행되면서 이리저리 옮겨 다니다가 다시 제자리로 돌아왔단다.

그즈음 세계정세는 미국을 비롯한 자유 진영과 소련을 비롯한 공산 진영, 이 두 개의 세계와 사상이 심하게 대립하고 있었다. 다시 또 제2차 세계대전과 같은 전쟁이 다시 일어난다 해도 하나도 이상할 게 없을 정도였다. 일본은 패전 후 평화 선언을 하였으나, 정세 변화에 언제 어떻게 변할지 알 수 없었다. 나는 기도하는 심정으로 1미터쯤 되는 자연 돌에 글씨를 새겨 애로원 뜰에 세워놓았다. '평화(平和)'였다.

1955년, 늦가을에 도쿄를 방문할 일이 생겼다. 종전 10주년을 맞이하여 도쿄의 한국 YMCA로부터 초청받아 평화 기념일인 11월 11일 도쿄를 방문하게 된 것이다. 이 행사에는 한국을 도운 일본인 11명이 초청받았다. 여기에서 나는 뜻밖에도 가마쿠라 보육원 경성지부 초대 원장이자 내가 원산으로 떠날 때 다시 원장을 맡았던 스다 켄타로와 아사카와 타쿠미의 부인을 만났다. 얼마나 반갑던지! 나는 그 자리에서 소회를 토로했다.

"한일 관계 일체가 바람직하지 못하고 너무도 불행한 일이 많은 요즈음, 기획자의 따뜻한 마음이 느껴져 진정으로 기쁩니다. 종전 후 10년이 지난 지금 돌아보니 한국 사람들로부터 사랑과 성실의 사업을 했던 사람으로 높이 평가받는 일본인이 어떤 분들이 계실지 몹시 궁금했습니다. 오늘 여러분을 보니 제가 했던 일이 약소하여 몸 둘 바를 모르겠습니다."

모두가 탐욕에 가득 차 한국을 능욕할 때 한국을 위해 일한 사람들, 어쩌면 일본의 양심들이었다. 그들을 만나고 난 후 몇 년 동안 나의 일관된 기도는 아내가 잠들어 있는 한국행이었다. 한국이 그리웠고 원생들이 그리웠다. 그들과 함께하며 죽을 수 있다면, 아내 옆에 잠들 수 있다면… 기도가 하늘에 닿았을까, 나를 인터뷰했던 아사히신문 기자가 기사를 내보냈다. 한국 대통령의 오랜 친구인 소다 옹이 한국 귀환을 열망한다는 내용이었다. 이를 AP통신 기자가 다시 한국 신문에 보도했단다. 이를 받아 서울 보린원, 이제는 영락보린원으로 개명한 설립자 한경직 목사가 소다 옹이 제2의 고향 한국에 오겠다는 바람을 열렬히 환영한다고 발표했다.

그 후 1년이 지났을 때 한 목사는 재정보증서와 초청장을 보내왔다. 꿈만 같았다. 꽃이 만발한 5월 나는 오사카에서 김포공항으로 가는 비행기에 올랐다. 한국을 떠난 지 14년 만의 귀환이었다.

에필로그

　1961년 5월 6일 94세의 소다 옹은 김포공항에 도착했다. 환영 나온 인사는 영락교회 한경직 목사를 비롯하여 NCC 총무 길진경 목사, 서울 YMCA 이명원 이인영 선생, 김우현 목사, 베이커 협동 총무, 전택부 선생 등이었다.

　소다 옹이 말년을 보낸 곳은 옛날 가마쿠라 보육원이 있던 터에 자리 잡은 영락보린원이었다. 그는 언제나 한복을 입은 모습으로 어린아이를 무릎에 앉히고 행복해했다. 그가 염원하던 평화였다. 그는 어느새 어린아이의 세계에 동화되어 있었다. 그의 소망이 이루어졌을까.

　그런 그가 한국에 온 지 1년이 안 된 1962년 3월 28일, 95년의 생을 마감했다. 장례식은 영락보린원과 YMCA, NCC, 한국 사회복지사업 전국연합회, 대한상공회의소와 문화, 종교, 교육, 경제 등 19개 단체가 공동 주최하여 서울시민회관에서 2천여 조객이 참석하여 사회장으로 치러졌다. 한국 정부는 일본인으로서는 처음인 문화훈장을 추서했다. 장지는 그의 소원대로 양화진 선교사 묘역 아내 다키 여사 옆이었다. 유족으로는 조카 마스다 여사가 참석하였으며 박정희 의장과 일본 외상은 조화를 보냈다. 마스다 여사는 소다 옹의 수염을 잘라 가족 묘지에 안치하겠다고 밝혔다.

나는 이 소설의 초고를 다 쓴 1월, 다시 양화진을 찾았다. 묘비 앞면에는 고아(孤兒)의 자부(慈父) 소다가이치선생지묘(曾田嘉伊智先生之墓), 뒷면에는 내 글을 응축한 그의 생애가 김기승 선생의 글씨로 음각되어 있었다.

소다(曾田) 선생은 일본 사람으로 한국인에게 일생을 바쳤으며, 그리스도의 사랑을 몸으로 나타냄이라. 1867년 10월 20일 일본국 야마구치(山口)현에서 출생했다. 1913년 서울에서 가마쿠라 보육원(鎌倉保育院)을 창설하매, 따뜻한 품에 자라난 고아(孤兒)가 수천이리라. 1919년 독립운동 시에는 구속된 청년의 구호에 진력(盡力)하고, 그 후 80세까지 전국을 다니며 복음을 전파했다. 종전 후 일본으로 건너가 한국에 대한 국민적 참회(懺悔)를 순회 역설했다. 95세 5월 다시 한국에 돌아와 가마쿠라 보육원 자리에 있는 '영락(永樂)보린원'에서 1962년 3월 28일 장서(長逝)하니 향년(享年) 96세라. 동년(同年) 4월 2일 한국 사회단체 연합으로 비(碑)를 세우노라. 1950년 1월 부인 다끼꼬 여사도 서울에서 서거하다.

그의 무덤 위로 눈발이 날렸다. 나는 눈을 감고 고개를 숙여 소망했다. 이 소설이 그의 명예에 누가 되지 않기를······.

도움을 준 자료들

- 양화진 선교사 열전(전택부)
- 한일 교류의 기억(이수경)
- 친구가 된 일본인들(이어령)
- 나무위키, 위키백과
- 만들어진 자료, 『묵암비망록』 비판(최우석)
- 3.1운동 100주년 맞이 학술회의 자료
- 『월간조선』 (1) 한국을 사랑했던 일본인, 일본을 사랑했던 한국인. (2) 은인의 나라 한국에서 헌신하다가 양화진에 묻힌 일본인 소다 가이치.
- 영락보린원의 역사 연구(김범수)
- 한국 고아의 아버지, 소다 가이치의 삶과 그 역사적 평가 분석(김보림)
- 민족문제연구소 식민지 비망록 54(이순우)
- 포텐 〈한국 건축〉 남산 아랫자락의 동네, 후암동
- 아하스 페르츠의 단상 – 조선 고아들을 돌본 의인(義人) 소다 가이치

대한 일본인 소다 가이치

초판1쇄 / 2025년 5월 1일
지은이 / 박희주
발행인 / 강태욱
발행처 / 평화누리협동조합
　　　　　주소 인천 부평구 부흥로 304번길 27
　　　　　전화 032-751-5466 팩스 032-866-7044
　　　　　이메일 jamgang@naver.com
　　　　　홈페이지 www.peacenuri.kr

ISBN 979-11-991595-1-8 (03810)

ⓒ 박희주, 2025

※ 잘못된 책은 바꾸어 드립니다.
※ 이 책의 일부 또는 전부를 재사용하려면 반드시 저작권자와 출판사 양측의 동의를 받아야 합니다.